Aus Freude am Lesen

Schleswig-Holstein im Winter 1683: Raureif überzieht die Landschaft. Es ist bitterkalt, und ganz Plön vergnügt sich beim Schlittschuhlaufen auf dem zugefrorenen See. Als Gesches Bruder einbricht, ist es ausgerechnet ein Schwarzer, der ihn aus dem eisigen Nass fischt. Christian Gottlieb, Feldtrompeter, Ziehsohn eines einheimischen Adeligen und mit seiner dunklen Hautfarbe eine exotische Erscheinung im Straßenbild der beschaulichen kleinen Residenzstadt. Hals über Kopf verliebt sich die 17-jährige Ratsherrntochter in den misstrauisch beäugten Fremdling und nimmt für ihre Liebe in Kauf, selbst zur Außenseiterin zu werden. Als ihr erstes Kind geboren wird, scheint die Idylle perfekt. Doch dann brennt mitten in der Nacht das Strohdach auf dem abgelegenen Hof des jungen Paares. Und irgendwann sind die Räder von Christians Jagdwagen gelockert. Ist alles nur Einbildung? Gesche spürt, dass sie für ihr Glück kämpfen muss …

BRIGITTE BEIL, aufgewachsen in Münster, studierte Literaturwissenschaft, Philosophie und Publizistik und arbeitet als freie Journalistin und Buchautorin. Schwerpunkte ihrer zahlreichen Sachbücher, von denen mehrere in verschiedene Sprachen übersetzt wurden, sind soziale und psychologische Themen. Brigitte Beil hat zwei erwachsene Kinder und lebt mit ihrem Mann in München. Nach »Maskal oder Das Ende der Regenzeit« ist »Eiswinter« ihr zweiter Roman.

Brigitte Beil

Eiswinter

Roman

btb

MIX
Papier aus verantwortungsvollen Quellen
FSC® C083411

Verlagsgruppe Random House FSC-DEU-0100
Das für dieses Buch verwendete
FSC®-zertifzierte Papier *Lux Cream*
liefert Stora Enso, Finnland.

3. Auflage
Originalausgabe Dezember 2011,

Umschlaggestaltung: semper smile, München
Umschlagmotiv: © David McCormack/Trevillion Images;
plainpicture/Arcangel
Satz: Uhl + Massopust, Aalen
Druck und Einband: CPI – Clausen & Bosse, Leck
UB · Herstellung: BB
Printed in Germany
ISBN 978-3-442-74186-1

www.btb-verlag.de

»In der Erinnerung gibt es keine Entfernung; nur im Vergessen tut sich ein Abgrund auf, den weder eure Stimme noch euer Auge überbrücken kann.«

KHALIL GIBRAN

ERSTER TEIL

Der scharfe Nordwestwind fuhr ihr wie mit Messern ins Gesicht, als Gesche das Haus durch die Hintertür verließ. Einen Moment lang hielt sie die Luft an. Mit der einen Hand fasste sie nach den Bändern ihrer Haube, mit der anderen zog sie ihr wollenes Umschlagtuch enger um den Hals.

Sie musste nach draußen, weg von dem Kohldunst, dem Kindergeschrei, dem Dampf der am Herd trocknenden Socken. Vorsichtig ging sie den Gartenweg entlang. Die gefrorenen Pfützen knackten unter ihren Schritten, und ihr Rocksaum schleifte mit leisem Kratzen über reifbezogene Grasbüschel. Bloß jetzt nicht stürzen, bloß nicht noch einmal eine überhastete Geburt wie bei ihrem letzten Kind, dem der Pastor schon die Nottaufe gegeben hatte, während sie selbst ihre Augen vor Schwäche kaum öffnen konnte. Gesche glättete die Stofffalten auf ihrem hoch gewölbten Bauch, um besser sehen zu können, wohin sie trat.

Die Früchte an der Schlehdornhecke links und rechts der Gartenpforte schimmerten bläulich unter einer dicken Schicht Raureif. Ausreichend Frost, schoss es Gesche durch den Kopf, genau richtig waren sie, um *Schlehenfeuer* anzusetzen. Süß und süffig lag ihr der Geschmack des Likörs auf der Zunge, wunderbar nach kalten Wegen und Kutschfahrten.

Und wenn schon. Abwehrend zog sie die Schultern hoch. Für dergleichen fehlte ihr die Kraft und genauso der Wille. Noch nie hatte sie sich so matt gefühlt und so leer, obwohl doch das Kind sie vollständig auszufüllen schien. Es nahm ihr den Atem, drückte auf die Blase, beulte mit Fäusten und Füßen ihre Bauchdecke nach allen Seiten aus. Ende November, in etwa drei Wochen würde es kommen. Und dann? Ich werde es nicht lieben können, dachte sie, es wird mir so fremd sein wie seine Schwester. Warum nur kann man Liebe nicht dahin versetzen, wo man sie braucht, so wie Getreide oder Rüben, die zum Leben nötig sind?

Auf dem Pfad hinter dem Gartenzaun wandte Gesche sich nach links, Richtung Norden. In dieser Himmelsrichtung lag Plön, hatte Hinnerk Brodersen, der Nachbar, ihr erklärt. Plön – wenn sie nur nicht dauernd daran denken müsste …

Je näher sie dem Fluss kam, desto dichter wurde der Nebel. Frostig wälzte er sich über den Deich und lag schwer und undurchdringlich auf der Klosterkoppel. Von den Pferden waren heute nur Kopf und Hals zu sehen, es sah aus, als schwebten die Tiere im eigenen Dampf.

Gesche lehnte ihren Rücken an das Gatter und versuchte, tief durchzuatmen, aber die feuchte Kälte stach zu sehr in ihre Lungen. Hustend blickte sie um sich. Kahle, weiß verkrustete Büsche, erstarrte Wagenspuren im Lehm des Weges, der Himmel fahl, ein bleicher, verwaschener Schein, wo die Sonne stehen sollte. Ein Eiswinter – wie damals, vor zehn Jahren. Der Winter, in dem Christian in ihrem Leben gelandet war.

Sie sah sich wieder auf Schlittschuhen über die glatt gefrorene Fläche des Plöner Sees sausen, mit wehenden Röcken, gejagt von ihren Freundinnen Marie und Friederike. Gegen elf Uhr war es, an einem Montagmorgen Mitte Januar. In der seit vier Wochen anhaltenden Kälte hatte sich eine dicke Eisschicht gebildet, und viele Menschen waren darauf unterwegs, schliddernde Kinder, Eisläufer und Spaziergänger, Pferdeschlitten und Reiter. Ein paar Sonnenstrahlen drangen durch einen blauen Klecks am grau verhangenen Himmel und spiegelten sich im blanken Eis.

Geblendet vom grellen Licht, die Ohren vermummt unter einem groben, mehrfach um Kopf und Schultern geschlungenen Wollschal, hatte Gesche zunächst nichts mitbekommen von dem Tumult am westlichen Ende des Sees, dort, wo in eisfreien Zeiten die Fähre zum gegenüberliegenden Ufer anlegte. Erst als Friederike sie am Ärmel zog und in die Richtung wies, bemerkte sie die wild gestikulierende Menschenmenge und hörte aufgeregtes Geschrei. Sie blieb kurz stehen, kniff die Augen zusammen, um besser sehen zu können, und eilte dann, von plötzlicher Unruhe getrieben, mit weit ausholenden Schwüngen hinüber. Neben sich den keuchenden Atem von Friederike und Marie.

Hastig löste Gesche die Lederriemen ihrer hölzernen Schlittschuhe und versuchte, sich einen Weg durch das Gedränge zu bahnen. Die Leute schienen bei ihrem Anblick zu erschrecken, Else Brandström, Amalie Wilke, der alte Willem Petersen und weitere Nachbarn und Bekannte.

»Dein Bruder!«, krächzte Willem und zeigte mit seinem Knotenstock auf ein großes Wasserloch nahe der Anlegestelle. »Er ist eingebrochen!«

»Ja! Berend!«, schrie Klara Bott vom Ufer aus herüber. »Der andere ist Hein Michels!«

Gesche sah zwei Köpfe im grauen, trüben Wasser, nach Luft schnappende Münder, angstvoll aufgerissene Augen, Arme, die sich dem bröckelnden Eisrand entgegenreckten.

Hände griffen nach ihr, hielten sie zurück. »Nicht weiter! Nicht weiter! Die Kante ist zu brüchig!« Ein paar Männer seien unterwegs, schrien die Leute, um Leitern und Stangen zu holen.

Aber es würde zu spät sein! Immer öfter verschwanden die

beiden Köpfe unter der Oberfläche, immer matter wurden die Bewegungen im Wasser. Gesche wollte sich losreißen – vergeblich. »Berend! Gib nicht auf!« Ihre Stimme klang schrill vor Panik, verzweifelt blickte sie um sich und sah einen Trupp von Reitern herangaloppieren. Rufe gingen hin und her. Und plötzlich löste sich einer aus der Gruppe, ritt näher, sprang knapp vor dem Eisloch vom Pferd, warf im Laufen seine Jacke ab und stürzte sich kopfüber ins Wasser. Mit ein paar schnellen Schwimmzügen war er bei Berend, der inzwischen kaum noch auftauchte, packte ihn beim Schopf, schlang ihm den rechten Arm um den Kopf und schleppte den Bewusstlosen auf die Eisdecke zu. Keuchend kämpfte er sich näher. Auf den letzten Metern schien ihm die Kraft auszugehen, seine Last begann ihn in die Tiefe zu ziehen. Verzweifelt schrien die Leute am Ufer und auf dem Eis durcheinander und brüllten den endlich mit zwei riesigen Leitern eintreffenden Helfern Anweisungen zu.

»Weiter raus! Noch ein Stück! Jetzt kommen sie ran!«

Auf den über die Bruchstelle hinausgeschobenen Leitern krochen ein paar Männer bäuchlings voran bis in Reichweite der Verunglückten. Wie eine tropfnasse Gliederpuppe, mit hängendem Kopf und baumelnden Armen und Beinen, wurde der ohnmächtige Berend an Wams und Hose aus dem Wasser gezogen und zum Ufer getragen. Hände reckten sich seinem Freund Hein entgegen und schließlich dem vor Kälte und Anstrengung schlotternden Retter.

Gesche erinnerte sich, dass sie Christian damals kaum wahrgenommen hatte. Ihr warmes Gefühl der Dankbarkeit galt zunächst nicht so sehr ihm. Es war mehr allgemein, auf Gott oder das Schicksal gerichtet. Berend lebte, alles andere war Nebensache.

Benommen von Sorge und Aufregung lief sie neben den Leuten her, die ihren mit Tüchern dick verpackten Bruder auf einer Bahre in die Stadt trugen, durch die Lange Straße und dann rechts um die Ecke zu ihrem Elternhaus, einem stattlichen Giebelhaus am Markt.

Irgendjemand hatte dort offenbar Alarm gegeben, denn schon kurz hinter dem Stadttor war ihre vollkommen aufgelöste Mutter dem Zug entgegengekommen, rennend, in Hausschuhen, die Haube schief auf dem Kopf. Ein Zipfel ihres Umschlagtuches schleifte über die festgetretene Schneedecke. Ihr brauner Rock war nur halb zugeknöpft.

»Berend! Was ist mit ihm? Lasst mich ihn sehen!«

»Warte lieber, bis wir im Warmen sind!« Gesche ergriff die Hand ihrer Mutter und fühlte darin ein von Tränen durchweichtes Taschentuch. »Er hat eine Menge Wasser geschluckt, ist kalt wie ein Eisbrocken, aber er lebt. Du kannst mir glauben.« Tröstend legte sie ihr den Arm um die Schultern.

Elisabeth Radeleff brachte nur ein stummes Nicken zustande und überließ ihrer Tochter auch das Kommando, als Berend ins Haus und die Treppe hinauf in seine Schlafstube getragen wurde.

»Lene!«, rief Gesche der mit aufgerissenem Mund am Tor wartenden Magd zu. »Los, schnell, hol den Medicus! – Und du, Jens«, befahl sie dem schreckstarr daneben stehenden Hausknecht, »läufst zum Rathaus. Der Vater muss kommen. Sofort!«

»Aber er ist in einer Sitzung, und da will er nicht …«

Gesche blitzte ihn ungeduldig an. »Einerlei, was er gerade tut oder will! Wir brauchen ihn hier! Nun lauf schon!« Viel Hilfe versprach sie sich zwar nicht vom Vater, aber ihn nicht zu benachrichtigen, würde ihm mit Sicherheit einen seiner berühmten Zornausbrüche entlocken.

Noch während sie zusammen mit der Mutter die knarrende Treppe hinaufstieg, traf Anselm Holsten, der Medicus, ein. Kaum zwei Minuten hatte er gebraucht von seinem um die Ecke liegenden Haus. Ein knapper Gruß für die beiden Frauen, und er eilte, seine Tasche unter dem Arm, an ihnen vorbei zu Berends Lager, zwei Stufen auf einmal nehmend.

Er sieht immer noch aus wie eine schlaffe Puppe, dachte Gesche, als sie ihren Bruder auf seinem Bett ausgestreckt sah. Gewöhnlich rollte er sich zum Schlafen zusammen wie ein zufriedener Kater. Jetzt lag er flach, in ganzer Länge da, die großen Füße waren unter der grauen Wolldecke nach außen gekippt, der linke Arm hing über die Bettkante, am rechten fühlte Holsten den Puls.

»Schwach, aber nicht beängstigend.«

Bis zum Bauch knöpfte er das Leinenhemd auf, in das man Berend inzwischen gesteckt hatte, presste sein Ohr an dessen nackte Brust und lauschte angestrengt. Dabei spitzte er den Mund, die kleinen, blassblauen Augen nach oben verdreht.

Wie ein frommes Frettchen, schoss es Gesche durch den Kopf. Sie fing gerade an, sich für ihre frevelhaften Gedanken zu schämen, als der Medicus den Kopf hob und beruhigend in die Runde lächelte.

»Keine verdächtigen Geräusche, da rasselt nichts«, sagte er und verpackte den Patienten wieder in Hemd und Decke. »Ein paar Tage Schonung, dann ist alles vergessen. Jetzt braucht er vor allem Wärme – innen und außen. Du da«, er machte der neugierig hereinspähenden Lene ein Zeichen, »bring heiße Tücher, in die werden wir ihn wickeln, und Holundertee muss her!«

Schon halb die Treppe hinab, auf dem Weg zur Küche, hörte Gesche den Aufschrei ihrer Mutter, die bislang stumm bis auf vereinzelte Schluchzer, ihr Taschentuch knetend an Berends Bettkante gesessen hatte.

»Er blinzelt! Seht doch, er wird wach!«

Von unten tönte im selben Augenblick die donnernde Stimme des Vaters: »Wo steckt er, der Unglücksrabe? Keinen Schritt kann er tun, ohne dass was passiert. Nicht mal das Eis hält ihn aus!«

Gesche drückte sich ans Geländer, um nicht von ihm überrannt zu werden, als er die Treppe hinaufpolterte. Das Gesicht rot vor Ärger, vielleicht auch vom Branntwein, die dünnen, aschfarbenen Haare zerzaust. Seine Perücke musste er in der Diele abgeworfen haben, wie so oft, wenn er schlechtgelaunt nach Hause kam. Mitleid hatte Berend von ihm nicht zu erwarten. Auch keine Fürsorge. Einen Schmutzfleck auf der Familienehre hatte der Vater ihn bei ihrem letzten Streit genannt, einen nutzlosen Tölpel, zu blöd, einen Taler zu drehen, geschweige denn ein Kassenbuch zu führen.

Gesche lief weiter Richtung Küche, froh, den Zusammenprall der beiden nicht miterleben zu müssen. Den Holundertee ließ sie länger ziehen als nötig, sie spülte den blauen Tonkrug ausgiebig mit warmem Wasser aus, suchte im Tassenreck nach Berends Lieblingsbecher, lauschte immer wieder ins Treppenhaus. Erst als das ferne Geschrei allmählich abschwoll, machte sie sich mit dem Trank auf den Weg nach oben – und entdeckte ihn.

Der Mann hockte dicht bei der Haustür auf einem Stuhl, zitternd vor Kälte, das Gesicht unter einer grauen, weit nach vorn gezogenen Pferdedecke verborgen. Der gestampfte Lehmboden hatte sich unter seinen Stiefeln in eine ansehnliche Pfütze verwandelt. Der Retter! Niemand hatte an ihn gedacht!

Krug und Becher auf einem Tablett balancierend, eilte Gesche treppauf und sofort wieder treppab. Verlegen trat sie näher, strich sich ein paar Haarsträhnen aus der Stirn, die unter der Haube hervorgerutscht waren. Murmelte eine kaum hörbare Entschuldigung. Ihr Vater! Er war doch gerade hier vorbeigekommen! Blindlings war er nach oben gestürmt, um seinen Sohn zu traktieren! Vor Zorn hätte sie aufstampfen mögen.

»Na endlich! Er ist kaum noch festzuhalten!« Zwei Männer, die links und rechts neben dem Unbekannten standen, schauten sie vorwurfsvoll an.

Gesche hatte die beiden noch nie gesehen, vermutete aber, dass sie zum selben Reitertrupp gehörten wie Berends Retter. Jäger anscheinend, zumindest ließen ihre grünen Überröcke darauf schließen. Der hier wolle keine Aufmerksamkeit, erklärte der Größere von beiden, ein Mann mit breiter, niedriger Stirn, und klopfte dabei dem Vermummten leicht auf die Schulter. Am liebsten würde er auf der Stelle das Haus verlassen. Aber so gehe das nicht. Den Tod werde er sich holen in den nassen Kleidern. Ihr Dienstherr, der Oberst Rantzau, habe ausdrücklich befohlen, ihn zu den Radeleffs zu bringen und mit trockenen Sachen zu versorgen. Der Oberst selbst habe schleunigst weitergemusst nach Wittmoldt, wo man ihn schon längst erwarte.

»Bertram Rantzau aus Ascheberg?« Gesche zog fragend die Brauen hoch. Natürlich kannte sie den Namen. Die Rantzaus gehörten zum alten holsteinischen Landadel, und das Gut in Ascheberg lag nur knapp eine Meile von Plön entfernt.

»Ja«, der Jäger nickte. »Der hier ist sein Feldtrompeter.« Dazu machten beide eine kleine, aber respektvolle Verbeugung in Richtung des tropfnassen Mannes.

Was jetzt? Was sollte sie tun? Gesche traute sich nicht, dem Unbekannten die Decke wegzuziehen, damit sie mit ihm reden, ihm danken könnte. Aber natürlich brauchte er trockene Kleider, bestimmt auch eine Stärkung und vor allem Wärme.

»Kommt mit!« Eben wollte sie das Trio in die Küche, ans

Herdfeuer führen, als von oben wieder die Stimme des Vaters dröhnte.

»Unkraut vergeht nicht!«, schrie er, bevor er schnaufend die Treppe herabrumpelte. Unten angekommen, blieb er stehen und musterte mit gerunzelten Brauen die Szene an der Haustür. Augenblicklich hatte er die Lage erfasst.

»Mein Gott!« Mit flacher Hand schlug er sich an die Stirn. »Anstatt nach dem Dummpattel oben zu sehen, hätte ich mich hier kümmern sollen! Der Held sitzt da und trieft! Lene! Jens! Her mit euch, es gibt Arbeit!«

Mit ausgebreiteten Armen griff er die beiden Jäger bei den Schultern und schob sie ruhig, aber bestimmt zur Tür hinaus. »Wir machen das schon«, seine Stimme erlaubte keinen Widerspruch. »Gruß an euren Dienstherrn. Er bekommt ihn heil zurück.«

Ohne sich an den pikierten Gesichtern der beiden zu stören, zog er einen Stuhl neben den des immer noch Vermummten und spähte neugierig unter die Decke. »Nein, so was! Monsieur Christian Gottlieb!«

Sein verblüffter Aufschrei amüsierte Gesche, sooft sie daran dachte. Mehr noch amüsierte sie allerdings die Erinnerung an ihre eigene Reaktion, als der Vater die Decke beiseitegeschoben und Christians schwarzes Gesicht zum Vorschein gebracht hatte. Der Mohr! Über den die ganze Stadt tuschelte! Natürlich hatte sie von ihm gehört, aber sich einen kohlschwarzen Menschen wirklich vorzustellen, war ihr nie gelungen. Und da saß er nun, lächelte verlegen mit blanken Zähnen und sah eigentlich kein bisschen aus wie ein Teufel oder ein Menschenfresser. Was hatten die Leute denn sonst noch gesagt? Zeit zum Staunen oder Überlegen blieb ihr nicht.

»Dalli, dalli!«, kommandierte der Vater. »Setzt Wasser auf für ein heißes Bad! Bringt warme Kleider in die Schlafstube!

Und Branntwein muss her! Für mich auch einen Becher voll! Und nun zu Euch«, sagte er an den Mohren gewandt, »wie seid denn Ihr aufs Eis geraten, genau zum richtigen Zeitpunkt?«

Mit wenigen Sätzen war der Vorfall geklärt. Er sei, berichtete Christian Gottlieb, zusammen mit seinem Herrn, dem Oberst Rantzau, dessen Büchsenspanner und ein paar Jagdgehilfen von Ascheberg kommend über das Eis Richtung Plön geritten, nach Wittmoldt hätten sie gewollt zur Brockstedtschen Jagd. Plötzlich habe er ein fürchterliches Gezeter gehört, Hilferufe und Angstschreie, und beim Näherkommen die beiden jungen Männer in einem Eisloch entdeckt. Eingebrochen, nahe beim Stadtgraben.

»Da ist das Eis nie verlässlich«, sagte er. »Weil der Mühlbach dort in den See mündet. Die zwei hingen schon mit den Köpfen unter Wasser. Und da bin ich eben gesprungen.« Schuddernd zog er die Decke enger um seine Schultern.

»Genau«, rief Jens, der Hausknecht, dazwischen, in jeder Hand einen gefüllten Becher, »vom Pferd und ab ins Wasser. Ins lausig kalte! Alle anderen haben nur gebrüllt! Willem hat es mir erzählt.«

»Wie sollen wir Euch nur danken?« Der alte Radeleff schien beinahe gerührt – wenn schon nicht durch die Rettung seines Sohnes, dann doch zumindest durch den selbstlosen Einsatz dieses Fremden. Er hob seinen Becher. »Prosit! Auf Eure Gesundheit!«

Statt einer Antwort klapperte Christian hörbar mit den Zähnen. Er nahm einen kräftigen Schluck und ließ den Branntwein mit wohligem Seufzen seine Kehle hinabrinnen.

Die Bilder der ersten gemeinsamen Stunden drängten sich in Gesches Kopf: Christian, wie er von ihrem Vater persönlich die Treppe hinauf ins Obergeschoss geschoben und an Jens weitergereicht wurde.

»Krankenpfleger!«, sagte der grinsend.

Christian, wie er in von Berend geliehenen Kleidern und dicken, dunkelblauen, von ihr selbst gestrickten Wollsocken am Kamin in der Stube erschien. Das Wams hatte um die Rippen ein wenig gespannt. Christian mit seiner dunklen, vom Wasserdampf noch glänzenden Haut. Die glitzernden Tropfen in seinem schwarzgekräuselten Haar. Christian, dem das Schulterklopfen des Vaters und die Dankesworte beider Eltern sichtlich Unbehagen bereiteten.

»Berend schläft jetzt.« Die Mutter hatte sich schließlich auch von ihrem angeschlagenen Sohn losreißen können und war zu den anderen nach unten gekommen. »Wenn er aufwacht, sollen wir …« Die Türklinke in der Hand, stockte sie mitten im Satz, schnappte ein paarmal nach Luft und starrte den dunklen Fremden am Feuer an wie den Gott-sei-bei-uns. In ihren grauen, kreisrunden, leicht vorstehenden Augen – Heringsaugen, sagte ihr hämischer Schwager Claus – mischte sich Verblüffung mit Neugier und Entsetzen.

»Da staunst du, was?«, rief der alte Radeleff ihr spöttisch zu. »Hier sitzt der Mann, ohne den unser Berend längst bei den Fischen wäre! Christian Gottlieb heißt er.«

»Wie – Ihr? Ihr habt …? Ach, danke …«, stammelte die Mutter. Ungläubig blickte sie von einem zum anderen.

Christian ging mit einer formvollendeten Verneigung auf sie zu. Sie hätte ihm die Hand reichen müssen. Sie zögerte. Einen Moment länger, und es wäre eine Beleidigung gewesen. Dann – endlich – hielt sie ihm ihre Rechte hin, nur zaghaft allerdings, mit angewinkeltem Ellbogen, und zog sie, kaum dass Christian ihre Fingerspitzen berührt hatte, eilig zurück. Und während er sich, unbekümmert um die begrenzte Höflichkeit, wieder dem Feuer zuwandte, drehte Elisabeth Radeleff den anderen den Rücken zu. Gesche sah, wie die Mutter mit zusammengekniffenen Lippen ihre Hand heftig am Rockstoff rieb, wieder und wieder, wie sie mehrmals besorgt in die Handfläche spähte und schließlich aufatmend näher trat. Anscheinend hatte der Gast nicht abgefärbt.

Ob ihm nichts aufgefallen war? Gesche, die ihren Stuhl etwas vom Feuerschein entfernt in den Halbschatten gerückt hatte, schaute ihn gespannt an und glaubte, in seinen Augen ein kurzes Aufblitzen bemerkt zu haben, eher amüsiert als verärgert.

Wieso war ihr schon bei dieser ersten Begegnung die Haltung der Eltern dem dunklen Gast gegenüber so abwegig vorgekommen? Wenn sie sich in Gedanken zurückversetzte, stieß sie im eigenen Empfinden nicht auf den leisesten Hauch von Schrecken oder Abscheu und auch nicht auf die geringste Spur des Dünkels, den ihr Vater an den Tag legte. Trotz seiner anders klingenden Worte.

»Oh, nein, nein, Ihr müsst bleiben!«, protestierte der alte Radeleff, als Christian nach einem kurzen Gespräch über das Wetter, die Jagd und das Befinden des Oberst Rantzau Anstalten machte, sich zu verabschieden. »Es ist uns eine Freude, Euch zu bewirten, den Retter unseres Sohnes! Kommt!« Er zog ihn an den großen Tisch, den Lene inzwischen gedeckt hatte. »Setzt Euch hierher, auf den Ehrenplatz an der Seite meiner Frau!«

Zusammen mit der Magd trug Gesche gebratenen Schinken, Erbsenmus und Schmorgurken auf, versuchte aber, beim Hin- und Herlaufen nichts vom Tischgespräch zu versäumen. Ihr Vater führte das Wort, und schon bei seinen ersten Fragen erkannte sie, dass die zur Schau gestellte Dankbarkeit nur ein Vorwand war, diesen merkwürdigen Menschen, nun, da er ihn einmal in seinen Fängen hatte, nach Strich und Faden auszuhorchen. Von allen Seiten bohrte er den Gast an, studierte ihn wie ein Botaniker, dem ein seltener Schmetterling ins Netz geraten ist.

»Für einen Mohren sprecht Ihr ganz erstaunlich gut Deutsch«, sagte Hans Radeleff mit vollen Backen. Seine vom reichlichen Branntweingenuss leicht schleifende Stimme verriet den Hochmut des alteingesessenen Ratsherrn. »Viel besser als die benachbarten Dänen. Wie kann das sein?«

»Ganz einfach«, Christian lachte über seinem dampfenden Teller. »Ich bin hier aufgewachsen, beinahe so wie Eure Kinder.« Dabei schaute er Gesche an, die ihm schräg gegenübersaß.

Irgendetwas musste in seinem Blick gewesen sein, das sie im Innersten traf.

Wenn sie später daran zurückdachte, kam es ihr vor, als habe die Verbindung zwischen ihnen beiden in genau diesem Moment ihren Anfang genommen. Als habe auf einer Ebene, die dem lauten, überheblichen Vater verborgen blieb, ein zartes Gespinst zu wachsen begonnen. Sie sah Christian in die Augen, sein Wimpernschlag erschien ihr wie ein Geheimzeichen. Schnell sprang sie auf und lief in die Küche, um die Röte in ihrem Gesicht zu verbergen.

»Aufgewachsen? Wie denn das?«, rief der Vater verwundert. »So schwarz, wie Ihr seid, müsst Ihr doch aus Afrika kommen! Liegt das nicht ziemlich weit weg? Eure Heimat, könnt Ihr Euch an Eure Heimat erinnern? Sind da alle Leute so pechschwarz?«

Gesche blieb unter der Tür stehen, entsetzt über die unverblümte Neugier. »Vater!« Sie wollte ihn bremsen, aber dann sah sie auf Christians Gesicht statt Ärger oder Empörung, wie sie erwartet hätte, ein mühsam unterdrücktes Lachen.

An einem schwachen Rückgrat schien der Gast nicht zu leiden.

Während sie die Becher nachfüllte, das Herdfeuer schürte und sich schließlich wieder auf ihrem Stuhl niederließ, behielt sie ihn verstohlen im Auge. In seiner Haltung lag keine Spur von Unterwürfigkeit oder Liebedienerei. Gelassen saß er da, blickte offen um sich und gab Auskunft, respektvoll im Ton, geduldig, aber doch auf Distanz bedacht.

»Ich war noch klein, als ich von Afrika herübergebracht wurde«, erzählte Christian. »Erst zwei oder drei Jahre alt. Genaues weiß ich nicht. Zu jung auf jeden Fall, um mich an mein Heimatland zu erinnern. Irgendwo an der westlichen Küste Afrikas soll es sein, wurde mir gesagt. Vermutlich sehen da alle so aus wie ich.« Wieder verbiss er sich ein Lachen.

»Ja, ja, das hört man.« Radeleff nickte eifrig. »An vornehmen Höfen scheint es in Mode gekommen zu sein, sich Mohren zu allerlei Zwecken zu halten. Bestimmt eine kostspielige Angelegenheit, was meint Ihr? Hat der Oberst Rantzau viel für Euch berappen müssen? Wie ist er überhaupt an Euch geraten?«

Christian zuckte kurz mit den Achseln. »Auf einem Feldzug hat mich Oberst Rantzau von einem dänischen Kapitän übernommen, Ohlsen soll er geheißen haben. Da muss ich ungefähr sieben gewesen sein.« Er grinste. Im Feuerschein blitzten seine dunklen Augen. »Ob geschenkt oder gekauft, und wenn, für wie viele Taler oder Kronen, kann ich nicht sagen. Darüber hat der Oberst nie ein Wort verloren. Fest steht nur, dass er mich niemals wie einen Sklaven oder Leibeigenen behandelt hat. Und das auch bis heute nicht tut. Er ließ mich Lesen und Schreiben lernen, ich wurde christlich erzogen und in der Kieler St. Nikolaikirche getauft. Als Christian Gottlieb, ein Afrikaner und Mohr, bin ich dort im Taufbuch registriert.«

Radeleff schaute ihn wohlgefällig an. »Ein Christenmensch also, mit anständigem Namen. Sehr gut, sehr ordentlich.«

»Ja. Der Oberst gab in Kiel sogar ein Fest für mich, mit vielen Gästen. Sechzehn war ich zu der Zeit.«

»Wie? Ein Fest? Für Euch? In Rantzaus *Ascheberger Haus*?« Während der Vater verdutzt in die Runde starrte, unterdrückte Gesche ein Kichern. Nur zu genau konnte sie sich vorstellen, welche finsteren Gedanken diese Mitteilung bei ihm auslöste. Schließlich war er oft genug zu Geldgeschäften und Besorgungen in Kiel gewesen, um das imposante Haus an der Holstenstraße, nahe beim Markt, im Herzen der Stadt zu kennen. Und oft genug hatte er den Landadel lauthals darum beneidet, die trüben holsteinischen Wintermonate in eleganten Stadthäusern verbringen zu können. Nicht auszuhalten, dass diese Mannsperson dort Zutritt hatte, sogar gefeiert wurde. Ein Dahergelaufener! Aus Afrika!

Radeleffs Stimme klang kratzig, als er nachhakte. »Ein Fest also. In feiner Gesellschaft, was?«

»Ja«, sagte Christian mit Unschuldsmiene, »ein glanzvolles Fest. Es gab besondere Köstlichkeiten, Kapaune, Pasteten, Weißbrot, Apfelsinen, Marzipan …«

»Wie? Solche Specereien?« Radeleff schnappte nach Luft. »Was hat den Oberst nur dazu getrieben? Ist das nicht ein bisschen viel Aufhebens um einen …« Er stockte und begann verlegen, seine kurzen dicken Finger zu kneten.

»Um einen Mohren, meint Ihr?« Christian lachte ihn unbefangen an. »Sprecht es ruhig aus. Ich bin dran gewöhnt. Warum er das getan hat, kann ich nicht sagen. Ohne bestimmte Absicht sicher nicht, denn er hat mich allen Gästen vorgestellt – wie einen Sohn. Vielleicht …« Er zögerte, starrte einen Moment nachdenklich in die Flammen. »Vor einigen Jahren habe ich zufällig gehört, wie der Oberst mit Besuchern über Leute von meiner Art sprach. Über Mohren. Er schien mehreren begegnet zu sein. Man betrachte sie meistens als billige

Arbeitskräfte, sagte er, kaum anders als Haustiere, an manchen Adelshöfen würden sie herausgeputzt und wie polierte Schmuckstücke zur Schau gestellt, und für viele Handelsherren seien sie schlicht Waren wie Gold, Tabak oder Korallen. Die wenigsten hielten sie für Menschen, eher für gottlose, lasterhafte Barbaren, Bestien, Menschenfresser.« Christian schluckte und räusperte sich ausführlich, bevor er weitersprach. »Möglicherweise wollte er der Kieler Gesellschaft zeigen, dass er eine andere Ansicht vertritt. Mir jedenfalls sagt er immer wieder, er erwarte von mir nichts weiter, als ein ordentlicher Christenmensch zu sein.«

»Aber wie kommt er zu diesem Standpunkt? Woher das Bedürfnis, Euch so viel Ehre und Anerkennung zu verschaffen?« Der alte Radeleff streckte seinen Becher in Gesches Richtung, damit sie ihm Branntwein nachschenkte.

»Darüber spricht er nicht«, sagte Christian. »Vielleicht betrachtet er mich als Ersatz für seine beiden gestorbenen Söhne, ich weiß es nicht. Aber sicher ist, dass er im vergangenen Krieg ein paar furchtbare Gefechte auf verschiedenen Schlachtfeldern mitgemacht hat, bei denen sich die Soldaten im Namen Gottes gegenseitig zerhackten. Er erträgt solche Gemetzel nicht mehr. Als Geschöpfe Gottes sollten Menschen einander achten und hüten, sagt er oft. Und anscheinend bin ich für ihn ein richtiger Mensch, wenn auch ein schwarzer.« Jetzt grinste er wieder. Ein bisschen herausfordernd, wie Gesche fand, als warte er auf Widerspruch von ihrem Vater.

Aber den Gefallen tat ihm der Alte nicht. »Müsst Ihr als Feldtrompeter denn nicht auch in die Schlacht?«, erkundigte er sich. »Das gehört doch zu Eurem Beruf, soweit ich weiß.«

»Nicht unbedingt«, erklärte Christian. »Als Trompeter der Kavallerie muss man an einem Feldzug teilgenommen haben. Ich zum Beispiel war bei der Belagerung von Wismar dabei, als die Schweden vor acht Jahren die Stadt besetzt hielten. In einer Schlacht war ich nie. Zum Glück!«

»Kein Held also«, murmelte Radeleff.

»Nein, kein Held.«

Gesche erinnerte sich, damals verwundert gewesen zu sein über dieses Eingeständnis. Wie passte das zusammen mit seinem todesmutigen Sprung ins Eisloch? Es sollte dauern, lange, bis sie ihn gut genug kannte, um dieses Geheimnis zu lüften.

Es war spät am Abend, als Christian schließlich das Radeleffsche Haus verließ. Fast taghell reflektierte der Schnee den bleichen Schein des Vollmondes. Deshalb lehnte Christian das Angebot, von Fackelträgern nach Ascheberg begleitet zu werden, dankend ab. In einer warmen Joppe von Berend und ebenfalls geliehenen Hosen und Stiefeln schwang er sich auf sein Pferd. Mit kurzem Winken ritt er über den Marktplatz davon, die eigenen, noch immer feuchten Kleider in einem Bündel an den Sattel geknotet.

Gemeinsam mit dem Vater hatte Gesche ihn zum Haustor begleitet. Draußen roch es nach Frost, der Atem formte sich zu weißen Wölkchen. Beide dankten noch einmal und schüttelten ihm die Hand. Die Mutter dagegen hielt sich hinter der halb offenen Tür verschanzt. Es sei ihr zu kalt, rief sie entschuldigend durch den Spalt. In Wirklichkeit, vermutete Gesche, wollte sie nur eine zweite Berührung mit dem anrüchigen Besucher vermeiden.

Und prompt brach der Widerwille, kaum dass die Tür geschlossen und der schwere Holzriegel vorgelegt war, in einem Schwall aus ihr heraus.

»Wie mit Pech überzogen!«, ächzte Elisabeth Radeleff. »Grauenhaft! Ein leibhaftiger Mohr! Und so einer sitzt bei uns am Tisch! Ich fasse es nicht!«

Kopfschüttelnd zog sie sich am Treppengeländer hoch, um gleich zu Bett zu gehen. Ihr bleiches Gesicht über dem Handlauf wurde vom Talglicht auf dem Dielentisch zu einer scharfkantigen Fratze verzerrt, mit hohlen Wangen und böse funkelnden Augen.

Das kann nicht sein, dachte Gesche. So viel Ablehnung, nur wegen der Farbe. Vor lauter *Mohr* sieht sie den Menschen nicht!

Der Vater jedoch lachte dröhnend auf. »Bedanke dich bei deinem Sohn!«, rief er seiner Frau nach. »Der Stiesel brockt uns eine Menge ein. Andererseits – dieser Gottlieb, oder wie er heißt, ist doch ganz interessant. So einen Kerl trifft man nicht alle Tage.«

Gähnend rieb er sich den Nacken, fragte seine Tochter, ob sie noch mit ans Feuer komme, und ging, als sie verneinte, einen Gutenachtgruß grummelnd allein in die Stube.

In anderen Vollmondnächten versuchte Gesche mit allen möglichen Tricks, sich in den Schlaf zu manövrieren. Sagte leise murmelnd den Text endloser Kirchenlieder auf, sämtliche Strophen, bei denen ihr schon im sonntäglichen Gottesdienst oft die Augen zufielen. Überlegte, welche Mengen Salzgurken sie mit Lenes Hilfe einlegen sollte oder wie viele Meter Stoff man für drei neue Schürzen benötigen würde. Manchmal zählte sie auch einfach, bis sie irgendwann wegsackte.

In dieser Nacht war das helle Licht, das ihr, durch die zugezogenen blassgrünen Vorhänge kaum gebrochen, wie ein Lampenschein ins Gesicht fiel, gerade recht.

Das Durcheinander in ihrem Kopf, das Kribbeln hinter ihren Rippen, so als schwirrte dort ein Schwarm Bienen – unmöglich konnte sie bis zum Morgen warten, um ihre Gedanken zu ordnen und ihren Gefühlen nachzuspüren!

Gesche setzte sich im Bett auf, schob ein Kissen in ihren Rücken und schlang die Arme um die Knie. Was hatte ihre Mutter gesagt, vorhin im Gespräch über Christian Gottlieb? *So einer – ein Kerl,* sie hörte wieder den abfälligen Ton. Nicht einmal die Tatsache, dass er Berend gerettet hatte, schien ihn in den Augen der Eltern von seinem Makel zu befreien. Ein Mohr blieb ein Mohr, punktum. Gleichgültig, was er tat. Und ihre Dankbarkeit? Nichts als Theater, dachte Gesche.

Weshalb empfand sie selbst so ganz anders? Wieso sträubte sich alles in ihr gegen diese Haltung? Bislang hatte sie sich immer an die Linie gehalten, die Vater und Mutter vorgaben, war mit ihnen zur Kirche gegangen, jeden Sonntag pünktlich um acht Uhr, ohne zu murren. Hatte, seit sie fünfzehn war, Näh- und Putzarbeiten im Haushalt übernommen, war im Garten für die Kräuterbeete zuständig, sprach, wenn Gäste da waren, nicht bei Tisch, ohne gefragt zu sein. Knickste höflich vor Nachbarn und Bekannten. Ihre Pflichten hatte sie erfüllt, im Vertrauen, dass die Eltern das Beste für sie wollten, und im Bewusstsein, mit ihren siebzehn Jahren noch nicht selbst über sich verfügen zu dürfen.

Aber jetzt? Noch nie war sie in einen solchen Zwiespalt geraten. Merkwürdig, für sie spielte es überhaupt keine Rolle, ob der junge Mann schwarz war oder weiß. Sie fühlte sich einfach wohl in seiner Nähe. Ihr gefiel die Art, wie er die nur mühsam unterdrückte Überheblichkeit ihrer Eltern scheinbar unberührt an sich abprallen ließ. Ihr gefiel seine natürliche Würde, die sich umso deutlicher abzeichnete, je herablassender die Fragen seiner Gastgeber ausfielen.

Gesche legte den Kopf auf ihre angezogenen Knie und schloss die Augen. Jetzt konnte sie ihn wieder vor sich sehen, ganz deutlich. Hübsch war er eigentlich nicht mit seiner breiten Stirn, den weit auseinanderstehenden Augen und dem etwas vorspringenden Kinn. Jedenfalls nicht so hübsch wie Eike, der älteste Sohn von Braumeister Randebrook, dem Nachbarn am Marktplatz. Eike glich den blonden Rittern ihrer Kindermärchen, seit Jahren scharwenzelte er um sie herum, beim letzten Schützenfest hatte er sie derart belagert, dass kein anderer an sie herangekommen war. Und trotzdem: Niemals hatte sie in seiner Gegenwart dieses merkwürdige Prickeln unter ihrer Haut verspürt wie heute Abend in Christians Nähe.

Eike, dachte Gesche, würde sich aufgeplustert haben wie ein Täuberich am Dachfirst, wenn er als Retter ins Eisloch gesprungen wäre, gesonnt hätte er sich in den Lobeshymnen des Vaters, während Christian beschämt abwehrte und zu einer Selbstverständlichkeit erklärte, was er getan hatte. Sie mochte diese Bescheidenheit. Aufschneider lagen ihr nicht.

Schläfrig schüttelte Gesche ihr Kissen zurecht, streckte sich unter ihrer Decke und erkannte in genau dem Augenblick, als sie ihn aus ihren Gedanken entlassen wollte, was sie am meisten anzog: Christian schien in seinem Innersten völlig unabhängig zu sein, der König einer verborgenen Festung, die weder Missachtung noch Lobhudelei ins Wanken bringen konnte. Und noch im Wegdämmern wünschte sie sich, er würde ihr Zutritt gewähren zu seinem geheimen Reich.

Wenn Vater geahnt hätte, wohin sich diese Sache entwickeln sollte! Gesche wandte sich dem Gatter zu, stützte ihre Arme auf das reifüberzogene Holz und bog ihren schmerzenden Rücken durch. Ein warmes Schnauben dicht neben ihrem linken Ohr ließ sie hochfahren. In dampfenden Atem gehüllt tauchte ein Pferdekopf auf, stupste mit den Nüstern kurz gegen ihre Schulter und verschwand dann wieder unter den dunklen Schatten hinter der Nebelwand.

Christian würde längst alle Tiere des Klostergestüts mit Namen gekannt haben. Ein Pfiff, ein Schnalzen, schon wären sie zu ihm getrabt, hätten sich eine Möhre oder ein Tätscheln geholt. Gesche genoss diese Vorstellung. Obwohl es schönere Wege in der Umgebung gab, mit freierem Ausblick und weniger Nebelbänken, zog es sie fast täglich hierher. Hier, bei den Pferden fühlte sie sich ihm nahe. Hier gelang es ihr am ehesten, ihn wieder vor sich zu sehen, wie er in seiner goldschimmernden Uniform durch die Straßen von Plön geritten war, ein stolzer Feldtrompeter bei der Kavallerie. Und lange hatte niemand geahnt, was sich zwischen ihnen beiden anbahnte.

Bereits am Tag nach dem Eisunfall war er wieder gekommen. Natürlich, er musste ja die geliehenen Kleider zurückbringen, säuberlich gefaltet und verschnürt. Nur, leider, hatte er die Stiefel vergessen. Deshalb erschien er am darauffolgenden Tag gleich noch einmal, um sie nachzuliefern, und am übernächsten auch, weil er sich nach Berends Befinden erkundigen wolle. So ging das weiter. Alle paar Tage klopfte er ans Tor, und als ihm die glaubhaften Gründe ausgingen, fragte er wie ein alter Bekannter einfach mit breitem Lächeln, wie es denn so gehe.

Jedes Mal wurde er hereingebeten, mit Tee oder Buttermilch oder Dünnbier bewirtet, dazu ein Schmalzbrot oder eine Schüssel Kompott. Mehrmals kam er zu einer Stunde, in der die alten Radeleffs ihr Mittagsschläfchen hielten, sodass Gesche ihn in Vertretung von Vater und Mutter empfangen musste. Dann saßen sie einander befangen gegenüber, mal am Küchentisch, mal in der Stube, und wechselten verlegen lächelnd hölzerne Sätze. Gesche entschuldigte die Abwesenheit der Eltern, sprach über die erstaunlich reiche Johannisbeerernte dieses Sommers, den Plan, im Hof einen neuen Brunnen anzulegen, ihre Vorfreude auf das bevorstehende Stadtfest oder andere Belanglosigkeiten. Dabei hielt sie die Augen meist gesenkt, ihre im Schoß gefalteten Hände fühlten sich feucht und kalt an, und inständig hoffte sie, er möge die Schwankungen ihrer Stimme nicht bemerken und schon gar nicht hören, wie heftig ihr Herz gegen die Rippen schlug.

Immer wenn sie scheu aufschaute, begegnete sie seinem aufmerksamen Blick und spürte, wie ihr die Röte ins Gesicht schoss. Lass den Unsinn, ärgerte sie sich, bilde dir nichts ein! Hör doch, wovon er spricht! Tafelmusik bei Rantzaus, sein krankes Pferd, die Jagd vom vergangenen Sonntag – das hat alles nichts mit dir zu tun!

»Was hätte ich denn machen sollen?«, fragte Christian später, als sie sich gemeinsam an die holprigen Anfänge ihrer Verbindung erinnerten. »Dir meine Liebe gestehen, wie ich es nur zu gern getan hätte? Dich umarmen? Deine Hände küssen? Oder gar deinen Mund? Stell dir vor, es wäre jemand hereingekommen! Schließlich war ich nicht Eike Randebrook oder Hinrich Tönnies oder sonst einer von denen, die deinen Eltern als Schwiegersohn willkommen gewesen wären, sondern nur …«

»Ja, ja, ein Mohr!«, fiel ihm Gesche ins Wort und lachte laut. »Nicht das kleinste Zeichen hast du mir gegeben. Wie hätte ich da nicht annehmen sollen, dass du nur zu Höflichkeitsbesuchen bei uns erschienst, auf keinen Fall aber meinetwegen?«

»Reine Höflichkeitsbesuche?«, spottete Christian. »Davon hätte mich die frostige Art deines Vaters schnell abgebracht. Ich habe seine Stimme noch im Ohr: *Aha, der Herr Feldtrompeter, keine Pflichten heute? – Oh, Monsieur Gottlieb, ich bin zwar in Eile, aber bitte, tretet ein.*« Vergeblich versuchte er, den tiefen Grummelton des alten Radeleff nachzuahmen.

Gesche wusste noch, dass ihr Vater manchmal etwas von diesem *lästigen Menschen* vor sich hin gemurmelt und ihre

Mutter ein leises *Der-schon-wieder* geseufzt hatte, wenn Christian das Haus betrat. Auf den Gedanken, er könne es auf ihre Tochter abgesehen haben, waren die beiden wohl nicht einen Moment lang gekommen.

In Geschäften seines Dienstherrn war Christian öfters auf den Plöner Straßen unterwegs. Schon wegen seiner dunklen Hautfarbe eine auffallende Erscheinung, mehr aber noch wegen seiner prachtvollen Uniform, einem schwarzen, von rot-goldenen Tressen strotzenden Überrock, zu dem er leuchtend rote Kniebundhosen und rote Strümpfe trug, an der Seite einen Degen.

Gesche hielt inzwischen gespannt den Atem an, sobald sie Hufgetrappel hörte, hob aber erst den Kopf, wenn der Reiter vorüber war, und sah ihm verstohlen nach. Längst erkannte sie Christian auch aus diesem Blickwinkel, an der Art, wie er kerzengerade im Sattel saß, und an seinem Pferd, einem Braunen mit schwarzer Mähne und schwarzem Schweif.

»He, he, Gesche!« Ein paarmal hatten ihre Freundinnen sie aufgeregt angestoßen. »Das war Rantzaus Trompeter! Er hat dich gegrüßt! Und du guckst nicht mal hin! So stur muss man wirklich nicht sein, auch wenn er schwarz ist. Schließlich hat er Berend gerettet und sieht auch noch fabelhaft aus!«

Sie zuckte dann gleichgültig mit den Achseln. Nicht einmal Friederike und Marie, ihren engsten Vertrauten, verriet sie etwas von ihren Gefühlen. Wie hätte sie auch über das Durcheinander in ihrem Innern reden können? Sie fand ja nicht einmal allein mit sich die passenden Worte für diese verwirrende Mischung aus Sehnen, Neugier, Scheu, Angst, Bewunderung, vielleicht sogar Zärtlichkeit. Außerdem hätte sie sich bodenlos blamiert, weil er ja offenkundig nichts für sie empfand. Sonst hätte er das längst gezeigt. Ein Gruß auf der Straße! Unter Bekannten gehörte das zum guten Ton, hatte aber überhaupt keine Bedeutung. Nein, sie würde sich nichts anmerken lassen.

An einem strahlenden Sonntag Anfang Juli fand das Plöner Vogelschießen statt. Wie jedes Jahr um diese Zeit. Ein weicher Wind trieb zarte Federwolken über den Himmel. Schon am Vorabend war der große, kunstvoll gedrechselte und bunt bemalte Holzvogel auf einem Leiterwagen aus der mit Blumen und Fahnen geschmückten Stadt hinaus zum Trammer See gekarrt und auf einer zwanzig Meter hohen Stange befestigt worden. Gegen neun Uhr am nächsten Morgen begann der eigentliche Festtag mit einem Höllenlärm. Unter den ohrenbetäubenden Klängen von Sackpfeifen, Schellenbäumen, Trommeln und Pauken marschierten die Gildeschützen in schwarzen Gehröcken, auf den Köpfen hohe schwarze Hüte und rote Rosen in den Gewehrläufen, vom Rathaus aus an der Kirche vorbei über den Gänsemarkt und die Rodomstorstraße hinunter zum Festplatz Düvelsbrook. Begleitet von kreischenden Kindern und im Gefolge einen Riesentross festlich gestimmter Plöner Bürger. Die ganze Stadt war auf den Beinen.

»Ich geh schon mal voraus!«, hatte Gesche gegen halb zehn den Eltern zugerufen, die sich in ihrer Schlafkammer noch zurechtmachten. Er, der Vater, würde wie gewöhnlich bei solchen Anlässen seinen braunen, nach neuester Mode geschnittenen taillierten Überrock mit den silbernen Knöpfen tragen, dazu farblich abgestimmte Culottes und Seidenstrümpfe samt Kniegürteln. Wie eine Regentonne wird er aussehen in den eng anliegenden Kleidern, dachte Gesche. Der kühne Dreispitz auf seiner braungelockten Festtagsperücke kann die Sache auch nicht retten! Und sie, die Mutter? Gerundet durch die vielen Schichten ihrer Röcke, das Gesicht umschmeichelt von einem breiten weißen Spitzenkragen, würde sie wirken wie der Inbegriff gesunden bürgerlichen Wohlstands.

»Ja, nur zu, Kind«, tönte es von jenseits der schweren Eichentür. Dazu das Quietschen eines Truhendeckels und das Poltern von Schuhen.

Auf Zehenspitzen war Gesche über die knarrenden Dielen zurück in ihre Kammer geschlichen.

Kein einziges Mal, seit sie laufen konnte, hatte sie beim Schützenfest gefehlt. Sie liebte das Gewusel in den engen Gassen, das Geschrei bei der Siegerkrönung, den Tanz auf der Festwiese. Christian, dachte sie, er verdirbt mir langsam die Lust am Leben. Wütend warf sie sich auf ihr Bett und bearbeitete die Decke mit den Fäusten. *Wir sehen uns beim Fest,* hatte er bei seinem letzten Besuch vor knapp einer Woche gesagt. Er kam inzwischen nicht mehr so oft, höchstens ein- oder zweimal im Monat. Klar, dachte sie, es wird ihm langweilig bei uns. Er weiß nur nicht, wie er sich von seiner selbst auferlegten Pflicht befreien könnte. *Wir sehen uns beim Fest* – wie kann man so albern daherreden! Natürlich würden wir uns sehen, wenn ich hinausginge. Jeden sieht man hier! Plön mit seinen gerade mal tausend Einwohnern ist schließlich nicht Kiel! Und was dann? Wenn man sich da draußen auf einmal gegenüberstünde? Ein höflicher Gruß und dann weiter? Jeder für sich? Auf keinen Fall! Das hielte sie nicht aus.

Von fern hörte sie die scheppernde Musik des Spielmannszuges, Kinder tobten johlend vor dem Haus. Das Kissen, sie wollte sich das Kissen auf die Ohren pressen, stand dann aber doch auf und ging zum Fenster. Hier oben, hinter den kleinen Scheiben, würde niemand sie sehen können, sie dagegen hatte alles im Blick. Lärmende, lachende Menschen drängten sich auf dem Marktplatz, manche tanzten zu den schrägen Tönen einer Fiedel. Da drüben, das war doch Anton Schönbohm, und dort Jacob Wedderhus mit Friederike. Und der da, der gerade auf ihre Eltern zuging – war das nicht Oberst Rantzau? Dann musste Christian in der Nähe sein.

Wie es passiert war, hätte Gesche später nicht sagen können. Plötzlich fand sie sich unten im Getümmel wieder. Nicht einmal feingemacht, nicht einmal die neue Ausgehhaube auf dem Kopf. Sie wurde hin- und hergeschoben, stieß mit Jochim Seibold zusammen, prallte gegen Friedrich Soltmann, nahm von Antonia Dreher eine Handvoll gerösteter Nüsse entgegen, ohne sich zu bedanken.

»Was ist mit dir?« Marie tauchte an ihrer Seite auf und schaute sie besorgt an. »Du siehst so anders aus. Hast du Fieber?«

»Unsinn!« Gesche drehte ihr den Rücken zu. Kauend ließ sie sich weiterschieben. Wie hinter einem Schleier trieben Gesichter an ihr vorüber, lachend, schwitzend, singend, prustend. Ab und zu fing sie einen erstaunten Blick auf, aber das berührte sie nicht.

Plötzlich tippte ihr jemand auf die Schulter. Warum ließ man sie nicht in Ruhe? Unwirsch wandte sie den Kopf und schaute direkt in Christians Gesicht.

»Die Rathaustwiete«, sagte er ernst. Dann drehte er sich um und verschwand im Gedränge.

Was bildet er sich ein? Glaubt er, ich folge ihm wie ein Hündchen? Vielleicht hat er gemerkt, was mit mir los ist, und will ein Spiel mit mir treiben. In die Twiete! Lächerlich, ihm einfach nachzulaufen! Wo bin ich überhaupt? Und wie, bitte, soll ich durch dieses Gewühl kommen?

Wieder ballte Gesche wütend die Fäuste, zwängte sich aber dennoch so zielstrebig voran, als würde sie an einer Leine gezogen.

Ohne seine Vorankündigung hätte sie ihn in der schmalen Gasse nie entdeckt. An die Ziegelwand des Rathauses gelehnt, wartete Christian im tiefen Schatten. Die Konturen seines Gesichtes waren kaum auszumachen, und das Rotbraun seines Überrocks verschmolz mit der Farbe der Mauer. Ein schneller Blick über die Schulter, ehe sie zu ihm in die Dunkelheit huschte. Kein Mensch folgte ihr, niemand schaute in diese Richtung. Alle drängten dem Zug nach, der sich auf der gegenüberliegenden Seite des Platzes nach einem kurzen Halt wieder in Bewegung zu setzen begann. Geschrei und Musik wurden leiser. Aus einem offenen Giebelfenster am Ende der Gasse scholl das grelle Gekeife zweier Frauenstimmen, dann wurden die Fensterflügel scheppernd zugeschlagen. Stille. Zögernd schob Gesche einen Fuß vor den anderen, zupfte unsicher an den Volants ihrer Ärmel, blinzelte, um besser sehen zu können. Was mache ich hier eigentlich?, dachte sie. Was soll das? Ich bin doch verrückt, mich hierherlocken zu lassen.

Die Twiete war so eng, dass man nicht einmal nebeneinander hätte gehen können. Wenn sie jetzt weiterging, musste sie unweigerlich auf ihn treffen.

»Gesche!« Christian stieß sich von der Wand ab und kam ihr entgegen. »Da bist du ja!« Er sprach sehr leise, obwohl sie allein in der Gasse waren.

So direkt hatte er sie zuvor nie angeredet, weder mit ihrem Namen, noch hatte er sie geduzt. Und in seiner Stimme schwang etwas mit, ein Unterton, den sie aus ihren bisherigen Gesprächen nicht kannte. Für einen Moment überfiel sie der heftige Drang sich umzudrehen, einfach wegzulaufen. Aber der Sog war stärker. Sie ging weiter, noch einen Schritt und noch einen, bis sie vor ihm stand, ganz nah. Seine Schultern füllten beinahe die Breite des Sträßchens. Er roch nach Sommer – Äpfel, Heu, sonnenerwärmter Stoff. Wie einen zarten Windhauch spürte sie seinen Atem. Der zweite Knopf an seinem Wams war lose. Nur von ein paar spröden Fäden gehalten, hing er aus dem braun gefassten Knopfloch. Und plötzlich fühlte sie seine Hände an ihrem Gesicht. Warm, sanft, ein wenig kratzig. Sacht strichen seine Daumen über ihre Brauen, folgten dem Schwung ihrer Nase.

»Du weißt es, du weißt längst, wie sehr ich dich liebe.« Beim Sprechen streichelten seine Lippen ihre Stirn, ihre Ohren, wanderten weiter über die Augenlider und die Wangenknochen bis zu ihrem Mund.

Wenn sie später versuchte, diesen Moment zurückzurufen, wusste sie nicht mehr, ob sie ihm geantwortet hatte. Wahrscheinlich war sie gar nicht zu Wort gekommen, weil er sie küsste. Und weil es, als er sie an sich drückte und sie, die Arme um seinen Hals geschlungen, seinen Kuss erwiderte, nichts mehr zu bereden gab. Nur dass sie das überwältigende Gefühl hatte, endlich angekommen zu sein, blieb unauslöschbar in ihrer Erinnerung.

Schritte kamen näher, Stimmen, ein Schatten fiel in den Eingang der Gasse. Behutsam löste Christian Gesches Arme von seinem Nacken.

»Besser wir gehen, bevor uns jemand entdeckt. Deine Eltern sollten nicht durch Tratscherei von uns erfahren.«

»Nein, bloß das nicht! Du kennst meinen Vater.«

Was hatte Christian gesagt? *Wir – uns*? So als wäre ihre Zusammengehörigkeit das Selbstverständlichste von der Welt. Dachte er etwa an Heirat? Gesche schluckte. Mit einem tiefen Seufzer rückte sie ihre Haube zurecht und strich sich über die glühenden Wangen.

Er streckte die Hand nach ihr aus. »Komm, bis da vorne noch.« Nah beieinander gingen sie zum Ende der Twiete.

»Du zuerst«, sagte Gesche mit einem kleinen Stups in seinen Rücken.

»Wie du willst.« Christian warf ihr über die Schulter einen Blick zu. »Ich rede mit ihm, ganz offiziell.« Ein kurzer Druck seiner Finger, und er trat auf den sonnenbeschienenen Marktplatz.

Aus dem Schatten beobachtete Gesche, wie er mit federnden Schritten und wippenden Rockschößen Richtung Lange Straße davonging. So sehen unterdrückte Freudensprünge aus, dachte sie und wäre am liebsten hinter ihm her gehüpft.

Das Vogelschießen war in vollem Gang, als Gesche auf der Festwiese eintraf. Sie hatte sich Zeit gelassen, war noch zu Hause gewesen, um die neue Haube und das himmelblaue Brusttuch zu holen, und war langsam gegangen, weil sie sich fühlte, als müsste sie nach einem Schwindelanfall wieder festen Boden unter die Füße bekommen.

Umringt von johlenden Zuschauern, legten die Schützen mit schweren Büchsen auf den farbenprächtigen, papageienähnlichen *Goyen* an, der mitten auf dem Platz hoch oben am Ende einer langen Stange saß. Er sah bereits arg ramponiert aus, beide Klauen und der rechte Flügel waren schon abgeschossen, und das grün-blaue Gefieder seiner Brust war teilweise zersplittert. Das Schießen würde weitergehen, bis das letzte Stück des Vogels fiel. Wer das abschoss, war neuer Schützenkönig.

Auf der Suche nach Friederike sah Gesche sich unter den Schaulustigen um. Irgendwem musste sie von ihrer Seligkeit erzählen, wenn sie nicht laut jubeln oder vor Freude herumtanzen wollte, und zumindest dieser Freundin glaubte sie vertrauen zu können. Da drüben stand sie, wenige Schritte hinter Eike Randebrook, der gerade auf den Vogel zielte, aber wieder am Arm von Jacob Wedderhus, und der musste nun wirklich nicht eingeweiht werden.

Gesche schlängelte sich weiter durch das Gewimmel und entdeckte plötzlich etwas abseits ihre Eltern, wie sie, die Augen auf einen Pulk in der Menge gerichtet, die Köpfe zusammensteckten. Erschrocken fuhren sie auseinander, als ihre Tochter neben ihnen auftauchte.

»Ach, du bist es. Erst lässt du dich nicht blicken, und dann stehst du auf einmal da wie aus dem Boden gestampft.« Dem Vater saß schon wieder seine tiefe Zornfalte zwischen den Brauen. »Sieh dir das an!« Mit dem Kinn wies er ihr die Richtung. »Der Herzog! Der Herzog Hans Adolf persönlich! Gibt unserer Schützengilde die Ehre und nimmt am Vogelschießen teil. Man fühlt sich geschmeichelt, man ist stolz auf den hohen Besuch, klar. Aber mit wem redet er dann? Länger als mit dem Bürgermeister und den Gildebrüdern? Du errätst es nicht! Mit dem Mohren! Diesem Gottlieb!« Er zog ein zerknülltes Schnupftuch aus seiner Rocktasche, wischte damit über Stirn und Mund und schneuzte sich dann mit einem durchdringenden Trompetenton, in den er seinen ganzen Unwillen legte.

»Beruhige dich, Hans«, die Mutter griff beschwichtigend nach seinem Arm. »Du weißt doch, wie gern sich der Herzog leutselig gibt. Und bei einem Volksfest ist es schließlich normal, dass man mit jedem redet, auch mit denen von ganz unten. Vorhin hat er sogar dem Schweine-Achim zugewinkt.«

Der Schweine-Achim! Gesche zog die Luft durch die Zähne. Wollten sie den armen Schlucker, der bis tief in den Herbst hinein bei Wind und Wetter mit einer Rotte halbwilder Schweine durch die umliegenden Eichen- und Buchenwälder streifte, tatsächlich mit Christian auf eine Stufe stellen? Diesen barfüßigen, zerlumpten Hirten mit dem verfilzten Haar und dem meckernden Lachen?

Sie hatte sich umgedreht und Christian entdeckt. Selbst neben dem in einer taubenblauen, knielangen Jacke und hochhackigen Schnallenschuhen überaus elegant wirkenden Herzog von Schleswig-Holstein-Sonderburg-Plön machte er eine gute Figur. Sie beobachtete, wie er dem Herzog eine Weile aufmerksam zuhörte, nickte, lachte, unbefangen redete und nach einer anmutigen Verbeugung davonschlenderte.

Christian bemerkte sie nicht, er wandte sich in die entgegengesetzte Richtung, hoch aufgerichtet, die Hände hinter dem Rücken verschränkt. Meiner, dachte sie, mein Liebster, und wurde im gleichen Moment von der Stimme ihres Vaters aufgeschreckt.

»Was gibt's denn da zu gaffen?«, fuhr er sie an. »Das sieht ja aus, als wären wir neidisch! Kommt weiter, da drüben sind die Randebrooks.«

Er packte seine Tochter bei der Schulter und schob sie mit festem Griff auf die Nachbarn zu. Dort angekommen, drückte er ein wenig nach unten, als müsste sie wie ein kleines Mädchen zum Knicks gezwungen werden. Dann endlich ließ er los, weil er im Gespräch über eine bröckelnde Brandmauer und die steigenden Weizenpreise beide Hände zum Gestikulieren brauchte. Mit verkrampftem Lächeln blieb Gesche ein paar Minuten lang neben dem Vater stehen und verschwand dann, als er gerade empört die Arme zum Himmel warf, flink im Getümmel.

Wie zum Schutz gegen mögliche Angriffe verschränkte sie beim Gehen die Arme vor der Brust. Das Lächeln klebte weiter in ihrem Gesicht. Ich muss verrückt gewesen sein, dachte sie, nicht ganz bei Trost! Zu glauben, wir kämen so einfach durch mit unserer Liebe. Wenn man die beiden reden hört! Abfälliger geht es nicht. Der Vater wird toben über unsere Pläne, explodieren wird er vor Wut. Sie atmete tief durch. Bloß jetzt nicht den Mut verlieren. Entschlossen straffte sie ihren Rücken und ließ den Blick suchend durch die Menge wandern, hielt Ausschau nach Friederike, die ihr vielleicht helfen könnte, das Wirrwarr von Glück und Bangigkeit in ihrem Innern zu klären.

Krachende Böllerschüsse ließen sie zusammenfahren.

»Ein Hoch auf den neuen Schützenköng!«, jubelten die Leute. »Es lebe Hans Adolf!«

»Der Herzog! Der Herzog! Er hat die letzten Splitter abgeschossen!« Friederike, die plötzlich hinter ihr stand, versuchte, den Lärm zu übertönen, und schrie ihr direkt ins Ohr.

»Wie?« Gesche drehte sich verwirrt zu ihr um. Sie war viel zu sehr mit sich selbst beschäftigt, als dass der Triumph des Ehrengastes sie interessiert hätte.

»Was ist nur los mit dir? Warum bist du heute so merkwürdig?« Friederike fasste sie bei den Oberarmen und schüttelte sie, das Gesicht mit den vor Aufregung geröteten Wangen kaum eine Handbreit von ihrem entfernt. »Komm schon, das wird ein großartiges Fest mit diesem feinen König!«

Hilflos nestelte Gesche an den Bändern ihrer Haube. Nur zu gern hätte sie mit der Freundin alles besprochen, ihr das Herz ausgeschüttet, aber doch nicht hier, nicht in diesem Trubel. Vielleicht würde sich Friederike überreden lassen, gemeinsam ein Stück am nahen See entlangzugehen, über den von Weiden gesäumten Weg, nur bis zum Steg an der Windmühle. Sie öffnete gerade den Mund, als Jacob wie vom Himmel gefallen neben ihnen stand.

Schon wieder dieser verflixte Kindskopf! Konnte er Friederike denn nicht einen Moment in Frieden lassen? Gesche hatte ihn noch nie leiden können mit seiner vierschrötigen Figur, dem pausbäckigen Birnengesicht und den tiefliegenden, wässrigen Augen. Am meisten störte sie seine übertriebene Ehrfurcht vor *Leuten von Stand*, wie er sich ausdrückte. Ein Offizier, ein Baron, erst recht ein Fürst – und schon krümmte er sich bis zum Boden. Sie hob den Kopf und schaute ihn unwirsch an, aber das schien ihn nicht zu beirren. Ohne ihr auch nur einen Blick zuzuwerfen, nahm er Friederike beim Arm und zog sie mit sich. Sie dürfe auf keinen Fall die Siegerehrung verpassen, nicht bei diesem Schützenkönig, drängte er.

Während sich Friederike mit gespieltem Widerstand wegzerren ließ, streckte sie eine Hand nach Gesche aus. »Komm doch mit! Los, bitte!«

Gesche schüttelte nur den Kopf. Etwas verloren schaute sie den beiden nach. Neben dem bärigen Jacob wirkte die Freundin noch zarter, noch feingliedriger als sonst. Beinahe wie ein Kind.

Vielleicht, dachte sie, ist es besser so. Was kann ich von einem Gespräch mit ihr denn erwarten? Rat? Oder Unterstützung? Schließlich hat Friederike genauso wenig Erfahrung wie ich, weder mit der Liebe – außer einem gelegentlichen unbedeutenden Techtelmechtel – noch damit, wie man seinen Kopf gegen den Willen der Eltern durchsetzt. Und darauf wird es wohl hinauslaufen.

Natürlich würde Friederike vor Anteilnahme und Neugier glühen, wenn sie ihr von Christians Liebeserklärung erzählte, der ersten ernsthaften, die eine von ihnen beiden bekommen hatte, und von ihren eigenen Gefühlen. Gesche konnte sich ihre überrascht aufgerissenen Augen vorstellen, ihr glucksendes Lachen, und sah sie die Fäuste vor ihrer Nasenspitze gegeneinander hämmern, wie immer, wenn sie aufgeregt war. Friederike würde entzückt sein – aber wie lange? Würde ihre Begeisterung auch noch anhalten, wenn ihr klar wurde, um wen es da ging? Mit allen Folgen? Womöglich schlüge sie sich dann auf die Seite der Eltern, und sie selbst, Gesche, müsste ihre Liebe auch noch an dieser Front verteidigen.

Erst rückblickend hatte sie erkannt, dass es jener Tag war, der Tag des Vogelschießens, an dem sie sich auf ihren eigenen Weg gemacht hatte. Unbeirrt von allen Einwänden, Warnungen, Einschüchterungen und der Verachtung, die Christian galt, aber sie als seine Frau genauso treffen würde.

Bis zu diesem Tag hatte sie nur mit dem Gedanken gespielt, offen zu ihm zu gehören, statt insgeheim auf ein Liebeszeichen zu hoffen. Jetzt, auf einmal, musste sie sich der Wirklichkeit jenseits ihrer Träume stellen. Wie würde es sein, mit einem zu leben, ganz nah, der so fremde Wurzeln hatte? Schließlich kamen ihr schon die Leute aus Kiel oft äußerst seltsam vor. Wie würde sich seine Haut anfühlen? Sie kannte ja nur seine Hände und seine Lippen und auch die erst seit heute. Und wenn sie Kinder bekämen, sähen die aus wie gewöhnliche Plöner? Oder so wie Christian? Irgendwer, sie konnte sich nicht erinnern, wer es gewesen war, hatte von schwarz-gelben Kindern erzählt. Ob das stimmte? Und würde man die Kleinen dann auch Mohren nennen?

Ein plötzlicher Wind wirbelte zertretenes Gras und Staub auf. Dicke, schwarzgraue Wolkenknäuel trieben über den Himmel, verdeckten die Sonne in Minutenschnelle. Mit einer Hand hielt Gesche ihre Haube fest, mit der anderen hob sie im Rennen den Rocksaum. Ein paar schwere Regentropfen trafen sie noch, ehe sie eine der großen Eichen am Rand des Festplatzes erreichte und sich zwischen andere Schutzsuchende drücken konnte. Atemlos lehnte sie sich an den Baumstamm, zog ihr Brusttuch zurecht, reckte den Hals, um unter den Ästen und den wasserglänzenden Blättern hervor vielleicht einen Regenbogen zu erspähen, schaute nach rechts zum nächsten, ebenfalls dicht umringten Baum und sah Christian. Halb verdeckt von einer Schar schwarz berockter Gildeschützen, blickte er zu ihr herüber. Er lächelte nicht, sondern sah sie einfach unverwandt an. Ihr kam es vor, als versenkte er mit seinem Blick einen Anker in ihrem Herzen. Regungslos stand sie da, von seinen Augen gefangen.

»Das war's dann wohl mit dem Fest.« Marie, die sich von der anderen Seite des Baumes zu Gesche durchgeschlängelt hatte, kappte ahnungslos den Zauber. »Hier zu stehen und zu warten, hat keinen Sinn. Da braut sich ein solider Landregen zusammen.« Sie zeigte auf die mittlerweile geschlossene, tiefhängende Wolkendecke. »Hast du Lust auf Tee? Ich könnte uns einen kochen.«

Aus dem Bann aufgescheucht, drehte Gesche sich um und zögerte. Schnell warf sie noch einen Blick hinüber zum Nachbarbaum. Dort verglichen die Schwarzröcke gerade mit großen Gesten ihre Waffen. Christian stand unbeachtet hinter ihnen und reckte, als er Gesches Blick auffing, mit stolzem Schwung sein Kinn in die Höhe. Wir schaffen es, sollte das vermutlich heißen. Für andere kaum merklich nickte sie ihm zu.

»Ein Tee wäre jetzt gerade recht.« Lächelnd schlüpfte Gesche unter das von Marie als Regenschutz hochgehaltene Schultertuch, hakte sich bei ihr ein und stapfte mit ihr über die glitschige Wiese Richtung Stadt.

Wie lange wollte er sich denn Zeit lassen? Schon den vierten Tag verbrachte Gesche Stunden vor dem kleinen, der Straße zugewandten Giebelfenster, taub für heraufgerufene Fragen und Ermahnungen. Immer wieder wischte sie mit einem Schürzenzipfel über die von ihrem Atem beschlagenen Scheiben. Hin und wieder hielt ein Karren vor dem Haus, Fässer wurden abgeladen, Brennholz unter Planen hervorgezogen und ins Haus geschleppt, während die Pferde unruhig in den Pfützen stampften. Ein berittener Bote kam, ein Scherenschleifer klopfte und zog schimpfend weiter zum nächsten Haus, zwei zerlumpte, an Stöcken gehende Kriegsveteranen hatten offensichtlich Brot ergattert, das sie im Weghinken kauten. Nur Christian ließ sich nicht blicken.

Erst schob sie es auf die anhaltenden Regengüsse, die seit dem Vogelschießen die Stadt in eine riesige, schlammige, von Unrat stinkende Wasserlache verwandelten, musste sich aber eingestehen, dass jemand, der vor Eislöchern nicht zurückschreckte, kaum durch gewöhnlichen Dauerregen von irgendetwas abzuhalten wäre – zumal von etwas so Wichtigem. Ob er krank war? Oder im Auftrag des Oberst unterwegs, vielleicht nach Kiel oder Glückstadt? Aber was, wenn er es sich anders überlegt hatte? Wenn er von Zweifel und Unsicherheit befallen worden war? Warum sollte nicht auch er sich Gedanken machen über das Abenteuerliche einer Verbindung, wie sie beide sie planten? Warum sollte die ganze Sache für ihn nicht ebenso verwirrend sein wie für sie? Nur dass ihm vielleicht der Mut ausgegangen war, während bei ihr selbst zu ihrem eigenen Erstaunen die Entschlossenheit mit jedem Tag zunahm.

Die Erklärung gab er ihr nachträglich auf einer gemeinsamen Kutschfahrt nach Eimsbüttel, zu einem Zeitpunkt, als sie längst eingesehen hatte, wie berechtigt sein Zögern gewesen war. Nicht vor ihr habe er sich gefürchtet, sagte er, und schon gar nicht vor dem Neuland, das sie gemeinsam betreten wollten. Im Gegenteil, es habe ihn sogar gereizt, eine nicht alltägliche Ehe in einer so eingefahrenen Gesellschaft zu führen. Nein, vor der Entscheidung ihres Vaters habe er Angst gehabt – und zwar eine gehörige Portion. Dessen hinter freundlichen Floskeln verborgene Ablehnung sei ihm schließlich nicht entgangen. Und dann diese wütenden Blicke beim Schützenfest! Er habe seinen Traum vom Glück mit ihr, Gesche, immer noch einen Tag länger träumen wollen. Am liebsten wäre er überhaupt nicht gekommen, weil er geahnt, nein, genau gewusst habe, wie man seinem Antrag begegnen würde. »So eine sichere Abfuhr schiebt man natürlich möglichst lange vor sich her«, hatte er gesagt und sie auf die Nasenspitze geküsst, »aber versuchen musste ich es dennoch. Es war ja versprochen, und außerdem: Man soll nie aufhören, an Wunder zu glauben.«

Auf ihrem Wachposten musste Gesche eingenickt sein. Laute Stimmen von unten ließen sie hochschrecken: Jens, der nach dem *Gnädigen Herrn* rief. Der Vater mit seinem förmlichen Empfangston. Und dann war da noch jemand, anscheinend ein Besucher. Gesche lauschte durch den Türspalt. Christians Stimme! Unverkennbar. Nicht so knatternd wie viele andere hier, die klangen, als müssten ihre Besitzer ständig gegen den Wind anschreien, sondern verhangener, weicher.

Sie hielt sich am Türstock fest, weil ihre Knie plötzlich wackelig wurden. Was jetzt? Nach unten gehen, ihn begrüßen, so als wäre alles wie immer? Nein, das schickte sich dieses Mal nicht. Wenn er um ihre Hand anhielt, durfte sie nach alter Sitte nicht dabei sein. Aber in der Kammer konnte sie auch nicht bleiben, da würde sie umkommen vor Spannung. Vorsichtig drückte sie die schwere Tür gerade so weit auf, dass das ewig quietschende Scharnier noch kein Geräusch machte, und zwängte sich durch die schmale Öffnung. Behutsam, mit angehaltenem Atem, schlich sie zur Treppe und bezog auf der obersten Stufe, dicht hinter den Geländerstreben ihren seit Kindertagen gewohnten Beobachtungsposten. Das dunkle, breit geschwungene Holz bot genügend Deckung vor neugierigen Blicken von unten, doch durch die Schlitze im Schnitzwerk ließ sich das Geschehen in der Diele wunderbar erspähen. Bei nicht ganz geschlossener Tür konnte man mit etwas Glück sogar den Gesprächen in der Stube folgen.

Zunächst schien es, als wolle der Vater den Besuch in der Diele abfertigen. Wenige Schritte hinter der Haustür stand er breitbeinig da wie ein eingerammter Klotz und machte keinerlei Anstalten, ihn hereinzubitten.

»Soso, Monsieur Gottlieb, gebt Ihr uns mal wieder die Ehre. Wie geht es? Was kann man für Euch tun?« Seine Stimme troff von Herablassung.

Christian stand außerhalb ihres Blickfeldes, deshalb sah Gesche nur kurz seinen dunklen, zur Verbeugung vorgeneigten Kopf und den mit Ehrerbietung tief durch die Luft geschwenkten Dreispitz.

»Ich danke Euch, Herr Radeleff. Gut geht es. Allerdings bliebe man bei diesem Wetter besser zu Hause.« Er sprach anders als gewohnt, etwas gepresst, wie ihr schien.

»Ach, und Ihr bemüht Euch trotzdem her? Dann muss es wohl etwas Dringendes sein, wie?« Ironisch zog der Alte die Brauen hoch.

»Allerdings.« Christian nickte, er zögerte. »Ich wäre Euch dankbar, wenn Ihr mir einen Moment zuhören könntet. In Ruhe.«

»Ihr meint wohl, nicht hier zwischen Tür und Angel. Tja, seht«, der Vater wies hinüber zum großen Dielentisch, auf dem sich neben einem offenen Tintenfass und der Schreibfeder ein Haufen Papiere türmte, »ich bin gerade dabei, die jüngsten Rechnungen abzuzeichnen. Aber gut, wenn es nicht zu lange dauert – folgt mir in die Stube.«

Er ging voraus, hielt dem Besucher die Tür auf und ließ sie, nachdem beide eingetreten waren, einen Spaltbreit offen stehen. Als Signal vermutlich, das auf seine knapp bemessene Zeit hinweisen sollte.

Gesche hörte Stuhlbeine über den Stampflehm scharren und das Knarzen des lederbespannten Lehnsessels, als der Vater sich darauf niederließ.

»Wollt Ihr nicht Platz nehmen?«

»Nein danke, ich bleibe lieber stehen.« Christian hustete, ehe er weitersprach. »Gestattet mir … Erlaubt bitte … Ich möchte …« Dreimal setzte er an, dann wurde seine Stimme so leise, dass auf den Treppenstufen nur noch ein Murmeln zu vernehmen war.

Eine Ewigkeit schien das zu dauern.

Was redete er denn da so lange? Und warum in so gedämpftem Ton? Angestrengt lauschend presste Gesche das Gesicht ans Geländer, bis sich auf ihrer Stirn eine schmerzende Rille bildete, und nagte dabei an den Knöcheln ihrer vor Spannung geballten Fäuste. Endlich verebbte das Murmeln. Jetzt wäre die Reihe an ihrem Vater. Er müsste antworten, aber da kam nichts. Stille.

Und dann plötzlich ein Schrei, der Gesche wie abgeschossen auf die Beine trieb. Sie schnellte hoch, beugte sich gefährlich weit über das Geländer, um ja kein Wort zu verpassen.

»Duuu?«, brüllte der Alte mit überschnappender Stimme. »Du … du Pinsel, du Niemand wagst dich mit so einem Ansinnen hierher? Schon der Gedanke ist die schiere Unverschämtheit! Dir meine Tochter zur Frau geben! Was für ein Irrsinn! Ich fasse es nicht!« Er brach in schrilles Gelächter aus, stampfte mit dröhnenden Schritten durch die Stube.

»Was ist denn los da unten?« Die Mutter, die sich schon mittags mit Kopfschmerzen hingelegt hatte, kam aus ihrer Kammer gestürzt, blieb auf dem Treppenabsatz stehen und hielt den Kopf zum Horchen schräg.

»Ist nichts, hat nichts, dazu schwarz wie ein verfaulter Krautstrunk!«, schrie der Vater gerade. »Was soll schon aus

Afrika kommen? Nur Gesindel! Gesindel, sag ich! Und traut sich an eine Bürgerstochter heran!« Bis ins Obergeschoss hörte man das Klatschen, mit dem er sich empört die Hand vor die Stirn schlug.

»Der Mohr?«, wisperte Elisabeth Radeleff, während ihr Mann weiter tobte. »Ist der Mohr bei ihm?«

Gesche drehte sich nicht um. Sie nickte nur, die Fäuste vor den Mund gepresst. Und dann, auf einmal, hatte sie genug von dem Geschrei.

»Es reicht«, sagte sie laut mit scharfer Stimme und streckte ihren Rücken. »Wie redet er überhaupt mit ihm? Duzt ihn, beleidigt ihn! Ich höre mir das nicht länger an!« Mit festen Schritten stieg sie die Treppe hinab, marschierte quer durch die Diele, ohne die hinter ihr her huschende, ängstlich zischelnde Mutter zu beachten, stieß die Stubentür auf und stellte sich neben Christian.

Ein Blick in sein Gesicht reichte, um ihr seine Verfassung zu verraten. Unter der tiefen Bräune musste er totenblass geworden sein. Die Haut sah grau aus, spröde, wie von einer dicken Staubschicht überzogen. Noch erschreckender waren die Augen. Stumpf, blicklos, als hätten sie sich von der Wirklichkeit ab und nach innen gewandt. Nicht einmal sie, Gesche, schien er wahrzunehmen, als sie plötzlich an seiner Seite auftauchte.

Umso heftiger reagierte der Vater auf ihr unerwartetes Erscheinen und das der Mutter, die hinter der weit geöffneten Tür Deckung suchte.

»Weiber!«, polterte er nach einem kurzen Moment der Verblüffung an sie beide gewandt, die Arme in seine breiten Hüften gestemmt. »Müssen ihre Nase in alles stecken! Das hier ist reine Männersache. Verstanden? Ihr zwei habt dabei nichts zu suchen. Raus mit euch, auf der Stelle! Und Euch, Monsieur«, mit eisiger Höflichkeit richtete er das Wort wieder an den Besucher, »muss ich ebenfalls bitten, auf dem schnellsten Weg…«

»Halt!« Gesche unterbrach ihn in so energischem Ton, dass er verdutzt innehielt. »Ich habe gehört, wie du mit Christian sprichst. Warum beleidigst du ihn? Hast du vergessen, was er für uns getan hat? Kennst du keine Dankbarkeit? Und überhaupt…«

»Christian – aha, so weit ist es also schon!«, fiel ihr der Vater ins Wort. »Man duzt sich bereits. Was gibt's da sonst noch zwischen euch? He?« Seine Stimme schwoll wieder an zu wütendem Gebrüll. »Ich dulde das nicht! Schlagt euch die Sache aus dem Kopf. Kein vernünftiger Mensch würde dem zustimmen!«

»So hart kannst du nicht sein! Du hast kein Recht…«

Dieses Mal wurde Gesche von der Mutter unterbrochen. »Wie sprichst du denn mit deinem Vater, Kind? Wo bleibt der Respekt?« Elisabeth Radeleff hatte sich aus ihrer Deckung gewagt und legte der Tochter mahnend eine Hand auf den Arm. »Um was geht es hier eigentlich? Warum dieser Streit?«

»Du lieber Himmel, um was wohl?« Für lange Erklärungen war Hans Radeleff zu aufgebracht. »Er will sie heiraten!« Mit dem Kinn wies er verächtlich auf Christian. »Der Mohr hat um die Hand unserer Tochter angehalten!« Hochrot im Gesicht und schnaufend stützte er sich auf seinen Lehnstuhl. Wie dunkle Würmer, die sich gleich durch die Haut ins Freie bohren würden, pulsierten dicke Adern an seinen Schläfen.

Elisabeth ließ sich auf den niedrigen Hocker fallen, auf dem sie gewöhnlich abends nach dem Essen ihre Beine hochlegte, und verknotete die Hände im Schoß. Entsetzt starrte sie zunächst ihre Tochter an, dann den unerwünschten Bewerber. »Nein, das glaube ich nicht.« Anders als bei ihrem Mann dämpfte der Schreck ihren Widerspruch zu einem heiseren Flüstern. »Das ist einfach nicht vorstellbar!«

»Wieso denn nicht? Nur weil er schwarz ist?« Gesche stampfte mit dem Fuß auf, und obwohl sie sich weiter große Mühe gab, energisch und unerschütterlich zu wirken, wusste sie bereits, dass ihre Entschlossenheit nicht gegen den Willen der Eltern ankommen würde. Sie bemerkte einen brüchigen Unterton in ihrer Stimme und spürte hinter ihren Augen den Druck der Tränen.

»Nur! Nur!«, höhnte der Vater. »Reicht das etwa nicht? Meine Tochter und ein Mohr! Das Maul wird man sich über uns zerreißen! Über uns – eine der ersten Familien im Ort!«

Gesche schluckte und holte schon Luft, um zu protestieren, als sie plötzlich Christians Hand auf ihrem Arm fühlte.

»Lass es gut sein«, sagte er in einem Ton, der den Zorn und das Gezeter rundherum ausschloss.

Für einen Moment kam es ihr vor, als gäbe es nur sie beide und nur die Zärtlichkeit und die Trauer in seinen Augen, ehe er sich in Richtung ihrer Eltern verbeugte.

»Erlaubt, dass ich mich verabschiede.«

»Aber gern, aber gern, Monsieur!« Mit ausgestrecktem Arm eilte der alte Radeleff auf Christian zu und wies ihm den Weg zur noch immer offenen Tür hinaus. »O nein«, fuhr er seine Tochter an, als sie Anstalten machte mitzugehen. »Du bleibst hier, meine Liebe. Geheime Absprachen oder dergleichen wird es nicht geben. Dies ist das Ende für euch. Schluss. Aus. Mach dir keine falschen Hoffnungen!«

Beim Gang durch die Diele folgte er dem Besucher so dicht auf den Fersen, dass es aussah, als triebe er ihn vor sich her. Mit Schwung riss er die Haustür auf und warf sie unmittelbar darauf krachend wieder ins Schloss. Ohne Gruß.

Gesche hatte fliehen wollen vor dem zu erwartenden Donnerwetter, nach oben in ihre Kammer wollte sie rennen, konnte sich aber nicht rühren. Stocksteif stand sie mitten im Raum und hielt mit über der Brust gekreuzten Armen ihre Hände in den Achselhöhlen verborgen. Wenn ich loslasse, dachte sie, wenn ich mich nicht selbst festhalte, werde ich in tausend Stücke zerbrechen und einfach auseinanderfallen. Alles wird aus mir herausfließen, die Sehnsucht, die Zärtlichkeit, die Freude – vielleicht werde ich mich nicht einmal erinnern können.

»Setz dich. Du wirst noch umfallen, so kreidebleich wie du bist.« Die Stimme der Mutter klang kühl. Ein Stuhl wurde kratschend über den Boden gezogen.

»Hörst du nicht? Du sollst dich setzen!« Hans Radeleff war zurück in der Stube. Mit festem Griff drückte er seine Tochter auf den bereitgestellten Stuhl. Dann schloss er die Stubentür. »Überall spitzt einer die Ohren«, sagte er grimmig. »Morgen wird ganz Plön wissen, was hier gespielt wird.«

Er zog seinen Lehnsessel nahe an den Tisch, ließ sich ächzend hineinfallen und legte seine Arme mit gefalteten Händen auf die blankgescheuerte Tischplatte. Gesche schaute schnell weg. Sie kannte diese Pose. Da sitzt er wieder zu Gericht, dachte sie, gleich kommt das Urteil. Zum ersten Mal trifft es mich und nicht, wie gewöhnlich, den armen Berend. Sie hörte das trockene Reiben, mit dem seine Daumen umeinander kreisten.

»Würdest du mich bitte ansehen? Ich möchte mit dir reden.«

Gesche hob kurz den Kopf, senkte aber den Blick sofort wieder auf den Stoff ihres Rocks. Ein blasses Graublau wie von unreifen Pflaumen, dachte sie, die Farbe meines Unglücks.

»Wie du willst«, sagte der Vater. »Hören wirst du mich so oder so, und präge dir gut ein, was ich sage, denn ich werde es nicht wiederholen. Die Konsequenzen würden dich hart treffen, wenn du dich nicht daran hieltest, das verspreche ich dir.«

Was kann er vorhaben, schoss es ihr durch den Kopf. Eine

Ehe mit einem alten Goldesel? Oder will er mich nach Übersee verschiffen, wie sie es mit meinem Bruder Hans gemacht haben? Und wenn schon ...

»Ein für alle Mal erkläre ich den Kontakt zu dem Mohren Gottlieb strikt für beendet«, fuhr er fort. »Du wirst dich nicht mit ihm treffen, und wenn du ihn zufällig siehst, nicht mit ihm reden. Verstanden? Hast du mich verstanden?« Mit flacher Hand schlug er auf den Tisch.

Gesche zuckte zusammen und nickte ohne aufzuschauen.

»Glaub mir, unzählige Augen werden verfolgen, was du tust. Jens und Lene haben natürlich gelauscht, und wie die beiden tratschen, ist dir bekannt. Jeder wird dich belauern, wird beobachten, ob du nicht doch wieder mit dem Kerl zusammensteckst. Nur zu gern würde man mir das unter die Nase reiben. Eine Menge Leute hätte ihren Spaß daran.« Er lachte bitter auf. »Ich höre sie schon geifern, Radeleffs Tochter will einen Menschenfresser heiraten, einen Heiden, einen Leibeigenen!«

Empört hämmerte Gesche mit den Fäusten auf ihre Knie. Kerzengerade saß sie da und fauchte ihren Vater an, als wollte er ihr die Luft abdrücken.

»Aber das stimmt doch gar nicht! Wie kannst du ...«

»Ruhe«, wieder sauste seine Hand klatschend auf den Tisch. »Hier rede ich, und ich sage dir, dass mich das ganze Theater um diesen Mann nicht interessiert. Seine gute Erziehung? Nicht anders als bei einem dressierten Affen! Getauft ist er, aha! Stellt sich nur die Frage, ob das Weihwasser auch unter die schwarze Haut dringt. Ein echter Christenmensch sieht nicht so aus. Und der Oberst soll ihm die Freiheit geschenkt haben? Wunderbar, aber was, wenn er es eines Tages bereut und ihn wieder unter seine Knute beordert? Was dann, Frau Leibeigene?«

Radeleff sprang polternd auf die Beine. Die Hände tief in

den Jackentaschen vergraben, begann er, mit großen Schritten den Tisch zu umrunden. Beflissen schob seine Frau ihren Stuhl aus seiner Rennstrecke, bis sie mit der Rückenlehne an das dunkel gebeizte Eichenpaneel stieß, hinter dem sie sich vermutlich am liebsten verkrochen hätte.

»Mir so etwas anzutun!«, dröhnte der Vater weiter. Bei jeder Runde streifte sein Ärmel Gesches Hinterkopf, aber sie blieb eisern sitzen, hielt den Blick ungerührt durch das Fenster auf ein im Hinterhof vor sich hin kümmerndes Apfelbäumchen gerichtet und tat, als wäre er Luft.

»Wenn ich an die Verwandtschaft denke! Geachtete Bürger allesamt, und ausgerechnet meine Tochter bringt Schande über unseren Namen.« Er schnaubte vor Wut. »Radeleff – bis heute ein Gütesiegel!«

Jetzt geht das wieder los, dachte Gesche und unterdrückte einen Seufzer. Die altbekannte Hymne auf die Familie Radeleff. Wie klug sie alle sind, wie bedeutend, wie untadelig, natürlich auch betucht …

»So viel Glanz und Ansehen, das soll uns erst mal eine andere Sippe nachmachen! Dein Großvater ein Bürgermeister, genauso dein Onkel Bernd, ich selbst seit Jahren Ratsherr, was, wie du weißt, nach Lübschem Recht nur möglich ist, wenn einer ein florierendes Handelsgeschäft betreibt. Dein Onkel Claus sitzt im Vorstand der Stadtkirche. Bäckermeister gibt es in der Familie, Brauer, Branntweinbrenner. Nimm das in einem Ort von knapp tausend Seelen zusammen, und du hast die Sahne abgeschöpft. Ha!« Er baute sich vor dem Fenster auf, um Gesches Blick auf sich zu lenken, aber sie schaute durch ihn hindurch.

»Ha!«, schrie er noch einmal und reckte ihr den puterroten Kopf entgegen. »Das lassen wir uns nicht zerstören! Nicht von einem Mohren und nicht von deiner verliebten Einfalt!«

»Hans, Lieber, jetzt ist es genug.« Elisabeth war aufgestanden. Mit zögernden Schritten, als fürchte sie, von ihm attackiert zu werden, ging sie auf ihn zu. »Bitte, du musst dich beruhigen. Es ist alles gesagt, und Gesche weiß, was sie zu tun hat.«

Erwartungsvoll, eine Hand beschwichtigend auf den Arm ihres schwer atmenden Mannes gelegt, schaute sie Gesche an. Doch die schob mit einem Ruck ihren Stuhl zurück und verließ wortlos den Raum.

Die Zeit danach verklumpte sich in ihrer Erinnerung zu einem zähen, konturlosen Einerlei. Erbsen döppen, Bohnen schneiden, Birnenkompott einkochen, Kraut in Fässer füllen, Talgkerzen putzen, den Reisigbesen über Lehmböden schwingen, im Spülstein Berge von fettigem Geschirr, Scheuersand auf Bratenspieße und eiserne Pfannen, Holz und noch mehr Feuerholz unter den überschwappenden Waschkessel, vom Schrubben in heißem Wasser gerötete Hände. Im Ohr immer die spöttische Stimme des Vaters: *Wer sich alt genug zum Heiraten fühlt, kann auch arbeiten.* Und die gutgemeinten Kommentare der Mutter: *Das bringt dich auf andere Gedanken, Kind, du wirst sehen, so eine Liebelei vergisst man umso schneller, je mehr man tut.*

Kind? Wie falsch sie liegt, dachte Gesche. Die verspielte Kleine, das verwöhnte Ratsherrntöchterchen gibt es nicht mehr. Obwohl ihr manchmal schwindlig war vor Erschöpfung, spürte sie eine ungewohnte Kraft in sich wachsen, eine langsam zunehmende Sicherheit, auf die sie sich würde verlassen können, sobald dieser Spuk hier zu Ende wäre. Und das würde er sein – sie wusste nur noch nicht, wann. Zur Besinnung solle sie kommen, sagte der Vater beinahe täglich, wenn sie mit Wäschekörben, Kehrschaufeln oder Wasserkübeln seinen Weg kreuzte. Und das tat sie auch, allerdings in anderer Art als von ihm gewollt. In Holzpantinen, wie sie die Mägde trugen, klapperte sie lärmend durchs Haus. Für die Ohren des Vaters mochte das Geräusch vielleicht ein Zeichen der Bußfertigkeit und Unterwerfung sein, sie selbst empfand es als unüberhörbares Signal des Widerspruchs.

Berend. Eine Zeit lang hatte sie gehofft, bei Berend Rückhalt zu finden. Nicht unbedingt in Form von Verteidigung gegen die ständigen väterlichen Seitenhiebe und Dienstanweisungen, dafür war der Bruder, wie sie aus Erfahrung wusste, nicht mutig genug. Aber vielleicht durch kleine Zeichen des Mitgefühls oder des Einverständnisses.

Doch Berend hatte augenblicklich die Chance gewittert, Gesches Absturz aus der Gunst des Vaters für den eigenen Aufstieg zu nutzen. Endlich konnte er, der erklärte Versager, aus ihrem Schatten treten. Statt der Schwester beizustehen, scharwenzelte er unaufhörlich um den Alten herum, stimmte ihm ungefragt zu, wenn der sich wieder einmal über Gesches *Schnapsideen* und *abwegigen Pläne* ausließ, und er kritisierte sie wegen angeblich falsch geplätteter Hosen oder mangelhaft gewienerter Stiefel in einer Lautstärke, die jedem im Haus klarmachen musste, auf wessen Seite er stand.

»Sag mal, spinnst du eigentlich?«

Eines Morgens, als er sich mit durchdringender Stimme über den Staub zwischen den Geländerstreben beschwerte und ihr anklagend ein paar graue Fuseln entgegenhielt, blieb Gesche samt Schrubber und Laugeneimer auf der Treppe vor ihm stehen.

»Was fällt dir ein, hier so herumzutönen?«, fuhr sie ihn wütend an. »Glaubst du etwa, ich bin dein Putzfleck?«

Berend hob die Brauen, zwei fahlgelbe schmale Balken über

tiefliegenden, frechen Augen. »Ist das nicht deine neue Aufgabe? Immer noch besser, als einem Mohren das Haus zu fegen!«

Vor Empörung schnappte Gesche nach Luft. »Du traust dich tatsächlich, über ihn herzuziehen? Ausgerechnet du? Was wäre denn aus dir und deinem Hochmut geworden, wenn er dich nicht aus dem Eis gefischt hätte?«

»Schon wieder diese Geschichte! Ihr übertreibt doch alle! Ich hätte es auch ohne ihn geschafft. Er wollte sich nur aufspielen, sonst nichts!« Mit dreistem Grinsen ging Berend an seiner Schwester vorbei, die Hände hatte er lässig in den Hosentaschen versenkt. Darum konnte er auch nirgends nach Halt greifen, als ihn ein Schwall Seifenwasser einholte, auf dem seine Stiefel ausglitten, so dass er auf dem Hosenboden von Stufe zu Stufe rutschte und schließlich mit hartem Aufschlag am Fuß der Treppe landete.

»Was sitzt du denn da herum?«, rief Gesche ihm von oben zu und klopfte dabei die letzten Tropfen aus ihrem Eimer. »Solltest du um diese Zeit nicht längst beim Mälzen sein?«

Während er sich aufrappelte und die Schmierseife von seinem Hinterteil wischte, warf Berend ihr einen kurzen ärgerlichen Blick zu, erwiderte aber nichts. Wohlweislich, dachte sie und lachte in sich hinein. Arbeit war für den Bruder ein sorgsam gemiedenes Thema. Seit ihn der Vater zu seinem Nachfolger ausersehen hatte, wurde sein Einsatz in den verschiedenen Geschäftsbereichen erwartet, aber Berend zeigte wenig Neigung, etwa vor Morgengrauen in der Backstube zu erscheinen, er hasste den Malzgeruch und mochte vom Bierbrauen nur das fertige Produkt. Lieber ging er zum Angeln oder auf die Jagd oder saß im Wirtshaus beim Würfeln zusammen mit anderen verwöhnten Bürgersöhnen.

Gesche beobachtete, wie er leicht gekrümmt durch die Diele humpelte und die Stubentür öffnete. »Vater, sie ...« Obwohl die

Tür sofort hinter ihm zufiel, konnte sie sich denken, was er zu sagen hatte. Er würde sie wieder einmal anschwärzen, um von seiner Faulheit abzulenken. Allerdings rechnete sie nicht mehr mit einer Verschärfung der gegen sie verhängten Strafmaßnahmen. Die durch die Stadt kursierenden Gerüchte waren nämlich inzwischen ins Haus zurückgeschwappt, und es hatte sich herausgestellt, dass zwar über einen heftigen Streit mit dem Mohren Gottlieb getratscht wurde, nicht aber über dessen Beziehung zu Gesche. Erleichtert war der alte Radeleff zu einem weniger strengen Regiment übergegangen, jedoch ohne die Tochter von der Kandare zu lassen.

Hedwig. Auch an die ältere Schwester hatte Gesche gedacht, als sie überlegte, wer ihr den Rücken gegen die elterliche Front stärken könnte. Früher, in ihrer Kinderzeit, war Hedwig, fünf Jahre älter und aus der Sicht der Kleinen beinahe schon erwachsen, ihre Zuflucht gewesen, wenn sie sich ein Knie aufgeschrammt oder Bauchweh von unreifen Johannisbeeren hatte oder wenn der Vater drohte, ihr den Hosenboden strammzuziehen, weil sie wieder einmal auf einem Besenstiel polternd die Holztreppe heruntergeritten war. Hedwig trug sie auf ihrem Rücken durch die Schlammpfützen hinterm Deich, kannte die besten Verstecke ums Haus herum, hievte Gesche aus dem Kinderhochstuhl, wenn die Mutter, was häufig vorkam, ihre Zweitjüngste darin ruhigzustellen versuchte.

Aber die Verbündete der frühen Jahre hatte sich seit ihrer Heirat mit dem Plöner Wundarzt Mack in eine strenge, unzugängliche Person verwandelt. Schwager Joachim, ein langer, dünner Mann, dessen vorstehende Augen ständig in Bewegung waren, als müssten sie alles kontrollieren, gab vor, was richtig und vernünftig war, und seine Frau richtete sich danach. Ihren Kopf, dachte Gesche oft, scheint sie bei der Trauung in der Kirche abgegeben zu haben. Und da Joachim für die *Radeleffsche Sippe,* wie er zu sagen pflegte, außer seltenen Pflichtbesuchen wenig übrig hatte, war auch der Kontakt zwischen den Schwestern beinahe eingeschlafen. Erst recht, seit der kleine Johann auf der Welt war, ein nach Art des Vaters langes, dünnes Kind, von Koliken geplagt, die seine Mutter Tag und Nacht mit Kamillentee, feucht-warmen Umschlägen und besänftigendem Singsang durchs Haus trieben.

Vielleicht, dachte Gesche, ist es überhaupt besser, dass wir kaum noch in Verbindung stehen, denn Joachim würde sich jedenfalls auf die Seite des Alten schlagen und wahrscheinlich für noch mehr Strenge plädieren, und Hedwig – was war von ihr zu erwarten? Bestimmt nicht mehr die frühere Wärme und Zuneigung, sondern eher schmallippige Ermahnungen: *Du solltest … Wie kannst du nur … Bedenke doch …* Manchmal, wenn ihr solche Szenen durch den Kopf gingen, schlug Gesche so heftig auf die zum Lüften ins Fenster gehängten Betten ein, dass die Federn aufstoben und die Ziegel schepperten.

Blieb noch Elisabeth, die Jüngste im Familienverbund. Fünfzehn war sie und lebte schon seit zwei Jahren bei kinderlosen Verwandten in Kiel, zu weit weg für eine verschwörerische Gemeinschaft, dachte Gesche, und zu jung, um von ihr Verständnis für die eigenartige Mischung aus Sehnsucht, Trotz und Einsamkeit erwarten zu können, in der sie sich gefangen fühlte. Vielleicht hatte Elisabeth noch nie einen Mohren gesehen, vielleicht würde sie sich – wie die Mutter, die immer noch nach jedem Handschlag mit ihm vorsorglich ihre Rechte am Rock abwischte – vor seiner schwarzen Farbe ekeln und ängstlich prüfen, ob sie abfärbte auf die eigene zarte rosa Haut. Und nicht im Geringsten begreifen, dass man *so einen* lieben konnte. Die dunklen Flecken auf dem hellen Holz des Dielentisches brachten Gesche immer wieder auf diesen Gedanken. Fettspuren, Ränder von Bierkrügen, Tintenkleckse. »Widerlicher Schmutz«, hieß es, wenn sie samstags pflichtgemäß die Tischplatte schrubbte, »streng dich an. Schließlich sind wir ordentliche Leute und keine Wilden.«

War das gezielte Stichelei oder einfach nur dahergeplappert? Für Gesche machte es keinen Unterschied. Das Geräusch der hart über das Holz fahrenden Wurzelbürste gab ihr das Gefühl, sich Zorn und Trauer von der Seele zu scheuern.

Die Hoffnung auf Hilfe von ihren Freundinnen musste sie sich ebenfalls aus dem Kopf schlagen. Marie, lebhaft, lustig und vor allem schwatzhaft, würde ein derart aufregendes Geheimnis niemals für sich behalten können. Und Friederike kam als Zuflucht nicht in Frage, weil Jacob Wedderhus sich ständig in ihrer Umgebung herumtrieb, emsig darauf bedacht, nur ja nichts von ihrem Leben zu verpassen. Außer sonntags beim Kirchgang gab es für Gesche kaum noch Gelegenheit, die Freundin zu treffen, doch auch dann war er immer schon da, stand hinter der nächsten Säule, hielt die schwere Kirchentür auf, spannte den Regenschirm über sie, reichte ihr seinen Arm und beäugte misstrauisch jeden, der in Friederikes Nähe geriet. Ihr schien das zu gefallen, sie hob die Nase und wackelte eitel mit den Schultern, wenn er sie beflissen umkreiste. Vielleicht war es ja nur ein Spiel, ein Probelauf für ihre Anziehungskraft, bis der Richtige käme. Gesche hoffte das, aber für sie selbst bedeutete es: keine Aussicht auf ein vertrauliches Gespräch.

Oft hatte sich Gesche das Ende ihrer häuslichen Sklavenzeit vorzustellen versucht. Niemals jedoch wäre ihr eingefallen herbeizuwünschen, was dann tatsächlich geschah.

Morgens gegen vier Uhr an einem Donnerstag Anfang Juni sprengte ein gellender Schrei alle Bewohner des Hauses am Markt aus dem Schlaf. Kein Hilferuf. Kein Angstgeheul. Ein rauer, kehliger Laut, der sich immer höher schraubte, bis er in einem schrillen Kreischen hängen blieb. Überall Türenknallen, rennende Schritte.

»Was ist?« Im Laufen warf Gesche ein Wolltuch um ihre Schultern, mehr gegen die Gänsehaut als gegen die morgendliche Kühle. Barfuß stürzte sie aus ihrer Kammer und sah die Mutter auf der Schwelle des Schlafzimmers stehen, die Arme um ein zerknautschtes Kopfkissen geschlungen, in dem sie ihr Geschrei zu ersticken versuchte.

»Was hast du?« Berend traf gleichzeitig mit Gesche ein.

Von unten polterten Lene und Jens die Treppe herauf. »Ist was passiert?«

Aus dem Kissen war nur noch ein leises Wimmern zu hören, mit ihrem Ellbogen machte die Mutter ein Zeichen Richtung Bett. Wie der schwache Flügelschlag eines verwundeten Vogels wirkte es unter dem Faltenwurf des Nachthemds.

Ein morscher Baum, dachte Gesche, als sie ihren Vater da liegen sah. Vom Blitz gefällt. Das rechte, von dicken Adern und Haaren dunkle Bein hing wie ein verdorrter Ast über die Bettkante, die Hände hatten sich in Brusthöhe im braunen Stoff des Nachtgewandes verkrallt, der Mund stand weit offen, ohne Atem, ohne Röcheln. Diese dröhnende Stille war es, die sie mehr entsetzte als das blau angelaufene Gesicht und der Widerschein des Kerzenlichts in den unter schweren Lidfalten erstarrten Augen.

»Tot?« Lenes geflüsterte Frage ließ alle zusammenschrecken.

»Wer soll das wissen?«, fuhr Berend sie an. »Red kein dummes Zeug! Lauf lieber und hol den Medicus! Los, mach schon!«

Lene zögerte kurz, warf einen Blick auf ihre nackten Füße

und auf Jens, der mit plötzlicher Geschäftigkeit hin und her rannte und alle Kerzen und Talglichter im Raum anzündete, dann schlug sie sich mit trotzigem Schwung ihren langen, zerzausten Zopf über die Schulter und tappte die Treppe hinab.

»Beten wär jetzt besser als kommandieren«, hörte man sie draußen vernehmlich murmeln. »So viel steht schließlich fest, dass Sachen wie die hier von der Sünde kommen. Der Teufel riecht sicher schon den nächsten Braten.«

»Was sagst du da? Was fällt dir ein … du … du …«

»Berend!« Gesche packte den Bruder beim Arm. »Lass sie reden. Du weißt doch, wie die Leute denken. Für sie sind Krankheit und Tod Sündenstrafen. Vor allem, wenn es so plötzlich passiert wie bei Vater.«

»Glaubst du das etwa auch?« Die Mutter, die zusammengesunken am Rand ihrer Bettseite kauerte, hob den Kopf. Erschrocken schaute sie Gesche an. Tränen sammelten sich in den Falten neben ihren Mundwinkeln und tropften auf den Rüschenbesatz ihres Nachthemdes. »Aber er ist doch ein so guter Mensch! – War …«, fügte sie leise hinzu. Mit einem Schluchzer ließ sie den Kopf wieder sinken und schlug sich die Hände vors Gesicht.

Gesche gab keine Antwort. Vom Fußende des Bettes aus starrte sie auf die reglos daliegende Gestalt. Mein Vater. Wie gut kenne ich ihn eigentlich, dachte sie. Welcher war denn der richtige, der wirkliche? Der, bei dem ich mich früher sicher und aufgehoben gefühlt habe, oder der andere, der mit Gewalt seinen Willen gegen meinen durchsetzen wollte? Warum kommen mir keine Tränen? Warum muss ich mühsam die besten Momente mit ihm aus meinem Gedächtnis kramen, um überhaupt einen Hauch von Trauer zu empfinden?

Aus dem Augenwinkel sah sie ihren Bruder mit finsterer Miene neben der Tür stehen. Vielleicht gingen ihm ähnliche

Gedanken durch den Kopf, vielleicht überlegte er genau wie sie, ob nicht doch etwas dran war am Gerede der Leute und der Vater noch leben könnte, wenn er seinen Zorn nicht so ungehemmt an seinen Kindern ausgelassen hätte.

Von der Treppe her hörte man das Geräusch schwerer Schritte. Anselm Holsten, von Lene offenbar schon unterrichtet, hielt sich nicht mit Fragen auf, sondern eilte direkt zu seinem Patienten. Neben dem Bett ließ er sich auf einem Knie nieder, lupfte die wulstigen Lidfalten des Vaters, um ihm in die Augen zu sehen, tastete nach der Halsschlagader, legte ihm horchend ein Ohr auf die Brust, schob dann den rechten Ärmel des Nachthemds hoch und betrachtete die freigelegten Adern. Doch statt eine davon zu öffnen, schüttelte er plötzlich den Kopf. Nacheinander blickte er die Familienmitglieder an, als wolle er jeden einzeln von seinem Entschluss überzeugen.

»Ein Aderlass wäre sinnlos«, sagte er, »dazu ist es zu spät. Ich kann nichts mehr für ihn tun.« Er stützte sich an der Bettkante ab und kam mit leisem Ächzen auf die Füße, dann beugte er sich über den Toten und drückte ihm die Augen zu.

»Wieso denn nur?« Die Mutter hob ihr vom Weinen verquollenes Gesicht. »Was ist denn mit ihm geschehen?«

Der Arzt zuckte mit den Schultern. »Ein Schlagfluss vielleicht, der Gesichtsfarbe nach vielleicht auch ein Erstickungsanfall. Genaueres kann ich nicht sagen, nur dass ihm nicht mehr zu helfen ist.«

Bevor er ging, drückte er der Mutter ein braunes, verkorktes Fläschchen in die Hand. »Laudanum«, sagte er, »zur Beruhigung. Es lässt Euch über den Schmerz hinwegschlafen. Nehmt nur tüchtig von den Tropfen.«

Und Elisabeth hielt sich so gehorsam an seinen Rat, dass sie den größten Teil der folgenden Tage kaum ansprechbar mit hochgelegten Füßen im ledernen Ohrenbackensessel in der

Stube verbrachte und einfach geschehen ließ, was geschehen musste.

Für Gesche war es die erste direkte Begegnung mit dem Tod. Als noch unmündige Tochter des Verstorbenen wurde sie geschont, niemand verlangte etwas von ihr. Sie fühlte sich wie in einem Schutzraum, aus dessen sicherem Abstand sie zuschauen konnte, wie Onkel Claus, der ältere Bruder des Vaters, alles Notwendige regelte. Jens hatte ihn noch im Morgengrauen verständigt, und seit Mittag saß er, angetan mit seinem schwarzsamtenen Gehrock, den er gewöhnlich bei Versammlungen des Kirchenvorstands trug, und seiner besten Perücke, schwitzend in der Stube und besprach sich mit dem Pastor, dem Sargmacher und dem Totengräber, der das Grab neben des Vaters verstorbener erster Frau ausheben sollte.

Gesche beobachtete ihn in seiner Wichtigkeit und war froh, dass er von ihrer *schändlichen* – wie der Vater häufig gesagt hatte – Verbindung zu Christian und den daraus folgenden Strafmaßnahmen nichts ahnte. Mit Sicherheit würde er sonst versucht haben, die väterliche Anordnung fortzusetzen und womöglich weiter zuzuspitzen, weil er noch mehr als sein Bruder am Hochglanz des Familienrufs arbeitete.

Ein paar Tage lang sah es so aus, als wolle er sich zum neuen Herrn des Hauses aufschwingen, aber Gesche war klar, dass die Mutter, sobald sie aus den Tiefen ihrer Trauer, dem Gefühl des Verlassenseins und dem Laudanum-Nebel wieder auftauchte, dem Schwager seine Grenzen zeigen würde. Sie würde nicht zulassen, dass er hier das Regiment übernahm. Und damit könnte sich, dachte Gesche, vielleicht eine neue Chance für ihre Liebe auftun. Denn hinter der zur Schau getragenen Strenge der Mutter hatte sie immer eine Prise Mitgefühl zu spüren gemeint und manchmal sogar geglaubt, die harten

Ermahnungen und Vorschriften hätten mehr den Zorn des Vaters beschwichtigen sollen als die Tochter zur Räson bringen. Vielleicht würde sie jetzt weniger unerbittlich sein.

Am Samstag nach dem Begräbnis setzte Gesche morgens eine frische Haube auf und holte den Weidenkorb aus der Küche.

»Ich laufe mal schnell zu Grüterjans rüber, vielleicht haben sie schon Glaskirschen!«, rief sie durch die halb geöffnete Stubentür, hinter der ihre Mutter reglos im Sessel vor sich hin dämmerte.

Alle im Haus liebten die hellroten, süßen Knubberkirschen, höchst unwahrscheinlich also, dass jemand ihren Plan durchkreuzte.

Keine Antwort. Niemand, der ihr verbot, allein das Haus zu verlassen, oder der irgendwelche Befehle erteilte. Und wenn Berend jetzt ihren Weg queren und versuchen sollte, sie aufzuhalten, bekäme er ihre Krallen zu sehen, das stand fest. Schwungvoll warf sie die Haustür hinter sich ins Schloss und marschierte mit großen Schritten über die sonnenbeschienene Straße. Gesche, der Putzfleck, war Vergangenheit.

Noch Jahre später überkam sie eine Welle der Scham, sobald sie daran dachte, wie wenig sie um ihren Vater getrauert hatte. Zwar hatte sie mit aller Macht versucht, ihre Gedanken in trübe, graue Bahnen zu lenken, doch nichts half, die plötzlich aufschäumende Lebenslust im Zaum zu halten. Sie lachte den Leuten unterwegs ins Gesicht, ohne sich um deren betretene Mienen zu scheren, sie summte beim Laufen vor sich hin, ihre Füße vergaßen den Ballast der Holzschuhe, und erst nachdem sie nahezu jede Straße und jede Gasse durchstreift hatte, merkte sie, dass sie gar nicht auf der Jagd nach den dicken Kirschen war, sondern nach Christian Ausschau hielt.

Elisabeth brauchte fast drei Wochen, bis sie wieder auf dem Posten war. Dann aber nicht so, wie Gesche es sich voller Hoffnung ausgemalt hatte. Vielleicht fühlte sie sich den Prinzipien ihres verstorbenen Mannes verpflichtet und traute sich nicht, so bald nach seinem Tod schon den Kurs zu wechseln, vielleicht auch fürchtete sie ohne männlichen Schutz an ihrer Seite das Gerede der Leute noch mehr als zuvor, oder es hatte die vermeintliche Milde unter ihrer harschen Schale nur in der Phantasie ihrer Tochter gegeben. Gesche suchte nicht nach Erklärungen für das Warum. Sie stürzte einfach wieder in einen Abgrund von Enttäuschung und Niedergeschlagenheit, als die Mutter, kaum aus ihrer Trance erwacht, erneut die Zügel strammzog.

An einem kühlen Vormittag hatte sich Elisabeth nach dem Frühstück überraschend zu einem Kirchhofsbesuch aufgemacht. Wenig später verließ auch Gesche das Haus. Mit gesenktem Kopf, weil ein plötzlich aufkommender Wind Wolken von feinem Staub durch die Straßen wirbelte, rannte sie nahe an der Häuserfront entlang. Selbst blind hätte sie ihr Ziel erreicht, die Ruine eines im letzten Herbst vom Blitz zerstörten Hauses am Ende der Klosterstraße. Hinter dem verkohlten Türstock, im Schatten einer halb verfallenen Mauer würde Christian auf sie warten wie schon zweimal seit dem Tod ihres Vaters. Das Haus sei verhext, sagten die Leute, weil es mit grünem Flackern wie eine Fackel binnen zehn Minuten abgebrannt war. Niemand außer ihnen beiden wagte sich dort hin. Noch ein paar Schritte. Wenn der Sand nur nicht so in den Augen bisse. Mit einem Zipfel ihres Schultertuches wischte sich Gesche durchs Gesicht und prallte im selben Moment mit jemandem zusammen, der sich ebenfalls Schutz suchend nahe an die Häuserwände hielt. Blinzelnd schaute sie auf.

»Du?«

»Du?«

Verblüfft starrten sich Tochter und Mutter an. Elisabeth fand als Erste die Sprache wieder.

»Was tust du hier? Wo willst du denn hin bei diesem Sturm? Mich hat es regelrecht vom Kirchhof geblasen. Das ist kein Wetter, um draußen herumzulaufen. Komm, lass uns nach Hause gehen.«

Gesche spürte, wie ihr das Blut ins Gesicht schoss, und weil sie merkte, dass das ihrer Mutter nicht entging, wurde sie noch verlegener.

»Ich wollte … Ich muss …«, stammelte sie hilflos, ohne eine Idee für eine einleuchtende Erklärung. Dabei richtete sich ihr Blick unwillkürlich über Elisabeths Schulter auf den nahen, schwarz umrahmten Hauseingang.

Sofort wandte Elisabeth den Kopf und sah gerade noch das dunkle Gesicht, das einen Moment lang aus der Öffnung spähte, sich aber bei ihrem Anblick hastig zurückzog. Mit einem Ruck drehte sie sich wieder zu ihrer Tochter um.

»Der Mohr also! Ich dachte, die Geschichte hätten wir hinter uns.« Ihre Stimme krächzte vor Enttäuschung und Ärger, der Sand spielte sicher auch eine Rolle. Jedenfalls hustete sie beim Weitersprechen. »Wie kannst du mir das antun? Meinst du etwa, nach dem Tod deines Vaters gelten die Regeln in unserem Haus nicht mehr? Los, ab mit dir!« Sie packte ihre Tochter beim Arm, um sie mit sich über den Marktplatz zu ziehen. »Wie lange geht das schon?«, fragte sie und kurz darauf noch einmal, weil keine Antwort kam.

Aber Gesche blieb stumm. Mit hängendem Kopf ließ sie sich ins Haus führen, rannte wortlos die Treppe hinauf in ihre Kammer und knallte heftig die Tür ins Schloss, während ihr die Mutter von unten nachrief, sie solle sich ja keine falschen

Vorstellungen machen. »Wenn du nicht selbst auf dich achten kannst, muss ich es tun!« Ihre Stimme klang noch immer rau vom Staub.

Dieses Mal wurde Gesche nicht mit häuslichen Pflichten zugeschüttet, man ließ sie in Ruhe, solange sie keine Anstalten machte, allein und ohne genaue Zielangabe das Haus zu verlassen. Offenbar setzte die Mutter, nachdem das Arbeitsprogramm nichts ausgerichtet hatte, auf die Zeit. Wenn man nur lang genug durchhielte, würde sich die Sache von allein erledigen, schien sie zu meinen.

Aber ihre Tochter spürte nichts von der angeblich heilenden Wirkung der Zeit. Im Gegenteil. Der verkratzte kleine Spiegel, den sie in der Schublade ihres Nachtkästchens aufbewahrte, bestätigte Gesches Gefühl, von der Aussichtslosigkeit ihrer Lage zernagt, innerlich ausgehöhlt zu werden. Umso mehr, je länger das sinnlose Hoffen andauerte. Abend für Abend kramte sie die trübe Scherbe hervor und versuchte, sich darin mit Christians Augen zu sehen. Würde er sie noch lieben können? Diese bleichen, eingefallenen Wangen, die strähnigen Haare, den stumpfen, vom Weinen rotgeränderten Blick? Diese magere Figur, an der die Kleider schlotterten?

»Gesche! – Gertrud!« Elisabeth probierte es mit Milde und Strenge. »Du musst essen – hier dein geliebter Wurzeleintopf mit Speck und Petersilie. Wem ist gedient, wenn du verhungerst? Wer soll einen so dürren Haken mögen?« Dazu wurde ihr Dünnbier eingeschenkt. »Damit es besser rutscht.«

Gesche zuckte nur mit den Schultern. Sie versuchte ja zu schlucken, aber es ging einfach nicht. Es war wie in ihrer Kinderzeit mit dem Kümmel im Kraut. Kaum hatte der Geschmack ihren Rachen erreicht, musste sie würgen. Damals kam es von außen, dachte Gesche, jetzt von innen. Mal Kümmel, mal Kummer. Elisabeth hob beunruhigt den Kopf, als sie das dunkle, bittere Kichern ihrer Tochter hörte.

Friederike wurde gerufen. Hinter Gesches Rücken. Bevor sie zu der Freundin hinauflaufen durfte, bat Elisabeth sie in die Stube, schloss sorgfältig die Tür und rückte einen Stuhl zurecht.

»Setz dich, Kind. Wie wär's mit etwas Apfelmost?«

Ein Becher wurde aus einem Krug gefüllt und über den Tisch geschoben.

Ausführlich berichtete Friederike der Freundin anschließend von allem, was unten beredet worden war, während sie nach ihrem schnellen Lauf durch den schwülen Augustnachmittag gierig getrunken hatte. Trotz des felsenfesten Versprechens, nichts von dem Gespräch zu verraten. Vor Aufregung war ihr die Haube weit nach hinten gerutscht, und die schweißnassen blonden Haare ringelten sich ungehemmt um ihre Stirn.

»Ist es denn wirklich wahr, was deine Mutter erzählt? Du bist in den Mohren verliebt?«

Nie hätte Gesche für möglich gehalten, dass sich auf diesem schmalen Fuchsgesichtchen derart viele Gefühle in so schneller Folge abzeichnen könnten. Neugier, Erschrecken, Mitgefühl, Bangigkeit – vielleicht sogar eine Prise Neid. Wie Wolkengebilde, die vom Sturm kreuz und quer über einen hellen Himmel getrieben wurden. Normalerweise hätte sie gelacht über ein solches Durcheinander, aber jetzt war ein Achselzucken die einzige Reaktion. Friederike zog einen Schemel zu Gesche ans Fenster.

»Versteh doch, sie macht sich Sorgen. Ein Mohr in einer so vornehmen Familie! Wie soll denn das gehen? Für die Leute hier ist er ein Niemand, ob Trompeter oder sonst was. Obwohl er natürlich unglaublich gut aussieht.« Mit dem Ellbogen gab Friederike der Freundin einen kleinen einvernehmlichen Stups, aber die blieb mit gesenktem Kopf stumm neben ihr sitzen.

»Du kommst darüber hinweg«, fuhr sie nach einer kleinen Pause fort. »Ich weiß das... aus Erfahrung. Jacob und ich haben nichts mehr miteinander zu tun. Seit drei Wochen schon. Du hast es nicht mitgekriegt, hier in deinem Kämmerchen. Bei einem Fest in Ascheberg hat er eine andere kennengelernt. Was Besseres. Angeblich ist ihr Vater beim Herzog beschäftigt und hat Vermögen. Es tut weh – aber na ja...«

Gesche schaute sie verwundert an. »So einfach soll das gehen? Das verstehe ich nicht. Dann kann es keine Liebe gewesen sein!«

»Liebe – mein Gott, wie ernst du das nimmst! Wer heiratet denn schon aus Liebe? Die ist nach ein paar Wochen sowieso verrauscht. Worauf es ankommt, sagt meine Mutter immer, ist ein solides Fundament, eine gute Versorgung, Verlässlichkeit und dass man sich verantwortlich fühlt. Ich weiß gar nicht, ob es so etwas wie echte Liebe überhaupt gibt. Wenn man bedenkt, was sich alles abspielt...« Sie warf Gesche einen neugierigen Seitenblick zu. »Glaubst du denn, dass der Mohr dich liebt?«

»Christian!«

»Meinetwegen Christian. Bist du sicher, dass er dich wirklich liebt?«

Verdutzt zog Gesche die Augenbrauen hoch. »Was willst du mit deinen Fragen? Soll ich etwa haarklein erzählen, was er mir in der Ruine gesagt hat? Und wie er mich geküsst hat?«, fügte sie leise hinzu. »Ja, ich bin mir sicher.«

»Dann ist es ja gut. Ich dachte nur...«

»Was dachtest du?«, fragte Gesche mit wachsendem Misstrauen. »Ich höre doch deiner Stimme an, dass etwas nicht stimmt. Jetzt sag schon endlich, was dir durch den Kopf spukt.«

Friederike zögerte. Unruhig rutschte sie auf ihrem Schemel hin und her, zerknüllte ihre blau-weiße Schürze zwischen den Fingern. Sie schluckte ein paarmal hörbar.

»Ich weiß nicht – wenn du gar keine Ahnung hast …«

»Wovon denn? Komm, spann mich nicht auf die Folter!« Gesche fixierte sie mit einem so dringenden Blick, dass Friederike nicht mehr ausweichen konnte.

»Die Leute …«, sie hüstelte, um Zeit zu gewinnen. »Im Ort reden alle davon, es heißt, der Mohr, äh … Christian habe ein Kind, ein unechtes, einen Bankert sozusagen. Hast du wirklich nicht davon gehört?«

Gesche schüttelte so heftig den Kopf, dass die Zöpfe, zu denen sie ihre Haare geflochten hatte, wie zwei aufgescheuchte Vögel hin und her flogen. »Wer erzählt solchen Unsinn?«

»Aber es ist kein Unsinn! Sogar im Taufregister der Johanniskirche steht's. Ein Mädchen, Margaretha Magdalene. Vor sechs Wochen geboren.« Der Schürzenstoff hatte sich inzwischen in einen zerknautschten Ball verwandelt.

Gesche musste sich am Sitz ihres Stuhls festklammern, weil alles um sie her ins Schwanken geraten war. »Und wer … wer ist die Mutter?«, fragte sie mit flacher Stimme.

»Irgendeine Stine aus einer Kate am Stadtgraben. Es heißt aber, dass Christian schon lange nichts mehr mit der Frau zu tun hatte. Hat er denn gar nichts davon erwähnt?«

Wieder schüttelte Gesche energisch den Kopf. »Weiß meine Mutter Bescheid?«, fragte sie schniefend.

Friederike nickte. »Sie hat vorhin darüber gesprochen, und sie meint, dass dich diese Geschichte endgültig von ihm abbringen müsste. Ehrlich gesagt finde ich auch, du solltest ihn dir aus dem Kopf schlagen, diesen Windbeutel. Das ist nun wirklich zu viel!«

»Ja, genau.« Gesche fischte ein Taschentuch aus ihrer Rocktasche, schneuzte sich umständlich und wischte über ihre Augen. »Zu viel Einsamkeit, zu viel Aussichtslosigkeit. Bei unserm letzten Treffen in der Ruine hat er mir erzählt, wie verzweifelt er war und dass er geglaubt hat, wir würden nie mehr zusammenkommen. Menschen machen eben verrückte Sachen, wenn sie keine Hoffnung haben, glaubst du nicht auch?«

»Ach, so siehst du das«, sagte Friederike. Sie schlang die Arme um ihre Knie, angestrengt blickte sie aus dem Fenster. Auf dem Sims saß eine dicke Amsel, laut tschilpend, bevor sie sich kopfüber in die Tiefe stürzte. »Du meinst, es war so etwas wie eine Notlage?«

Gesche zog unsicher die Schultern hoch. »Warum denn nicht? Erinnerst du dich an die Predigt vom vorletzten Sonntag? Der Pastor hat über die Unterwelt gesprochen.«

»Stimmt.« Friederike kicherte und wurde ein bisschen rot. »Die Unterwelt – alles, was sich von der Taille abwärts tut.«

»Er hat es nur angedeutet«, sagte Gesche, »aber doch klar genug, wie sehr das … das da unten die Menschen beeinflusst, und dass manchmal, wenn man nicht mehr aus noch ein weiß, die Unterwelt als Zuflucht erscheint. Das hat dann nichts mehr mit dem Kopf oder wahren Gefühlen zu tun, hat er gesagt, und deshalb sollen wir uns davor hüten. Aber das klappt wohl nicht immer.«

»Du verzeihst ihm also, deinem Mohren«, sagte Friederike mit freundschaftlichem Grinsen.

»Ich versuche bloß, ihn zu verstehen. Komisch, obwohl es mich verletzt, kann ich ihn nicht verurteilen. Ich schaff's einfach nicht.« Erneut kam das Taschentuch zum Einsatz.

»Darf ich dich etwas fragen?«, fing Friederike nach einer Weile wieder an zu reden. »Aber versprich mir, dass du nicht böse wirst!«

»Sag schon, schlimmer kann es nicht werden.«

»Da bin ich nicht sicher. Ich will dich nämlich fragen, ob du mal daran gedacht hast, dass die Gerüchte stimmen könnten, ich meine das Gerede über den starken Trieb der Mohren. Sie hätten auch besonders große … du weißt schon, hat neulich einer auf der Straße erzählt. Wie Tiere sollen sie sein, völlig zügellos. Hast du davon auch was gespürt? Hat er vielleicht auch bei dir versucht …«

»Bist du verrückt geworden?« Gesche sprang so heftig auf die Füße, dass ihr Stuhl mit lautem Gerumpel auf den Boden krachte. »Wieso hörst du dir solchen Schwachsinn an? Jetzt sag noch, dass er stinkt und wahrscheinlich ein Menschenfresser ist, dann reicht es mir!« Laut weinend warf sie sich auf ihr Bett und versteckte das Gesicht im Kopfkissen.

Erschrocken blieb Friederike noch eine Weile am Fenster sitzen, ehe sie wagte näher zu kommen und sich neben die Freundin auf die Bettkante zu hocken.

»Es tut mir leid.« Behutsam tätschelte sie Gesches Rücken. »Ich wollte ihn nicht schlechtmachen und schon gar nicht dir etwas Schlimmes anhängen. Es wird nur so viel getratscht in der Stadt, dass man überhaupt nicht mehr weiß, wo die Wahrheit aufhört und die Phantasie mit den Leuten durchgeht. Erinnerst du dich an die Frau, Ilske hieß sie, glaube ich, die hinterm Lübschen Tor in einer verrotteten Schilfhütte hauste, damals, als wir klein waren? Die mit dem riesigen Blutschwamm im Gesicht? Über die haben sie sich auch das Maul zerfranst, nur weil sie anders war. Der Teufel hätte sie geküsst, wurde erzählt, oder sie wäre beim Hexentanz zu nahe ans Feuer geraten. Ich finde …«

Mit einem Ruck richtete Gesche sich auf. »Wie kannst du nur!«, zischte sie. »Wie kannst du ihn mit diesem alten Gruselweib vergleichen! Er ist schwarz, und das ist alles! Darunter sieht er doch aus wie ein ganz normaler Mensch. Sogar sein

Blut ist so wie unseres. Genauso rot! Ich hab's gesehen, als er sich neulich in die Lippe gebissen hat. Gibt es denn hier niemanden, der halberlei bei Verstand ist?« Sie warf sich wieder mit dem Gesicht in ihr Kissen und trommelte mit beiden Fäusten auf die Strohmatratze. »Lass mich in Ruhe – lasst mich alle in Ruhe!«

Ein paar Minuten hielt Friederike es noch neben ihr aus, aber als auf alle Entschuldigungen und Erklärungsversuche keine Antwort kam, verließ sie leise das Zimmer.

»Herr Gottlieb!«

Ende September war Elisabeths Geduld zermürbt. Den ganzen zähen Sommer über hatte sie gewartet und gehofft, ihre Tochter werde zur Besinnung kommen und nachgeben. Als Gertrud stattdessen immer in sich gekehrter wurde, immer blasser und knochiger und schließlich kaum noch das Bett verließ, ertrug sie die eigene Untätigkeit nicht länger. Nach dem Gottesdienst am letzten Sonntag des Monats passte sie Christian an der Kirchentür ab.

»Herr Gottlieb!«

Mit gesenktem Kopf war er herausgetreten und schaute erschrocken auf, als er seinen Namen zum zweiten Mal hörte. Sehr streng, beinahe hart habe sie ihn angesehen, erzählte er Gesche später, nicht wie jemand, der nur freundlich einen guten Tag wünschen will.

Christian verneigte sich, seinen Hut noch in der Hand. Er habe, berichtete er rückblickend, nach all den schlechten Erfahrungen schon befürchtet, dass ihr, Gesche, etwas zugestoßen sein könnte. Doch dann bat Elisabeth Radeleff ihn, allerdings ohne ein Lächeln, sie auf einem Morgenspaziergang zu begleiten.

Er nickte stumm, setzte seinen Hut auf, legte die Hände im

Rücken übereinander, und wortlos gingen sie Seite an Seite über den von Linden gesäumten Kirchhofsweg, passierten hintereinander ein hölzernes Drehkreuz in der Mauer, die man errichtet hatte, um herumstreunende Schweine davon abzuhalten, zwischen den Gräbern zu wühlen, und liefen weiter ein Stück die Lange Straße entlang. Aus den Gärten roch es nach Kohl, um ihre Schuhe raschelten welke Blätter.

Plötzlich blieb Elisabeth stehen. Mit einer etwas unsicheren Geste wies sie zum Himmel. »Seht Ihr, was sich da oben zusammenbraut? Gleich wird es einen gewaltigen Guss geben.«

Er konnte nichts Bedrohlicheres entdecken als eine grau gescheckte, schnell dahinziehende herbstliche Wolkendecke. Aber er bemerkte die prüfenden Blicke, mit denen Elisabeth ihre Umgebung abzutasten schien, und er sah, wie ihre Schultern sich jedes Mal versteiften, wenn jemand nur einen Moment lang zu ihnen hinüberschaute. Offensichtlich behagte es ihr nicht, in der Öffentlichkeit mit ihm gesehen zu werden.

»Vielleicht«, sagte sie zögernd, »ist es besser, wenn Ihr mit in mein Haus kommt. Ich möchte mit Euch reden.«

Wieder nickte er. »Gern, wenn Ihr es wünscht.« Schweigend bogen sie links in die Gasse ab, Richtung Marktplatz.

Die darauf folgende Stunde setzte sich in Gesches Erinnerung als ein entscheidender Punkt ihrer Lebensgeschichte fest, fast noch wichtiger als ihr Hochzeitstag.

Sofort nachdem sie das Haus betreten hatten, begann Christian trotz Elisabeths Bitte, wegen ihrer kranken Tochter leise zu sein, besonders lautstark zu reden. Sie sollte wissen, dass er in der Nähe war, erklärte er Gesche später. Und tatsächlich riss seine Stimme sie aus ihrer Lethargie. Schwerfällig schälte sie sich aus ihren Decken, strich kurz über das zerknitterte weiße Kattunkleid, in dem sie sich hingelegt hatte, schlang ein Tuch um ihre Schultern und trat auf Zehenspitzen ans Treppengeländer.

Wie damals, bevor der Vater ihn aus dem Haus gewiesen hatte, sah sie Christian wieder unten durch die Diele gehen und dann in der Stube verschwinden. Nur konnte sie dieses Mal nicht verstehen, was hinter der angelehnten Tür besprochen wurde, weil die Mutter mit leiser, ruhiger Stimme sprach.

Vielleicht hat sie endlich ein Einsehen und will sich mit ihm arrangieren, überlegte Gesche, während sie die Treppe hinabschlich, wurde jedoch schon wenige Schritte vor dem Türspalt enttäuscht. Zwar nicht mit so derben, verletzenden Worten, wie der Vater sie benutzt hatte, aber genauso unmissverständlich erteilte die Mutter Christian eine Abfuhr.

»Ich muss Euch ernsthaft bitten, unseren Standpunkt zu respektieren«, hörte Gesche sie sagen. »Seht Ihr denn nicht, was Ihr meiner Tochter antut? Mit Euren heimlichen Treffen habt Ihr erneut Hoffnung in ihr geweckt und sie krankgemacht. Seit Wochen zeigt sie keinen Funken Lebenslust mehr. Sie stirbt mir unter den Händen weg! Wenn Ihr sie lieben solltet, könnt Ihr das am besten beweisen, indem Ihr sie in Ruhe lasst. Herr Gottlieb, ohne Euch demütigen zu wollen, das hat doch alles keinen Zweck! Wie wollt Ihr als Unfreier, als Leibeigener ohne Vermögen eine Frau ernähren, dazu eine von Stand? Und womöglich auch noch Kinder? Ein Ding der Unmöglichkeit ist das, eine Wahnidee! Und dann das Gerede! Wer soll das aushalten?«

»Ich und auch Eure Tochter Gertrud!«, klang es nach einer kleinen Pause, in der Christian offenbar weitere Vorhaltungen erwartet hatte, durch den Türspalt. Gesches unbändige Freude über seinen Widerspruch wäre mit einem lauten Jubelschrei aus ihr herausgeplatzt, wenn sie nicht schnell die Hände vor den Mund gepresst hätte. Keine Silbe wollte sie sich entgehen lassen von den Erklärungen, mit denen er jetzt seine Auffassung darlegte, ganz anders als vor Monaten, als er sich vom Vater hatte davonscheuchen lassen. Den Kopf an den Türstock gelehnt, sog sie jedes seiner Worte auf und konnte durch ein kleines Astloch im Türblatt auch noch beobachten, wie er aufrecht und furchtlos ihrer Mutter gegenüberstand.

Elisabeth hatte sich in den Lehnstuhl ihres Mannes gesetzt, auf ihrem der Tür zugewandten Gesicht verfolgte Gesche gespannt das wechselnde Mienenspiel, während Christian mit fester, beinahe fröhlicher Stimme zu ihr sprach.

»Ich danke Euch für die Gelegenheit, endlich einmal in Ruhe mit Euch zu reden, Frau Radeleff. Und Euch klarzumachen, wie sehr Ihr in Eurer Meinung über mich irrt. Ich würde Eure Bedenken teilen und sogar unterstützen, wenn es sich so verhielte, wie Ihr anzunehmen scheint, und ich tatsächlich ein rechtloser Leibeigener und brotloser Schlucker wäre. Aber das ist nicht der Fall. Ich bin ein freier Mann, unabhängig in meinen Entscheidungen, so wie andere Bürger auch.«

Bei diesen Sätzen zog Elisabeth argwöhnisch die Mundwinkel nach unten. Doch Christian sprach unbeeindruckt weiter.

»Meine finanzielle Lage ist bestens abgesichert, nicht nur durch verschiedene eigene Erwerbsquellen, von denen Ihr Euch gern selbst überzeugen könnt, sondern auch durch die großzügige Aussteuer, die mir mein Dienstherr, der Obrist Rantzau, wie einem Sohn zugedacht hat.«

Hier riss Elisabeth verblüfft die Augen auf.

»Ja«, fuhr er fort und nickte dabei zur Bestärkung, »selbst wenn Ihr staunt und nicht damit gerechnet habt, bin ich durchaus in der Lage, einer Frau ein angenehmes, bequemes Leben zu bieten. Deshalb, vor allem aber natürlich, weil ich sie liebe, möchte ich Eure Tochter heiraten. Ich bitte Euch um Gertruds Hand … Einen Moment noch!«, rief er, als sie besorgt die Stirn runzelte und schon den Mund zum Einwand öffnete. »Jetzt wollt Ihr sicher wieder meine Hautfarbe ins Spiel bringen. Aber ich bitte Euch, wenn sich Gesche nicht daran stört, wen sonst geht es etwas an? Und Gesche, das weiß ich, liebt mich so, wie ich bin.«

»Ja, das ist wahr!« Mit Schwung flog die Tür auf, und Gesche fiel erst ihm um den Hals und dann ihrer völlig überraschten Mutter. »Bitte, Mutter, gib endlich deine Zustimmung! Bitte!« Ihre eingefallenen Wangen waren vor Aufregung gerötet.

»Nicht so stürmisch, Kind!« Elisabeth fasste ihre Tochter bei den Schultern und rückte sie ein Stück von sich ab. »Ich versteh's ja, ich versteh's ja. Nun gut, wenn ihr das Geschwätz der Leute über euch ergehen lassen wollt, ist das eure Sache. Aber es gibt noch etwas, was mich beunruhigt und mich an Eurer ehrlichen Absicht zweifeln lässt, Herr Gottlieb … Euer … Euer Kind, die unechte Tochter, von der ganz Plön spricht. Wie konnte es dazu kommen, da Ihr doch angeblich meine Gesche liebt?«

Gesche sah, dass Christian kurz zusammenzuckte, seine Hände verknoteten sich hinter seinem Rücken so fest, dass die Knöchel hell hervorstachen, aber seine Stimme blieb ruhig.

»Ich bin Euch natürlich eine Erklärung schuldig, das sehe ich ein«, sagte er und blickte Elisabeth dabei fest in die Augen. »Vielleicht könnt Ihr Euch nicht vorstellen, wie verloren man sich fühlt, wenn einem jede Aussicht auf Erfüllung seiner Träume verwehrt ist. Man sucht einfach irgendwo ein bisschen Trost und Wärme – mit Liebe hat das nichts zu tun, eher mit Schwäche, und die bitte ich Euch, mir zu verzeihen.«

Bevor Elisabeth reagieren konnte, mischte Gesche sich ein. Sie hakte ihre Mutter unter und rüttelte sie zärtlich. »Jetzt tu nicht so entsetzt! Du weißt doch genau, dass eine ganze Reihe von kleinen Bankerten durch unsere Stadt springt. Von Jens

Krüger einer, von Helm Sentrop, von Heiner Brodersen und noch ein paar mehr. Kaum jemand regt sich darüber auf, warum soll es dann ausgerechnet in Christians Fall so verwerflich sein? Schließlich habt ihr ihn monatelang von mir ferngehalten, da muss man sich nicht wundern. Verbotene Liebe macht keinen heilig!«

»Wie du redest, Kind!« Elisabeth schaute Gesche verdutzt an. »So erwachsen und so abgeklärt!« Resignierend zuckte sie mit den Schultern. »Also gut, ehe ich euch weiter in euer Unglück rennen lasse, gebe ich euch lieber meinen Segen. Aber bitte«, rief sie in das Freudengeschrei ihrer Tochter, die an Christians Hals hing und sich mit ihm stürmisch im Kreis drehte, »bitte behaltet die Sache noch für euch, zeigt euch noch nicht zusammen. Alles muss seinen geregelten Gang gehen.«

Geregelter Gang, das fanden auch andere.

Noch Jahre später zog sich Gesche der Magen zusammen, sobald sie an die durch ihre Verlobung ausgelösten Turbulenzen zurückdachte.

Gegen Mittag hatte Christian breit lächelnd und mit der festen Zusage, kein Aufsehen durch sein ständiges Kommen zu erregen, das Haus verlassen. Kaum fünf Stunden später platzte in die aufgeregten Beratungen von Mutter und Tochter überraschender Besuch, der heftig an die Eingangstür pochte. In einem Schwall von kühler Abendluft und hereinwehenden Blättern betraten Hans Radeleffs Bruder Claus und Gesches Schwager Joachim Mack die Diele, mit schweren, ihrer Mission angemessenen Schritten.

»Elisabeth!« Claus Radeleff, angetan mit seiner teuersten Paradeperücke, ließ Jens, der geöffnet hatte, keine Zeit, den Besuch zu melden. Grußlos schob er den Hausknecht aus dem Weg und stapfte geradewegs zur Stube. »Elisabeth!« Ohne zu klopfen, stieß er die Tür auf und wandte sich, als er niemanden antraf, der Treppe zu. »Elisabeth! Wo steckst du denn?«

»Was ist das für ein Geschrei da unten?« Elisabeth hatte oben bei ihrer Tochter in der Kammer gesessen, hin- und hergerissen zwischen Erleichterung über Gesches wiedererwachte Lebensfreude, den neuen Glanz in ihren Augen, die Flut von Zukunftsplänen, mit denen sie ihre Mutter überschüttete, und der nur mühsam unterdrückten Sorge, wie diese verrückte Geschichte weitergehen solle.

»Claus? Du? Was gibt es? Und wozu der Lärm?« Mit ärgerlich gerunzelter Stirn beugte sie sich über das Geländer.

Gesche war neben sie getreten. Was hatte dieser plötzliche Besuch zu bedeuten? Beinahe wie ein Überfall. Und warum der offizielle Aufzug? Onkel Claus mit seiner Pompperücke und dem strammen dunklen Rock wie bei einem Empfang am Hof. Und dahinter Schwager Joachim, sogar mit umgeschnalltem Degen, den er bei formellen Anlässen natürlich immer trug, aber doch nicht zum Verwandtenbesuch. Gesche schaute in die nach oben gewandten Gesichter, noch nie hatte sie die beiden so wütend gesehen. Die Vorahnung traf sie wie ein Schlag in die Magengrube – die zwei wussten Bescheid und kamen jetzt, um ihr Veto einzulegen. Nur zu, versucht mich aufzuhalten, dachte sie. Ich habe mich lange genug drangsalieren lassen, damit ist jetzt Schluss. Wenn bloß die Mutter sich nicht weichklopfen lässt und wieder die Seite wechselt.

Schwer schnaubend, mit vor Empörung zitternden blauroten Backen stieß der Onkel seinen Ebenholzstock auf den Boden. »Komm herunter, Elisabeth, und du auch, Gertrud!«

Kein Bitte und der gestrenge Taufname. Gesche fühlte ihren Verdacht bestätigt. Stolz reckte sie das Kinn in die Höhe, strich ein paar widerspenstige Haare unter die Haube und ging, obwohl sie ein leises Beben in ihren Knien spürte, scheinbar gelassen hinter der Mutter die Treppe hinab. Der kerzengerade aufgerichtete Rücken vor ihr gab ihren Augen Halt. Die Herren würden sich wundern.

»Euer Besuch kommt sehr unerwartet, meine Lieben. Aber bitte…« Elisabeth neigte gemessen den Kopf. An hoheitliche Auftritte war sie durch die vielen mit ihrem Mann absolvierten Feierlichkeiten gewöhnt. Ihr ausgestreckter Arm wies auf die Stubentür. »Tretet ein, wenn es etwas zu besprechen gibt.«

»Besprechen! Besprechen! Dass ich nicht lache!« Die Tür war noch nicht ganz ins Schloss gefallen, als Joachim sich auch schon auf Gesche stürzte und so knapp vor ihr stehen blieb, dass sie seinen Atem roch. Anscheinend hatte er sich mit einem ordentlichen Becher Branntwein in Schwung gebracht. Angewidert drehte sie das Gesicht zur Seite.

»Hier gibt's nichts zu besprechen«, brüllte er ihr ins Ohr. »Den Kopf sollte man dir abreißen, du loses Weibsbild, du… du Mohrenteufel!«

»Wie bitte?« Elisabeth schob sich schützend vor ihre Tochter. Mit beiden Händen drückte sie Joachim eine Armlänge zurück. »Was fällt dir ein, hier solche Reden zu führen? Was ist denn nur in euch gefahren?«

»In uns? In uns?« Mit einem entrüsteten Aufschrei schlug sich Claus Radeleff so heftig vor die Stirn, dass seine Perücke vom Kopf rutschte und platschend hinter ihm zu Boden fiel. Viel zu erbost, um sich darum zu kümmern, drängte er sich zwischen die übrigen Kontrahenten, ebenfalls möglichst nahe an Gesche heran. Die spärlichen, graubraunen Haare standen so borstig von seinem Kopf ab, als hätte ihn der Blitz getroffen.

»Man rennt mir schon das Haus ein!«, schrie er mit überschnappender Stimme. »Angeblich, um zu gratulieren! *Hab ich denn recht gehört? Eure Nichte hat sich verlobt? Mit dem Mohren, wie es heißt. Meine Glückwünsche, Verehrtester!* Einer nach dem anderen betritt mit solchen Sprüchen meine Stube. Zum Gespött der Stadt habt ihr uns gemacht. Lene läuft draußen herum und erzählt es jedem. Verrücktes Weibervolk! Wie könnt ihr nur!« Er stemmte die Arme auf eine Stuhllehne und rang schwer nach Luft.

»Ein Mohr! Ein kohlschwarzer Habenichts!«, setzte Gesches Schwager das Geschrei fort. Der Zorn drückte ihm fast die Augen aus den Höhlen, über dem hochgeschlossenen Hemdkragen hüpfte sein Adamsapfel wie wildgeworden auf und ab. »Lieber bringe ich euch eigenhändig um, ehe ich diese Schande zulasse.« Wütend riss er an seinem Degen, bekam ihn aber, weil es ihm zwischen der regungslos dastehenden Gesche und dem Tisch an Bewegungsfreiheit fehlte, nicht aus der Scheide.

In sein ungeduldiges Schnaufen mischte sich plötzlich Gelächter, erst kichernd, dann immer schriller. Eine Horde Kinder drückte sich an der Fensterscheibe die Nasen platt, hinter ihnen sammelte sich im Hof eine wachsende Schar von offenbar höchst amüsierten Nachbarn.

Einen Moment lang starrte Claus Radeleff stumm zurück, dann griff er nach dem Lockenwust seiner am Boden liegenden Perücke und nach seinem Stock, machte zwei Schritte auf den noch immer mit seinem Degen ringenden Joachim zu, packte ihn beim Arm und bugsierte ihn aus der Stube.

»Das hat Konsequenzen!«, rief der Onkel dröhnend durch die Diele, während er im Gehen die Perücke auf seinen Kopf stülpte. »Ihr werdet euch wundern! Wundern werdet ihr euch!«

»Mohrenteufel!«, schrie Joachim seiner Schwägerin noch einmal über die Schulter zu.

Dann krachte das Haustor ins Schloss.

Mohrenteufel. Gesche lachte laut auf, als die beiden Kampfhähne das Feld geräumt hatten. Wenn ihr glaubt, mich mit einem solchen Namen treffen zu können, dachte sie, habt ihr euch gründlich geirrt. Dadurch fühle ich mich erst recht mit Christian verbunden. Zerfranst euch nur die Mäuler, es nützt nichts.

»Da gibt es nichts zu lachen, überhaupt nichts«, fuhr ihre Mutter sie an. »So einfach, wie du es dir vorstellst, wird die Sache nicht über die Bühne gehen. Hätten die Dienstboten doch bloß den Mund gehalten!«

Sie ging zu einem der beiden auf den Hof weisenden Fenster, öffnete es und rief den kreischend davonstiebenden Kindern und den übrigen Schaulustigen, unter denen sich auch Jens herumdrückte, zu, sie sollten verschwinden. »Ab mit euch! Die Vorstellung ist vorbei!«

Gehorsam trollten sich die Gaffer durch die Nachbargärten in die Dämmerung.

Erhitzt vom Ärger ließ Elisabeth die Fensterflügel offen stehen und zog einen Stuhl unter dem Tisch hervor. »Komm, setzen wir uns, du musst wissen, was auf uns zukommt. Ach, Kind«, sagte sie, als ihr die verunsicherte Miene auffiel, mit der Gesche sich an die gegenüberliegende Tischseite setzte, »du bist so plötzlich erwachsen geworden. Auf einmal geht's ans Heiraten, und du hast keine Ahnung von dem Drum und Dran, das damit verbunden ist.«

»Wieso? Was soll denn sein?« Gesche wollte aufbegehren, aber dann sah sie den sorgenvollen Ausdruck auf dem Gesicht der Mutter und hatte plötzlich ein flaues Gefühl im Magen, weil sie zum ersten Mal ahnte, dass sie sich auf einen Sturm würde einstellen müssen. »Können die Verwandten uns tatsächlich etwas anhaben?«

Elisabeth rieb sich müde die Stirn und nickte. »Und ob sie das können, sie werden es mit Sicherheit auch versuchen. Nach ihrem grotesken Auftritt hier fühlen sich die beiden in ihrem männlichen Stolz verletzt, außerdem wollen sie bei einer solchen Entscheidung gefragt sein, und sie sind damit sogar im Recht.«

»Onkel Claus und Joachim um Erlaubnis bitten?« Gesche zog spöttisch die Brauen hoch. »Weshalb denn das?«

»Weil das Gesetz es verlangt, Kind. Als deine Schwester heiratete, galt es auch schon, aber du warst noch zu klein, um davon etwas mitzubekommen. Vor sechs Jahren, im Dezember 1678, hat unser Herzog Hans Adolf, wohl um Ordnung in die verworrenen Verhältnisse zu bringen, die Regeln für ein Eheversprechen festgelegt. Du hast davon nichts gewusst, und ich habe mich durch deine Tränen und Christians Beharrlichkeit hinreißen lassen, gegen die Verordnung zu verstoßen. Natürlich nahm ich auch nicht an, dass jemand uns belauschen und mit der Neuigkeit gleich die Runde machen …«

»Und – was steht in dieser Verordnung?«, fiel Gesche ihr ins Wort.

»Dass ein heiratswilliges Paar sich zunächst mit Eltern, Vormündern und Verwandten«, hier hob Elisabeth ein wenig die Stimme, »beraten muss, dann den Priester zu verständigen hat, und wenn der auf keine Ehehindernisse stößt, in der Kirche im Beisein der nahestehenden Personen und mit priesterlichem Segen einander die Ehe versprechen soll. Das Ganze ist in einem speziellen Buch festzuhalten.«

»Und was passiert, wenn man sich nicht danach richtet?«

»Das ist es ja, was mir solche Sorgen macht«, seufzte Elisabeth. »Man wird bestraft. Die Entscheidung über das Strafmaß trifft das Konsistorialgericht, du weißt schon, die oberste fürstliche Behörde, und es kann von einer Geldbuße bis zum Heiratsverbot reichen. Manche werden auch zu beidem verurteilt.«

»Heiratsverbot?« Auf einmal hatte Gesche das Gefühl, sich

auf morschen Brettern über einem Abgrund zu bewegen. Ihr Kopf dröhnte. Jetzt würde es also wieder losgehen mit der Angst, der Unsicherheit, dem bangen Warten. Am besten verkrieche ich mich in mein Bett, dachte sie, so wie in den letzten Wochen. Oder wir laufen weg. Wir fliehen vor den entsetzlichen Verwandten und den fürstlichen Verordnungen. Aber wohin? Und wie? Mit seiner schwarzen Hautfarbe fällt Christian überall auf, sogar in einer großen Stadt wie Kiel, wenn wir überhaupt so weit kämen. Nach Glückstadt vielleicht? Auf seinem Pferd? Nein. Da soll es zwar einige Mohren geben, aber kaum solche wie Christian. Dienstboten sind sie dort oder Handelsware wie Gold und Tabakballen. Er würde sofort bemerkt werden mit seinem sicheren Auftreten, seiner stolzen Haltung. Man würde uns festsetzen und trennen.

»Gesche? – Gesche!« Elisabeth brauchte mehrere Anläufe, um zu ihrer Tochter durchzudringen. »Fall mir nur nicht vor Schreck vom Stuhl. Es wird sich alles regeln lassen. Hör zu«, sagte sie, als Gesche ihr endlich einen Blick zuwarf, in dem ihre ganze Not und Hilflosigkeit stand, »ich habe euch meinen Segen gegeben, bin also mitschuldig an den Schwierigkeiten, die wir zu erwarten haben. Und ich stehe zu meiner Entscheidung. Du kannst dich auf mich verlassen.« Sie stand auf, ging um den Tisch herum und legte ihrer wie erstarrt dasitzenden Tochter die Arme um die Schultern. »Du hast bisher schon eine Menge Mut bewiesen, jetzt machen wir weiter – zusammen.«

Gesche brachte nur ein schwaches Nicken zustande.

Elisabeth hielt Wort. Mit Erstaunen beobachtete Gesche, wie sich ihre Mutter, die bis zu seinem Ende still und beinahe unsichtbar im Schatten ihres gebieterischen Mannes gelebt hatte, in eine entschlossene, zielstrebige Person verwandelte. Manchmal kam es ihr vor, als wäre sie sogar um ein paar Zoll gewachsen, aber das lag wohl nur daran, dass Elisabeth neuerdings den Rücken so gerade und den Kopf hocherhoben trug. »Lass mich nur machen, Kind«, war seit kurzem ihr Standardspruch. Sie hatte die ratsherrlichen Papiere vom Pult ihres Mannes auf den Speicher geräumt und neben den Geschäftsunterlagen, mit denen sie sich täglich beschäftigte, einen Stapel mit Schriftstücken und Notizen angelegt, in denen es um die Auseinandersetzung mit den Verwandten ging.

»Was hast du damit vor?«, fragte Gesche, als sie bei einem neugierigen Blick über die Schulter der Mutter Zettel mit ihr unverständlichen Anmerkungen entdeckte. Erbteilung -Liquiditätsprobleme, noch nie hatte sie davon gehört.

»Wir müssen gewappnet sein«, erklärte Elisabeth. »Wir haben es mit einer äußerst rabiaten Sippschaft zu tun. Sie werden versuchen, uns das Fell über die Ohren zu ziehen.«

Zwei Tage nach dem Eklat erschien der Stadtschreiber Friedrich Linning im Radeleffschen Haus und bat Elisabeth mit ernster Miene um eine Unterredung. Sie machte Gesche, die auf dem großen Dielentisch gerade Astern in eine Vase ordnete, ein Zeichen mitzukommen und führte ihn in die Stube. Linning warf die Schöße seines fadenscheinigen braunen Rockes hoch, ehe er sich auf dem angebotenen Stuhl niederließ, reckte die Handgelenke aus den abgestoßenen Ärmeln und fischte umständlich ein Papier aus seiner Ledermappe. Gesche sah, dass seine Nägel schwarz und die Fingerkuppen tintenfleckig waren.

»Das hier«, sagte er und hielt ein eng beschriebenes Blatt hoch, »ist das gestern von mir persönlich aufgenommene Protokoll einer Beschwerde gegen Euch, Frau Radeleff. Vorgebracht von Claus Radeleff, dem Bruder Eures verstorbenen Mannes, und Eurem Schwiegersohn Joachim Mack.«

Er räusperte sich mehrmals, stellte noch Tintenfass und Federkiel für *eventuelle Anmerkungen*, wie er erklärte, auf dem Tisch bereit, dann begann er, den Text mit getragener Stimme vorzulesen. Schon nach wenigen Sätzen wechselten die beiden Frauen erstaunte Blicke, verblüfft über die Dreistigkeit, mit der in dieser Klageschrift die Tatsachen verdreht und aufgebauscht wurden.

Schandbare Beleidigung wurde Mutter und Tochter Radeleff vorgeworfen, sowie tätlicher Angriff. Sie hätten die zwei Männer überfallen und derart verprügelt, dass die beinahe zu Schaden gekommen wären. Dem einen hätten sie die Perücke vom Kopf geschlagen, den anderen hinter dem Tisch zu Boden geworfen. Als besonders schwerwiegende Freveltat wurde die heimliche Verlobung zwischen Gertrud Radeleff und dem Mohren Gottlieb angeführt. Claus Radeleff und Joachim Mack forderten Satisfaktion und öffentliche Abbitte, dazu eine harte Bestrafung der Übeltäterinnen. Außerdem verlangten sie vom dafür zuständigen Rat der Stadt, die Familienmitglieder unter Aufsicht zu stellen und anzuordnen, dass der Mohr vorläufig keinen Kontakt zu ihnen aufnehmen dürfe.

»Aber ich bitte Euch, werter Herr Linning«, sagte Elisabeth, nachdem der Stadtschreiber durch ein bedeutungsschweres Anheben der Stimme einen Punkt hinter seinen Vortrag gesetzt hatte, »zumindest was den tätlichen Angriff anbelangt, liegt die Unwahrheit dieser Anklagen ja wohl auf der Hand. Vergleicht nur einmal die Größe meiner Tochter mit dem sie um mindestens zwei Köpfe überragenden Format meines Schwiegersohns, und setzt dann mein Gewicht ins Verhältnis zu dem meines korpulenten Schwagers. Der Augenschein allein dürfte genügen, um diesen Vorwurf als Lüge zu entlarven. Zwei offenkundig schwächere Frauen sollen die beiden kräftigen Männer zusammengeschlagen haben? Die Geschichte wäre zum Lachen, würde sie nicht als ernsthafte Beschuldigung vorgebracht. In Wahrheit, das bitte ich Euch, dem Stadtrat zu melden, sind mein Schwager und Schwiegersohn hier als Aggressoren eingedrungen, und wir können von Glück sagen, mit heiler Haut davongekommen zu sein.«

Auch die Sache mit dem Mohren, fuhr Elisabeth fort, während der Schreiber mit kratzender Feder eine Notiz am Rand der Klageschrift anbrachte, könne man ihr nicht zum Vorwurf machen, denn sie persönlich wie auch ihr seliger Mann hätten alles versucht, eine Verbindung zwischen den jungen Leuten zu verhindern. »Ihr wisst ja sicher selbst, wie das ist mit der Liebe«, sagte sie und legte dabei der neben ihr sitzenden Gesche unter dem Tisch beruhigend eine Hand aufs Knie.

Linning hob den Kopf, starrte einen Moment lang verständnislos in ihr künstlich lächelndes Gesicht und beugte sich eilig wieder über seine Eintragungen.

Obwohl Elisabeth auf der ganzen Linie Widerspruch einlegte, konnte sie nicht verhindern, dass die Ratsherren für sie selbst zwei Treuhänder bestimmten und für jedes ihrer Kinder zwei Vormünder. Mit der Forderung nach einem Beleidigungsprozess kamen die Verwandten dagegen nicht durch, wegen Mangels an Beweisen lehnte das Plöner Ratsgericht die Klage ab. Elisabeth empfand das als Triumph, aber Gesche hatte sich nie um drohende öffentliche Abbitte, Unkostenerstattung oder Geldbuße geschert. Was ihr Sorgen machte, war allein das mögliche Heiratsverbot als Strafe für den Verstoß gegen die Verlobungsordnung.

Um nur ja niemanden zu provozieren, kam Christian inzwischen selten in das Haus am Markt, und immer nur abends, nach Einbruch der Dunkelheit. Ein Nachtwächter, den er aus dem Wirtshaus kannte, öffnete ihm heimlich eine versteckte Pforte im Palisadenzaun links neben dem Wentorper Tor. Es war ein regenverhangener Oktober und ab acht Uhr stockfinster auf den Straßen. »Da ist meine Hautfarbe mal von Vorteil«, versuchte Christian zu witzeln, aber Gesche konnte nicht lachen, nachdem er sich bereits zweimal den Kopf an Mauervorsprüngen blutig geschlagen hatte. Und überhaupt wollte sie nicht, dass er sich wie ein Verbrecher ungesehen anschleichen musste. Sie fühlte sich, als stecke sie in einer Sumpfwiese und würde vom Schlick langsam, aber unaufhaltsam in die Tiefe gezogen. Jedes Mal, wenn sie festen Grund unter den Füßen zu spüren glaubte, geriet wieder alles ins Rutschen.

Gesche lag noch im Bett, die Decke über die Ohren gezogen, als Elisabeth in ihre Kammer trat und sich am Fußende niederließ.

»Was ist los?« Gesche blinzelte verschlafen. »Was hast du denn vor in deinem Sonntagsstaat?« Erstaunt musterte sie den breiten, gestärkten Spitzenkragen, das bordürenbesetzte dunkelblaue Samtkleid und die Ausgehhaube, in deren Schatten ihre Mutter sie verschmitzt anlächelte.

»Vor?« Elisabeth klopfte leicht auf eine Ausbeulung der Decke, unter der sie die Knie ihrer Tochter vermutete. »Es ist beinahe Mittag, Kind. Du bist völlig aus der Zeit. Frag mich lieber, was ich hinter mir habe.«

Neugierig setzte Gesche sich auf und schlang die Arme um ihre angezogenen Beine. Ihr Blick fiel auf Elisabeths elegante Schnallenschuhe. Sie waren staubbedeckt, am linken Absatz klebte ein welkes Lindenblatt.

»Du warst schon unterwegs? Aber wohin in diesem Aufzug – an einem ganz gewöhnlichen Donnerstag?«

»Nun«, sagte Elisabeth und spitzte selbstgefällig den Mund,

»zum Herzog kann man wohl kaum im Arbeitskittel gehen, ob Donnerstag oder nicht.«

»Zum Herzog? Du bist aufs Schloss gegangen? Heute Morgen?«

Ihre Mutter nickte. »Gerade bin ich wiedergekommen. Mit guten Nachrichten für dich.«

»Für mich? Wieso für mich? Was hat das mit mir zu tun?«

»Na, deinetwegen bin ich doch da hinaufmarschiert und habe um eine Audienz gebeten. Glaubst du etwa, ich schaue nochmals zu, wie dich der Kummer zerfrisst? Und gestatte den Verwandten, uns so unverschämt mitzuspielen? Machen wir lieber reinen Tisch, habe ich mir gedacht, und tragen die Sache im Schloss vor. Gegen eine hochfürstliche Entscheidung können sie nichts ausrichten. Dann hätten wir Ruhe, dachte ich.«

»Und – hat es geklappt?« Gesche strich sich die Haare hinter die Ohren und machte vor Spannung einen Katzenbuckel.

»Besser als ich gehofft hatte«, sagte Elisabeth mit einem Seufzer, der verriet, wie erleichtert sie nach der überstandenen Aktion war. »Anfangs, als ich den Schlossberg hinaufstieg und der Wind mir so stark entgegenblies, dass ich meine Haube mit beiden Händen kaum festhalten konnte, glaubte ich noch, das wäre ein Zeichen des Himmels und ich sollte lieber umkehren. Aber dann sah ich, wie weit oben ich schon war und wie nah das Ziel. Und ich bin weitergegangen, zum Glück.« Noch einmal seufzte sie tief.

»Bitte!« Gesche streckte ihr eine Hand entgegen. »Erzähl doch, bitte!«

Elisabeth schmunzelte, ganz offensichtlich genoss sie die gespannte Neugier ihrer Tochter genauso wie die Erinnerung an ihren großen Auftritt. »Erst ließ man mich im Vorzimmer warten«, sagte sie. »Es liegt im zweiten Stock des Ostflügels, den man von hier unten, aus der Stadt, nicht sehen kann. Etwa eine halbe Stunde saß ich da, aber es wurde mir nicht langweilig, weil es die wunderbare Stuckdecke anzuschauen gab und den Blick in den weiten Innenhof des Schlosses. Dann öffnete sich eine große Flügeltür, und ich wurde in das angrenzende Audienzzimmer geführt. Dem Himmel sei Dank ein ziemlich kleiner Raum, sonst hätte ich mich noch befangener gefühlt. Und da saßen sie dann, die Herzogin und der Herzog. Ja, er war wirklich da, obwohl er doch meistens in Diensten des Kaisers unterwegs ist. Aber nicht heute«, Triumph schwang in ihrer Stimme mit, »heute weilt er in Plön. Und er hat mit mir gesprochen!«

Die Aufregung schien sie noch einmal einzuholen, sie zog ihre Haube herunter, warf das kostbare Stück achtlos auf einen Schemel beim Fenster und fuhr sich, um ihrem Kopf Luft zu verschaffen, mit beiden Händen in die grauweißen Haare. »Sein Wort«, sagte sie nach einer kleinen Atempause, »hat natürlich mehr Gewicht als das seiner Frau. Dorothea Sophie vertritt ihn normalerweise, wir könnten auch über ihren Beistand glücklich sein, aber so ist es noch viel besser.«

»Was hat er denn gesagt? Lass mich doch nicht ewig warten!« Gesche hielt es kaum aus, dass ihre Mutter einen Moment lang verträumt aus dem Fenster in den wolkenverhangenen Himmel blickte, als spiegelte sich dort die Szene der herzoglichen Gunsterweisung. Sie selbst sah nur dicke, von den Dachziegeln hochspritzende Regentropfen. Sie sprang aus dem Bett, riss ein Wolltuch vom Wandhaken, schlang es sich um die Schultern und setzte sich nahe neben ihre Mutter. »Komm, was hat er gesagt?«

Langsam wandte Elisabeth ihr den Kopf zu und lachte plötzlich, lachte schallend, warf sich nach hinten auf Gesches Bett, kam wieder hoch, krümmte sich nach vorn, prustete, gluckste und suchte in ihrer Rocktasche nach einem Taschentuch, um sich die Augen zu trocknen.

Ihre Tochter beobachtete sie mit wachsender Beunruhigung. »Was soll das, Mutter? Bist du übergeschnappt? Haben sie dir im Schloss einen Zaubertrank gegeben? Oder was?«

»Unsinn, Gesche!«, brachte Elisabeth japsend heraus. »Mit Zauberei hat das nichts zu tun, eher mit dem Durcheinander in den Köpfen der Menschen. Stell dir doch nur vor: Da oben, wo sonst so streng auf Tradition und Sitte geachtet wird, sind sie ganz bezaubert von der Geschichte, für die man uns hier unten am liebsten die Hälse abschneiden würde. Was Recht ist und was Unrecht, hängt eben oft nur vom Blickwinkel ab.« Sie schlug sich mit beiden Händen begeistert auf die Knie. »Der Schuss ist nach hinten losgegangen. Jetzt werden Claus und Joachim sich wundern und nicht wir!«

»Ganz bezaubert von der Geschichte?«, fragte Gesche verstört. »Heißt das, der Herzog wird unsere Heirat nicht verbieten?«

»Nein, Kind, im Gegenteil, das Fürstenpaar gibt euch Rückendeckung. Man unterstützt euch bei euren Plänen.«

»Wie – wie hast du das …«

»Wie ich das geschafft habe?«, fiel ihr Elisabeth ins Wort. »Ach, das war nicht schwer. Sie hatten nämlich schon von der ungewöhnlichen Verlobung gehört und sich Gedanken darüber gemacht. Hans Adolf ist eben ein echter Landesvater, der an allem Anteil nimmt, was in seinem Herzogtum passiert. Zum Glück ist es dafür klein genug. Irgendjemand hat offenbar von Christian und dir erzählt und von den Schwierigkeiten, in die ihr geraten seid. Beide zeigten sich beeindruckt von eurer unerschütterlichen Liebe, schließlich sind sie selbst trotz der häufigen räumlichen Trennungen in großer Zuneigung miteinander verbunden. Vor allem die Herzogin war so gerührt, dass sie beschloss, euch zu helfen. Mein Besuch kam gerade zur rechten Zeit, um sie in ihrem Vorhaben zu bestärken, das haben mir beide ausdrücklich erklärt. Und es war kein leeres Gerede«, sagte Elisabeth mit Nachdruck, als sie Gesches ungläubigen Gesichtsausdruck bemerkte. »Noch in meinem Beisein wurde Herr von Künnigham, der Hofmarschall, angewiesen, die Unstimmigkeiten innerhalb der Verwandtschaft auszuräumen. Er hat vor, als Erstes ein Gespräch mit Claus, dem Familienoberhaupt, zu führen. Wir müssen abwarten, was daraus wird«, sagte Elisabeth. Dabei legte sie ihrer Tochter ermutigend einen Arm um die Schultern. »Aber ich denke, die Aussichten sind gut.«

»Danke, Mutter«, flüsterte Gesche. Mit dem Ärmel ihres Hemdes wischte sie sich ein paar Haarsträhnen aus der Stirn. »Ich hatte schon gedacht …«

Elisabeth ließ sie nicht ausreden. »Mir war klar, was du gedacht hast, als du wieder anfingst, dich in deinem Bett zu verstecken«, sagte sie, zog ihren Arm zurück, erhob sich, schüttelte ihre zerdrückten Röcke und zupfte die Spitzenvolants um ihre Handgelenke zurecht. »Du hast mit einem offiziellen Heiratsverbot gerechnet und gemeint, nun wäre alles endgültig aus. Stimmt's? Aber diese Gefahr ist vom Tisch, das wurde mir zugesichert. Ganz ungeschoren kommen wir allerdings nicht davon. Um die Ernsthaftigkeit seiner Verordnung nicht zu unterminieren, will der Herzog einer vom Konsistorium festgelegten Geldstrafe zustimmen. Die Summe wird uns vermutlich schmerzen, aber wir wissen ja, was wir dafür bekommen, habe ich recht?« Verschwörerisch lächelte Elisabeth ihrer Tochter zu, nahm die Haube vom Schemel und griff nach der Türklinke. »Ich erwarte dich in einer Viertelstunde unten zum Tee«, sagte sie im Hinausgehen, den Kopf noch einmal zurückgewandt. »Sich verkriechen und die Schotten dichtmachen nützt nichts, wenn man Probleme hat. Sei wachsam, halte die Augen auf, damit du weißt, was auf dich zukommt. Ich kann dir nicht ewig beistehen, und nicht jeder wird dir so wohlmeinend begegnen wie der Herzog und sein Hofmarschall.« Dann fiel die Tür hinter ihr ins Schloss.

Mit untergeschlagenen Beinen hockte sich Gesche auf die Bettkante. Sie fröstelte, durch den undichten Fensterrahmen drückte der Wind kalte Zugluft ins Zimmer. Gleichzeitig glühte ihr Kopf vom Tumult der Gedanken. *Sei wachsam – was auf dich zukommt.* Könnten die Verwandten sich noch mehr einfallen lassen? Wenn es mit dem Heiratsverbot nicht klappte, vielleicht etwas anderes nachschieben? Nein, der Herzog hatte versprochen, seine Hand über sie zu halten. Niemand sollte es mehr wagen, einen von ihnen beiden zu beleidigen. Endlich Schluss mit der Angst, mit der Heimlichtuerei. Gesche kippte zur Seite, presste das Gesicht in die Laken und weinte hemmungslos alle Tränen heraus, die ihr den Kopf verstopft hatten und das Herz abgedrückt.

Schon zwei Tage später kam der erste Brief, ein mit herzoglichem Siegel versehenes Schreiben, in dem der Hofmarschall detailliert sein Zusammmentreffen mit Claus Radeleff, dem Ältesten der Sippe, beschrieb. Er hatte ihn in die Hofkanzlei bestellt und über den Wunsch des herzoglichen Paares informiert, die Meinungsverschiedenheit, das Verlöbnis zwischen dem Trompeter Gottlieb und Gertrud Radeleff betreffend, gütlich beizulegen. Wie Künnigham berichtete, hatte Claus Radeleff zunächst Joachim Mack als alleinigen und unverbesserlichen Gegner der umstrittenen Verlobung angegeben, war dann aber im Verlauf der Verhandlung eingeknickt und hatte zugesichert, die Sache im Sinne der Obrigkeit zu regeln.

Radeleff habe, schrieb Künnigham, allerdings zwei Bedingungen gestellt, die zu erfüllen aus Sicht der Hofkanzlei kein Problem sein dürfte. Erstens forderte er einen vom Obristen

Rantzau, dessen Frau und Erben mit Unterschrift und Siegel versehenen Freilassungsbrief für Christian Gottlieb. Zweitens verlangte er, dass Christian Gottlieb zum finanziellen Schutz der Braut eine Kaution entsprechend der Höhe des ihr zustehenden Erbteils in Plön deponiere.

Er selbst, schrieb Künnigham, habe sich im Namen des Herzogs und in der Hoffnung auf eine schnelle Einigung mit diesem Ansinnen einverstanden erklärt und bereits Verbindung zum Obristen Bertram Rantzau in Ascheberg aufgenommen.

Gesche hatte kommentarlos zugehört, während ihre Mutter das Schreiben der Hofkanzlei vorlas. Als die Sprache jedoch auf den Freilassungsbrief und die Kaution kam, gelang es ihr nur mit Mühe, nicht dazwischenzuplatzen und abzuwarten, bis Elisabeth geendet hatte.

»Wie kann er es wagen, solche Forderungen zu stellen!«, schrie sie zitternd vor Wut und stürmte mit langen Schritten hin und her, von einem Ende der Stube zur anderen. »Freilassungsbrief! Dass ich nicht lache! Die schiere Unverschämtheit ist das, ein neuer Versuch, Christian zu demütigen. Als wenn Onkel Claus nicht wüsste, dass ein Leibeigener nie im Leben Feldtrompeter werden kann. Ob weiß oder schwarz oder meinetwegen auch gestreift, für jeden gelten da dieselben Regeln! Und das im ganzen Reich, seit mehr als sechzig Jahren! Christian hat es mir erklärt, und auch, dass Feldtrompeter einer besonderen Zunft angehören und in der Kavallerie den Rang von Offizieren bekleiden. Für Unfreie oder Leibeigene wäre das absolut undenkbar!«

Den ersten Moment, in dem ihre Tochter nach Luft schnappte, passte Elisabeth ab, um sich beschwichtigend einzumischen. »Ich weiß, Kind, Christian hat auch mit mir darüber gesprochen. Das Problem ist nur, dass viele Menschen – und zu denen scheint auch Onkel Claus zu zählen – jeden Mohren grundsätzlich erst einmal als Sklaven betrachten.Gleichgültig, wie frei er sich bewegt oder welche gesellschaftliche Position er innehat. Ganz unverständlich ist das nicht, wenn man an die Berichte über Schiffe wie die *Wappen von Brandenburg* oder *Morian* denkt, die hier kursieren. Im Auftrag der *Brandenburgisch – Afrikanischen Companie* sollen sie seit Jahren schwarze Sklaven zu Tausenden aus Afrika importieren und verkaufen, für rund hundert Reichstaler das Stück. Viele davon würden als Spielleute beim Militär eingesetzt oder an Höfen zu niedrigen Diensten, heißt es. Wer sich darüber keine Gedanken macht und nicht auf den Einzelnen sieht, hält eben jeden Mohren für einen von denen.«

»Komisch.« Gesche hatte sich in den Lehnstuhl ihres Vaters fallen lassen und betrachtete Elisabeth mit einer Mischung aus Misstrauen und Verwunderung. »Solche Überlegungen hätte ich nicht von dir erwartet. Ich meine«, sagte sie, als Elisabeth fragend die Stirn krauste, »es wundert mich, dass du dich so gründlich damit beschäftigst. Er hier«, dabei klopfte sie leicht auf die Sessellehne, »hätte das nicht getan.«

Ihre Mutter nickte. Sie wusste, wer gemeint war. »Vermutlich hast du recht«, sagte sie. »Aber ich bin es, die die Zustimmung zu deiner Verbindung mit dem Mohren gegeben hat. Du glaubst doch nicht, ich hätte dich einem Sklaven oder Leibeigenen überlassen. Ich habe ihn mir genau angesehen und mich auch über seinen Status umgehört. In der Stadt ist er sehr geachtet, und Oberst Rantzau behandelt ihn offenbar tatsächlich wie einen Sohn, er hat ihn vorzüglich erzogen und wird ihm auch jetzt beistehen, davon bin ich überzeugt. Schon allein, um den Verdacht, einen Leibeigenen gesetzeswidrig als Feldtrompeter gehalten zu haben, nicht auf sich sitzen zu lassen, erfüllt er bestimmt sehr bald die Forderung nach einem Freilassungsbrief. Und finanziell wird er ihn zweifellos auch unterstützen, so dass die verlangte Sicherheitsleistung kein Hindernis darstellt. Im Übrigen hat Christian mich über seine Vermögensverhältnisse informiert, mehrere hundert Taler besitzt er – nicht schlecht für einen jungen Mann.«

»Und ganz sicher ein Beweis für die Freiheit, in der er sein Leben führt«, ergänzte Gesche. »Weißt du übrigens, dass er sogar ein eigenes Wappensiegel hat?«

»Ja, er hat es mir gezeigt, er trägt es als Petschaft am Gürtel, drei Sterne im roten Schild und eine dunkle Hand, die eine Trompete hält. Das braucht er natürlich für seine Geschäfte.«

Gesche stutzte plötzlich und zog die Brauen zusammen. »Wieso läßt sich der Herzog eigentlich auf die Forderung unserer Verwandten ein? Als ehemaligem General des Kaisers muss ihm doch bekannt sein, dass ein Leibeigener niemals Feldtrompeter werden könnte. Warum schmettert er die Sache nicht schlicht und einfach ab?«

»Das habe ich mich auch schon gefragt«, sagte Elisabeth. Sie hatte den Brief wieder zusammengelegt. Mit einem kleinen schabenden Geräusch fuhren ihre Fingerspitzen an den Kniffen entlang, bis sie scharf hervorstachen. »Vermutlich ist es nur ein Scheinmanöver zur Besänftigung der aufgebrachten Gemüter, eine reine Formsache ohne jedes Risiko. Er weiß natürlich, dass der Oberst nicht gegen das Reichsrecht verstoßen würde, also kann er ihn die Erklärung ruhig verfassen lassen. In der Erwartung, dass dann endlich Frieden herrscht.«

Gesche trommelte mit den Fingern auf die Armlehnen des Sessels. »Ich kann mir nicht vorstellen, dass die Verwandten klein beigeben«, sagte sie, »selbst wenn ihre Ansprüche in allen Punkten erfüllt werden.«

Als Hinnerk Schrenk, der städtische Amtsdiener, gegen drei Uhr am darauffolgenden Tag im Haus am Markt erschien, um

Mutter und Tochter Radeleff zur Verlesung eines wichtigen Dokuments in die Plöner Ratsstube zu rufen, setzte Gesche ein betont gelassenes Gesicht auf. Was sollte schon schiefgehen? Selbstverständlich würde der Oberst seinem Schützling in einer so entscheidenden Sache seinen Beistand nicht verweigern. Trotzdem scheuerte ihr Magen, als kugelte ein Igel darin herum. Sie hakte sich bei der Mutter unter, vorsichtshalber, weil sie nicht sicher war, ob ihre Knie mitspielen würden.

In strenge schwarze Gehröcke gehüllt, nahmen Christoph Trost und Carsten Hamann, Gertruds vom Rat der Stadt bestellte Vormünder, die Frauen an der Eingangstür des Rathauses in Empfang und geleiteten sie gemessenen Schrittes zur dunkel getäfelten Amtsstube, wo Onkel Claus und Joachim bereits warteten.

Die Mienen, mit denen die beiden sich für eine knappe Verbeugung von ihren Stühlen erhoben, waren verschlossen, bei Joachim sogar so grimmig, als hoffte er, durch Drohgebärden die Angelegenheit noch immer seinen Wünschen entsprechend beeinflussen zu können. Der große Tisch, um den sie sich gruppierten, nachdem auch der Bürgermeister, vom schnellen Laufen etwas außer Atem, eingetroffen war, roch süßlich nach Wachs, und in den vereinzelt durch die Sprossenfenster hereinfallenden Sonnenstrahlen tanzten vom Stoff der Brokatvorhänge rötlich eingefärbte Staubpartikel.

Reglos saß Gesche neben ihrer Mutter, hörte das metallische Quietschen, mit dem der Stadtschreiber die Tür hinter sich schloss, sah, wie seine Tintenfinger an der Stirnseite des Tisches mit Dokumenten hantierten, starrte auf seinen Unterkiefer, der sich beim Verlesen des Textes unentwegt hin- und herschob, als müsste dort jedes seiner gewichtig gerollten Rs eigens modelliert werden. Der Freilassungsbrief des Oberst Bertram Rantzau für den Trompeter Christian Gottlieb sei eingetroffen, verkündete Friedrich Linning, und werde nunmehr allen Betroffenen zur Kenntnis gebracht.

Wie so oft, wenn sie besonders aufmerksam lauschen wollte, meinte Gesche plötzlich eine Sperre im Kopf zu haben, durch die nur ein kleiner Teil des Gesagten zu ihr durchdrang.

Ich, Bertram Rantzau, hörte sie, *Oberst und Erbherr von Ascheberg, beurkunde hiermit für mich und meine Erben und Erbnehmer, daß ich … Christian Gottlieb … zwar aufgezogen habe, … aber dennoch um keinen Preis der Welt Leibeigenschaft an ihm beanspruche. Vielmehr betrachte ich ihn als einen ehrlichen, freien Mann und Feldtrompeter … Von nun an kann er hinziehen, wo es ihm beliebt. Sollte es ihm aber gefallen, … bei mir zu bleiben und in dem Hause, welches ich ihm und seiner künftigen Frau auf Lebenszeit verehrt habe, wohnen zu wollen, und sollte Gott ihm und seiner künftigen Frau Kinder geben, so sollen weder ich noch meine Erben und Erbnehmer irgendwelche Besitzansprüche … auf ihn oder seine Kinder erheben, … da sie freie Leute sind und niemandem außer Gott verbunden.*

Anstatt sich weiter über die Unverfrorenheit der Verwandten zu ärgern, spürte Gesche eine überwältigende Rührung in sich aufsteigen. Diese liebevoll fürsorglichen Formulierungen betrafen auch sie, schenkten mit Christian auch ihr die Freiheit – und sogar den Kindern, die sie vielleicht eines Tages bekämen. Ihr Hals fühlte sich an wie zugeschnürt, sie zog die Wangen ein und biss darauf, um nicht einfach loszuweinen. Elisabeth schob ihr, vom Handrücken verdeckt, ein Taschentuch zu und zwinkerte ermunternd, als Gesche sie kurz von der Seite ansah.

Das Gemurmel seiner Zuhörer nach Verlesung des Freilassungsbriefes unterbrach Linning durch mehrmaliges Klopfen auf die Tischplatte. »Es liegt eine weitere schriftliche Mitteilung vor, die ich Euch zu Ohren bringen möchte«, sagte er, räusperte sich und griff nach einem anderen Dokument. »Bertram

Rantzau hat sie nach Verhandlungen mit dem Hofmarschall und den hier anwesenden Vormündern, den Ratsherren Trost und Hamann, dem Kanzleischreiber diktiert. Hierbei geht es um die geforderte Bürgschaft. Ich lese.«

Wieder bekam Gesche nur Bruchstücke der in steifem Amtsdeutsch verfassten Erklärung mit. Neben dem Wohnrecht im eigenen Haus in Ascheberg, hieß es darin, schenke der Oberst seinem Trompeter die Einkünfte aus der im Nachbardorf gelegenen Bornhöveder Mühle oder, falls es dem Trompeter, dessen künftiger Frau und Schwiegermutter im Hinblick auf eine standesgemäße Aussteuer lieber sei, ersatzweise fünfhundert Taler in bar. Außerdem versprach er im Namen des Trompeters, nach der Hochzeit sichere Bürgschaft für das von der Braut eingebrachte Heiratsgut zu leisten.

Der Bürgermeister schrammte seinen Stuhl zurück und erhob sich. »Ich denke«, sagte er mit vor dem Zenit seines Bauches gefalteten Händen, »alle Unklarheiten sind damit bereinigt. Selbst wenn manches nicht unseren Wünschen entspricht, sollten wir die Angelegenheit für erledigt halten. Zumal – zumal«, wiederholte er mit erhobener Stimme, weil Joachim Mack schon erste Protestlaute von sich gab, »der Herzog eine gütliche Beilegung des Streits erwartet. Mit ihm sich anzulegen, wäre sehr unklug, wahrlich sehr unklug.«

Wie eine Gewitterwolke am Horizont grummelte Joachim vor sich hin, während alle übrigen Anwesenden dem Stadtschreiber Linning ihr Einverständnis mit der zur Debatte stehenden Eheschließung ins Protokoll diktierten.

»Wer will schon einen Mohren in der Verwandtschaft!«, schimpfte Gesches Schwager noch im Hinausgehen und reckte ihr über die Schulter verächtlich das Kinn entgegen. »Ein Mohr! Als wenn so einer sich an Abmachungen hielte! Die Bürgschaft können wir vergessen! Satansbraten der!«

Gesche hatte, obwohl sie schon ein Stück von ihm entfernt war, seine Worte genau gehört. Aber sie schüttelte sich nur einmal kurz und tat, als wäre der Schwager Luft. Er würde nicht der Einzige sein, der mit blinder Wut reagierte.

»War das gemeint, als du von einer rabiaten Sippschaft gesprochen hast?« Gesche schaute über die Schulter ihrer am Schreibpult sitzenden Mutter auf einen Wust von Papieren, bedeckt mit der steilen, verschnörkelten Schrift des Stadtschreibers und des Hofbeamten. Dazwischen auch einige, auf denen sie die Handschrift von Onkel Claus erkannte. Aus dem schweren Weidenkorb, den sie eingeklemmt zwischen Arm und Hüfte trug, stieg der bittersüße Duft von frischen Schälnüssen und füllte das Zimmer.

Elisabeth hob den Kopf. »Bist du zurück aus dem Garten? Ich hätte dir diesen Ärger gern erspart, Kind. Wer weiß, ob sie jetzt Ruhe geben, fast täglich wurde ich mit neuen Ansinnen bombardiert. Zum Glück hält sich der Hofmarschall an sein Versprechen, sich um uns zu kümmern, und schickt gewissenhaft Kopien von allen unseren Fall betreffenden Eingaben. Ich sammle sämtliche Unterlagen, wie du siehst. Inzwischen ist mir nämlich klar, dass es gar nicht mehr so sehr darum geht, keinen Mohren in der Familie zu haben – in den Punkt verbeißt sich nur noch Joachim. Nachdem sie es nicht geschafft haben, euch zu trennen, wollen sie jetzt Geld. Sie wollen sich an euch schadlos halten.«

»Wieso? Wofür denn?« Gesche stellte den Korb auf dem Tisch ab und zog einen Stuhl an die Seite ihrer Mutter.

Elisabeth zuckte mit den Schultern. »Da gibt es so allerlei«, sagte sie, »entgangene Mitgift zum Beispiel oder vorenthaltene Erbanteile. Der Streit fing an, als deine Großmutter vor ein paar Jahren starb, jeder erhob Ansprüche, jeder fühlte sich übervorteilt. Die Männer unserer Familie mögen angesehene Bürger dieser Stadt sein und sogar als vermögend gelten, aber gute Geschäftsleute sind sie nicht gerade. Onkel Claus ist hoch verschuldet, und dein Vater – nun, er hat weder Claus seinen Anteil am geerbten Kapital noch Joachim die Mitgift deiner Schwester ausgezahlt. Mir hat er eine Menge finanzielle Verpflichtungen hinterlassen.«

»Aber was hat das mit Christian und mir zu tun?«

»In erster Linie hat es mit Oberst Rantzau und seiner Großzügigkeit zu tun«, sagte Elisabeth. »Die Habgier der Verwandten wurde geweckt, als er euch zur Verlobung nicht nur Haus und Land auf seinem Gut Ascheberg auf Lebenszeit schenkte, sondern auch die Einkünfte aus der zum Gut gehörenden Bornhöveder Mühle. Noch verlockender ist aber wohl die Aussicht, dass wir – ich bin da, wie du weißt, mit einbezogen – stattdessen fünfhundert Taler in bar nehmen könnten, was er uns in seiner schriftlichen Erklärung zur Wahl stellt. Auf dieses Bargeld spekulieren sie nun.«

Verlobung. Bei diesem Wort waren Gesches Gedanken augenblicklich abgeschweift, die weiteren Äußerungen ihrer Mutter rauschten an ihr vorbei.

Der 23. Oktober, endlich war es so weit. Der Freilassungsbrief lag vor, der Oberst hatte zugesagt, die geforderte Kaution zu übernehmen, die Geldstrafe für die Verletzung der Verlöbnisordnung – sechzig Taler die Mutter, vierzig die Tochter – war inzwischen bei der Hofkanzlei bezahlt worden. Und eine Woche zuvor hatte der Herzog, nachdem ihm durch den Hofmarschall vom friedlichen Ausgang der Verhandlungen berichtet worden war, seine Zustimmung zur Verlobung gegeben.

In der Kirche drängten sich neben Bürgermeister, Ratsherren und anderen Honoratioren eine Menge Neugierige, um zu sehen, wie der Pastor das Ereignis im Kirchenbuch registrierte. Sie hatten vor ihm gestanden, so nahe beieinander, dass Gesche Christians Wärme durch den Ärmel seines rotglänzenden Rockes spüren konnte. Er sah wundervoll aus mit den enganliegenden Kniehosen und den Seidenstrümpfen in den Schnallenschuhen. Auf der Straße, als sie durch das Spalier der Plöner nach Hause gingen, wippte ein Büschel Straußenfedern auf seinem Hut und an seiner Seite der Degen. Gesche fühlte wieder das leichte Kratzen des lindgrünen Brokatkleides, in dem sie neben ihm her gegangen war, ihr breiter Kragen und die Haube rochen nach Bügelstube.

Mehr noch als sonst kam sie sich unter der Haube wie zwischen Scheuklappen gefangen vor. An den klaren, langen Schatten, die sie beide warfen, und den im Straßenstaub blinkenden Steinchen konnte sie erkennen, dass die Sonne auch jetzt, am späten Nachmittag, noch vom wolkenlosen Himmel schien. Den Kopf zu heben und zu drehen, wäre in dieser Situation unschicklich gewesen, dabei hätte sie zu gern gesehen, wer da links und rechts stand, mit welchem Gesichtsausdruck, und wer es war, den sie zischeln oder kichern hörte. Aber sie ahnte und fand es auch bestätigt, als die Gratulanten anschließend in der Diele ihres Elternhauses Schlange standen, dass von denen, die sie für ihre Freunde gehalten hatte, etliche fehlten.

Halte die Augen auf, damit du weißt, was auf dich zukommt, hatte die Mutter gesagt. Sie sah hin und wusste, dass ihr Leben ab jetzt ein anderes sein würde.

Wenigstens auf Friederike war Verlass. Während der frostigen Weihnachtstage ging sie zusammen mit Gesche zum Schlittschuhlaufen auf den See und kam, als Anfang Januar das Eis sulzig und die Luft schwer von Regen wurde, nach dem Mittagessen oft vorbei, um der Freundin Gesellschaft zu leisten. Meistens saß Gesche dann in der Stube nahe beim Fenster, später am Tisch, dicht bei der Lampe, und arbeitete an ihrer Aussteuer. Säumte Laken, stichelte Monogramme in Tischtücher und Kissenbezüge, und Friederike erzählte dazu, was sie in der Stadt an Tratsch aufgeschnappt hatte. Gewöhnlich hörte Gesche nur mit halbem Ohr zu, schaute hin und wieder hoch, nickte zustimmend, lachte, wenn es ihr angebracht schien. Es tat ihr wohl, nicht allein zu sein, eigentlich hätte sie auch gern gewusst, wie das Schneematschrennen ausgegangen war, das sich ein paar Jungen aus der Nachbarschaft auf Fassdauben am Schlossberg geliefert hatten, und ob die Erkältungswelle, unter der die ganze Stadt schon seit vierzehn Tagen litt, endlich abklang. Aber ihre Gedanken schwirrten immer wieder in eine andere Richtung.

Was hatte Christian nur gemeint, als er sagte, sie würden im Frühjahr heiraten? Wann war das: Frühjahr? Ganz früh im Jahr, wenn es noch neu war, kaum angefangen hatte? Dann müsste es bald so weit sein. Oder kam das Früh von Frühling, und es würde noch ein paar Monate dauern? Warten – warten –, schon ein ganzes Jahr ging das jetzt so. Ungeduldig biss sie den Faden ab, der sich auf der Rückseite ihrer Stickerei verknotet hatte.

Ein solcher Nachmittag war es – Gesche schleckte gerade ein paar Blutstropfen von ihrem durch einen versehentlichen Stich verwundeten Zeigefinger und beobachtete dabei, wie sich auf dem Fenstersims ein Polster aus dicken Schneeflocken bildete –, als die Haustür mit heftigem Knall zugeschlagen wurde. Gesche stand auf, um nachzusehen, wer da mit so offenkundigem Zorn das Haus betrat, und entdeckte Elisabeth, die den Wetterumhang von ihren Schultern riss, die Kapuze, auf der sich der meiste Schnee angesammelt hatte, ausklopfte, als wollte sie eine räudige Katze totschlagen, und laut vor sich hin schimpfte, während sie zum Garderobenhaken ging. »Diese Halsabschneider! Dieses Pack! Der Teufel soll sie holen!«

»Wen meinst du denn, Mutter?«, fragte Gesche unter der Stubentür stehend. »Was ist passiert?«

»Herrje, hast du mich erschreckt!« Elisabeth fuhr herum. Sie zögerte einen Moment und seufzte tief, dann ging sie mit festen Schritten auf ihre Tochter zu, schob sie in die Stube zurück und schloss die Tür hinter ihnen beiden. »Ich hätte nicht fluchen dürfen«, sagte sie, den Rücken an den Türpfosten gelehnt, »aber wer hält das schon aus! Es gibt wieder Ärger, Kind, dieses Mal von ungewohnter Seite.«

»Wieder Ärger?« Gesche fühlte ihre Knie weich werden, das Kopfkissen, an dem sie eben gestickt hatte, fiel ihr aus der Hand. Unbeachtet lag es da, bis Elisabeth es aufhob und zu den übrigen Nähutensilien auf den Tisch tat.

Elisabeth setzte sich und begann, zerstreut mit dem Stickgarn zu spielen. »Jetzt hat Rantzau uns einen Strich durch die Rechnung gemacht.«

»Der Oberst?« Gesche ließ sich schwer auf ihren Stuhl plumpsen. »Das kann nicht sein. Er unterstützt Christian doch, wo immer er kann!«

Elisabeth zuckte mit den Achseln. »Dieses ist eben eine Ausnahme. Und eigentlich«, sagte sie, »ist er auch nur der Auslöser für das Theater. Die Akteure sind wieder mal unsere lieben Verwandten.«

Ratten, dachte Gesche, eine Horde Ratten. Sie lassen einfach nicht locker. Wenn sich jetzt auch noch der Oberst auf ihre Seite schlägt, sieht es finster für uns aus.

Hilflos starrte sie ihre Mutter an.

Elisabeth legte das Garn zu den anderen Knäueln in den Nähkorb. Dafür griff sie nach einer Nadel und stach auf die

Tischplatte ein, als machte sie Jagd auf herumkriechende Insekten.

»Du erinnerst dich doch an die Schuldverschreibung des Pferdehändlers Hermann Pfennighausen«, sagte sie. »Der Oberst hat sie als Sicherheit für dein eingebrachtes Heiratsgut beim Stadtrat hinterlegt, immerhin im Wert von fast fünfhundert Talern.«

Sie schaute auf, bemerkte, dass Gesche ungeduldig die Stirn krauste, und legte eine Prise Strenge in ihre Stimme. »Auch wenn geschäftliche Dinge dich langweilen, du kannst nicht mehr das kleine Mädchen mimen, das sich um nichts kümmert. Dazu ist es zu spät. Also hör zu: Weil der Mann mit der Heirat Verfügungsrecht über das in die Ehe eingebrachte Vermögen seiner Frau bekommt, ist es bei uns Sitte, dass er ihr für den Fall seines Todes das Nutzungsrecht an seinem Vermögen überschreibt – ein Gegenvermächtnis sozusagen, als Absicherung ihrer Witwenzeit.

Da aber dein Trompeter nicht hier im Herzogtum lebt, sondern in Ascheberg, fordern die Verwandten eine zusätzliche Sicherheit, und die hat Rantzau mit der Pfennighausenschen Schuldverschreibung übernommen. Das Problem«, fuhr Elisabeth fort und legte noch mehr Nachdruck in ihre Stimme, »ist jetzt, dass der Oberst diese Schuldverschreibung plötzlich gegen eine andere austauschen will. Die ist ebenso viel wert, die Sicherheit bliebe also erhalten, aber die Familie spielt nicht mit. Zur Begründung führt sie an, dass der andere Schuldner kein Plöner Bürger sei wie Pfennighausen und man daher nicht wissen könne, ob er seiner Verpflichtung auch tatsächlich nachkäme.

In Wahrheit, mein Schatz, geht es der Verwandtschaft um schnelles Geld. Die Frist für das Darlehen an Pfennighausen ist nämlich inzwischen abgelaufen. Der Pferdehändler muss zahlen, und unsere Sippschaft spekuliert darauf, dass ich mit diesem Geld die Schulden deines Vaters bei ihr begleichen könnte. Die Verwandten stimmen deshalb dem Austausch nicht zu. Gerade eben habe ich es im Rathaus erfahren.«

Elisabeth wischte sich mit dem Handrücken über die Stirn. »Wenn du mich fragst, warum Rantzau sich so verhält – ich kann es dir nicht sagen. Er hat keinen Grund genannt. Und unseren Leuten ist es auch einerlei. Sie wollen ihren Kopf durchsetzen und verschanzen sich hinter dem Abkommen mit der Hofkanzlei. Darin sei Pfennighausens Schuldverschreibung als Kaution genannt, und sie könnten es nicht einfach ändern, sagen sie. Schließlich wäre das gegen den Willen des Herzogs.«

»Und was sagt der dazu?«, fragte Gesche mit dünner Stimme.

Elisabeth stemmte die Ellbogen auf die Tischplatte und legte mit abwesendem Blick ihr Gesicht in die geöffneten Handflächen.

Abgekämpft sieht sie aus, dachte Gesche, und so müde, als würde sie am liebsten aufgeben. »Der Herzog«, hakte Gesche nach, »meinst du nicht, er kann so eine Vereinbarung abändern? Wenn er sieht, dass sie nur aus Bosheit und Habgier dagegen sind?«

»Ich bin mir nicht sicher.« Elisabeth ließ die Arme sinken und wiegte nachdenklich den Kopf. »Wahrscheinlich fühlt er sich verpflichtet, mit gutem Beispiel voranzugehen. Wenn er Abmachungen nicht einhält, warum sollten es dann andere tun?«

»Wie wird es denn dann weitergehen?«

»Erst einmal heißt es wieder Geduld aufbringen. Die Verwandten haben bei Hof eine Beschwerde gegen Rantzau eingereicht. Warten wir's ab.«

Vor Ungeduld vertat sich Gesche bei ihrer Arbeit, schnitt zwei Kissenbezüge aus dem teuren Leinen, das Christian einem durch Plön kommenden Hamburger Geschäftsmann für die Aussteuer abgekauft hatte, so falsch zu, dass die Teile nur noch als Trockentücher zu gebrauchen waren. Unentwegt stach sie sich in die Finger, brach Nadeln entzwei, verlegte mal die Schere, mal das Garn, bis Elisabeth einschritt, das Nähzeug wegräumte und ihre Tochter zwang, täglich einmal aus der Stadt hinauszulaufen, durch das Lübsche Tor und über die Schwentinebrücke an Wiesen und Viehkoppeln vorbei bis zu der am Engpass zwischen Behler See und Plöner See gelegenen Zollstätte *Fegetasche,* die ihren Namen der Pflicht verdankte, hier, vor dem Schlagbaum, mitgeführte Taschen für den Zoll zu entleeren. Bei dem aufgeweichten Boden hin und zurück ein Marsch von fast zwei Stunden.

Künnigham, der Treue, hatte wie gewohnt eine Kopie des herzoglichen Bescheids an Elisabeth geschickt. Das Papier traf ein, während Gesche gerade unterwegs war. Deshalb erfuhr sie erst verspätet von der Anordnung, und wie wenig erfreulich das Schreiben war, verriet ihr der Gesichtsausdruck der Mutter, als diese an einem Abend Mitte Januar mit blaugefrorenen Wangen nach Hause kam.

»Was machst du für ein Gesicht?«, fragte Gesche aus der dämmrigen Küche, wo sie nahe beim warmen Herd davon geträumt hatte, dass Christian überraschend zu Besuch käme und seine Arme um sie legte. Aber der ließ sich in letzter Zeit wenig sehen, weil er in Rantzaus Auftrag ständig beschäftigt war. »Ist wieder etwas passiert?«

Ohne ihren Umhang abzunehmen, sackte Elisabeth auf den Dielenstuhl hinter der Haustür. Ihre Hände kreisten ruhelos umeinander. »Ach«, sagte sie mit gesenktem Kopf, »es sollte eine Überraschung für dich werden, eine freudige natürlich. Und nun ist es wieder eine Enttäuschung.«

Gesche kam langsam näher, hockte sich in Augenhöhe ihrer Mutter auf eine Treppenstufe und blickte abwartend durch das Schnitzwerk. Im Hof quietschte die Pumpe, Lene schlurfte mit einem überschwappenden Wassereimer vorbei, wortlos schlug sie die Küchentür hinter sich zu. Ihre unverschämten Bemerkungen stieß sie nur durch die Zähne, wenn niemand außer Gesche in der Nähe war.

»Aus der Sache kann doch nichts werden!«, hatte sie neulich gehämt, als Gesche am Tisch saß und Knöpfe an ihre neuen Nachtgewänder nähte. »Wer aussieht wie Pech, bringt auch welches! Wirst schon sehen, er lässt dich sitzen wie Stine. Schwängert dich und dann ab nach da, wo die Mohren wohnen!«

Aber nun war ja die Mutter im Haus. Gesche wartete.

Nach einer Weile schaute Elisabeth auf, so mühsam, als wäre ihr Kopf mit Steinen beschwert. Zwischen ihren Brauen stand eine steile Falte, der Mund ein Strich.

»Jetzt haben wir's«, sagte sie.

»Was? Was sollen wir haben?«

»Nur noch Feinde. Die ganze Stadt ist gegen uns.«

»Wie kommst du denn auf die Idee?«

»Idee?« Elisabeth lachte krächzend. »Idee! Von wegen Idee. Hier geht es um Tatsachen. Seit Tagen eine Absage nach der anderen. Christian ist dasselbe passiert wie mir.«

Aus zornigen und traurigen und beleidigten Sätzen musste Gesche sich den Sachverhalt zusammenreimen. Vier Tage zuvor war die Antwort des Herzogs auf die Beschwerde der Verwandtschaft eingetroffen. Die Schuldverschreibung des Pferdehändlers solle an Oberst Rantzau zurückgegeben werden, wie der es gewünscht hatte. Allerdings nur, wenn Christian

Gottlieb einen ortsansässigen Bürgen für die andere von Rantzau angebotene Obligation beibringe. So lange solle vom Besitz der Braut nichts aus der Stadt herausgeschafft werden.

»Ein Bürge, der für uns eintritt? Das kann doch kein Problem sein!«, rief Gesche.

»Irrtum, Kind«, sagte Elisabeth und drückte ihren müden Rücken durch. »Ich habe das auch gedacht und wollte dich mit der glücklichen Lösung des Falls überraschen. Aber wie es aussieht, will kein Mensch das auf sich nehmen. Seit Tagen laufen Christian und ich vergebens von Haus zu Haus. Niemand ist bereit dazu.«

»Keiner? Nicht ein Einziger?«

Elisabeth schüttelte den Kopf. »Onkel Claus und Joachim haben offenbar kräftig Stimmung gegen uns gemacht. Wie beliebt und bewundert dein Trompeter auch einmal war, im Moment scheinen ihn alle für ein verdächtiges Subjekt zu halten, für einen, zu dessen Gunsten man besser kein Risiko eingeht. Du glaubst nicht, was ich mir anhören musste. Der sei ja sowieso nur hinter unserm Geld her, sagte der alte Willem Petersen, dabei hatte der selbst keinen Kanten Brot im Haus, bis sein Bruder ihm den Hof hinterließ. Und die fromme Else Brandström hat mir gleich die Tür vor der Nase zugeschlagen, als sie hörte, weswegen ich kam, und von drinnen geschrien, schwarze Haut wäre die Strafe für schlimme Sünden, die Höllenfarbe wäre das, damit wolle sie nichts zu tun haben. Irgendwer hat Christian sogar den leibhaftigen Gott-sei-bei-uns genannt. Ich habe keine Ahnung, was man über ihn und uns verbreitet hat, aber es wirkt.«

Stumm hatte Gesche zugehört, das Gesicht so fest an die Geländerstreben gepresst, dass ihre Augen sich zu Schlitzen verengten, aus denen jetzt plötzlich Tränen sprangen. Sie schlang die Arme um ihre Knie, drückte den Kopf in ihre Schürze und ließ den Tränen freien Lauf, wiegte sich vor und zurück, vor und zurück.

Heul nur, dachte sie, heul noch einmal kräftig und dann nie wieder. Keiner von denen soll mich je weinen sehen. Für diese vernagelten Dummköpfe zählt nur seine Farbe. Wie gescheit er ist, wie strahlend schön er Trompete bläst, dass er als Geschäftsmann fast jeden hier in die Tasche steckt – wer will das wissen? Ein Mohr bleibt ein Mohr, ein halbes Tier. Vielleicht fangen sie wieder an, schreiend davonzurennen, wenn sie ihm auf der Straße begegnen, wie damals, als er zum ersten Mal durch Plön ging.

Die Tränen flossen weiter.

Irgendwann raffte Elisabeth sich auf, warf ihren Umhang über die Stuhllehne und stieg die Treppe hinauf. Im Vorbeigehen berührte sie sanft Gesches Schulter. »Weinen spült die Seele«, sagte sie leise. »Lass die Tränen laufen, vielleicht bleibt dann keine Bitterkeit zurück.«

Am Abend hörte Gesche Hufgetrappel vor dem Haus, dann das Hämmern des Türklopfers, Stimmen in der Diele. Lenes und Christians. Ein Blick über das Geländer, er war es tatsächlich. Sie hatte sich gerade für die Nacht umkleiden wollen und die Haube schon abgelegt, aber das war einerlei. Gesche rannte die Treppe hinunter und bremste zwei Schritte vor ihm mit knapper Not. Vielleicht würde sie ja gar keinen Trost bei ihm finden, vielleicht gab es weitere schlechte Nachrichten. Aus immer noch geröteten Augen schaute sie ihn ängstlich an.

»So spät noch?«, fragte sie zaghaft.

Christian lachte. Im schwachen Schein der Talglampe, die Lene auf dem Tisch abgestellt hatte, blitzten seine Zähne noch heller als am Tag. Er fasste Gesche bei den Schultern und zog sie zu sich heran. »Komm her«, sagte er und schob ihr sanft das wirre Haar aus der Stirn, »anscheinend hat dir deine Mutter erzählt, wie man mit uns umspringt, aber es lohnt sich nicht, wegen dieser Leute Tränen zu vergießen. Sollen sie doch zetern und uns die kalte Schulter zeigen, aufhalten werden sie uns nicht.«

»Wieso denn nicht?« Gesche schniefte. Seine verrückte Zuversicht war ihr unbegreiflich. »Wenn wir keinen Bürgen finden …«

»… ist das auch nicht das Ende für uns«, fiel ihr Christian ins Wort. »Ich bin beim Oberst gewesen, nachdem ich mir noch eine allerletzte Abfuhr bei Schlachter Mempe eingeholt hatte, und habe ihm von der geschlossenen Plöner Front gegen uns berichtet. Eigentlich erledige ich ja meine Probleme lieber auf eigene Faust, aber da deine Sippe die gesamte Stadt zur Unterstützung hinter sich gebracht hat, dachte ich, dass ein wenig Protektion auf unserer Seite auch nicht schaden könnte.«

Er hielt inne, weil Gesche einen Finger auf ihre Lippen legte und ihm mit dem Kinn ein kaum merkliches Zeichen gab. Als er sich umdrehte, entdeckte er Lene hinter der halboffenen Küchentür, augenscheinlich erpicht darauf, kein Wort von dem Gespräch in der Diele zu verpassen.

»Danke fürs Aufmachen, Lene«, rief Christian ihr zu, »du kannst jetzt schlafen gehen.«

An seiner Schulter vorbei sah Gesche, wie die Magd eine Grimasse schnitt, und sie hörte, während Lene durch die dunkle Küche davontapste, ihr wütendes Gezischel über den *schwarzen Kerl, der hier schon das Kommando übernimmt.*

Christian war nicht anzumerken, ob er etwas davon mitbekommen hatte. Er setzte sich auf eine Ecke des Dielentisches und fuhr in seinem Bericht fort, als habe es keine Unterbrechung gegeben.

»So aufgebracht habe ich den Oberst selten gesehen. Er sei es leid, sich mit dieser raffgierigen Bande auseinanderzusetzen, hat er gebrüllt. Jetzt sei Schluss mit seinen großzügigen Angeboten. Wenn die Plöner dem Austausch der Schuldverschreibung nicht zustimmten, müssten sie eben ohne Kaution auskommen. Und dann fing er plötzlich fürchterlich zu lachen an«, sagte Christian und grinste breit bei der Erinnerung. »Ihm war nämlich die fürstliche Verlöbnisordnung eingefallen, mit der deine Verwandten uns auseinanderbringen wollten. Darin wird nicht nur die Bestrafung einer heimlichen Verlobung verfügt, sondern es heißt auch, dass die Hochzeit ohne schwerwiegenden Grund nicht ungebührlich hinausgeschoben werden solle.

Jetzt dreht der Oberst den Spieß um, Gesche, und sagt, an diesen Punkt des herzoglichen Erlasses müssten wir uns ebenfalls halten und möglichst bald heiraten. Er will uns dabei unterstützen. Seine Kriegserfahrungen haben ihn zu einem ausgezeichneten Strategen gemacht, musst du wissen. Im Nu hatte er einen Plan parat. Danach werden wir, um vor weiteren Belästigungen sicher zu sein, nicht hier heiraten, sondern in Kiel, in seinem eleganten Ascheberger Haus an der Holstenstraße, wo auch schon meine Taufe gefeiert wurde.«

»In Kiel«, wiederholte Gesche, die sich neben ihn an die Tischkante gelehnt hatte, zögernd, weil alle seit langem in ihrem Kopf entstandenen Bilder plötzlich wegbrachen. Also kein Hochzeitszug von der Kirche über den Marktplatz zum Elternhaus, keine jubelnden Freunde und Nachbarn, keine Glückwünsche der ihr von Kindheit an bekannten Ratsherren und anderen Honoratioren. »In Kiel«, sagte sie noch einmal, »und wann?«

»Es sind natürlich noch etliche Vorbereitungen zu treffen«, antwortete Christian, »aber wir haben uns auf Anfang März geeinigt.«

Gesche nickte. Acht Wochen, nein, zwei Monate, das klang kürzer. Bloß nicht daran denken, was in dieser Zeit alles passieren könnte. Sie spürte ein merkwürdiges Flirren in der Herzgegend und wusste nicht, ob es von der wilden Vorfreude kam, die sie plötzlich packte, oder von der dahinter lauernden Angst vor neuen bösen Überraschungen. Als sie den Kopf wandte, um ihn anzusehen, entdeckte sie in Christians Augen die gleiche Ungeduld und die gleiche Erleichterung darüber, dass das endlose Warten bald vorbei sein würde. Mit einem Satz sprang er vom Tisch, machte einen Schritt auf sie zu, umschloss ihr Gesicht mit den Händen und hob es dicht an seines. Sie schmiegte sich an ihn, stellte sich auf die Zehenspitzen, genoss das zärtliche Schnuppern, mit dem seine Nase über ihr Gesicht strich, und dann den Kuss, aus dem sie beide erst wieder auftauchten, als die Katze gegen den vor der Küchentür stehenden Futternapf stieß.

Das Ziel so nah vor Augen, nähte Gesche danach noch eifriger an ihrer Aussteuer. Einmal holte Christian sie mit einer Kutsche des Oberst ab, um ihr zu zeigen, wo sie demnächst wohnen würden. Das Haus, ein mittelgroßes Gebäude aus Backsteinfachwerk, lag zwischen Wiesen und lichten Wäldern auf dem weitläufigen Gelände des Ascheberger Gutes, einige Meilen vom Herrensitz entfernt. Ein paar mächtige, vom Wind gebeugte Eichen und Buchen neigten sich wie zum Schutz über das tiefgezogene, strohgedeckte Walmdach.

Auf der Westseite – Gesche wusste es, weil die Nachmittagssonne darauf schien – führte vom Zufahrtsweg her ein großes, grün gestrichenes Einfahrtstor in Stall und Scheune. Fenster und Eingangstür des Wohnbereichs waren nach Osten ausgerichtet, im Garten davor Kohlstrünke und verdorrte Stauden.

Die Stockrosen, die im Sommer links und rechts an der

Hausfront blühen würden, müsse sie sich dazudenken, sagte Christian, als sie auf das Gebäude zugingen, und auch den Duft der Fliederbüsche hinten am Zaun. Aber Gesche vermisste nichts, entzückt beugte sie sich über die zartgrünen Spitzen von Schneeglöckchen und Winterlingen, die durch die dunkle Erde drängten. Atemlos vor Aufregung stieg sie die drei flachen Sandsteinstufen vor der Haustür hinauf und trat ein.

In den unteren Räumen würde man den Lehmboden ausbessern müssen und die Wände kalken. Einen großen, soliden Tisch mit kräftigen Stühlen könnten sie bei einem benachbarten Schreiner in Auftrag geben, dazu einen Schrank und ein Tassenreck. Und in Kiel, sagte Christian, habe er bereits eiserne Herdgestelle und Kesselhaken bestellt. In einer der drei oberen Kammern gab es eine große Wäschetruhe und einen Leinenschrank, im angrenzenden Raum ein breites Bett mit reich verzierten Pfosten und einem Vorhang aus feinem, rotweiß gestreiftem Tuch.

»So eine Pracht!«, staunte Gesche, als sie das Himmelbett entdeckte, und bemerkte im selben Augenblick, dass Christian nicht weniger überrascht war. Behutsam glitten seine Finger über das Schnitzwerk.

»Das hat bestimmt Frau von Rantzau hierherschaffen lassen«, sagte er. »Sie hat mir ein besonderes Hochzeitsgeschenk versprochen, eines, das unser Glück befördern würde.«

Während seine Hand weiter den Pfosten streichelte, warf er Gesche einen Blick zu, unter dem sie erschauerte. Sie spürte, wie ihr die Röte in die Wangen schoss, und drehte sich eilig um. Mit zwei schnellen Schritten ging sie zu einem der beiden Fenster, presste die Stirn an eine kühle Scheibe und hoffte, dass ihm ihre Verwirrung, dieses Durcheinander von Sehnsucht und Angst, nicht auffiele, wenn sie über irgendetwas scheinbar Wichtiges redete.

Der Nussbaum im hintersten Garteneck sehe reichlich morsch aus, sagte sie mit einer seltsam belegten Stimme, die ihr selbst fremd vorkam. Und die Buchsbaumeinfassung um die Gemüsebeete müsse dringend erneuert werden, auf den Brunnen wolle sie einen Holzdeckel legen, so wie im Hof ihres Elternhauses.

»Schon gut, Liebes.« Plötzlich spürte sie Christians Arme um ihre Taille und seinen Atem im Nacken unter dem Haubenrand. »Ich weiß, was in dir vorgeht«, flüsterte er. »Es gibt keinen Grund, dich für deine Gefühle zu schämen. Aber bitte«, er lachte plötzlich leise und zog sie kurz an sich, »vergiss, was der Pastor über die Unterwelt erzählt. Das ist schierer Unsinn und soll den Leuten bloß Angst machen, damit sie nicht auf die schiefe Bahn geraten. Für uns hat das keine Bedeutung. Vertrau mir einfach, hörst du?«

Gesche nickte. Sie lehnte sich in seine Arme und schloss die Augen. So sollten wir für immer stehen bleiben, dachte sie, so nah, so eng verbunden, in diesem Haus, das nur uns gehört. Auch ohne das Prachtbett mit seinen Versprechungen und ohne einen blühenden Garten kam ihr ihr Glück schon jetzt vollkommen vor.

Mohrenhof. Sie waren noch damit beschäftigt, sich wohnlich einzurichten, Kerzenhalter an den Wänden anzubringen, bunt bemaltes Geschirr auf dem Tellerbord zu verteilen, Stapel von Leinenzeug aus den Reisekisten in Schränke und Truhen zu räumen, als ihr neues Heim schon seinen Namen hatte. Gesche und Christian hörten ihn zum ersten Mal auf einer Fahrt von Ascheberg ins nahe Kalübbe. In ihrer Kutsche, die Christian in Kiel gekauft hatte und mit der sie unterwegs zum Schreiner waren, um eine Eckbank für die Stube zu bestellen, fingen sie im Vorbeirollen die Rufe einiger Bauern in einem entgegenkommenden Leiterwagen auf: »Guckt sie euch an! Das sind die Gottliebs, die beiden vom Mohrenhof!« Mützen und Forken wurden geschwenkt.

»Ganz recht, das sind wir!«, rief Christian zurück und winkte den Fremden lachend zu, während Gesche mit verdutzt aufgerissenen Augen neben ihm saß. *Mohrenteufel, Mohrenhof* – auf was noch würde sie sich einstellen müssen? Aus Sicht der Leute hatte sie durch ihre Verbindung mit Christian offenbar die Farbe gewechselt. Das war wohl auch dem Pastor in Kiel so erschienen, als er zum Abschluss des Heiratsrituals den besonderen Segen des Himmels für das junge Paar erflehte, *den Mohren Christian Gottlieb und die ihm nunmehr angetraute Mohrin Gertrud Gottlieb.*

Die Mohrin Gertrud. Gesche störte sich nicht im Geringsten an der Bezeichnung, allerdings wunderte es sie, wie sehr sich damit ihr Status verändert hatte. Statt der großen Hochzeitsgesellschaft, die in Plön zusammengekommen wäre, nahm an der Kieler Trauung nur eine Handvoll Gäste teil. Bekannte der Rantzaus, lauter vornehme, freundliche Menschen mit der spürbaren Absicht, dem Brautpaar in der Kirche und bei einem etwas steifen Hochzeitsessen in Rantzaus Palais an der Holstenstraße Glück zu wünschen, aber niemand aus ihrem eigenen Verwandten- und Freundeskreis.

Wenn sich deswegen ein Hauch von Trauer bei Gesche einschleichen wollte, musste sie, um die Wehmut zu vertreiben, nur zurückdenken an die wüste Szene, mit der die Plöner bis zuletzt ihre Hochzeit zu verhindern gesucht hatten. Sie sah sich wieder auf roten Samtpolstern an der Seite ihrer Mutter in dem zweispännigen Prunkwagen sitzen, mit dem Rantzaus Verwalter Harm Johannsen sie zur Hochzeit nach Kiel kutschieren sollte.

Der 7. März war es gewesen, ein windiger, grau verhangener Morgen. Am nächsten Tag sollte die Hochzeit sein. Das Gepäck war verladen, die Federung quietschte unter Christians Gewicht, der eben einen Fuß auf das Trittbrett gesetzt hatte, um einzusteigen, da kamen sie anmarschiert. Gesche entdeckte sie durch das mit goldenen Troddeln geschmückte Kutschenfenster: zwei Stadtknechte, im Eiltempo. Links und rechts neben dem Wagen bauten sie sich auf, als müssten sie jemanden an der Flucht hindern.

Der dickere von den beiden ließ Christian kaum Platz, wieder auf den Boden zu kommen. Ohne Gruß oder irgendeinen Anflug von Höflichkeit fing er sofort mit barscher Stimme zu kommandieren an. »Raus aus dem Wagen, die Damen!« Er griff nach der offenen Tür. »Die Braut steht unter Arrest, und wer sich dem widersetzt, gleich mit!«

Einen Moment lang starrte Christian ihn sprachlos an. »Arrest?«, fragte er dann in ebenso brüskem Ton. »Was soll der Unsinn? Wer hat das angeordnet?«

»Ein Befehl des Stadtrats! Hütet Euch, von *Unsinn* zu sprechen!« In seiner speckigen Joppe drängte der Mann Christian kurzerhand vom Wagenschlag ab. »He! Muss ich Euch Beine machen?«, schrie er ins Kutscheninnere. »Hört Ihr nicht? Die Braut ist verhaftet!«

»Aber wieso denn? Was soll ich denn verbrochen haben?« Trotz ihres festen Vorsatzes, sich durch ihre Mitbürger nie mehr zum Weinen bringen zu lassen, fürchtete Gesche, dass ihr wieder die Tränen kämen. Und als sie aus dem Wagen kletterte, sah sie, dass auch ihre Mutter um Fassung kämpfte. Verstört blickte sie um sich.

Zwei Schritte entfernt packte Christian gerade den Dicken mit einer Faust beim Kragen und hielt ihm die andere drohend unters Kinn.

»Du lässt sie in Ruhe, elender Wicht! Hast du mich verstanden?«, zischte er ihn aus nächster Nähe an. »Wir fahren, und wenn ich euch alle dafür niedermähen muss!«

»Herr Gottlieb! Monsieur!« Harm Johannsen ließ die Riemen fallen, mit denen er die Reisetruhen auf dem Kutschendach hatte festbinden wollen. Vorsichtig, als fürchte er, selbst von einem Hieb getroffen zu werden, berührte er Christians Schulter. »Monsieur! Hört auf! Setzt Euch nicht ins Unrecht!«

Ohne den Dicken freizugeben, drehte Christian sich zu ihm um. »Unrecht? Ich soll mich ins Unrecht setzen? Wer greift denn hier wen an?« Sein dunkles Gesicht sah so furchterregend aus, dass der Verwalter eilig den Arm einzog.

»Hört zu«, drängte Johannsen, als Christian dem Stadtknecht weiter die Luft abschnürte und dessen zu Hilfe eilenden Kompagnon mit gezielten Ellbogenstößen fernhielt, »ehe es hier Tote gibt, laufe ich lieber hoch aufs Schloss und bitte den Herzog, die Sache zu klären. Kommt, haltet Euch so lange zurück.«

Dieses Mal traute sich Johannsen, Christians Arm zu ergreifen und ihn von seinem schwer schnaufenden Kontrahenten wegzuzerren. Er schob ihn zu den Frauen neben den Wagenschlag.

»Nur ein wenig Geduld! Es wird nicht lange dauern!«, schrie er im Wegrennen über seine Schulter. »Bleibt einfach da stehen!«

Erstaunt sah Gesche den würdevollen Verwalter mit ungeahnter Geschwindigkeit davonstürmen. Wieder einmal sollte von *da oben*, vom Schloss, die Rettung kommen.

Als mächtige rote Haube thronte der ausladende Backsteinbau auf der Spitze des ehemaligen Burghügels hoch über der Stadt, mit seinen Treppentürmen und Giebelkronen vom Land her genauso wie vom See schon aus der Ferne erkennbar. Fünfzig Jahre zuvor, mitten im Dreißigjährigen Krieg, hatte Joachim Ernst, der Vater des jetzigen Herzogs, das stolze Schloss errichten lassen und Plön zu seiner Residenz ernannt. Hoffentlich traf Johannsen jemanden an, der befugt war, sofort einzuschreiten. Wie Trommelstöcke hämmerten seine langen, in Schaftstiefeln steckenden Beine den steil ansteigenden Weg hinauf.

Neben sich hörte Gesche Christians wütendes Brummen. Mit gesenktem Kopf und gekreuzten Beinen lehnte er am Wagen, die Arme vor der Brust verschränkt, als könne er sich nur mühsam beherrschen. Gesche schielte hinüber zu den beiden Amtsdienern. Wieso feixten die zwei so siegessicher und zündeten sich sogar in aller Ruhe ihre Tonpfeifen an? Woher nahmen sie die Dreistigkeit, mit der sie hier auftraten? Was wollten sie überhaupt von ihr? Gesche zog sich gerade die Kapuze ihres Reiseumhangs über den Kopf, weil es aus den tief hängenden Wolkenballen zu tröpfeln begann, vor allem aber, damit niemand die hilflose Empörung bemerkte, die sie bei der Vorstellung gepackt hatte, statt auf einem glanzvollen Hochzeitsfest in Kiel im feuchten Kellergefängnis am Lübschen Tor zu landen, als Elisabeth ihr den Ellbogen in die Rippen stieß.

»Natürlich«, hörte sie ihre Mutter leise, mit schneidender Schärfe sagen, »wer sonst sollte hinter dieser Aktion stecken! Schau dir an, wer da kommt.«

Noch bevor Gesche den Kapuzenstoff aus ihrem Blickfeld gerafft hatte, wusste sie schon Bescheid.

»Ach, bist du immer noch auf freiem Fuß, Schwägerin?«, rief Joachim Mack in einem Tross Neugieriger näher kommend herüber. »Auf was wartet ihr denn, ihr Bummelanten?« Das galt den erschrocken zusammenzuckenden Stadtknechten. »Steht hier und pafft, anstatt Befehle auszuführen! Los, werft sie in den Kerker!«

Mit dienstfertig gekrümmtem Rücken verstauten die beiden die noch qualmenden Pfeifen in ihren Rocktaschen und nickten einander ermutigend zu.

Ehe sie jedoch einen Schritt tun konnten, stieß sich Christian mit einem wütenden »Jetzt reicht's!« vom Wagen ab. »Ihr Halunke! Ihr Schurke! Was fällt Euch ein!«

Drei Sprünge, und er landete unmittelbar vor Gesches breitbeinig dastehendem Schwager. Seine Stimme donnerte so martialisch, so drohend, wie Gesche sie noch nie gehört hatte.

Die Dienstmänner erstarrten. Auf Joachims Gesicht verrutschte das arrogante Grinsen zu einer furchtsamen Grimasse. Einen Augenblick lang sah es aus, als wolle er die Flucht ergreifen, aber dann fing er sich, zog ein Schnupftuch aus seiner Tasche, wischte damit über die Stirn und streifte die Regentropfen ab, die ihm vom Dreispitz auf die Schultern getropft waren. Er fixierte Christian mit blasiert hochgezogenen Brauen.

»Hört, hört! Der Mohr traut sich was!« Beifallheischend ließ er seinen Blick über die wachsende Schar der um den Wagen versammelten Zuschauer wandern. »Dabei hätte er allen Grund zu verschwinden. Aus der Heirat, bester Gottlieb, wird nämlich nichts werden. Habt Ihr die Vereinbarung vergessen, nach der die Braut nichts von ihren Besitztümern aus der Stadt entfernen darf? Wollt Ihr Euch etwa dem Befehl des Herzogs und der Ratsversammlung widersetzen?«

An dieser Stelle schrillte Joachims Stimme in die Höhe und schnappte fast über vor Selbstgefälligkeit. Gesche wünschte, dass ihm die Worte wie Widerhaken im Hals stecken blieben. Vergeblich. Nach einer kurzen Atempause, in der er die zustimmenden Rufe aus der Menge aufzusaugen schien und Christian, der ihm in die Parade fahren wollte, mit einem scharfen »Jetzt rede ich!« zum Schweigen brachte, reckte er den Hals für die nächste Attacke.

»Ich«, schrie er in die Runde, »ich persönlich trete dafür ein, dass der Befehl genauestens eingehalten wird. Mit Hilfe der hier anwesenden Amtsdiener werde ich diese fehlgeleitete Braut an der Abreise hindern. Sind deine Kleider, verehrte Schwägerin, nicht auch Teil der Ausstattung, die in Plön zu bleiben hat? Selbst die, die du am Leib trägst?« Triumphierend schaute er zu Gesche hinüber. »Sehr wohl, sage ich, das sind sie! Laut Anordnung müssen wir sie also konfiszieren. Wenn du nackt aus der Stadt ziehen willst – bitte, das steht dir frei!«

»Das wäre mal ein Schauspiel!«, rief jemand aus der Menge. Hohngelächter, spöttische Kommentare. »Genau richtig für ein Mohrenliebchen!«, schrie eine andere Stimme. Die von Hein Surbier, dachte Gesche, dem Stallknecht bei Bauer Rasfeld. Wieder hämische Lachsalven.

Gesche kam es vor, als habe sich die halbe Stadt um den Reisewagen versammelt, sie fühlte sich von boshaften, verächtlichen Blicken aufgespießt. Schulter an Schulter mit ihrer Mutter stand sie neben der Kalesche, den Rücken durchgedrückt und entschlossen, vor dieser wild gewordenen Meute nicht einzuknicken. Der Wagen ruckelte von den unruhigen Bewegungen der Pferde. Hufe und eisenbeschlagene Räder knirschten auf der feuchten Straße. Wie lange würde Rantzaus Verwalter denn noch brauchen, um mit einer Entscheidung des Herzogs zurückzukommen? Eine Ewigkeit war er doch schon unterwegs. Und Christian? Wollte er die Pöbeleien tatsächlich widerspruchslos hinnehmen?

Gerade forderte Joachim Mack ihn mit einer neuen Unverschämtheit heraus. »Habt wohl geglaubt, durch so eine Heirat würdet Ihr selbst weiß, wie? Ein Plöner Bürger, ein echter Christenmensch! Ha! Schlagt Euch das aus dem Kopf, oder ich muss es tun!«

Gesche stockte der Atem, als Joachim tatsächlich seinen

Degen zog und dicht vor Christians Nase damit herumzufuchteln begann. Das kann er nicht zulassen, dachte sie, jetzt endlich muss Schluss sein mit den Demütigungen. Wieso steht er immer noch da und rührt sich nicht? Sie schaute auf Christians breiten Rücken, den muskulösen Hals unter dem krausen Nackenhaar. Kraft besaß er doch offenbar genug, weshalb tat er nichts? *Kein Held* – auf einmal fiel ihr sein Bekenntnis wieder ein. Was, wenn dieser Ausdruck nur eine Umschreibung seiner Feigheit gewesen war? Und er einfach nicht den Mut hatte, dem Aufschneider Joachim entgegenzutreten? Würde er sie etwa wehrlos dieser geifernden Meute überlassen? Sie versuchte, den Gedanken zu verscheuchen, aber er stach ihr ins Hirn. Vielleicht sollte ich ihm helfen, dachte sie, mir die Peitsche vom Kutschbock schnappen und auf Joachim losgehen.

Gesche warf gerade einen vorsichtigen Blick über ihre Schulter, um die Chance zu erkunden, als mit einem Knurren wie aus der Kehle eines angriffslustigen Bären plötzlich Bewegung in die Szene kam. Ein Wirbel von Armen und Beinen, Klirren von Metall, wütende Schreie, ein paar klatschende Schläge und schließlich der dumpfe Aufschlag, mit dem Joachim auf dem nassen Boden landete. Grimmig, die Arme in die Hüften gestemmt, schaute Christian zu, wie sein Widersacher die Teile seines zerbrochenen Degens zusammensuchte und sich ächzend bemühte, auf die Beine zu kommen.

Er habe, erzählte Christian später grinsend, nur den Moment abgepasst, in dem sich Joachim mit triumphierender Miene seiner Anhängerschaft zuwandte, um ihn dann unverhofft niederzuschlagen. »Strategie«, sagte er und strich sich mit mildem Spott übers Kinn, »das planmäßige Anpeilen eines Ziels, ist eines von den Dingen, die ich beim Oberst gelernt habe – und manchmal auch in Kleinkriegen nützlich. Schließlich sollte ja kein Blut vergossen werden.«

Aber das war später.

Am Morgen der geplanten Abreise geriet Joachim durch seine peinliche Niederlage erst recht in Rage. In schmutzigen, kotverklebten Kleidern, die Haare strähnig vom Regen, hörte er nicht auf mit seinen wüsten Schimpfkanonaden und musste von einigen seiner Gefolgsleute mit Gewalt davon abgehalten werden, erneut auf die verhasste Verwandtschaft loszugehen.

Scheinbar gelassen hatte sich Christian wieder an die Kutschenwand gelehnt, aber Gesche, die sich für ihre finsteren Gedanken schämte und sie durch besondere Zärtlichkeit wiedergutmachen wollte, spürte eng an seine Schulter gedrückt die anhaltende Spannung in ihm und auch die Erleichterung, als endlich, nach fast einer Stunde Wartezeit, der Hofmarschall an der Seite des Verwalters den Schlossberg herabgeschritten kam, hinter ihnen, den Wetterumhang wie zum Schutz bis an die Nase hochgezogen, Detlef Köper, der Bürgermeister.

Schon von weitem schien der Hofmarschall die feindselige Stimmung vor dem Radeleffschen Haus abwiegeln zu wollen, denn er näherte sich mit beschwichtigend erhobenen Händen. Lächelnd wie in schönsten Friedenszeiten grüßte er unter seinem breitkrempigen Regenhut hervor nach allen Seiten, ging schnurstracks auf die Kutsche zu und reichte Elisabeth, Gesche und Christian die Hand. Eine starke, warme Hand. Noch Jahre später erinnerte sich Gesche an das Gefühl der Sicherheit, das von dieser Hand ausging.

»Steigt rasch ein«, hörte sie Künnigham durch die Zähne sagen, während er den Wagenschlag öffnete, der Mutter und ihr auf das Trittbrett half und Christian hinterherschob. »Tut, als wäre nichts geschehen, und macht Euch keine Sorgen, die Hoheiten sind auf Eurer Seite.«

Dann machte er auf dem Absatz kehrt und wandte sich der herumlungernden Menge zu, blieb aber, weil aus dem dichten Gedränge weiter Schmährufe und Drohungen laut wurden, so nahe beim Wagen stehen, dass Gesche aus dem Innern die Wassertropfen sehen konnte, die von seinem Hutrand perlten und über den Walkstoff seiner Jacke den Rücken hinunterrollten.

»Verstreut euch endlich, Leute!« Künnighams kommandogewohnte Stimme klang scharf und schallend. »Hier gibt es nichts zu gaffen und zu murren! Seine hochfürstliche Durchlaucht befiehlt, die Braut unverzüglich und ohne jeden Widerstand abfahren zu lassen. Also trollt euch schon, macht den Weg frei!«

»Wie denn das?« – »Und was ist mit dem Brautschatz?« – »Sie gehört ins Kellerverlies!« Noch immer erhob sich vereinzelter Protest.

Künnigham warf dem ein paar Schritte entfernt stehenden Bürgermeister einen strengen Blick zu, mit dem Kinn gab er ihm ein aufforderndes Zeichen.

»Ich … Es«, Köper geriet ins Stottern, als er den Kopf aus seinem Umhang wand und sich an einer Erklärung versuchte, »es muss ein Irrtum vorliegen, ein Missverständnis. Natürlich sollte nur die Mitgift der Braut hier festgehalten werden, keinesfalls aber sie selbst. Und schon gar nicht sollte sie ins Gefängnis geworfen werden. Irgendwer … ich weiß nicht …« Unvermittelt schoss sein runder Kopf vor und reckte sich den beiden Stadtknechten entgegen. »Vielleicht habt ja ihr zwei euch das ausgedacht, das würde zu euch passen! Ich werde …«

»Schluss jetzt!«, fiel ihm der Hofmarschall ins Wort. »Die Aufklärung dieses absurden Falles können wir uns später vornehmen. Los, Leute«, er klatschte energisch in die Hände, »tretet beiseite! Lasst den Wagen passieren!«

Während der Verwalter vom Kutschbock aus die Zügel auf die Hinterteile der beiden Braunen klatschen ließ, schlug Künigham zum Abschied zweimal leicht gegen den Wagenschlag.

»Gute Reise!«, hörte Gesche ihn rufen. »Und viel Glück für Euer gemeinsames Leben!«

An seiner Schulter vorbei entdeckte sie in der zögernd zurückweichenden Menge das Gesicht ihres Schwagers, verzerrt von Wut und Enttäuschung. War es nur Einbildung, oder hatte er ihr tatsächlich einen Moment lang hasserfüllt in die Augen geschaut? Nein, er konnte sie im Halbdunkel des Kutscheninnern unmöglich gesehen haben. Trotzdem fühlte Gesche einen kalten Schauer zwischen den Schulterblättern. Er wird niemals Ruhe geben, dachte sie, dazu hat er sich zu weit vorgewagt, und er hat Verbindungen. Wenn er will, kann er uns auch in Kiel oder Ascheberg oder sonst wo erwischen, wir werden nirgendwo vor ihm sicher sein.

»Geschafft!« Christian, der Elisabeth und ihr mit dem Rücken zur Fahrtrichtung gegenübersaß, unterbrach Gesches düstere Überlegungen. Aufatmend ließ er sich in die Polster sinken. Gerade hatten sie die Stadt durch das Lübsche Tor verlassen, das Knirschen der Räder ging über in ein dumpfes Schmatzen, als der Wagen in den aufgeweichten Sandweg Richtung Kiel einbog. Unermüdlich trommelte der Regen auf das Verdeck, links und rechts spritzte Wasser hoch aus Pfützen und tiefen Spurrinnen, der Wagen schwankte unter den Schlägen schwerer, von der Nässe herabgezogener Eichen- und Buchenäste.

Eulenkrug. Gesche kannte das Wirtshaus in der Talsenke von zwei früheren Reisen nach Kiel. Hier führte eine Brücke über den Bach, der das Plöner Gebiet nach Norden begrenzte. Bis hierher – mit Schaudern dachte sie daran – wurden Missetäter geleitet, die als Strafe für ihre Vergehen hatten schwören müssen, Plön samt Umkreis nie wieder zu betreten. Ein bisschen kam es ihr so vor, als wäre sie selbst betroffen. Gesche kniff die Augen zusammen, um das alte Backsteinhaus oder die Weiden am Bach zu erspähen, aber der nasse Schleier war zu dicht. Der eine wird von Amtsdienern aus der Stadt eskortiert, dachte sie, der andere vom Regen hinausgespült, das Gefühl wird so ziemlich das gleiche sein.

Vielleicht lag es an der nachlassenden Anspannung, vielleicht am regelmäßigen Hufschlag und dem rhythmischen Schaukeln der Kutsche – beim Aufwachen wunderte sich Gesche, dass sie so bald nach dem Verlassen der Stadt schon eingeschlafen war. Sie gähnte, blinzelte, rückte erschrocken ihre Haube zurecht, als sie Christians Augen auf sich gerichtet sah. Ruhig, die Beine übereinandergeschlagen, lehnte er in seiner Wagenecke und schaute sie lächelnd an.

»Gleich kommen wir nach Preetz«, sagte er, ohne den Blick von ihr zu wenden.

Du lieber Gott, schoss es ihr durch den Kopf, dann muss ich ja eine Ewigkeit geschlafen haben. Ob er mir die ganze Zeit dabei zugesehen hat? Sie spürte, wie ihr die Röte in die Wangen stieg, und wusste nicht, ob sie sich mehr ausgeliefert oder aufgehoben fühlen sollte. Ihre Knie berührten fast die seinen, sie sah die Bündel winziger Fältchen in seinen Augenwinkeln, roch seinen inzwischen vertrauten Duft, einen Hauch von Harz und Mandelöl, und plötzlich wurde ihr bewusst, dass sie noch nie auf so engem Raum so lange mit ihm zusammen gewesen war. Ungefähr sechs Stunden brauchte der Wagen für die Strecke nach Kiel. So viel Zeit! Und das war erst der Anfang, denn morgen würden sie heiraten und dann für immer zusammen sein.

Mit einem heftigen Schlag rumpelte die Kutsche über ein paar dicke Feldsteine, einen Moment lang neigte sie sich bedenklich zur Seite, ehe sie schlingernd zurück in die Spur kam. Gesche war gegen die Schulter ihrer Mutter geschleudert worden, und Elisabeth, die mit auf die Brust gesunkenem Kinn ebenfalls tief geschlafen hatte, fuhr hoch, blickte verwirrt um sich und lächelte dann entschuldigend.

»Ein kleines Nickerchen, nach all der Aufregung!« Sie ordnete die Falten ihres braunkarierten Reisekleides. »Ich glaube«, sagte sie, während sie sich auf dem Sitzpolster in eine etwas bequemere Position stemmte, »ich habe gerade im Traum alles noch einmal durchlebt. Joachims unverschämten Auftritt und dann deine Attacke. Dieses verblüffte Gesicht, als er da plötzlich auf der Erde lag! Damit hat auch er wohl nicht gerechnet.«

»Wieso *auch*?«, fragte Christian mit gerunzelter Stirn. »Wer denn noch?«

»Na ja …« Elisabeth hüstelte verlegen. Sie warf ihrer Tochter einen hilfesuchenden Blick zu, aber Gesche hockte mit verschränkten Armen neben ihr und schaute so aufmerksam aus dem Fenster, als gäbe es draußen statt kahler Haselsträucher und dichtem, tropfendem Brombeergestrüpp Weltwunder zu bestaunen. Bloß nicht wieder rot werden, dachte Gesche. So tun, als hätte ich keine Ahnung, worauf sie anspielt. *Kein Held* – offenbar hatte auch sie Christians freimütiges Geständnis in Erinnerung behalten und ihre eigenen Schlüsse daraus gezogen.

»Sag doch, was du meinst, Elisabeth«, hakte Christian nach.

Seit einigen Wochen duzten die beiden einander, aber Christian hatte es so höflich wie bestimmt abgelehnt, sie *Mutter* zu nennen. Anfangs zog Elisabeth pikiert die Brauen hoch, wenn er sie entgegen der Tradition beim Vornamen nannte, allmählich schien sie jedoch Gefallen an dem unüberhörbaren Respekt zu finden, mit dem er sein *Elisabeth* unterlegte.

»Ich kann das nicht«, hatte er Gesche mit spröder Stimme erklärt. »Ich kann nicht *Mutter* sagen. Das ist mir zu fremd.«

Niemals würde Gesche den Stich vergessen, der sie dabei durchfuhr. Zum ersten Mal hatte sie einen Blick hinter seine Deckung werfen können, und sie war erschrocken über die Einsamkeit, die sie dort entdeckte.

»Komm schon, raus damit!« Christian schien sich über Elisabeths Verlegenheit zu amüsieren. »Was hatte dieses *auch* zu bedeuten?«

»Na ja«, wiederholte Elisabeth zögernd, »man hört … die Leute … also … Es heißt, dass du dir erstaunlich viel gefallen lässt. Zu viel, sagen manche. Dass du dich nicht wehrst, wenn einer über dich lästert oder dir Schimpfnamen gibt. Sogar *Satansbraten* hat dir neulich, als wir einen Bürgen suchten, jemand nachgeschrien, und du hast nichts dagegen unternommen. In Wirtshausschlägereien sollst du auch noch nie verwickelt gewesen sein – ein Wunder in unserer Stadt! Und da dachten wohl alle, Joachim könne ungestraft auf dich losgehen, weil du … weil …«

»Weil ich zu feige wäre, ebenfalls handgreiflich zu werden? Meinst du das?« Im Dämmerlicht der Kutsche blitzten seine Zähne beim Lachen.

Elisabeth zuckte hilflos mit den Schultern. »So würde ich es nicht unbedingt nennen.«

»Wie denn dann? Klingt *er traut sich nicht* etwa besser? Es geht doch um die Sache, nicht ums Wort. Und da sind wir offensichtlich verschiedener Ansicht.«

Christians Gesicht war ernst geworden. Er beugte sich vor, stützte die Unterarme auf seine Knie und schaute Elisabeth eindringlich an. Gesche sah, wie seine Schultern im Fahrtrhythmus hin- und herschwangen.

»Was, glaubst du, würde geschehen, wenn ich einem der Schreihälse die Nase blutig schlüge? Würde das seine Meinung über mich bessern? Oder würde er den *Satansbraten* nicht erst recht zur *Höllenbrut* erklären und damit hausieren gehen? Mit Gewalt kann man keine Köpfe durchputzen, man kann nur dafür sorgen, dass die Wut nicht auf das eigene Hirn überspringt.«

»Indem man nicht darauf reagiert?«

»Genau – es einfach an sich abrauschen lässt.«

»Aber vorhin«, mischte Gesche sich zaghaft ein, »bist du doch wie ein Wilder losgestürzt!«

»O Gott, ja – wie ein Wilder.« Mit einem Seufzer lehnte sich Christian in seinen Sitz zurück, streckte jedoch, weil Gesche bis unter die Haarwurzeln errötete, kurz die Hand zu ihr hinüber, um ihr beruhigend das Knie zu tätscheln. »Keine Sorge, ich weiß, wie du es gemeint hast. Diese Szene vorhin, das war etwas anderes. Da ging es nicht um irgendwelche Pöbeleien gegen mich – meistens sowieso nur unbedachte Ausbrüche, weil jemand Dampf ablassen muss. Joachim hat *dich* angegriffen, er hat dich in Angst versetzt und hätte dich tatsächlich einsperren lassen, wenn man ihn nicht aufgehalten hätte.«

»*Man*? – Du!«

»Meinetwegen ich. So was kann man nicht hinnehmen.«

»Wie konnte ich das vergessen!« Elisabeth, die still zugehört hatte, rutschte plötzlich vor bis an die äußerste Kante ihres Polsters und zeigte mit spitzem Finger auf Christian. »Eben fällt es mir wieder ein! Diese gewaltige Keilerei in Kiel vor zwei Jahren! Schulz, mein Kurator, hat mir davon erzählt. War das nicht eine ganz ähnliche Geschichte? Ein Trupp von Studenten hat sich damals auf einen abgerissenen Fuhrknecht geworfen und ihn verdroschen, bis du dazwischen gingst und ihnen Beine gemacht hast?«

»Kann schon sein.« Ein kurzes Achselzucken, Christian wandte den Kopf und schaute zum Fenster hinaus.

Da war sie wieder, die verschlossene Miene, die deutlich verriet, dass er nicht weiterreden wollte. Gesche kannte dieses Signal mittlerweile. Sie warf ihrer Mutter einen warnenden Blick zu und schüttelte kaum merklich den Kopf, mehr würde man jetzt nicht von ihm erfahren.

Aber das hinderte sie nicht, ihre eigenen Gedanken auszuspinnen. Welchen Grund konnte es geben, dass einer, der so besonnen war wie Christian, sich urplötzlich in einen tollkühnen, waghalsigen Draufgänger verwandelte, dem es gleich zu sein schien, ob er ertrank, niedergeschlagen oder erstochen würde? Einer, der nie mit seinen Kriegserlebnissen prahlte, wie viele andere, deren angebliche Bravourstücke beim Kampf gegen Franzosen oder Türken in Plön umso mehr Bewunderung fanden, als die Stadt sich durch geschicktes Taktieren aus allen Kämpfen hatte heraushalten können.

Gesche dachte an den schmerzlichen Zug, den sie ein paarmal um seine Mundwinkel gesehen hatte. Wie furchtbar musste es sein, als kleines, hilfloses Kind aus einer vertrauten Umgebung gerissen und irgendwohin transportiert zu werden, wo man nichts und niemanden kannte. Wahrscheinlich hatten sie, wie bei einem Kalb oder einem Fohlen, sogar seine Zähne und die Stärke seiner Knochen überprüft, ehe sie ihn, diesen Dreikäsehoch, verschifften. Gesche hatte davon reden gehört. Vielleicht, dachte sie, hat er unter dem, was man ihm angetan hat, so gelitten, dass er es einfach nicht erträgt, wenn anderen Schreckliches widerfährt. Selbst wenn er wirklich nicht besonders mutig ist – er hat ein Gespür für Menschen in

Not und kann nicht anders, als sich für sie einzusetzen. Ob sie mit ihm darüber reden könnte? Sie nahm sich vor, es zu versuchen, sobald sie zu Hause wären, auf ihrem Hof in Ascheberg.

Wie wenig sie damals von ihm gewusst hatte! Wie wenig sie ihn kannte! Bei der Erinnerung an die Hochzeitsnacht im Kieler Palais spürte sie jedes Mal ein Ziehen in ihrem Herzen, vor Zärtlichkeit und – ja, auch aus Scham.

Sie hatten zusammen im Bett gelegen, in diesem ausladenden Himmelbett, zwischen Seidenkissen, umgeben von spitzenbesetzten Brokatvorhängen. Im Kamin knackten glühende Holzscheite, Kerzen erfüllten den Raum mit honigfarbenem Licht. Von unten, aus der großen Halle, klangen Stimmen und Gelächter herauf, ein paar Gäste schienen noch zu feiern. Irgendwann knarrte die Treppe unter schweren Schritten, die Tür zum Nebenzimmer quietschte in den Angeln und wurde schmetternd zugeschlagen. Kurz darauf polterten Schuhe auf die Dielen, so laut, als fielen sie direkt hier vor dem Bett zu Boden.

Christian hatte die Decke beiseitegeschoben und sie angeschaut, wie sie neben ihm lag, nackt, die Hände über der Brust gekreuzt.

Und jetzt? Was, wenn Friederike doch recht gehabt hätte mit ihrem Gerede über den starken Trieb der Mohren und er einfach über sie herfiele? Wie die Tiere sollten sie sein, hatte Friederike gesagt, völlig zügellos. Weg mit der Vorstellung! Gesche wollte nicht so denken und spürte trotzdem, dass ein Frösteln ihren Körper überzog. Aus dem Augenwinkel schielte sie zu Christian hinüber. Ruhig atmend, den Kopf in die linke Hand gestützt, lag er neben ihr und lächelte sie an. Schnell schloss Gesche die Lider, damit er ihre Gedanken nicht erriete. Zu spät.

»Angst?« Sie hörte die Zärtlichkeit in seiner Stimme und fühlte, wie er eine Haarsträhne hinter ihr Ohr schob.

»Wieso?« Mehr als ein Wispern brachte sie nicht zustande.

Ein leises Lachen. »Deine Gänsehaut verrät dich. Die Hitze hier im Zimmer reicht, um Eisberge zu schmelzen. Es kann also nur von innen kommen.« Wieder strich er über ihr Haar.

Gesche zuckte hilflos mit den Schultern. »Vielleicht platzt ja jemand herein und erwischt uns.«

»Erwischen?« Dieses Mal lachte Christian so laut, dass sie ihm eilig eine Hand auf den Mund drückte. Er griff danach und biss sanft in ihren Daumen. »Schatz, wir sind verheiratet! Wir können tun, was wir wollen, zumindest im Bett! – Wir können, aber wir müssen nicht«, setzte er rasch hinzu, als er Gesches beunruhigten Blick auffing.

Im Erdgeschoss zersplitterte eine Flasche auf den Steinfliesen, Rufe, das Scharren der Kehrschaufel.

»Ich fühle mich hier nicht wohl«, sagte Gesche und rollte sich auf die Seite, so dass sie Christian ansehen konnte. »Alles ist so fremd.«

»Mir geht es genauso. Und es ist ja nicht nur die Umgebung. Hast du schon einmal mit einem nackten Mann im Bett gelegen?«

Gesche stemmte sich auf den Ellbogen und blitzte ihn empört an. »Wie kommst du denn darauf? Natürlich nicht!«

»Siehst du! Und jetzt ist es auch noch ein schwarzer!«

Lachend fiel Gesche zurück und fühlte im selben Moment seine Lippen auf ihrem Mund und seine Hand, die warm über die Wölbungen und Mulden ihres Körpers glitt.

»Behutsamer und rücksichtsvoller ging es nicht«, hatte Gesche einige Wochen später Friederike erzählt, die mit einem leichten Einspänner zu Besuch auf den *Mohrenhof* – so wurde das

Gottlieb-Haus inzwischen allgemein genannt – gekommen war und nicht aufhörte zu bohren, bis sie zumindest ein paar Einzelheiten erfuhr.

Im Rücken die von der Frühlingssonne erwärmte Ziegelsteinwand, vor sich ein Tischchen mit Eierpfannkuchen und Apfelkompott, saßen die beiden auf der verwitterten Bank links von der Haustür. Um ihre Füße sprenkelten Gänseblümchen das noch magere Gras.

»Hast du die Veilchen neben dem Tor gesehen? Und dahinten im Eck unter dem Fliederbusch das Nest von Anemonen?«

Gesche war voller Stolz auf die erwachende Schönheit ihres ersten eigenen Gartens, zeigte hierhin und dorthin und zwang die Freundin sogar zur Begutachtung von Blumenzwiebeln, die ihr Rantzaus Gärtner geschickt hatte. Aber Friederike warf kaum einen Blick auf die schrumpeligen, erdigen Knollen. Was sie interessierte, ging an dieser Art von Leben komplett vorbei.

»Nein, wir haben in der ersten Nacht nicht miteinander geschlafen«, sagte Gesche widerwillig, als sie endlich begriffen hatte, worauf Friederikes merkwürdig gestammelte Fragen – »War …«, »Hast du …?«, »Spürt man …?« und dergleichen – abzielten.

»Nicht?«, staunte Friederike. »Hat er denn nicht wenigstens versucht …?«

Gesche schüttelte den Kopf. »Nein.«

»Komisch.« Friederike machte sich über ihren dritten Pfannkuchen her, kaute und schluckte mit zweifelnd gerunzelten Brauen. »Dann stimmt es also gar nicht«, sagte sie, den Mund immer noch halb voll, »was die Leute so daherreden – über die Mohren, meine ich.«

»Hör endlich auf mit diesem Blödsinn«, fauchte Gesche. »Das ist doch nur bösartiges Gewäsch! Wer glaubt denn so was!« Ich, schoss es ihr durch den Kopf, während sie den Kompottlöffel empört auf die Tischplatte knallte, ich selbst habe in der Kieler Nacht einen Moment lang daran geglaubt. Sie spürte, wie ihr das Blut in die Wangen stieg – nicht allein aus Ärger über die Freundin.

Friederike schwieg betreten. Hingebungsvoll kratzte sie die letzten Essensreste von ihrem Teller und leckte wieder und wieder den Löffel ab.

Sie pumpt wie ein Maikäfer vor dem Abheben, dachte Gesche. Gleich wird die nächste Frage aus ihr herausplatzen.

Und da war sie auch schon: »Hat es dir nichts ausgemacht?«

»Was? Was meinst du?«

»Na ja, dass so gar nichts passiert ist in der Hochzeitsnacht. Warst du nicht enttäuscht?«

»Aber Rikchen! Verstehst du denn nicht?« Gesche legte der Freundin den Arm um die Schultern und schüttelte sie. Auf einmal kam sie sich unendlich viel älter und erfahrener vor. »Es ist doch ganz viel passiert! Wir kannten uns ja kaum, zumindest nicht so nah. Seit dieser Nacht weiß ich, wie sehr er mich liebt.«

»Auch ohne …«

»Gerade ohne!« Gesche lachte und schüttelte Friederike noch einmal. »Begreif doch, das war ein Liebesbeweis! Er hat mir Zeit gelassen und gewartet, bis wir hier in unserem eigenen Zuhause waren statt in dem pompösen Palais.« Sie zog ihren Arm zurück und lehnte den Kopf mit verträumtem Lächeln an die Hauswand. »Erst dann habe ich gemerkt, wie viel ihn das gekostet haben muss.«

Der letzte Satz war ihr einfach herausgerutscht – für Friederike ein Ansporn, sofort nachzuhaken, hemmungslos.

»War es aufregend? Hast du es dir so vorgestellt? Bist du vielleicht schon schwanger? Erzähl doch!«

Jetzt war Gesche knapp davor, die zudringliche Besucherin

rauszuwerfen. Nein, darüber würde sie bestimmt nicht reden. Dieser Schatz war zu groß, gehörte zu sehr ihr allein. Und wie hätte sie die überwältigenden Gefühle überhaupt in Worte fassen sollen? Das Bett da oben im ersten Stock war zu einer Insel geworden, unter einem rot-weißen Himmel, überflutet von Wellen, in denen sie zu ertrinken meinte.

»He, hörst du mich nicht?«

Ein Schubser in die Rippen ließ sie hochschrecken. Mit vor Neugier glänzenden Augen starrte Friederike sie aus nächster Nähe an. »Gesche, warum sagst du nichts?«

Gesche setzte sich aufrecht hin und schlug nach einer dicken, blau schillernden Fliege, die hartnäckig vor ihrer Nase herumschwirrte. »Du kannst doch nicht allen Ernstes glauben, ich würde dir das erzählen!«

»Um was geht es denn? Ich würde gern mithören!«

Der Hund hatte nicht angeschlagen und der Grasboden das Geräusch seiner Schritte gedämpft. Plötzlich stand Christian vor ihnen, breitbeinig, auf dem Kopf einen flachen Hut, wie ihn die Bauern rundum trugen. Er drückte seiner Frau einen Kuss auf die Stirn und verneigte sich mit betonter Galanterie vor ihrer Freundin.

»Jungfer Friederike! Wie schön, dich zu sehen!« Er zog einen Schemel an den Tisch und nahm den beiden Frauen gegenüber mit auf die Knie gestützten Unteramen Platz. »Also, was habe ich verpasst?« Erwartungsvoll ließ er seinen Hut um einen Finger kreisen.

Gesche entdeckte ein verdächtiges Glitzern in seinen Augen. Wie viel von ihrem Gespräch konnte er mitbekommen haben? Waren ihre Stimmen so laut gewesen, dass man sie noch um die Hausecke hörte?

Friederike schien das Gleiche zu denken. Blutrot im Gesicht saß sie da, knetete ihre Hände im Schoß und suchte nach einer unverfänglichen Antwort. »Gesche hat … Was ihr in so kurzer Zeit … Weit ist es ja nicht von Plön … Ich meine … Möchtest du nicht auch einen Pfannkuchen?« Wie nach einem Rettungsanker schnappte sie nach dieser Idee und schob Christian den fast leeren Teller zu. »Sie schmecken ausgezeichnet! Hier, einer ist noch da.«

Genug geschmort, dachte Gesche, während Christian kopfschüttelnd ablehnte. Ein bisschen hatte Friederike schon büßen sollen für ihre Neugier, aber jetzt reichte es.

»Wo bist du eigentlich seit Mittag gewesen?«, wandte sie sich an Christian.

»Mit Schröter auf den Feldern. Schließlich muss er wissen, welches Land zu unserem Hof gehört.« Er richtete sich auf, warf seinen Hut mit gekonntem Schwung auf den Holzstoß neben der Regentonne und drückte den Rücken durch. »Ein brauchbarer Mann, macht gute Vorschläge. Links vom Haus, meint er, sollten wir eine Obstwiese anlegen. Äpfel, Birnen, Pflaumen, auch Johannisbeeren. Und Nüsse, wenn du willst. Du kannst entscheiden. Auf der anderen Seite gibt es den Kohlgarten. Dann ist hier am Haus Platz für Blumen und Kräuter. Die Pferdekoppel will ich im Blick haben, sie kommt direkt neben die Obstwiese.«

»Und Getreide?«

»Roggen, Hafer, Gerste den Hügel hoch bis zum Waldrand. Auch ein Stück mit Erbsen und Buchweizen. Schröter weiß, was in dieser Gegend gedeiht, er lebt ja schon lange hier.«

Völlig überraschend war der Mann eines Morgens an ihrer Tür erschienen. Gesche hatte ihn zuerst für einen umherziehenden Scherenschleifer gehalten, aber dann sah sie die Erdklumpen an seinen breitgetretenen Stiefeln, die dunklen Schwielen an den Händen, in denen er seinen Filzhut zerknautschte. Ein Landarbeiter, einer von Rantzaus Leibeigenen, wie sich herausstellte, als der Mann erklärte, dass der Oberst ihn geschickt habe.

»Ich soll hier die Feldarbeit erledigen.« Aus tiefliegenden, wasserblauen Augen hatte er sie angeblickt und dabei gelächelt. »Weil der Herr Gottlieb wohl was von Pferden versteht und vom Trompeten, aber …«

»… nichts von Ackerbau«, hatte Gesche in sein Zögern gesagt.

»Erstaunlich, wie der Mann sich auskennt.« Christian schüttelte verwundert den Kopf. »Mit Bodenbeschaffenheit, Wetterverhältnissen, Obstsorten, Schädlingsbefall, Erträgen. Was könnte aus so einem werden, wenn er über sein Leben selbst bestimmen und frei wirtschaften dürfte.«

Gesche sah ihn an, wie er da in der langsam verblassenden Frühlingssonne saß und genüsslich die Kompottschüssel ausschleckte. Die glatten Gesichtszüge, die schmalen Hände mit den biegsamen Fingern, deren Zartheit sie inzwischen so gut kannte. Ob er jetzt auch daran dachte, wie leicht sein Schicksal eine ähnliche Wendung hätte nehmen können? Wenn der Oberst ihn nicht als Ziehsohn betrachtet hätte, sondern als willenlose, jederzeit verfügbare Arbeitskraft?

Hätte sie ihn auch dann geliebt? Karg vor sich hin lebend, ohne Bildung, ohne seine Musik, in ausgebeulten Hosen, mit verkrusteten Fingernägeln und Stroh im Haar? Sie schaute ihn an und erkannte, dass es sich nicht mehr herausfinden ließ. Sie liebte ihn viel zu sehr, um sich etwas anderes vorstellen zu können.

Dass Friederike noch da war, merkte sie erst, als die Freundin plötzlich auf die Füße sprang. Gesche hatte sie zum Tor begleitet, hatte ihr die Zügel gereicht und ihr nachgewinkt, bis die kleine Kutsche hinter einer Hügelkuppe verschwand, aber in Gedanken war sie keinen Schritt von Christians Seite gewichen.

ZWEITER TEIL

»Mutter! Mutter!«

Eine helle Stimme scheuchte Gesche aus ihren Träumen. Schliddernd und schlurfend kam Bertram, ihr Ältester, in seinen viel zu großen Stiefeln den Weg entlanggerannt, auf dem Kopf eine ebenfalls viel zu große dunkelblaue Wollmütze.

»Pass nur auf, dass sie dir nicht am Rotz kleben bleibt!«, schrie Torben, sein zwei Jahre älterer Stiefbruder, ihm ständig hinterher, wenn der Mützenrand wieder einmal über die Nase gerutscht war. Die Stiefel hätte Bertram liebend gern eingetauscht gegen ein Paar neue, passende, eine Anschaffung, die, wie sein Stiefvater fand, für einen hochschießenden Fünfjährigen vertanes Geld bedeutete. Seine Mütze dagegen hätte der Kleine sich nicht einmal vom Teufel wegnehmen lassen. So alt wie geliebt, war sie, ein Geschenk von Nachbar Brodersen, jahrelang von Brunsbüttel an der Unterelbe aus mit auf Walfang gewesen. Ein speckiges, ohrenwärmendes Wahrzeichen für Bertrams Traum, eines Tages als Schiffsjunge bis nach Grönland zu fahren.

»Mutter!« Der Junge stemmte sich gegen den Wind und hielt krampfhaft seine Mütze fest. Das Rufen im dicken, klebrigen Nebel machte ihm sichtlich Mühe. »Mutter! Was tust du hier? Du sollst kommen! Grietche sagt, das Essen ist fertig, und es ist auch viel zu kalt draußen!«

Gesche löste sich vom Gatter und ging ihrem Sohn entgegen. Langsam, Schritt für Schritt. Warum eigentlich?, dachte sie. Warum bleibe ich nicht einfach stehen und lasse mich vom Nebel und vom Damals verschlucken?

Der Junge griff nach ihrer Hand und zog. Erst jetzt spürte sie, wie durchfroren sie war, fühlte trotz der dicken Fäustlinge plötzlich stechenden Schmerz in den Fingerspitzen und merkte, dass ihre starren Wangen kein Lächeln zustande brachten.

»Nun komm doch schon!« Ungeduldig zerrte er an ihrem Arm. »Ich kann diese lausige Kälte nicht leiden! Grietche sagt, es dauert ganz, ganz lange, bis es wieder warm wird.« Mit dem Ärmel seiner Wolljacke wischte er sich wütend über die Nase, die braun und stupsig unter dem Mützenrand hervorlugte. »Vielleicht spinnt sie ja nur!«

Gesches Lächeln blieb innen. Wie sein Vater, dachte sie. Christian hatte auch keine Kälte gemocht. »Meine Mitgift aus Afrika«, sagte er, wenn sie sich über die vielen Schichten lustig machte, in die er sich schon bei den ersten kühlen Herbstwinden hüllte.

»Und sonst?«, hatte sie gefragt. »Keine Erinnerungen? Keine Sehnsucht? Keine Bilder?«

Er dachte nach. »Doch … manchmal … wenn die Sonnenstrahlen sich im Laub brechen, auf eine ganz besondere Art. Dieses flirrende, gleißende Licht, das löst etwas in mir aus, da klingt etwas an, ganz fern, ganz vage. Nur die Ahnung von etwas Vertrautem. Ich war ja auch viel zu klein damals.« Mit geschlossenen Augen versuchte er, das Bild aufzurufen.

Hin und wieder, wenn sie vor dem Mohrenhof auf ihrer Bank saßen und durch die vom Wind gebeugten Bäume in den Himmel blickten, glaubte sie zu spüren, was er empfand. Und sie legte ihre Hand auf seine, als müsste sie ihn festhalten.

An der Ecke zum Pastorenkamp ließ Bertram ihre Hand los.

»Ich lauf schon mal vor. Ich sag ihm, dass du gleich da bist.«

»Wem?«

»Dem Vater! Wem sonst?« Der Junge wandte sich kurz um, schob die Mütze hoch und schaute sie aus seinen Haselnussaugen verblüfft an. Christians Augen, nur eine Spur heller. »Er ist zurück von seiner Soldatentour. Das musst du doch wissen!«

»Natürlich, natürlich. Lauf zu! Ich war bloß mit den Gedanken woanders.« Gesche sah ihm nach, wie er durch die vereisten Spurrinnen um die Wegbiegung schlidderte. Vater, dachte sie, wieso ertrage ich nicht, wenn er ihn Vater nennt? Soll er etwa einfach Peter sagen? Das klänge zu respektlos. Oder Onkel Gansberg, als wäre das hier nur eine vorübergehende, unverbindliche Angelegenheit? Gibt sich Peter Gansberg denn nicht alle Mühe, den Kindern den toten Vater zu ersetzen? Und mir den Ehemann? Auch wenn es mir lieber wäre, er beschränkte sich auf die Rolle des Ernährers und Beschützers, muss ich froh sein, ihn zu haben.

Froh? Schwer atmend griff sie nach dem Plankenzaun zur Linken und hangelte sich an ihm entlang über eine spiegelblanke Eisplatte. Nein, verpflichtet fühle ich mich ihm – und kann mir trotzdem nicht merken, wann er von seinen Kontrollvisiten zurückkommt. Alle zehn Tage ein Besuch beim Regiment der Nordischen Dragoner in meilenweit verstreuten Quartieren, drei Nächte außer Haus. Seit zwei Jahren kenne ich den Rhythmus, aber er geht mir einfach nicht ein.

Hufgetrappel. Der Knecht führte die Pferde aus dem Hof zur Koppel. Um die Hausecke entdeckte sie Peters Kalesche mit hängenden Deichseln vor der Scheune. Er war also wirklich zurück.

Gesche blieb für einen Augenblick zwischen den froststarren Strünken ihres Krautgartens stehen. Wenn ich ihn schon nicht vermisse, während er weg ist, dachte sie, müsste ich mich doch wenigstens über seine Heimkehr freuen. Was sollte werden, wenn wieder jemand käme, ein Amtsdiener oder sonst ein offizieller Bote, und mir so wie damals mitteilte: »Man hat Euren Mann gefunden, ohne Lebenszeichen, tot.«?

An einem Samstag vor zweieinhalb Jahren war es passiert. Diesen 3. Juni 1690 würde sie nie vergessen, und wenn sie Methusalem zweimal überrunden sollte. Seitdem verlief ein Sprung durch ihre Welt, ein Riss, der sie in jedem Moment spüren ließ, wie brüchig das Terrain war, auf dem sie sich bewegte.

Gesche drückte die Küchentür auf und prallte zurück vor dem Schwall von Hitze und Dampf, der ihr entgegenschlug. Die gesamten Holzvorräte des Winters schien Grietche auf einmal in den Herd gestopft zu haben, bis die Flammen hochschlugen und der Eintopf im Kessel darüber brodelte. Zumindest an den Fenstern der Küche duldete die Magd keine Eisblumen, eher hätte sie persönlich bei Nacht einen der Nussbäume auf dem Pastorenkamp gefällt.

Wirsing, Karotten, Majoran. Gesche schnupperte. Das Kind in ihrem Bauch strampelte so heftig, als wollte es sie zum Essen drängen, obwohl sie sich lieber an der großen Tischrunde vorbeigedrückt und in ihre Kammer zurückgezogen hätte. Das Stimmengewirr, viele helle, durcheinanderkrähende, unterlegt von einer kräftigen, dunklen, war bei ihrem Eintreten etwas abgeebbt.

Gansberg erhob sich von seinem Stuhl am Kopfende des Tisches. »Da bist du ja, vermutlich vollkommen verfroren.«

Er trat auf sie zu und half ihr behutsam aus den zahlreichen Schichten von Jacken, Schals und Tüchern, die Grietche zum Aufwärmen sofort über eine Sessellehne neben dem Feuer drapierte.

»Hast du dir nicht etwas zu viel zugemutet, da draußen, bei der Kälte? Ich meine – in deinem Zustand?«

Zustand – Zustand. Das Wort konnte sie nicht mehr hören. Was alles sollte sie nicht tun oder gerade doch wegen ihres *Zustands*! Dabei hätte sie es wahrlich vorgezogen, nicht in diesen *Zustand* geraten zu sein. Das Zusammenleben mit Gansberg hätte sie ja gutheißen können, um der Kinder willen und aus wirtschaftlichen Gründen. Aber mit ihm zu schlafen, kaum dass Christian vier Monate unter der Erde lag, war ihr wie ein Treuebruch, wie ein Verrat an ihrer Liebe erschienen – und tat es noch heute. Wieso war er damals nicht davor zurückgescheut? Seine Frau war doch auch erst seit kurzem tot, sechseinhalb Wochen vor Christian gestorben. An einer Blutvergiftung, das wusste sie von Grietche.

Der Ofen muss beschickt werden, hatte Gesche in der ersten gemeinsamen Nacht gedacht, als er fast ungeduldig zu ihr unter die Decke gekrochen war, um nach ein paar fahrigen Zärtlichkeiten in sie einzudringen, während sie starr und verkrampft dalag und sich nicht einmal in Christians Arme träumen konnte, weil sie dann hätte schreien und sich auflehnen müssen. Prompt war sie sofort schwanger geworden. Genau neun Monate später wurde Hedwig geboren, ein fremdes Kind, ein weißes. Es kam ihr vor, als habe dieses Wesen die letzten Spuren von Christian aus ihr herausgespült. Wie hätte sie es lieben können?

Gansberg zupfte ihren vom Wolltuch zerdrückten Blusenkragen zurecht. Die zarte Fürsorge seiner Hände in ihrem Nacken, seine Augen, die ihren Blick suchten – Gesche gab sich den Anschein, es nicht zu bemerken.

Obwohl sie es nicht wahrhaben wollte, hatte sie schon wenige Wochen nach ihrer Heirat entdeckt, was er für sie empfand. Von beinahe jeder seiner Rundfahrten brachte er ihr etwas mit, einen Zinnlöffel mit ihren Initialen, zwei ineinandergeschlungenen Gs, eine Rolle zarter Spitzen, farbige Haarbänder. Und strahlte ganz unverhohlen, wenn sie Freude darüber zeigte.

Längst kam er nachts im Bett nicht mehr ohne Umschweife *zur Sache*, wie sie innerlich hinter zusammengebissenen Zähnen knirschte, sondern bemühte sich, ihre Lust zu wecken. Keineswegs grob und ungeschickt, musste sie wider Willen zugeben, und manchmal tat sie ihm den Gefallen und spielte mit, spielte ihm stöhnend und unter genau dosierten Zärtlichkeiten vor, sie für sich gewonnen zu haben. Wenn er danach entspannt, mit rosigem Gesicht und einem Lächeln um den Mund an ihrer Seite schlief, kam sie sich zwar Christian gegenüber verräterisch vor und schämte sich für ihre Schauspielerei, fand es aber auch in Ordnung, diesem Mann ein wenig Glück geschenkt zu haben. Denn glücklich, das konnte sie seinen kargen Erzählungen entnehmen, war er mit seiner ersten Frau nie gewesen.

Ob es daran lag, dass Alma, so hatte sie geheißen, eine Mohrin gewesen war?

Schon am zweiten Tag nach ihrer Ankunft war Gesche auf den Friedhof bei der nahen Klosterkirche zu Almas Grab gegangen, einem schmalen, mit Feldsteinen eingefassten Rechteck an der hinteren Begrenzungsmauer, in dem sich die Erde noch nicht ganz gesetzt hatte und ein paar dünne Efeuranken zwischen welken Blättern ums Überleben kämpften. *Alma Gansberg* stand auf der Grabplatte aus rötlichem Sandstein, *heimgegangen allhie 1690*. Kein Hinweis auf ihre Familienzugehörigkeit, ihre Herkunft. Kein Geburtsjahr.

Wie weggeräumt liegt sie hier, dachte Gesche, in einem abgelegenen Winkel unter dem Schatten und Laub alter Buchen dem Vergessen ausgesetzt. Was für eine Frau war das gewesen, in deren Fußstapfen sie trat?

Sie habe in Diensten der dänischen Königin Charlotte Amalie gestanden, hatte Gansberg auf Gesches drängende Fragen hin während der Kutschfahrt nach Uetersen in ihr neues Heim erklärt.

Als Kammerzofe oder Gesellschafterin?

Darauf ging er nicht ein, erzählte aber, dass er Alma auf Wunsch der Königin geheiratet habe. Der große Hof, den er jetzt bewohne, sei deren Hochzeitsgeschenk.

Eine verordnete Ehe also, dachte Gesche, Pflichterfüllung gegenüber der Frau seines obersten Dienstherrn. Natürlich hatte er sich nicht entziehen können. Von Zuneigung war keine Rede, zumindest aber war es ein gutes Geschäft gewesen, denn außer dem stattlichen Anwesen schien er der königlichen Gunst auch seinen ungewöhnlich raschen Aufstieg in den Offiziersrang zu verdanken. Mit nicht einmal dreißig Jahren Regimentsfeldscher im Dienst des für seine Kühnheit berühmten Barons Löwendal – das war ohne Protektion kaum zu schaffen.

Heirateten denn nicht die meisten Leute so? Aus Gründen der Vernunft oder Zweckmäßigkeit? Sie selbst hatte es ja auch gerade getan, weil sie einen Ernährer und Beschützer brauchte, einen Vater für ihre Kinder. Manchen Eheleuten gelang es vielleicht sogar, dabei nicht unglücklich zu werden, aber dass man ohne Liebe zu der Nähe und Erfüllung finden könnte, die sie mit Christian erlebt hatte, kam Gesche unmöglich vor. Bei der Erinnerung daran umschlang sie sich mit beiden Armen, als müsste sie den Schatz in ihrem Innern festhalten.

»Ist dir kalt?«, hatte Gansberg, der ihr in der zugigen Kutsche, umringt von Schachteln und Beuteln, gegenübersaß, besorgt gefragt.

Sie hatte das Gesicht in ihr wollenes Umschlagtuch getunkt und den Kopf geschüttelt. »Nein, es geht schon.«

Im Haus wurde Alma nie erwähnt. Gansberg verlor kein

Wort über sie, und die Kinder fragten nicht nach ihr. Selbst das Jüngste, die zweijährige Sophie, schrie nicht nach der Mutter, wenn sie, was oft vorkam, auf dem holprigen Hofplatz hinfiel und sich die Knie aufschlug. In ihrem Hemdchen blieb sie dann einfach an der Stelle ihres Unglücks sitzen und weinte leise vor sich hin, mit einem Ton, in dem so viel Verlassenheit lag, dass es Gesche fast körperlich schmerzte.

Ich bin jetzt die Mutter, dachte sie jedes Mal, ich sollte hingehen und das Jammerbündel in die Arme nehmen. Ich müsste auf ihre Knie pusten und *Heile, heile Segen* darüber singen. Aber sie schaffte es nicht.

»Kohlschwarz«, hatte Grietche damals, im Oktober vor zwei Jahren, gesagt, als Gesche erst seit wenigen Tagen in Uetersen war. »Wirklich kohlrabenschwarz.«

Gesche blickte suchend um sich. »Was? Wovon redest du?«

Grietche hatte sich angeboten, der neuen Herrin, nachdem der Dauerregen der letzten Woche endlich vorüber war, die nähere Umgebung zu zeigen. Nebeneinander gingen sie gerade über den Hofplatz, an der ausladenden Scheune und den Stallungen vorbei auf die Toreinfahrt zu. Was sollte denn hier so schwarz sein? Gansbergs Kutsche? Nein, mit der war er am Vormittag zu seiner obligatorischen Rundtour aufgebrochen. Ein Rappen vielleicht, überlegte sie, oder ein schwarzer Hahn? Aber da war nichts.

»Was ist so schwarz?«, fragte sie verwundert.

»Nicht was, fragt besser, wer!«, sagte Grietche mit einem Seufzer. »Die Hausfrau natürlich, Eure Vorgängerin. Von der rede ich. Die war so schwarz wie Pech und Kohle.«

»Ja?« Gesche warf der Magd einen vorsichtigen Seitenblick zu. Zwei Köpfe kleiner als sie selbst, mit dünnen, zum Nackenknoten gezwirbelten Haaren, den kräftigen Rücken unter einem schwarz gestreiften Kittel leicht gekrümmt, klotschte Grietche in Holzpantinen über die noch feuchte Erde. Auf was wollte sie hinaus?

»Ja, da könnt Ihr jeden hier fragen. Alle haben sie gekannt. Klar, in so einem Flecken. In Plön geht es sicher viel städtischer zu, stimmt's?«

»Ach, so groß ist der Unterschied eigentlich nicht.« Gesche hütete sich zu verraten, dass sie sogar schon in einer riesigen Stadt wie Kiel gewesen war. »Hat es die Leute gestört, dass sie so schwarz war?«

Grietche schüttelte den Kopf. »Ganz am Anfang vielleicht ein bisschen. Ein paar Dummköpfe haben gedacht, da kommt der Teufel um die Ecke. Angst haben sie bald nicht mehr vor ihr gehabt, aber ...«

»Was *aber*? Was meinst du?«

»Das ist nicht so leicht zu erklären. Sie fiel eben überall auf, alle haben geguckt, was sie tut, und haben geredet – über ihre gedätschte Nase und die krausen Haare, aus denen sie nie einen anständigen Zopf flechten konnte.«

»Und sie? Wie hat sie sich verhalten?« Ein Kloß im Hals drückte auf Gesches Stimme.

»Gar nicht«, sagte Grietche knapp.

»Gar nicht ist unmöglich. Ist sie wütend geworden? Hat sie mal geschimpft oder geweint oder den Leuten einen Vogel gezeigt?«

»Aber nein! Sie hat ... Sie hat einfach gar nichts gemacht. Keine Miene verzogen, auch nicht, wenn einer sehr nett zu ihr war und sie zum Lachen bringen wollte. So, als wenn sie überhaupt nicht richtig hier wäre.«

Grietche hielt den Blick auf die Spitzen ihrer Holzpantinen gesenkt, die sie mit leisem Schmatzgeräusch abwechselnd aus dem Matsch der aufgeweichten Straße hob, unbekümmert um die an ihrem Kittelsaum landenden Schlammspritzer. Sie hatten den Hofplatz verlassen und standen am Rand eines riesigen, fahlen Feldes, das sich in sanftem Schwung bis zum Horizont wölbte.

»Roggen«, erklärte Grietche, ohne Gesches Frage abzuwarten. »Alles Roggen. Im Frühling ein grünes Meer, im Sommer endlose Dünen.«

Ein paar vereinzelte Strahlen der Nachmittagssonne streiften wie Lichtfinger aus den schnell ziehenden Wolken über das Feld und ließen in den Stoppeln Milliarden Wassertropfen aufblitzen.

»Da entlang müssen wir.« Mit dem Kopf wies Grietche auf die hohe Mauer an der gegenüberliegenden Straßenseite, hinter deren Krone uralte Walnussbäume ihre nackten Zweige in den Himmel reckten.

»Die Klosterbefestigung?«

Grietche nickte. »Aber die Nonnen, die Zisterzi... Zisteri...«

»Zisterzienserinnen«, kam Gesche ihr zu Hilfe, »ich weiß, die sind schon seit fast hundertfünfzig Jahren verschwunden.«

Sie hatte sich bei Gansberg nach ihrem zukünftigen Wohnsitz erkundigt. *Uetersen*, ein Klosterflecken, verdankte seinen Namen einem holsteinischen Edelmann. Am äußersten Ende der sandigen Geest, bevor diese ins fruchtbare Marschland überging, hatte Ritter Heinrich von Barmstede im dreizehnten Jahrhundert zu Ehren der Mutter Gottes auf einer aus zwei Inseln bestehenden Burganlage ein Nonnenkloster gegründet und der Gegend entsprechend *Uterst En* genannt.

Das Kloster wurde umflossen von einem Burggraben und bewohnt von frommen, nach den Regeln des Zisterzienserordens lebenden Töchtern der vornehmen Gesellschaft. Ausgedehnte Ländereien, Auen, Äcker, Weiden und Gehölze, ein ansehnlicher Bestand an Groß- und Kleinvieh, ein Gestüt und sogar eine Windmühle als sichere Einnahmequelle gehörten zu Heinrichs Schenkung, und die nahe gelegene Siedlung übernahm für sich den Klosternamen.

Während der Reformation war aus dem katholischen Kloster ein evangelisches Stift für unverheiratete Töchter der einheimischen Ritterschaft geworden. Statt der Nonnen lebten seither adelige Konventualinnen in den umgebauten Gebäuden, jede mit eigenem Haushalt, standesgemäßer Dienerschaft und Anspruch auf ihren Teil aus den Einnahmen der Klosterkasse und den Abgaben, zu denen die Bauern rundum weiter verpflichtet blieben.

Bei einem seiner ersten Besuche hatte Gansberg ihr, um die Gemeinsamkeiten zu betonen, die eine Verbindung zwischen ihnen beiden aus seiner Sicht geradezu zwingend erscheinen ließen, erzählt, dass sie, wenn sie ihn heiratete, wieder im Bereich eines protestantischen Damenstifts leben würde. Genau wie in Eimsbüttel, vor den Toren Hamburgs, ihrem letzten mit Christian geteilten Wohnort. Auf vertrautem Gelände also. In Uetersen würden die Konventualinnen sogar nur einen Steinwurf entfernt von ihrem Zuhause wohnen, hatte er gesagt. Interessante Frauen, unter denen sie bestimmt Freundinnen fände.

Den eigentlichen Grund für seinen Antrag erwähnte er nicht, aber Gesche verstand ihn auch so. Beide waren sie verwitwet, beide mit Mohren verheiratet gewesen, hatten beide *schwarzgelbe* Kinder, wie die Leute sagten. Wer würde jemanden mit einem solchen Vorleben und solchem Anhang heiraten wollen? Auch wenn es niemand offen aussprach, war doch klar, dass man sie irgendwie für verdächtig hielt, zumindest für *anders*.

»Na, hast du schon Flecken von dem schwarzen Kerl?«, hatte

ihr kurz nach ihrer Heirat mit Christian eine verschrumpelte Bürstenhändlerin auf dem Plöner Markt hinterhergeschrien. Gesche wusste noch, wie sie über die dumme Person gelacht hatte, wie stark sie sich damals fühlte in ihrem Glück. Aber was mochte Alma empfunden haben, wenn sie Ähnliches erlebte? Hatte sie in der Ehe mit Gansberg genügend Rückhalt gefunden, um mit der Fremdheit, die man sie spüren ließ, gelassen umzugehen?

»Wie hat er denn zu ihr gestanden?«

Grietche schaute sie verständnislos an. »Wer zu wem?« Offenbar hatte sie Alma schon längst wieder aus ihren Gedanken gestrichen. »Hier noch nicht, hier geht's zum Haus des Klosterprobsten.« Sie drängte am ersten Mauerdurchbruch vorbei. Gesche warf einen neugierigen Blick auf das dahinterliegende behäbige Gebäude. Den Bewohner, Gosche von Buchwald, einen statiösen älteren Herrn mit bewegter Vergangenheit als königlich-dänischer Hof-, Land- und Geheimrat, hatte sie bislang nur aus der Ferne gesehen. Bereits vor drei Jahrzehnten war er von der Vorsteherin und den Damen des Konvents zu dessen weltlichem Schutzherrn gewählt worden. Träger des *Elefanten-Ordens,* des höchsten dänischen Verdienstordens, sollte er sein. Gansberg hatte ihm drei Backenzähne gezogen.

»Kommt schon, Frau, wir müssen zum nächsten Tor.«

An Grietches Seite lief Gesche folgsam weiter.

»Herr Gansberg …«, fragte sie noch einmal, »wie hat er zu seiner Frau gestanden?« *Mein Mann* – den Ausdruck brachte sie nicht über die Lippen.

Die Stirn in tiefe Falten gelegt, bemühte sich Grietche zurückzudenken. »Gut«, sagte sie dann, »er hat sie gut behandelt, immer höflich, immer zuvorkommend, und gekleidet war sie, dass die feinen Damen von den Gütern ringsum, wenn sie sonntags zur Kirche kamen, ganz spitze Blicke kriegten. In Brokat und Seide und Musselin und so.«

Klar, dachte Gesche, wie es sich für die Mohrin einer Königin gehört. Aber das betraf nur das Äußere. Sie zögerte einen Moment lang.

»Glaubst du, er hat sie geliebt?«

Natürlich wusste sie genau, dass sie der Magd eine solche Frage nicht hätte stellen dürfen. Wie sollte Grietche die Gefühle ihrer Herrschaft kennen? Und sich dann noch ein Urteil darüber erlauben? Aber Gesche wollte unbedingt mehr über diese Frau in Erfahrung bringen, die als einziger Mensch in ihrem Umfeld eine ähnliche Vergangenheit hatte wie Christian.

»Geliebt? Wieso?« Grietche zuckte mit den Schultern. »Woher soll ich das wissen? Zu sehen gab es da jedenfalls nichts bei ihm. Und sie? Ich sagte ja schon, dass sie so verschlossen war.«

»Vielleicht war sie einfach stur.«

»Schon möglich, aber mir kam sie eher traurig vor. Wie einer, der wegwill und nicht kann.«

»Was bringt dich denn auf die Idee?«

»Na ja, mein Bruder Geert bedient samstags in der Schenke vom Postwirt, und da kam vor zwei Jahren ein Reisender aus Kopenhagen vorbei, der die Frau Gansberg von früher kannte. Mit sechzehn sei sie an den Hof gebracht worden, sagte er, direkt von der *Goldküste*, das soll irgendwo in Afrika sein. Zuerst habe sie sogar einen eisernen Ring um den Hals getragen, das sei bei Sklaven so üblich, hat er gesagt. Die Königin habe sich dann um sie gekümmert, sie taufen lassen und schön angezogen. Aber das hat wohl alles nichts genützt. Sie war immer trübsinnig, bis die Königin es nicht mehr aushielt und sie an Herrn Gansberg weiterreichte, damit er sie heiratete und mitnahm.«

Grietches Stimme klang nicht so, als ginge ihr die Geschichte besonders zu Herzen, sie hielt sich auch nicht länger dabei auf.

»Hier!« Mit krummem Finger deutete sie in die wenige Schritte vor ihnen liegende breite Mauerlücke. »Das ist die Zufahrt, die ich Euch zeigen wollte. Durch dieses Tor wird unser Vieh auf die Weide getrieben, den Weg da drüben entlang, über den Burggraben auf die Klosterkoppel. Eigene Weiden haben wir ja nicht, aber immerhin sechzehn Kühe und acht Pferde!« Sie schrie jetzt gegen den Lärm an, mit dem ein von Planen bedecktes Fuhrwerk durch die Schneise zwischen den beiden backsteinroten Torpfosten hindurchrumpelte. Strohhalme rieselten auf die Spuren von Rädern und schweren Pferdehufen im aufgewühlten Schlamm.

»Kommt!« Sobald der Bauernwagen vorüber war, bündelte Grietche ihre Röcke und ging, die Holzschuhe sorgsam zwischen grauschwarze Pfützenspiegel setzend, auf ein rechts an der Einfahrt stehendes Gebäude zu, ein niedriges Fachwerkhaus zwischen kahlen Bäumen. »Um diese Zeit sitzt der Klosterhofmeister gewöhnlich dort im Vorwerk in seiner Amtsstube. Pflug heißt er, Joachim Pflug. Ihr müsst ihn kennenlernen. Schließlich bezahlen wir bei ihm das Grasgeld für unser Vieh.«

Wir, dachte Gesche, während sie hinter der Magd her stapfte, immer wieder *wir* und *unser*. Ob ich mich jemals auch so selbstverständlich hier zugehörig fühlen werde, wie Grietche es offenbar tut? Los, gib dir Mühe, ermahnte sie sich selbst, zumindest versuchen kannst du es.

Lächelnd drückte sie dem Meister Pflug, einem rundlichen Mann mit breitem, von schütterem Haar umrahmten Gesicht, die Hand. Ließ sich, obwohl der scharfe Geruch von Tabak und Schweiß ihr beinahe die Luft nahm, in seiner dunklen, holzgetäfelten Stube die Bücher mit den sorgfältig registrierten Abgaben der Klosterbauern zeigen und die Liste des eingegangenen Grasgeldes, das ebenso in die Kasse der adeligen Stiftsdamen floss.

Angestrengt musterte sie die mit schiefen Tintenschwüngen

bedeckten Papiere, nahm aber nichts wahr außer Kolonnen von sinnlosen Zeichen. Sosehr sie sich auch bemühte, Pflugs Erläuterungen zuzuhören, ihre Gedanken schienen ihr nicht zu gehorchen, sondern gingen eigene Wege, schweiften immer wieder zurück zu Alma.

Sechzehn solle sie gewesen sein, als sie nach Kopenhagen kam, eine junge Frau schon, die genau erkannte, was man ihr antat, die sich erinnern konnte an ein anderes Leben, sich sehnte nach ihrem Land, nach ihrer Familie. Heimweh wird sie gehabt haben, dachte Gesche, vielleicht auch Wut oder sogar Hass auf alle, denen sie ausgeliefert war, ob als Zofe oder als Ehefrau. Kein Wunder, dass sie nie lachte. Wie viel leichter hatte es Christian dagegen gehabt! In seinem Kopf gab es – bis auf die vereinzelten Lichtfunken im Blattgrün – keine Bilder von früher, in seinem Herzen keinen Jammer um geliebte Menschen von ehemals. Er war zu klein gewesen für Trauer, für Sehnsucht nach Verlorenem.

»Manchmal vergesse ich vollkommen, dass ich anders bin«, hatte er eines Abends gesagt, als sie vor der Tür ihres Ascheberger Hauses saßen. »Erst wenn ich in einen Spiegel blicke oder meine Hand neben einer anderen sehe, wie jetzt neben deiner, wird mir der Unterschied bewusst.«

»Liebste, du musst essen!«

Eine leichte Berührung an ihrer Schulter ließ Gesche hochschrecken. Der Teller mit Eintopf, Gansbergs besorgtes Gesicht, die neugierigen Augen der Kinder rund um den Tisch. Sie lächelte entschuldigend und griff eilig nach dem Löffel.

»Gut! Das schmeckt vorzüglich!«, rief sie der am Herd hantierenden Magd zu, obwohl das bereits abgekühlte Fett ihr am Gaumen klebte und einen nur schwer zu unterdrückenden Brechreiz auslöste.

»Vorzüglich, vorzüglich«, grummelte Grietche gedämpft, aber doch vernehmlich zurück. »Wer's glaubt! Immer dasselbe Spiel bei den Schwangeren. Dösen vor sich hin, bis alles kalt ist.«

»Mutter döst! Mutter döst!« Begeistert trommelten Torben und Bertram, die beiden Ältesten, mit ihren Holzlöffeln auf die Tischplatte, und ihre mehligen Klein-Jungen-Stimmen überschlugen sich beinahe, als auch die Jüngeren in das Geschrei einstimmten.

»Dö! Dö!«, trompetete sogar Hedwig mit breiverschmiertem Mund aus ihrem Kinderhochstuhl.

»Wollt ihr wohl still sein!« Gansberg schlug mit flacher Hand so heftig auf den Tisch, dass alle augenblicklich erstarrten. »Und du«, das galt Grietche, die sich eilig wegduckte und in der Glut unter dem Suppenkessel zu stochern begann, »schwing lieber nicht solche Reden! Auf dumme Gedanken kommen die Kleinen auch ohne dich.«

Gesche nutzte den Tumult, um den Löffel schon nach wenigen Bissen wieder wegzulegen. Seufzend lehnte sie sich auf ihrem Stuhl zurück und tätschelte beschwichtigend Gansbergs Arm.

»Lass nur, sie haben ja recht. Eine aufmerksame Mutter bin ich nicht gerade.«

»Vielleicht wird's dir zu viel mit dieser wilden Bande. Wo ist überhaupt Tula?« Gansberg zog eine bauchige Taschenuhr aus der Brusttasche seiner Joppe und warf einen prüfenden Blick auf den Zeigerstand. »Sollte sie nicht um elf hier sein? Jetzt ist es bereits halb zwei!«

Sie hatten Tula, die fünfzehnjährige Tochter eines Klosterbauern, kurz nach Hedwigs Geburt angestellt, ein derbes, fröhliches Mädchen, dem Gesche täglich ein paar ruhige Stunden verdankte. Stunden, von denen Gansberg annahm, sie kämen dem Wachstum seines ungeborenen Sprösslings zugute, während sie für Gesche zu sehnlich erwarteten Freiräumen wurden, in denen sie ungehindert ihren Träumen, ihren Erinnerungen nachhängen konnte. Wie süchtig sie nach diesen Oasen im Familientrubel war, merkte Gesche erst, wenn Tula einmal nicht erschien.

»Heute war die Beerdigung ihrer Großmutter«, schrie Grietche mit vom Feuer gerötetem Gesicht durch das Geplapper der Kinder. »Sie wird gleich kommen. So lange übernehme ich mal das Kommando. Her mit dem Geschirr!« Entschlossen stapfte sie um den Tisch, sammelte die hölzernen Löffel und Näpfe ein, kam vom Spülstein mit einem feuchten Lappen zurück und wischte, ungerührt von schrillem Protestgebrüll, einem nach dem anderen die Kohl- und Karottenspuren aus dem Gesicht. Zum Schluss pflanzte sie der heulenden Hedwig noch ein Küsschen auf die runde, tränennasse Wange.

Gesche hielt ihren vorgewölbten Bauch mit beiden Armen umschlungen. Der dunkelblaue Stoff ihres Kleides beulte sich über den Tritten des Kindes. Das nächste, dachte sie, das nächste, das kräht und saugt und spuckt und Kraft zum Leben fordert, als hätte ich unbegrenzt viel davon.

»Ich muss noch einmal los.« Nach einem letzten Schluck Bier schob Gansberg seinen Stuhl zurück und stand auf. »Bei meinen Leuten in Kurzenmoor grassiert so eine scheußliche Sache«, sagte er, während er seinen Wollumhang vom Haken nahm, »sieht beinahe aus wie Krätze, kann aber auch …« Mitten im Satz hielt er inne und warf seiner Frau ein schnelles, entschuldigendes Lächeln zu.

Nicht wieder! Schaudernd, die Schultern vor Schreck hochgezogen, blickte Gesche zu ihm auf. Bloß nicht wieder diese ekligen Details, wie er sie in den ersten Monaten ihrer Ehe begeistert geschildert hatte. Wahrscheinlich, um sie mit seiner

Geschicklichkeit als Heiler und Chirurgus zu beeindrucken. Alle nur denkbaren Verletzungen, schwärende Wunden, Eiterbeulen, offene Brüche oder faulende Gliedmaßen, auf die er bei seinen Patienten stieß, hatte er so drastisch beschrieben und seine Berichte durch Vorzeigen der jeweils eingesetzten, manchmal noch blutverschmierten Instrumente aus seiner Feldkiste dermaßen anschaulich untermalt, dass ihr mehrmals übel wurde. Anfangs deutete er diese Reaktion als Auswirkung ihrer Schwangerschaft und lachte, wenn sie würgend aus dem Zimmer stürzte, gab sich aber, nachdem er erkannt hatte, wie heftig ihr Abscheu war, große Mühe, die Begeisterung für sein Handwerk und den Stolz auf seine Erfolge weniger anschaulich vor ihr auszubreiten. Nur gelang ihm das nicht immer.

Schon vermummt in seinen Umhang, den Hut tief über die Ohren gezogen, legte er seiner Frau kurz eine Hand auf die Schulter und verließ das Haus durch die zum Hofplatz führende Vordertür. Gesche hörte ihn mit jemandem sprechen. Tulas Stimme. Auch die Kinder hatten sie gehört, sprangen von ihren Stühlen und drängelten wie eine Meute kleiner Hunde schubsend und lachend durch die Küchentür in die Diele, wo das Mädchen, umgeben von Wintergeruch, sie mit weit geöffneten Armen in Empfang nahm. Hedwig, von Grietche aus ihrem Kinderstuhl gehoben, krabbelte quietschend vor Freude hinterher.

Gesche hatte sich an der Tischkante hochgezogen und blieb unterm Türstock stehen. Die Fäuste in den schmerzenden Rücken gestemmt, sah sie zu, wie sich die Kinder darum balgten, Tula aus ihren zahllosen Lagen von Tüchern und Schals zu pellen und wenigstens einmal an ihre eiskalten Backen gedrückt zu werden. Ein Gewusel von kleinen dunklen Gestalten, zwischen denen sich die am Boden kriechende Hedwig ausnahm wie ein Milchklecks.

Schwarzgelb, schoss es Gesche durch den Kopf, schwarzgelb sollen sie sein. Wer hat sich nur diesen Unsinn ausgedacht? Sie sehen doch alle ganz unterschiedlich aus, und schwarzgelb ist nicht einmal eines von ihnen. Höchstens bei Torben, Gansbergs Erstgeborenem, ließ sich ein schwacher Gelbstich im Braun entdecken. Clara dagegen, seine sechsjährige Schwester, hatte einen dunkelbraunen Hautton wie starker Kakao, fand Gesche. Die zwei Jahre jüngere Sophie schien die Farbe ihrer Mutter geerbt zu haben, falls Grietche recht hatte und Alma tatsächlich kohlrabenschwarz gewesen war.

Und ihre eigenen Kinder? Bertram war hellbraun, passend zu seinen Haselnussaugen. Der dreijährige Hans Adolf glich, wenn er vor Eifer glühend hinter den großen Geschwistern her tapste, einer glänzenden Kastanie. Und Dorothea? Wo steckte sie denn mit ihrer zarten, rehbraunen Haut? Unwillkürlich wanderten Gesches Augen suchend durch die Kinderschar, bis ihr mit jähem Schmerz zu Bewusstsein kam, dass es Dorothea nicht mehr gab.

Fast zweieinhalb Jahre war sie inzwischen schon tot, beerdigt am Tag vor dem plötzlichen Ende ihres Vaters. Immer noch meinte Gesche ständig, die Kleine zwischen den anderen sitzen zu sehen, sie deckte den Tisch immer wieder auch für Dorothea mit Löffel und Breischüssel. Wie oft hatte sie auf dem Markt, der wöchentlich auf dem großen Platz vor ihrer Hofeinfahrt stattfand, die Hand ausgestreckt, um Murmeln aus Ton, ein Räderpferdchen oder einen buntbemalten Kreisel für ihre älteste Tochter zu kaufen, und war zurückgezuckt, als ihr schlagartig die Sinnlosigkeit klar wurde.

Einen Moment lang musste sie sich am Türrahmen abstützen, die Luft anhalten, abwarten, dass der Schmerz nachließ und ihre Knie wieder stabil wurden. Auf Tulas fragenden Blick hin winkte sie beruhigend, dann ging sie mit unsicheren Schritten in die neben der Küche liegende Stube, machte die Tür hinter sich zu und sank in den Lehnstuhl zwischen Ofen und Gartenfenster. Durch die kleinen Scheiben fiel der letzte Schimmer der bleichen Novembersonne, mehr Schatten als Licht.

Dorothea. Wie hatten sie sich auf dieses Kind gefreut.

Gesche schloss die Augen, und sofort war alles wieder da. Sie sah Christian durch das Ascheberger Haus wandern, seine Hand strich über Küchenborde und Steingutteller, fuhr die weiche, matt glänzende Kante des großen Esstisches entlang, befühlte den festen Leinenstoff der grünen Stuhlkissen. Kessel und Tiegel aus Messing hielt er ins Sonnenlicht, versuchte mit den eingefangenen Strahlen, Gesche, wenn er sie in der Nähe entdeckte, zu blenden oder Glanzpunkte an die weißgetünchten Wände zu zaubern. Manchmal öffnete er das Schapp in der Schlafkammer und schnupperte an den Kante auf Kante gestapelten Packen von Tisch- und Bettlaken aus Drillich oder Flachs. Sogar dem Butterfass und den hölzernen Milcheimern, den Bratspießen und Feuerschaufeln schenkte er so viel Aufmerksamkeit, als wären es Raritäten.

Noch nie hatte Gesche einen Menschen gesehen, der so stolz, so glücklich war über sein Heim. Erst recht beschäftigte sich kein Mann aus ihrem Umfeld derart hingebungsvoll mit jedem Detail der Einrichtung. Häuslichkeit galt als Frauensache, *Weiberkram,* dem ein handfester Kerl nur Beachtung schenkte, wenn es darum ging, beim Brautschatz nicht zu kurz zu kommen oder sich einen repräsentativen Rahmen zu schaffen.

Bei Christian war das anders. Der Mohrenhof war sein erstes eigenes Zuhause. Ein Gefühl, sagte er nach einer seiner Runden durchs Haus, als sei er endlich bei sich selbst angekommen. Gesche konnte es spüren, still sah sie ihm zu.

Bis zu seiner Heirat hatte er im Gutshaus seines Ziehvaters eine Dachkammer bewohnt, geräumig und mit allem Notwendigen ausgestattet. Er hatte mit der Familie zusammen unten im Speisezimmer gegessen und war vom Hauslehrer der Rantzau-Töchter unterrichtet worden, als wäre er deren jüngerer Bruder. Die umfangreiche Bibliothek stand ihm jederzeit offen, er hatte an Tischgesprächen teilgenommen, an Jagdgesellschaften und Reisen nach Kiel oder Lübeck oder Glückstadt. Und seine Ausbildung zum Trompeter hatte eine Menge Geld gekostet, einhundert Taler, genug, um eine Familie zwei Jahre lang zu ernähren.

Diese strahlenden Töne. Gesche hatte sie noch immer im Ohr. An ihrem zweiten Morgen im Ascheberger Haus glaubte sie zunächst, in einem wunderbaren Traum zu schweben, leicht, entrückt, von Sphärenklängen umhüllt. Ganz langsam drangen die Töne in ihr Bewusstsein. Sie blinzelte, streckte den Arm aus. Der Platz an ihrer Seite war leer.

Christian? Christian! In hohem Bogen warf sie die Decke weg, sprang aus dem Bett und lief zum offenen Fenster. Tatsächlich. Da stand er, die Stiefel dunkel vom Tau, unter dem noch fast kahlen Fliederbusch am Ende des Gartens, reckte seine silbern blitzende Trompete in den pastellfarbenen Himmel und blies so viel Jubel in die klare Luft, dass Gesche meinte, davon mitgesogen und irgendwo in der Endlosigkeit aufgelöst zu werden.

Der letzte Ton hing lange zwischen Himmel und Erde. Christian drehte sich um und sah Gesche – *meine Frau*, sagte er jetzt immer – am Fenster.

»Ich komme!«

Von unten hörte sie das Gepolter seiner Stiefel, den dumpfen Aufschlag der Kleider, und dann sprang er zu ihr ins Bett, nackt und nach kühler Morgenluft riechend.

»Ich bin dankbar«, flüsterte er in ihr Haar, »sehr dankbar sogar. Eigentlich habe ich immer schon mehr bekommen, als ich brauchte, einfach so, ganz unverdient, weil Gott oder das Schicksal, nein, besser Rantzau es gut mit mir meinte.« Das Kratzen seiner Barthaare an ihrem Hals verriet ihr, dass er lächelte. »Aber das hier übertrifft alles. Endlich fühle ich mich nicht mehr aufgepfropft, ich bin mein eigener Herr, kann selbst bestimmen, wie ich leben will, und jedes Ding um mich her gehört mir – natürlich auch dir!« Zärtlich rieb er seine Nase an Gesches Ohr. »Vielleicht ist einem Sklaven so ähnlich zumute, wenn man ihm den Eisenring vom Hals nimmt.«

»Unsinn!« Gesche bog seinen Kopf zurück und schaute ihm streng in die Augen. »Was redest du da? Du warst immer frei, du bist Kavallerieoffizier und Geschäftsmann. Was, bitte, hat das mit Sklaverei zu tun?«

Er zuckte die Achseln. »Es sollte ja nur ein Vergleich sein, damit du verstehst, was das alles hier für mich bedeutet.«

»Als wenn dafür so alberne Vergleiche nötig wären!« Sie biss ihm sanft ins Kinn und drückte sich an ihn. »Man muss dir doch nur dabei zusehen, wie du dich durch dein neues Reich bewegst!«

Am darauffolgenden Sonntag waren sie zum ersten Mal seit der Hochzeit zum Gottesdienst nach Plön gefahren.

In ihrem Lehnstuhl am novemberfahlen Fenster glaubte Gesche auf einmal wieder den Frühlingshauch jenes frischen Märzmorgens zu spüren, den kühlen Wind und den würzigen Duft des jungen Blattgrüns an den Buchen und Eichen zu beiden Seiten des Sandweges, über den Christian den leichten Zweispänner mit solchem Schwung lenkte, dass ein Hagel von spitzen Steinchen gegen den Kutschenboden prasselte und eine dichte Staubfahne hinter ihnen her wehte.

Die Sonne schob sich gerade durch die Wolkenschleier, als sie das Wentorper Tor passierten und ihr Gespann beim Wirtshaus *Hamburger Herberge* unterstellten, um zu Fuß durch die Lange Straße zur Kirche zu gehen. Herr und Frau Gottlieb, Mohr und Mohrin, schoss es Gesche durch den Kopf, während sie, fest bei Christian eingehakt, versuchte, sich seinen ausgreifenden Schritten anzupassen.

Da waren sie alle wieder, die Christian keine Bürgschaft geben wollten und ihre Heirat sogar mit Gewalt zu verhindern gesucht hatten. Else Brandström und Amalie Wilke, ebenfalls auf dem Weg zur Kirche, blieben stehen, als die Gottliebs an ihnen vorbeigingen, und stierten sie völlig ungeniert an. Klara Blankenbiehl hielt, einen vollen Eimer in der Hand, bei ihrem Anblick mit gerunzelten Brauen kurz im Hauseingang inne, ehe sie die trübe Brühe mit einer Geste in das stinkende Rinnsal vor ihrer Tür kippte, als würde sie das Zeug am liebsten den Gottliebs über die Füße gießen.

Halte den Rücken gerade, dachte Gesche, gib den Gaffern kein Futter. Höflich nickte sie denjenigen ihrer Nachbarn und Bekannten zu, die zumindest so taten, als wäre alles beim Alten. Willem Petersen etwa, der mit breitem Grinsen seinen Sonntagshut zog, oder Hein Surbier, nachdem er grüßend an seine Kappe getippt hatte. Mit einem leisen Druck seines Armes schien Christian ihr Mut machen zu wollen. Schließlich waren sie keine Neulinge bei dem Spiel wir zwei gegen den Rest der Stadt.

Elisabeth Radeleff rief ihre Namen und winkte beim Näherkommen, während kurz vor dem Kirchhofseingang Hieronymus Schlapritz auf Christian und Gesche zutrat. Beim Anblick der beiden vertrauten Gesichter löste sich die Verkrampfung in Gesches Nacken. Mit der Mutter an ihrer Seite würde sie die wahrscheinlich angespannte Atmosphäre unter den Frauen auf der linken Seite des Kirchengestühls aushalten. Und auf gar keinen Fall, das hatte sie sich geschworen, wollte sie auch nur ein einziges Mal auf die rechte, die Männerseite hinüberspähen, wo ihr Schwager Joachim bestimmt darauf lauerte, sie mit Blicken zu erdolchen. Dass von ihm keine Annäherung oder Versöhnung zu erwarten war, hatte schon Hedwigs Rücken verraten, der Gesche und Christian demonstrativ zugewandt wurde, als sie beide in Sicht kamen.

Hieronymus Schlapritz begrüßte sie wie immer mit einem beinahe schmerzhaft festen Händedruck und einer Verbeugung, die aussah, als würde eine hölzerne Gliederpuppe Stück für Stück abgeknickt und wieder aufgerichtet. Christian hatte sich schon einige Monate vor ihrer Heirat mit dem Schweizer angefreundet, und mittlerweile glaubte Gesche auch zu wissen, warum. War es bei Christian die Hautfarbe, die ihn von den gewöhnlichen Bürgern der Stadt unterschied, dann war es bei Schlapritz die kaum verständliche Redeweise in einem merkwürdigen Singsang voller harter Knarzlaute und – was für die meisten Plöner weit schwerer wog – die Zugehörigkeit zur falschen Religion. Statt wie alle anständigen ortsansässigen Leute der lutherischen Kirche anzugehören, bekannte er sich zu einer hier fremden evangelisch-reformierten Glaubensrichtung. Ein Calvinist! Höchst verdächtig fand man das und genau passend zu den Gerüchten über die fluchtartige Abreise aus seiner Heimatstadt St.Gallen wegen irgendeiner üblen Weibergeschichte.

Gesche legte den Kopf in den Nacken, um den dürren Mann anzusehen. Heimlich für sich nannte sie ihn *Schlabberitz*, weil selbst die elegantesten Gehröcke und Beinkleider so um seine knochigen Glieder schlabberten, als hingen sie an einer Vogelscheuche. Der Schweizer war noch eine gute Handbreit länger als Christian, und beim Hochschauen traf sie auf einen freundlich-spöttischen Blick aus tiefliegenden, von Zwinkerfältchen umgebenen Augen. Er durchschaut mich, dachte sie, er scheint zu spüren, dass ich ihm nicht so recht über den Weg traue. Aber wie soll ich denn, bei all dem Gerede über seine windige Vergangenheit. Schießpulver hat er in seiner Heimat angeblich hergestellt und auch noch Geld unterschlagen. Dazu diese Umtriebigkeit und die prahlerischen Titel, mit denen er sich schmückt. Als Barbier oder Wundarzt zu gelten wie seine Kollegen rundum, reicht ihm nicht, sogar *Chirurgus* klingt ihm anscheinend zu unbedeutend. Nein, *Operateur* nennt er sich und behauptet, Fachmann für Arzneien und obendrein für Seelenkunde zu sein. Zu allem Überfluss hat ihn der Herzog jetzt auch noch zum Inspektor für die Plöner Neustadt ernannt. Und Christian ist begeistert von seinem Einfallsreichtum und seiner Phantasie! Hoffentlich lässt er sich nicht in irgendetwas hineinziehen!

Trotzig hielt Gesche dem spöttischen Blick ein paar Wimpernschläge lang stand, dann hakte sie sich bei Elisabeth unter, ohne auf das Gespräch der Männer zu achten, und wandte sich mit ihr der Kirche zu.

»Kommst du, Christian?«, rief sie über die Schulter.

»Ja, sofort! – Bis heute Abend dann«, hörte sie ihn zu seinem Freund sagen, der als Reformierter am Gottesdienst nicht teilnehmen durfte.

Also würde der Schweizer wohl zum Abendessen aufkreuzen. Schade. Eigentlich waren die Stunden, in denen sie beide allein mit sich auf der Bank vor ihrer Haustür saßen und zusahen, wie der hohe Himmel über dem endlos weiten hügeligen Land von lichtem Blau ins Violette wechselte, dann rötlich aufschimmerte, ehe die Sonne in einem glutroten Streifen hinter dem dunklen Band ferner Hecken und Wälder unterging, ihre kostbarsten. Aber Christian, das hatte sie schnell gemerkt, liebte nicht nur die stillen Momente mit ihr, genauso dringend brauchte er offenbar anregende Gespräche, musste planen, disputieren.

Von der Predigt des Pastors bekam Gesche nicht viel mit, weil ihre Gedanken um den Herd kreisten. Speckpfannkuchen? Oder besser Schleie mit Wurzelwerk im Kräutersud? Was sollte sie abends kochen? Vielleicht könnte sie, wenn sie nach dem Gottesdienst hinter ihrem Elternhaus zum Seeufer hinunterliefe, einen der Fischer herbeiwinken. Vier Pfund Schleie müssten reichen, ein paar fangfrische Rotaugen wären auch nicht schlecht.

Erst beim Schlussgesang war sie wieder bei der Sache. Ihrer beider Lieblingslied aus dem *Plöner Gesangbuch* wurde angestimmt: *Gott, mein Vater, sei gepriesen für die große Gütigkeit, welche du mir hast erwiesen*… Aus vollem Herzen sang Gesche mit. Von der Männerseite hörte sie eine Stimme besonders kräftig herüberschallen. Christians Stimme, das erkannte sie, auch ohne nach drüben zu schielen.

Obwohl Schlapritz gut zwanzig Jahre älter war, liefen die Gespräche zwischen ihm und Christian nie im Stil väterlicher Belehrungen ab. Der Schweizer schien Christians Ansichten und Vorschläge ernsthaft zu schätzen. Bisweilen kam es Gesche vor, als sei er von seinem plötzlichen Aufstieg zum Berater und Vertrauten des Herzogs selbst überrascht und froh über die Gelegenheit, sich mit einem geistig beweglichen Mann wie Christian besprechen zu können.

»Ah, der Herr Geheimrat«, rief ihm Christian manchmal entgegen, wenn Schlapritz auf dem Mohrenhof vom Pferd sprang. Der verzog dann sein Gesicht zu einem kantigen Grinsen, klopfte mit den Zügeln den Staub von seinen Kleidern und schlug urplötzlich in Christians Richtung, ohne ihn je zu erwischen.

»Monsieur Kunstbläser, seht Euch vor!«, frotzelte Schlapritz zurück, und wie er dabei das K aussprach, klang in Gesches Ohren so, als knackte jemand ein Stück aus einem Granitbrocken.

Wie zufällig machte sie sich oft in der Nähe zu schaffen, wenn die Männer sich unterhielten. Anfangs aus Sorge um Christian, schon bald aber, weil die Vorhaben und Zukunftsbilder der beiden sie wirklich interessierten. Das war mehr als Neugier, und es tat ihr gut, hin und wieder einen Blick von Christian aufzufangen, der ihr verriet, dass ihn ihre Anteilnahme freute.

Allmählich schwand ihr Misstrauen, an dessen Stelle trat wachsender Respekt vor Schlapritz, und nach einer Weile stellte sie erstaunt fest, dass die hochtrabenden Titel und das Gerede über seine angeblichen Manöver am Rande der Legalität ihr eher amüsant als verwerflich vorkamen. Christian schien es genauso zu gehen. »Kein Mensch hier kann wissen, was damals in St.Gallen wirklich los war«, sagte er, als er von einem seiner Treffen mit Schlapritz nach Hause kam. »Vielleicht ist das alles nur bösartiger Klatsch von Leuten, die ihm seine Position am Hof missgönnen. Enger Vertrauter des Herzogs, das wäre mancher gern. Soll er sich doch klangvolle Bezeichnungen zulegen, wenn ihm das gefällt – und *Operateur* klingt ja wirklich besser als Wundarzt. Solange er als Heilkundiger und als Stadtplaner so hervorragende Arbeit leistet wie bisher, muss sich niemand daran stören.«

Künnigham, der Hofmarschall, war ein paar Jahre zuvor in Hamburg auf den Schweizer gestoßen, als Schlapritz mit Handzetteln um Kundschaft warb. Sechzig Essenzen und Salben gegen verschiedenste Beschwerden pries er darauf an, außerdem elf Kuren zur Linderung besonderer Leiden, darunter Melancholie und Wahnsinn. Künnigham, der sich selbst regelmäßig mit Schlapritzens legendären Abführtropfen versorgen ließ, machte Herzog Hans Adolf auf den mittlerweile hochangesehenen Mann aufmerksam, und der holte ihn bald nicht nur als äußerst beschlagenen Heiler an seinen Hof nach Plön, sondern als Rundumtalent, dem er schwierige Verhandlungen, organisatorische Fragen und die an seinem opulent geführten Hof reichlich auftretenden Finanzprobleme getrost überlassen konnte.

»Pläne!« Schlapritz zog eine mit Bindfaden zusammengehaltene Rolle Papier aus seiner Satteltasche, nachdem er vom Pferd gesprungen war und seinen Degen und den flachen Hut an einen Haken neben der Haustür gehängt hatte. Ganz offensichtlich genoss er es, sich hier draußen unbefangen, ohne Perücke und höfische Zwänge bewegen zu können. Die dunkelblonden, von grauen Strähnen durchzogenen Haare reichten ihm fast bis auf die Schultern und wehten in dem leisen Wind, der auch an warmen Frühsommertagen wie diesem ständig über die Anhöhe des Mohrenhofes strich.

»Lass sehen!« Einen Arm um die Schultern des Freundes gelegt, führte Christian ihn zu einem Tisch mit zwei Stühlen unter der dicksten Eiche auf dem schattigen Hofplatz. Ein paar vom Boden geklaubte Steine hinderten das Papier am Wegfliegen, während die beiden Männer ihre Köpfe darüber beugten. Gesche sah sie nicken und lachen und mit den Fingern hierhin und dorthin weisen.

»Das musst du dir anschauen!« Aufgeregt winkte Christian sie näher, als Gesche aus der Hintertür trat, vorsichtig ein mit Bierhumpen, sauren Gurken und Wurstscheiben beladenes Brett balancierend. Sie setzte ihre Fracht in Reichweite auf einem Hauklotz ab und ließ sich von Christian auf sein Knie ziehen.

»Sieh doch nur, wie geschickt Hieronymus das alles entworfen hat! Unser Inspektor!« Er knuffte den Freund kurz in die Seite. »Hier die Straße mit zwanzig kleinen, aneinandergereihten Häusern, den Buden, wie der Herzog sie gewünscht hat. Sie läuft im spitzen Winkel auf den Schlossberg zu, weil es wegen der Seen rundherum nicht anders geht. Ein ganzer neuer Stadtteil entsteht vor dem Wentorper Tor, mit Waisenhaus, Armenschule, Apotheke und eigener Kirche. Bloß schade«, mit einem leicht säuerlichen Lächeln schaute er seine Frau an, »dass auch dein geschätzter Schwager Mack sich dort niederlässt. Gleich vorne, am Anfang der Straße, baut er ein dickes, stolzes Haus, richtig protzig im Verhältnis zu den anderen. Es ist schon fast fertig. Bleibt nur zu hoffen, dass der alte Sturkopf seine Nachbarn nicht so drangsaliert, wie er es mit der Familie tut.«

»Wieso?«, fragte Gesche. »Was sind denn das für Leute?«

»Nun ja«, mischte sich Schlapritz ein, »nach dem Vorbild anderer Fürsten möchte unser Herzog sich nicht nur ein städtebauliches Denkmal setzen, sondern auch seine Großherzigkeit beweisen, indem er Glaubensflüchtlingen und Menschen mit fremder Religion anbietet, unbehelligt hier zu wohnen. Zurzeit wandern ja reichlich Hugenotten aus Frankreich nach Deutschland ab, allerdings hat sich von denen noch keiner in Plön gezeigt. Bislang gibt es nur eine Handvoll Reformierte in der Stadt, Leute von meiner Art.« Er verzog spöttisch den Mund. »Und denen wird von eurem Schwager und Konsorten gehörig eingeheizt. Wenn du hier als Nicht-Lutheraner stirbst, wirst du *abends in aller Stille beigesetzt*. Das ist die offizielle Lesart. Auf Deutsch heißt das: Man verscharrt dich im Dunkeln hinter der Kirchhofsmauer. Dafür sorgen diese Eiferer.«

»Wer soll denn sonst noch die Neustadt bevölkern?«, fragte Gesche schnell, damit er sich nicht in Rage redete.

»Wir haben an tüchtige Kaufleute und Handwerker gedacht.« Schlapritz griff nach dem Bierkrug, den Christian ihm vom Hauklotz herüberreichte, und nahm einen kräftigen Schluck. »Am liebsten wären uns Berufe, die es in der Altstadt nicht gibt, Tabakspinner zum Beispiel, Handschuh- oder Perückenmacher. Der Herzog räumt ihnen alle möglichen Privilegien und Freiheiten ein, aber die Sache sieht trotzdem nicht gut aus. Ich fürchte, es hat sich herumgesprochen, dass die Alteingesessenen keinen Wert auf Konkurrenz legen und dass die Verdienstmöglichkeiten eher bescheiden sind. Wenn es uns nicht bald gelingt, mehr als nur fünf, sechs Buden zu vermieten oder zu verkaufen, sind wir mit unseren Finanzen am Ende.«

»Warum verkauft ihr nicht Holz oder Wild?«, schlug Christian vor. »Davon gibt es doch genug in den herzoglichen Wäldern, und die Preise sind beachtlich. Ein Hirsch kostet fünfzehn bis zwanzig, ein Reh acht Taler.«

Schlapritz winkte ab. »Alles schon ausgereizt. Man kann doch die Wälder nicht restlos abholzen und den ganzen Wildbestand erschießen. Und überlegt mal, wie viel Geld die Plöner Hofhaltung verschlingt. Hans Adolf will hinter anderen Fürsten nicht zurückstehen, obwohl sein Reich, dieser Miniaturstaat, für seinen pompösen Lebensstil einfach zu wenig hergibt. Versteht mich nicht falsch, er ist ein Mann von außerordentlichen Qualitäten, einfallsreich, großzügig, tapfer, von unbändiger Vitalität, aber von Finanzwirtschaft hat er keinen Schimmer. Jetzt setzt er auf mich.« Dieses Mal geriet Schlapritz das Grinsen etwas schief. »Dafür sei ich schließlich sein Vertrauensmann, sagt er. Das heißt: Ich soll den Karren aus dem Dreck ziehen.«

»Was lässt sich denn noch zu Geld machen?« Christians Blick wanderte prüfend über den Plan. »Die Apotheke!«, rief er plötzlich und biss dabei herzhaft in ein Stück Wurst. »Das ist doch eine sichere Pfründe! Wer die zugesprochen bekommt, sollte ordentlich dafür zahlen müssen!«

»Vergiss es.« Schlapritz schüttelte den Kopf. »Ich habe monatelang nach einem Apotheker gesucht, der bereit ist, auf die Konditionen unseres Herzogs einzugehen. Aus eigenen Mitteln soll er die Apotheke in der Neustadt bauen und ausstatten für das Versprechen, dass ihm in nächster Zeit kein Rivale vor die Nase gesetzt wird. Georg Hermann, ein Hamburger, hat sich schließlich überreden lassen, aber Geld ist bei ihm nicht mehr zu holen. Ohne den Brautschatz seiner Frau würde er es nie schaffen.« Mit beiden Händen fuhr sich Schlapritz durch die Haare, bündelte sie im Nacken und zog kurz daran, als könnte er seinem Kopf auf diese Weise einen Geistesblitz entreißen. Dann lachte er plötzlich, ein leises, spöttisches Lachen. »*Schlapritz der Geldmacher*, ein weiterer klingender Titel! Vor drei Tagen hat mich der Herzog sogar auf die neue kleine Kirche angesetzt«, sagte er. »Ich habe Befehl – nicht offiziell natürlich –, das dortige Gestühl an betuchte Leute zu vermieten, an Hofbedienstete und wohlhabende Bürger. Gegen Vorauszahlung, versteht sich. Die Frage ist nur, wer da anbeißen soll. Die betreffenden Kandidaten haben ja bereits ihre Stühle in der großen Stadtkirche, für die sie kräftig berappen müssen. Kaum vorstellbar …«

»Moment«, fiel Christian ihm ins Wort. »Was ist mit Grabstellen? Mit Begräbnisplätzen in der neuen Kirche? Überleg doch mal, Hieronymus! In der Stadtkirche ist längst jeder Zoll belegt, und der alte Kirchhof ringsherum hat sich durch die vielen Begräbnisse in einen Wall verwandelt, von dem das Wasser bei Regengüssen zu den Türen hereinströmt. Liegt es da nicht nahe, sich hier einzukaufen? Sogar der Platz unmittelbar vor dem Altar ist noch zu haben!«

»Hm«, machte Schlapritz und rieb sich das Kinn. »Hm. Wieso bin ich nicht selbst auf die Idee gekommen?«

»Vielleicht, weil die Kirche so klein ist, kaum zwanzig Meter lang«, mischte sich Gesche ein. »Und eine Glocke hat sie auch noch nicht. Manche Leute meinen sicher, sie bräuchten einen prächtigeren Begräbnisplatz, aber ich finde, die Nähe zum Altar macht das alles wett.«

Die beiden Männer nickten. Natürlich. Jeder in der Gemeinde erhoffte sich von einer bevorzugten Grabstelle eine besonders günstige Ausgangsposition für die Auferstehung am Jüngsten Tag. Seit alters her war das hier so.

»Komm.« Christian klopfte dem Freund ermunternd auf die Schulter. »Schlag das dem Herzog vor. Es bringt auch entschieden mehr Geld ein als die Vermietung des Gestühls. In der Stadtkirche hat der letzte freie Platz vierhundert Taler gekostet, das weiß ich von Oberst Rantzau. Du könntest vielleicht fünfhundert nehmen, das würde schon mal reichen, um eine Glocke in den Dachreiter zu bekommen.«

Gesche schnappte nach Luft. »Fünfhundert Taler? Das ist ja ein Vermögen!«

»Stimmt, aber dafür liegst du schön trocken«, sagte ihr Mann grinsend, »und hast am Ende die besten Aussichten.«

Schlapritz zögerte. »Ich weiß nicht recht«, sagte er, wieder sein Haar zwirbelnd. »Wenn ich einen solchen Vorschlag mache und dann keine Bewerber finde, stehe ich dümmer da als zuvor. Schließlich wimmelt es in unserem Kirchspiel nicht gerade von begüterten Leuten. Wer sollte so viel Geld für ein Grab in dem bescheidenen Johanniskirchlein ausgeben wollen?«

»Ich!«

»Bist du toll geworden?« Mit einem Satz sprang Gesche von Christians Knie und blieb bebend vor Entsetzen neben ihm stehen. Bis zu diesem Augenblick hatte sie es genossen, an ihn gelehnt seinen Atem, seinen Herzschlag, seine Wärme zu spüren, sie hatte sich eins mit ihm gefühlt, sogar einbezogen in seine Ideen und Empfindungen. Und jetzt plötzlich ein solcher Bruch. Weiter als durch den Gedanken an seinen Tod konnte er sich nicht von ihr entfernen.

Fassungslos starrte sie ihn an. Wie ein Feind kam er ihr auf einmal vor, wie einer, der alle Liebe, alles Leben aus ihr herauskratzen wollte. Aber warum, wozu? Sie spürte ein Brennen hinter den Augen. Tränen würde sie den beiden nicht zeigen. Der Sand knirschte unter ihren Absätzen, als sie sich umdrehte und zum Haus rannte.

Nach oben und in die Kissen heulen? Nein, das wäre kindisch. In die Küche an den Herd und so tun, als käme die Nässe auf ihren Wangen aus dem dampfenden Suppenkessel? Kommt nicht in Frage. Raus, nur raus aus dem Haus, das ihr gemeinsames Zuhause sein sollte. Durch die Vordertür lief sie in den Garten. Wie es hier duftete, Flieder, Buchsbaum, Kräuter – alles nur Schein. Der schmale Schatten hinter dem aufgemauerten Brunnenschacht war genau richtig. Kalt, dunkel. Da passte sie hin mit ihren zerplatzten Träumen.

In der Stille ihres Zufluchtsortes hörte Gesche die Männer lachen, hörte Rufe, kurz darauf Hufgetrappel. Offenbar hatte Schlapritz sich verabschiedet.

»Gesche? Gesche, wo steckst du?« Christian rief erst im Haus nach ihr, dann knarrte die Tür zum Garten. Nur einen Moment lang schien er zu zögern, ehe er mit festen Schritten spornstreichs auf ihr Versteck zusteuerte und an den Brunnenrand gelehnt neben ihr stehen blieb.

»Warum läufst du weg? Wir haben doch nur geredet.«

Geredet, geredet, dachte Gesche, regungslos im Schatten kauernd. Wenn er so sicher weiß, wohin ich fliehe, müsste er doch auch spüren, was mir Angst macht. Wütend starrte sie auf seine kaum einen halben Meter entfernt in den Boden gestemmten Stiefel. Rechts hatte sich ein Stück der Sohle gelöst und hing unter der Schuhspitze wie das offene Maul einer breiten braunen Kröte, die nach ihr schnappte.

»Ich habe keine Ahnung…«

»Ach, wirklich?« Plötzlich stieg ein Schwall von Wut und Enttäuschung in ihr hoch. Mit beiden Händen stieß Gesche sich vom Mauerwerk hinter ihrem Rücken ab und sprang auf die Füße. Aus nächster Nähe blitzte sie ihn an. »Keine Ahnung? Ich dachte, wir wollten uns ein gemeinsames Leben aufbauen. Wir haben Pläne gemacht, in die Zukunft geträumt, erinnerst du dich? Die Rosen hier haben noch nicht ein einziges Mal geblüht, die Bäume drüben auf der Apfelwiese sind kaum mannshoch, der Kalkanstrich am Haus ist erst seit ein paar Tagen trocken, wir haben bislang kein Kind – und du, du triffst Vorkehrungen für deinen Tod! Noch bevor wir richtig angefangen haben, denkst du schon ans Ende! Als ob das alles hier für dich nicht wirklich zählte! Du zerstörst unser Glück, ehe es begonnen hat!«

Schwer atmend stand sie vor ihm, bereit, erneut loszufauchen, wenn er jetzt mit läppischen Entschuldigungen anfinge, von Freundschaftsdienst oder dergleichen spräche.

Aber Christian sagte gar nichts. Ohne sich zu rühren, lehnte er weiter an der Brunnenfassung. Er sah sie nur an, mit einem Blick, in dem keine Spur von Ärger oder Befremden zu entdecken war, sondern eher Zärtlichkeit und – ja, und etwas wie Wehmut. Verwirrt schaute Gesche zu ihm hoch. Was sollte dieses eigenartige Verhalten? Stumm standen sie einander gegenüber.

»Glück«, sagte er endlich in die Stille, »mit dem Glück ist das so eine Sache. Mir kommt es vor wie eine Insel in der Zeit.

Nur für eine Weile wird es uns geschenkt, und wenn wir es festhalten, das Glück zum Dauerzustand machen könnten – wovon wohl jeder träumt –, würde es zerrinnen. Es würde zum Allerweltsgefühl, wäre nichts Besonderes mehr.« Er brach ein Steinchen mit winzigen glitzernden Einschlüssen vom Brunnenrand ab und begann es zwischen den Fingern zu reiben, während er weitersprach. »Bestimmt erinnerst du dich an solche Augenblicke, die aus dem Alltag herausragten. Bei mir«, er zögerte kurz und dachte nach, »ja, bei mir war es zum Beispiel der Moment, als Oberst Rantzau mich zum ersten Mal bei der Hand nahm und sagte, dass ich bei ihm bleiben könne. Wo und wann das war, weiß ich nicht mehr, aber dieses überwältigende Gefühl, das damals in mir aufflammte, kann ich heute noch spüren. Oder der Tag, an dem ich nach meiner Lehre endlich in die Zunft der Feldtrompeter aufgenommen wurde, auf einmal war ich Offizier, durfte einen Degen tragen und Straußenfedern am Hut. Hätte ich nicht in einer strammen Uniform gesteckt, wäre ich vermutlich vor lauter Glück geplatzt.« Christian lachte leise. »Irgendwann legte sich das Hochgefühl, aus dem Besonderen wurde Gewohnheit.«

Plötzlich beugte er sich vor und umschloss Gesches Wangen behutsam mit seinen Händen. »Unser Glück ist unvergleichlich viel größer, und dennoch kann es nicht ewig halten. Aber glaub mir, ich zerstöre es nicht, indem ich an sein Ende denke. Im Gegenteil. Gerade weil ich weiß, dass es irgendwann, vielleicht ja erst in zehn oder zwanzig Jahren, vorüber sein wird, empfinde ich es in diesem Moment, wo es bei uns ist, umso stärker.«

Gesche hatte zugehört, ohne ihn aus den Augen zu lassen. Jetzt plötzlich konnte sie die mühsam unterdrückten Tränen nicht mehr zurückhalten und weinte, die Arme um Christians Hals geschlungen, hemmungslos in sein Wollhemd. Dicke, heiße Tränen durchweichten den kratzigen Stoff. »Ich will aber nicht, dass es aufhört! Ich will nicht!« Ihre von Schluchzern unterbrochenen Worte konnte sie selbst kaum verstehen.

»Komm«, er klopfte ihr sanft auf den Rücken. »Vergiss die finsteren Gedanken, man ruft ja auch nicht den Tod herbei, indem man seinen Nachlass regelt.«

Zögernd ließ sie es geschehen, dass Christian sie zu ihrem Lieblingsplatz führte, der kleinen, jetzt noch von ein paar späten Sonnenstrahlen beschienenen Bank an der Hauswand. Sie setzte sich neben ihn, hörte ihren eigenen schweren Atem, sah seine lang ausgestreckten Beine, seine ins Gras gebohrten Fersen und spürte dem langsam verebbenden Schmerz in ihrem Innern nach.

»Vorhin«, sagte Christian nach einer Weile, »als ich Hieronymus anbot, eine Grabstelle in der Johanniskirche zu kaufen, war das einfach eine spontane Idee. Ich habe eben eine Schwäche für diese kleine Kirche, wie sie da auf dem Hügel vor dem Stadttor steht, dem Himmel ein Stückchen näher als alle anderen Gebäude der Neustadt, und in ihrer Bescheidenheit gerade recht, um uns an unser Maß zu erinnern. Ich wollte etwas zu ihrer Errichtung beisteuern. Natürlich bin ich auch froh, dass ich's mir leisten kann.«

»Wie denn, Christian? Woher willst du das Geld nehmen?«, fragte sie immer noch schniefend.

Er winkte ab. »Das ist kein Problem. Pötters, der Hofstallmeister, hat ein paar meiner Pferde gekauft, gute, stabile Holsteiner zu einem ordentlichen Preis. Sie stehen zurzeit noch auf Rantzaus Weide, darum weißt du nichts davon.«

Gesche nickte. Der Dienst beim Oberst, die Pferdezucht, das Getreide, das sie im Sommer zum ersten Mal ernten würden. Wenigstens um Christians Finanzen brauchte man sich nicht zu sorgen. Schon als kleinen Jungen hatte sein Ziehvater ihn häufig zum *Kieler Umschlag* mitgenommen, dem alljährlich um die Drei-Königs-Zeit anberaumten wichtigsten Geldtermin des schleswig-holsteinischen Landadels. Bares, in prallen Säcken, Beuteln oder Tonnen verstaut, wechselte dabei den Besitzer, für Käufe und Verkäufe, Erbschafts- und Schenkungsregelungen, Pacht- und Abgabeverpflichtungen traf man sich an diesem offiziellen Zahltag. Für Rantzaus Schützling reichlich Gelegenheit, mit Geldgeschäften vertraut zu werden. Christian würde wissen, worauf er sich einließ.

Bis zum Einbruch der Dunkelheit blieben sie dicht beieinander draußen sitzen. Im schwachen Schein des aufgehenden Mondes verschwammen alle Konturen schwarz in schwarz. Wie eine Hülle umgab sie die Finsternis. Rechts vom Haus raschelte ein Igel durch die Büsche am Gartenzaun, sonst war alles ruhig.

Glück, dachte Gesche, auch so kann es sich anfühlen.

Das Gansbergkind in ihr schien Purzelbäume zu machen. Ein Fuß? Ein Arm? Das winzige Hinterteil? Gesche konnte nicht unterscheiden, was sie da gerade puffte und stieß. Besänftigend strich sie über ihren Bauch. »Du hast ja recht, dich zu wehren«, murmelte sie. »Eine Mutter, die kaum einen Gedanken auf dich verschwendet, musst du natürlich traktieren. Geduldet wirst du, ja, aber freudig erwartet?«

Wie anders war das damals gewesen, als sie merkte, dass sie schwanger war. Schon bei den ersten Anzeichen hätte sie Christian am liebsten mit ihrer Begeisterung überfallen. Die Heimlichtuerei, das verschwiegene Abwarten, die diskreten Beratungen mit ihrer Mutter, für die sie mehrmals unter dem Vorwand, einen Fisch oder ein Stück Spitze kaufen zu wollen, in der kleinen Kutsche nach Plön fuhr – all die Vorsichtsmaßnahmen, um ihn nicht vielleicht doch enttäuschen zu müssen, fielen ihr unendlich schwer. Erst als sie ganz sicher war, als die Brüste schon spannten und sie meinte, bald nicht mehr in ihre Kleider zu passen, hatte sie ihn eingeweiht.

Dass Glück sich noch mehren ließ, obwohl man schon randhoch voll davon war, wäre ihr unvorstellbar erschienen, wenn Christian es nicht vorgeführt hätte.

Gesche sah sich wieder beim Frühstück sitzen an jenem Dienstag der letzten Juliwoche. Ein frischer, windiger Morgen. Sie zitterte in ihrem leichten Leinenhemd, wusste aber nicht, ob der kühle Hauch schuld daran war oder die Aufregung. Heute, dazu hatte sie sich während der Nacht entschlossen, heute würde sie es ihm sagen. Vor Anspannung brachte sie fast keinen Happen hinunter. Endlich, als Christian gerade am Herd stand und aus dem dampfenden Kessel Getreidebrei in seinen Napf nachfüllte, gab sie sich einen Ruck.

»Ich bin schwanger.« Ganz beiläufig wollte sie es sagen, hörte aber selbst das Vibrieren ihrer Stimme.

Wie sein Gesicht strahlte, wie es aufleuchtete, als er sich zu ihr umdrehte. Dagegen war die Freude, die sie sich ausgemalt hatte, nur ein blasser Schemen.

»Schwanger!« Er musste sich erst räuspern, ehe seine Stimme tragfähig wurde. »Ist das wahr? Ist es wirklich wahr?« Mit zwei Schritten war er bei ihr, starrte sie eine Moment lang an, schnappte sie dann und wirbelte sie laut lachend durch die Luft. »Oh«, abrupt hielt er inne. »Vielleicht bekommt ihm das nicht.« Sanft setzte er sie wieder ab, als fürchtete er, das Kind leichtfertig aus ihr herauszuschütteln.

»Keine Bange, so schnell macht es sich nicht davon!«

Nicht nur nach diesem ersten Freudenausbruch musste Gesche ihn beruhigen. Ständig trieb ihn seither die Sorge um, dass ein Luftzug, ein Regenschauer, ein unreifer Apfel, eine verirrte Wespe, ein unbequemer Stuhl und erst recht eine ruckelnde Kutsche ihr und dem *Möhrchen* schaden könnte. Der Name für das Ungeborene war ihm schon am zweiten Tag seiner werdenden Vaterschaft eingefallen. Weil, da er der Mohr sei und Gesche von den Leuten die Mohrin genannt werde, ihr Kind schwerlich etwas anderes sein könne als ein Möhrchen.

Gesche wusste noch, wie ihre eigene Freude sich damals nach innen richtete. Sie lauschte in sich hinein, legte immer wieder die Hände auf ihren Bauch, um vielleicht etwas zu spüren oder zu ertasten von dem Wesen, das da drinnen wuchs. Obwohl Elisabeth ihr erklärt hatte, dass sie sich damit noch mindestens bis zum Spätherbst gedulden müsse. Bei Christian dagegen schien inwendig nicht genug Platz zu sein für seinen Jubel und seinen Stolz. Nicht nur, dass er weiterhin strahlte wie der Leuchtturm vor Lübeck, auch sein Gang hatte sich verändert.

Sie hackte gerade Unkraut zwischen den Zwiebeln, als sie ihn kommen hörte und sich zu ihm umdrehte. Mit federnden Schritten ging er den Gartenweg entlang. Lauter kleine Freudensprünge, dachte sie und warf ein Büschel Hahnenfußwurzeln in einen Weidenkorb, das ist neu.

»Lass mich das machen!« Er griff nach dem hölzernen Stiel ihrer Hacke. »Du solltest …«

»Nein!« Energisch drängte Gesche ihn beiseite. »Ich sollte überhaupt nichts, sondern *du* solltest dir nicht so viele Gedanken machen. Schließlich ist Kinderkriegen die normalste Sache von der Welt.«

Sie wollte sich wieder ihrer Arbeit zuwenden, hielt aber inne, als sie sein entschiedenes Kopfschütteln sah.

»Für mich nicht«, sagte er mit Nachdruck.

»Nicht? Wieso denn das? Schließlich werden jeden Tag Kinder geboren.« Auf ihre Hacke gestützt, sah sie ihn überrascht an.

»Wieso! Sie fragt, wieso!« Christian warf beide Arme in die Luft, als wollte er gegen ihre Begriffsstutzigkeit protestieren, obwohl es, wie Gesche amüsiert erkannte, in Wahrheit ein erneuter Ausbruch seines Jubels war. »Überleg doch nur, wie viele Menschen deiner Art es hier gibt, ich meine Verwandte, Familie, Leute, die dir sehr nahestehen, einerlei, ob du sie magst oder nicht. Für dich ist das der übliche Rahmen, deshalb machst du dir keine Gedanken darüber. Und dann sieh mich an: weit und breit niemand, der ganz selbstverständlich zu mir gehört, nicht ein Einziger. Ich weiß ja nicht einmal, woher ich komme. Kannst du dir vorstellen, was es für so einen bedeutet, eine Familie zu haben? Eine eigene Familie?« Wie ein Kreisel drehte er sich auf der knirschenden Erde des Gartenweges plötzlich dreimal um die eigene Achse. »Versteh doch! Das ist völlig neu für mich und so groß, dass ich es kaum fasse. Ich muss erst noch eine Form dafür finden. Vater! Ich werde Vater sein, dabei weiß ich überhaupt nicht, wie man's richtig macht.«

Gesche ließ den Hackenstiel wie einen riesigen mahnenden Zeigefinger zwischen ihren Händen hin und her pendeln. »Lass das nur nicht den Oberst hören!« Sie fand ihren Tonfall selbst übertrieben fröhlich, aber Christian sollte auf keinen Fall merken, wie es sie schmerzte, auf dem Grund seiner Begeisterung Spuren der früheren Verlassenheit zu finden.

»Rantzau, ja.« Christian nickte. »Er hat bestens für mich gesorgt und mir ein freies, unabhängiges Leben ermöglicht. Natürlich bin ich ihm von Herzen dankbar. Und trotzdem: Er ist mein Ziehvater, nicht mein echter Vater. Zur eigentlichen Familie habe ich nie gehört. Wirkliches Vatersein muss anders sein, wird anders sein.«

»Bei dir bestimmt!« Um ihre Rührung zu verbergen, beugte sich Gesche wieder über das Gemüsebeet und riss an einem dicken Löwenzahnstrunk, hinter dem eine kleine, angriffslustige

Brennnessel lauerte und ihr so heftig die Finger verätzte, dass nun wirklich Tränen in ihre Augen schossen. Aber die wischte sie erst ab, als Christian schon durch die Gartenpforte ging, nein, federte, weil er auf der Koppel noch nach dem braunen Hengst sehen wollte, seiner Neuerwerbung vom letzten Plöner Pferdemarkt.

Und dann auf einmal die Musik.

Gesche schloss die Augen und fühlte sich zurückversetzt in ihre Küche von damals. Am Tisch hatte sie gesessen, vor sich einen Berg frisch geernteter Erbsenschoten; im Schoß, der von ihrem wachsenden Bauch noch kaum bedrängt wurde, eine Zinnschüssel, in die sie die gedöppten Erbsen fallen ließ. Die Tür zum Garten stand weit auf, und durch die Öffnung drangen plötzlich ferne Töne herein, mischten sich unter das Plong-Plong der Erbsen. Leise Trompetentöne wie hingetupft. Hatte Christian sein Instrument geholt, während sie die Geräte in den Schuppen räumte? Lauschend hob Gesche den Kopf. Ein kurzes Trällern, ein paar schnelle Läufe wie zur Probe, aus denen sich allmählich eine zarte, hohe Melodie entspann, zuerst noch etwas vage herangetastet, dann immer klarer und sicherer. Unwillkürlich begann Gesche mitzusummen. Natürlich, das alte Schlummerlied, mit dem sie selbst groß geworden war, *Dein Stern, mein Kind, am Himmel steht, wenn die Sonne untergeht …* Anscheinend hatte man Christian in seiner Dachstube auch so in den Schlaf gesungen. Sieben Strophen, mal sehen, ob sie ihr alle wieder einfallen würden.

Die Erbsen! Wenn das Mus bis zum Abendessen fertig sein sollte, musste sie sich sputen. Der Berg auf dem Tisch wurde rasch kleiner, während Gesche leise vor sich hin sang, aus der Ferne begleitet von weichen Klängen. Bislang hatte sie nur die festlich strahlenden Töne und schneidend forschen Kampfsignale der Trompete gekannt. Kaum vorstellbar, dass dieses Instrument so seidig, so sanft klingen konnte. Es wird an Christian liegen, dachte Gesche, an seinem Entzücken über sein kommendes Kind.

Die Schühchen, die Schühchen fielen ihr wieder ein, in denen das Kind in seinen ersten Sommer tapsen sollte. Aus Filzresten hatte Gesche sie genäht, blau mit roten Paspeln und einem roten Riemchen über dem winzigen Spann. Eine mühsame Stichelei, bei der mehrere Nadeln in den dicken Stofflagen zerbrochen waren. Aber seit zwei Tagen waren sie fertig. Gesche stellte sie neben Christians Teller, als sie den Tisch deckte. Ein Ausgleich für sein Schlummerlied, dachte sie, gespannt auf seine Reaktion. Vielleicht käme er ja gar nicht auf die Idee, das eine mit dem anderen zu verbinden. Oder er fände es albern, schon jetzt Schühchen zu fabrizieren, die das Kind erst in etlichen Monaten gebrauchen könnte.

Gesche rührte im Erbsenmus, löste mit dem Löffel, was sich am Grund des Topfes festgesetzt hatte. Sie steckte einen Finger hinein und schleckte ihn ab, um zu prüfen, ob es heiß genug war. Eine Prise Salz fehlte noch.

Ein Schatten verdunkelte die Türöffnung. Über ihre Schulter sah sie Christian eintreten, sah, wie er seine Trompete auf dem Fensterbrett ablegte und am Tisch stehenblieb. Er lachte leise, als er sich auf seinem Platz niederließ. Während sie den Suppenkessel zum Tisch trug und die Teller füllte, unterzog er die kleinen Schuhe von innen und außen einer genauen Prüfung, inspizierte die mit winzigen Steppstichen befestigten Paspeln, begutachtete die Qualität der durch ein Stückchen Sackleinen verstärkten Sohlen und warf ihr einen anerkennenden Blick zu. »Gut genäht!«

»Du musst essen, sonst wird es kalt!«

Er nickte, kaute genüsslich das Mus, in dem dicke Stücke Räucherwurst schwammen, ließ dabei aber die kleinen Schuhe keinen Moment aus den Augen.

»Glaubst du, es wird so winzige Füße haben?«

»Hoffentlich.« Gesche schaute von ihrem Teller auf und lachte. »Ich stelle es mir nicht angenehm vor, etwas Ausgewachsenes auf die Welt zu bringen.«

»Ja, ja, natürlich. Aber sooo winzig?«

Plötzlich steckte Christian Zeige- und Mittelfinger seiner rechten Hand in je eines der Schühchen, schob seinen leergegessenen Teller beiseite und begann auf der Tischplatte hin- und herzugehen. Erst ein paar Runden trippelnd und tänzelnd wie ein kokett die Hüften schwingendes Mädchen, dann mit durchgedrückten Fingern fest und energisch auftretend. Achtung, hier kommt ein ganzer Mann.

Die Ellbogen auf den Tisch und das Kinn in die Hände gestützt, schaute Gesche ihm zu – und musste plötzlich an ihren Vater denken, an einen seiner Standardsprüche: *Kinder kommen und gehen, am besten lässt man sich nicht groß auf sie ein.* Drei ihrer Geschwister, das wusste sie, waren schon im Kleinkindalter gestorben. Aber dass der Vater seine Gefühle daraufhin gegen die Überlebenden völlig abschottete, hatte sie nie verstehen können.

Wie anders würde dieser Mann hier seinen Kindern begegnen. Jeder, der ihn bei seinem Spiel beobachtete, musste das auf einen Blick erkennen.

»Mädchen oder Junge?«, mischte Christian sich in ihre Gedanken. Er wechselte gerade wieder vom Wipp- in den Marschschritt. »Was, glaubst du, wird unser Möhrchen?«

Gesche zuckte mit den Achseln. »Meine Mutter meint, es wird ein Mädchen. Weil mir kaum übel ist und ich auch sonst keine Beschwerden habe.«

»Aha, die Männer sollen also wieder die Bösen sein, die schon vor der Geburt Schwierigkeiten machen!«

Gesche lachte. »Wenn du willst, kannst du es so sehen. Viel spannender finde ich allerdings die Frage, wie es aussehen wird, unser Kind. Dunkel wie du oder hell wie ich. Oder gestreift, gepunktet, vielleicht sogar gescheckt.« Sie lachte wieder. »Ich habe überhaupt keine Vorstellung. Mir ist noch nie ein Kind mit so unterschiedlichen Eltern begegnet. Oder dir vielleicht?«

Erschrocken schlug sie sich auf den Mund. Wie taktlos! Wie hatte sie seine unechte Tochter vergessen können! »Entschuldige! Ich habe überhaupt nicht mehr an ... an ... an früher gedacht.«

»Schon gut.« Christian zog seine Finger aus den Schühchen und griff über den Tisch nach Gesches Hand. »Wie solltest du? Für mich selbst ist das alles ja auch weit weg.« Er runzelte kurz die Stirn. »Komisch, ich habe tatsächlich keine Ahnung, wie das Kind aussieht, ich weiß nur, dass es ein Mädchen war. Die Mutter zog bald nach der Geburt mit ihm weg. In eine große Stadt, sagten die Leute, Kiel vielleicht oder Hamburg. Ich habe zu den beiden nie mehr Kontakt gehabt.«

Gesche schmiegte ihre Hand in seinen warmen Griff. Mit gesenktem Kopf saß sie da und hoffte, dass der zärtliche Strom, den sie ihm durch ihre Hand zusandte, bei ihm ankäme.

»Welche Farbe es hat, ist mir eigentlich einerlei«, sagte Christian so ruhig, als wäre nichts gewesen. »Obwohl«, er warf ihr einen nachdenklichen Blick zu, »obwohl ihm, wenn es so hell wäre wie du, einiges erspart bliebe. Wenn man groß ist, kann man sich wehren, aber als kleiner Matz angegriffen zu werden, ist schon hart.«

»Was war denn?« Gesche hielt seinen Blick fest. »Warum hast du nie davon erzählt?«

»Weil wir andere Themen hatten, Schatz.«

»Dann fang jetzt damit an. Ich möchte es wissen, deinetwegen, aber auch, um vorbereitet zu sein, falls Möhrchen wirklich ein Möhrchen wird.«

»Hm, ziemlich übel haben mir die Ascheberger Gören zugesetzt, Kinder von Tagelöhnern und Leibeigenen. Freche, kleine Rotznasen. Aber ich war ja selbst klein und rotznasig und hatte keine Ahnung, was es heißen sollte, wenn sie hinter mir herschrien *Mohr, Mohr, Dreck im Ohr!* oder *Mohr, Mohr, du bist so dumm, da lachen sich die Kühe krumm!* Ich rannte oft heulend weg und versteckte mich hinter der Scheune oder in einem Verschlag neben der Gutsküche.

Irgendwann muss der Oberst mich wohl im Heuschober gehört haben. Jedenfalls hat er mich bei der Hand genommen und sich mit mir auf die Freitreppe in die Sonne gesetzt. Seine Stimme habe ich heute noch im Ohr. *Die sind nur neidisch*, sagte er, *weil du etwas Besonderes bist.* Ich weiß noch, dass ich schniefend zu ihm hochschielte, um zu sehen, ob er sich über mich lustig machte. Aber er schaute mich ganz ernst an und gab mir sein großes, gestärktes Taschentuch und sagte, ich sollte nur fleißig lernen, auch Französisch, was ich gar nicht mochte. Je mehr ich wüsste und könnte, sagte er, desto weniger könnten sie mir anhaben. *Diese albernen Knilche*, sagte er und legte mir seinen Arm um die Schultern, unter dem ich mich auf einmal ganz stark und sicher fühlte. Natürlich hätte ich viel lieber im See gebadet oder geangelt oder mit meiner Schleuder Jagd auf Krähen gemacht, aber seine Worte saßen mir fest im Kopf – zum Glück, sonst hätte ich in den langen, harten Jahren als Trompeterlehrling vielleicht irgendwann aufgegeben. Er wollte unbedingt, dass aus mir etwas wird, was Ordentliches, was Respekteinflößendes, wie ich's jetzt bin als Offizier.«

Regungslos hatte Gesche zugehört, beugte sich aber, als er

eine Pause einlegte, sofort vor und drückte auch ihre zweite Hand auf das Händeknäuel in der Tischmitte.

»Schade, dass ich dich zu den Rotznasenzeiten noch nicht gekannt habe«, sagte sie mit energischer Stimme. »Glaub mir, ich hätte mich für dich geprügelt, und ich war stark durch die vielen Schlägereien mit meinen Geschwistern!«

Gerührt warf Christian ihr einen Luftkuss zu. »Danke, aber erstens wären deine Chancen gegen die Dorfbengel gleich null gewesen, und zweitens wäre unter deiner Obhut wahrscheinlich nie ein Feldtrompeter aus mir geworden. – Schließlich hätte ich die ganze Zeit mit dir schmusen müssen.«

»Aber, aber! So früh schon?«

»Mit dir? Je eher, desto lieber!«

Sie lachten beide laut und platschten ihre Hände auf dem Tisch durcheinander. Dann wurde Christian plötzlich ernst.

»Andererseits«, zögernd fing er wieder an zu reden, »andererseits gäbe es, wenn Möhrchen dunkel wäre oder vielleicht nur schwarze Augen oder krause Haare hätte, endlich jemanden, von dem die Leute sagen würden: *Das Kleine sieht Euch so ähnlich, das muss Euer Kind sein.* Was für ein wunderbares Gefühl, für alle sichtbar zusammenzugehören! So wie du und deine Schwester Hedwig.«

»Mischö!«

Keiner von ihnen hatte Schröter kommen hören, der auf einmal an den Türpfosten klopfte und, den Hut gegen den Bauch gedrückt, seinen Kopf in die Küche streckte. »Mischö?«

»Ja, Schröter?« Christian nickte dem Mann freundlich zu. An die Verballhornung seines Ehrentitels *Monsieur* hatte er sich längst gewöhnt.

»Ich wollte nur sagen, dass ich noch mal nach dem Fohlen auf der hinteren Koppel sehe. Ob alles in Ordnung ist.«

»Danke, Schröter, und Gute Nacht.«

Der Mann auf der Türschwelle zögerte, offensichtlich in der Hoffnung, einen Krug Bier oder eine Pfeifenfüllung aus Christians Tontopf zu ergattern wie sonst so oft. Doch dem stand heute Abend nicht der Sinn nach einem Schwätzchen auf der Hausbank. Als kein Angebot kam, setzte sich Schröter mit einem Seufzer seinen Hut auf.

»Also dann ... Gute Nacht, Mischö.«

Unterdessen hatte Gesche die Teller zum Spülstein getragen und ein paar Kellen Wasser darüber gegossen, damit sich die Reste später besser abwaschen ließen.

»Ich laufe schnell nach oben und schließe das Fenster«, sagte sie schon halb auf der Treppe. »Sonst wird's in der Kammer zu kühl.«

Doch der Duft von Gras und feuchter Erde, der ihr vom Garten her entgegenschlug, war so verführerisch, dass sie noch einen Augenblick zwischen den geöffneten Fensterflügeln stehen blieb. Vom weit entfernten Waldrand her begann sich eine grauviolette Nebelwand über die Felder zu schieben und das Grün und Gelb der Wiesen und Äcker in ein sanftes, melancholisch getöntes Meer zu verwandeln. Gesche liebte diesen Blick, diese Hügel, die endlose Weite. Darüber hatte sich sogar ihr anfängliches Heimweh nach dem allgegenwärtigen Wasser ihrer Heimatstadt gelegt.

Unten wurde der Riegel vor die Haustür geschoben, dann knarrte die Treppe, und immer zwei Stufen auf einmal nehmend kam Christian nach oben gestürmt.

Eilig machte Gesche das Fenster zu und drehte sich um. Ob er ärgerlich war oder enttäuscht, weil sie davongelaufen war, als er vielleicht noch länger hatte reden wollen? Unsicher schaute sie ihm entgegen.

»Ist was?«, fragte sie – und fühlte sich im selben Augenblick von seinen Armen umschlungen, fühlte seine Nase so gierig schnüffelnd über ihren Hals streichen, dass sie am ganzen Körper eine Gänsehaut bekam.

»Natürlich ist was!« Christians Stimme war kaum zu verstehen. »Du bist – das reicht ja wohl!«

Er packte sie, ließ sich mit ihr aufs Bett fallen und begann an den Knöpfen ihres Mieders herumzufingern.

»Christian! Denk an Möhrchen. Vielleicht schadet es ihm.«

»Unsinn!« Seine Hände waren überall gleichzeitig, zogen an den Bändern ihrer Schürze, schoben die Blusenärmel von ihren Schultern, nestelten an den Haken ihrer Röcke, und jedes Mal, wenn in diesem Durcheinander sein Gesicht dem ihren nahe kam, küsste er sie. »Erst letzte Woche hat der Mann der Hebamme im Wirtshaus erzählt, dass es den Kindern im Mutterleib guttut, wenn die Eltern Liebe machen«, sagte er, ohne seine Tätigkeit zu unterbrechen. Und offenbar auch ohne einen Gedanken auf die Derbheit des Ausdrucks zu verschwenden, den Gesche noch nie bei ihm gehört hatte. »Sie strecken sich dabei und dehnen sich, damit ihnen genug Platz bleibt. Und das macht sie stark, sagt er.«

»So, sagt er.« Gesche hatte den Eindruck, diese seltsame Ansicht stamme eher von ihrem eigenen als vom Mann der Hebamme. Aber für eine Gegenwehr war es jetzt ohnehin zu spät. Genauso zielstrebig wie Christian ging sie daran, an seinem Wams und seinem Hemd zu ziehen, den Bund seiner Hose zu öffnen und mit den Füßen die Socken von seinen Beinen zu streifen. Lachend und küssend und zerrend rollten sie über das Bett.

Sein Körper fühlte sich an wie aus fester, glatter Seide mit ein paar kratzigen Stellen. Die Fäuste in ihre Achselhöhlen geschmiegt, lag er auf ihr und ließ seinen Mund zwischen ihren Brüsten hin und her wandern, küsste sie von links nach rechts, umrundete die Brustwarzen mit seiner Zunge, saugte und knabberte genüsslich daran. »Himbeeren«, murmelte er, »reife Himbeeren auf zwei prallen Sommeräpfeln.«

Gesche hörte sich vor Behagen schnurren wie eine Katze in einem Sonnenfleck.

Plötzlich lautes Krachen und Scheppern. Entsetzt fuhr Gesche aus ihrem Lehnstuhl hoch. Was sollte der Radau? Wo war sie?

Mit schreckgeweiteten Augen sah sie sich um, sah die schwere, gegen die Wand schlagende Stubentür und Tula, breit in der Öffnung stehend, etwas Weißes in der Hand.

Gesche legte die Hände an ihre Wangen. Sie glühten, ihre Brüste schmerzten, und als sie sich auf die Beine stemmte, merkte sie, dass ihre Knie weich waren. Einen Moment, einen kurzen Moment wenigstens brauchte sie, um zur Besinnung zu kommen und sich zurechtzufinden zwischen den Welten.

»Was gibt's denn, Tula? Warum dieser Höllenlärm?«

»Ein Brief für Euch, Frau. Eben war der Bote da.« Aufgeregt wedelte das Mädchen mit dem Kuvert. Ein Brief hatte in ihrem Leben offenbar den gleichen Seltenheitswert wie der Einschlag eines Himmelssteins auf einer Kuhweide.

Gesche nickte, immer noch benommen. Ich muss aufpassen, dachte sie, sonst verschwinde ich eines Tages vollends in der Vergangenheit.

»Leg ihn auf den Tisch, und dann schließt du die Tür bitte leise hinter dir.«

Die Öllampe. Am Fenster war es längst zu dämmrig zum Lesen. Mit unsicheren Händen machte Gesche Licht, setzte sich an den Tisch und griff nach dem Brief. Dick war er und schwer. Die Schrift war ihr seit Kindertagen vertraut, unverkennbar Friederikes krakelige Schwünge und Bogen. Gespannt brach sie das Siegel auf und entfaltete drei große, mehrfach geknickte Bogen.

Plön, den 7. November 1692

Liebste Gesche,

noch immer kommt es mir ungewohnt vor, dass ich nicht einfach in Euer Haus am Markt laufen kann, um mit Dir zu reden, und Dich auch sonntags nicht mehr beim Gottesdienst treffe und auch nicht mehr in meinem Wägelchen schnell zu Dir nach Ascheberg kutschieren kann. Dabei gibt es so viel zu besprechen! Briefe sind jetzt die einzige Verbindung zwischen uns. Nur schreibe ich leider immer noch so ungern wie schon zu unserer Schulzeit, und schiebe deshalb alles so lange vor mir her, bis ein riesiger Berg daraus wird. Hoffentlich gerate ich nicht in ein totales Durcheinander.

Wie wohl Ulf und ich uns in unserem Häuschen in der Neustadt fühlen, habe ich Dir vielleicht schon erzählt.

Gesche ließ den Brief sinken und versuchte, sich Friederikes Mann vorzustellen: Ulf Korten, einen aus Darmstadt zugereisten Uhrmachermeister, der sich von Schlapritzens Werbesprüchen hatte anlocken lassen. Nach Friederikes Beschreibung hatte er schulterlange dunkle Locken und fröhliche Augen, war mittelgroß und feingliedrig. Doch wenn Gesche ihre Phantasie in diese Richtung wandern ließ, geriet ihr jedes Mal Jacob, Friederikes vierschrötiger Jugendfreund, dazwischen. Zur Hochzeit im Mai vor zwei Jahren waren Christian und sie nicht gereist, weil sie gerade ihr neues Heim in Eimsbüttel bezogen hatten und die drei kleinen Kinder nicht allein lassen konnten.

Gesche schüttelte den Kopf, als sie spürte, wie sich ihre Gedanken wieder am Damals, an dem Aufbruch in ein vermeintlich noch größeres Glück und sein nicht mehr fernes Ende festzumachen begannen. Nein, nicht jetzt. Jetzt wollte sie hierbleiben, bei Friederike und ihrem Brief.

Das Haus hat Ulf von einem Strumpfstricker aus St.Gallen übernommen, der sich zusammen mit anderen Schweizer Handwerkern hier ansiedelte, weil die Geschäftsaussichten recht vielversprechend schienen. Mit dem erbitterten Widerstand der alteingesessenen Handwerker hatte wohl niemand gerechnet. Die Neuen, ob aus St.Gallen, aus Hamburg oder Buxtehude, ließ man hart auflaufen. Sie wurden ausgegrenzt und obendrein noch als Böhnhasen beschimpft. Zuerst hatten die Schweizer keine Ahnung, was das hieß, als sie dann aber erfuhren, dass damit Schwarzarbeiter gemeint waren, die an den Zünften vorbei und zu deren Schaden arbeiteten, obwohl sie doch nur redlich ihrem Handwerk nachgehen wollten, hat es ihnen gereicht, und sie sind enttäuscht abgezogen. Sie und die meisten anderen Zugereisten. Nicht alle natürlich.
Ulf hat es verstanden, sich als einziger Uhrmacher im Ort unentbehrlich zu machen, er wartet inzwischen sogar die Uhren im Schloss. Und im Nachbarhaus wohnt Melchior Steheli, außer Schlapritz mittlerweile der letzte Schweizer in Plön. Ulf und ich sind gut mit den Stehelis befreundet, wir haben sogar unseren Jüngsten nach ihm benannt. (Oh Gott, Gesche, kann es sein, dass ich Dir zwei Monate nicht geschrieben habe und Du überhaupt nichts von seiner Geburt im September weißt? Also: Der Kleine ist gesund und dick und heißt Melchior.) Wir fanden, dass inzwischen genügend Hans Adolfs herumlaufen – entschuldige, ich weiß, Du hast auch einen –, außerdem gefällt uns Melchior einfach gut. Melchior Korten, das stellt doch was dar, oder?
Einfach war das mit der Taufe des Kleinen allerdings nicht, denn Steheli durfte zwar Pate werden, aber nicht als solcher bei dem weihevollen Akt in der Johanniskirche dabei sein. Als Calvinist musste er draußen bleiben – und sich von seiner Köchin vertreten lassen. Du siehst, großmütiger sind die Leute

mit der Zeit nicht geworden. Zum Glück hat er es mit Humor genommen und nachher beim Taufessen irgendetwas mit sehr vielen Rachenlauten zitiert, das sich sehr komisch anhörte.
Etwas Komisches haftet den Stehelis ohnehin an, finde ich, obwohl sie so seriös aussehen. Stell Dir vor: Er, Melchior, verließ St.Gallen eines Tages, um sich als Zimmermeister in der Welt umzusehen. Zusammen mit seinem Jugendfreund Schlapritz geriet er dabei nach Plön und kam wegen seiner Kunstfertigkeit bald am Hof zu beachtlichem Ansehen und guten Aufträgen. Bestimmt erinnerst Du Dich an die Wasserkunst, dieses System aus Schöpf- und Pumpwerken, Rädern, Kurbeln und hölzernen Leitungen, durch das der Schlossbereich vom Nübelwald her mit Wasser versorgt wird. Das hat Steheli sich ausgedacht.
Louise, seine Frau, hatte wenig Verständnis für solche Spielereien, wie sie es nannte. Als er nach drei Jahren immer noch nicht zurück in St.Gallen war, ging sie zum Rat der Stadt und verlangte, dass man ihren Mann auf der Stelle zurückbeordern solle. Die Stadtväter ließen ihm tatsächlich einen entsprechenden Befehl zukommen, aber Melchior gehorchte nicht. Statt brav heimzukehren, schickte er den Entwurf für die neue Apotheke, an dem er gerade arbeitete, als Beweis seiner ernsthaften Beschäftigung.
Wie er es genau geschafft hat, weiß ich nicht, jedenfalls ließ sich Louise erweichen und zog zu ihm nach Plön. Die Schweizer Frauen scheinen mir ein gutes Stück drakonischer zu sein als wir hier, einfach seinen Mann herbeikommandieren zu lassen – alle Achtung!

8. November
Gestern konnte ich nicht weiterschreiben, liebe Gesche, weil Melchior plötzlich anfing zu schreien. Ich glaube, er hatte

Bauchschmerzen, vielleicht von der Zwiebelsuppe, die ich vor dem Stillen gegessen hatte. Was meinst Du, ist so etwas möglich? Neulich hatte ich schon einmal den Verdacht.
Ich wollte Dir noch sagen, dass ich Deinen Christian oft besuche in der kleinen Kirche auf dem Hügel. Es ist ja nur ein paar Schritte von meinem Haus entfernt. Im Sommer bringe ich ihm Blumen, jetzt im Winter lasse ich eine Kerze auf seiner Grabplatte brennen, solange ich bei ihm bin.
Manchmal erzähle ich ihm, was sich hier in Plön so tut, aber meistens sitze ich einfach still da und schaue das Baumkreuz auf dem Altar an, und je länger ich es anschaue, desto mehr bin ich davon überzeugt, dass Jesus an diesem Kreuz lächelt. Ja, er leidet nicht, er lächelt. Entspannt sieht er aus und unter dem Gold, das ihn bedeckt, wie von himmlischem Glanz übergossen. Neulich kam der Pastor Köhler dazu, als ich da so saß. Du kennst ihn nicht, weil er erst seit einem Jahr Prediger an unserem Kirchlein ist. Er hat mich in meiner Ansicht bestätigt. Dieses Kreuz, sagte er, betone die Erlösung, es sei Ausdruck von Hoffnung und Zuversicht. Ob Du solche Gedanken genauso hilfreich findest wie ich?
Wenn ich schon bei Christian bin: Letzte Woche gab es wieder einen Todesfall im Wald vor der Plöner Stadtgrenze, der dem von Christian ähnelte. Der zweite schon innerhalb weniger Monate. Leider weiß ich nichts Genaueres, aber es heißt, dieses Mal sei ein verdächtiges Subjekt in der Nähe gefasst worden, jemand, dem ein Überfall oder dergleichen zuzutrauen wäre. Er soll auch Sachen aus dem Besitz des Toten bei sich getragen haben.
Jetzt wird es natürlich eine Untersuchung geben, und es könnte doch sein, dass man dabei auf etwas stößt, das zur Klärung von Christians Tod beiträgt. Vielleicht hast Du ja tatsächlich recht mit Deinem Verdacht, es sei kein Unfall gewesen, obwohl

das von amtlicher Seite nach wie vor behauptet wird. Ich wünsche Dir so sehr, dass Du endlich über die damaligen Geschehnisse genau Bescheid wüsstest und mit diesem Kapitel Deines Lebens abschließen könntest.

Beim Lesen schüttelte Gesche wieder den Kopf. Abschließen? Mit Christian? Das wäre, als würde sie sich das Herz herausschneiden, um als leere Hülle weiterzuleben.

Bestimmt wird Schlapritz, der an der Quelle sitzt, Dich informieren, falls die Ermittlungen etwas Neues zutage fördern. Ich hoffe, Dich mit diesen Nachrichten nicht zu sehr beunruhigt zu haben. Aber da ich weiß, wie Dich die Unklarheit seit damals plagt, dachte ich, Du solltest es wissen.
Liebe Gesche, vor Monaten hast Du mir von einer neuen Schwangerschaft geschrieben. Demnach müsstest Du schon ziemlich weit sein. Ist alles in Ordnung? Freust Du Dich über die wachsende Familie? Ich warte auf Deine Antwort!
In alter Freundschaft Deine Friederike

PS Eine Nacht lang habe ich mit mir gerungen, doch dann fand ich, dass ich Dir das hier auch noch schreiben sollte: Seit ungefähr vier Wochen erzählen ein paar Leute aus der Nachbarschaft von einer merkwürdigen Erscheinung. Spätabends haben sie auf der Bank neben der Johanniskirche eine Gestalt gesehen. Einen Mann, sagen sie. Völlig reglos sitzt er da im Finstern und hebt sich von der ihn umgebenden Dunkelheit durch noch tiefere Schwärze ab. Nicht den geringsten hellen Schimmer soll es an ihm geben. Wenn in klaren Nächten ein Mondstrahl durch das Geäst der Bäume auf seinen Platz trifft, ist da nichts. Irgendwer hat ihn mal angerufen – keine Antwort. Henner Sebald, der Tuchmacher, ist sogar mit seiner La-

terne näher hingegangen, fand aber nur die leere Bank. Und dann sitzt er wieder da, der Schattenmann, so als warte er auf jemanden, sagen die Leute. Angst haben sie offenbar nicht vor ihm. Im Gegenteil, sie sagen, er strahle eine große Ruhe aus. Ich selbst traue mich nicht, abends nach draußen zu gehen und hinzusehen, und ich weiß auch nicht, was ich davon halten soll. Wie denkst Du darüber? Bitte schreib mir bald. F.

Gesche legte die Briefbogen vor sich auf den Tisch und strich mit den Händen darüber, wieder und wieder, als wollte sie die Gedanken beschwichtigen, die von dem Papier auf sie übergingen.

Ob sich die Umstände von Christians Tod vielleicht doch noch aufdecken ließen? Würde man endlich aufhören, sie als überspannte Witwe zu bezeichnen, weil sie keine der Erklärungen akzeptierte, mit denen die Ermittlungen vor zweieinhalb Jahren geendet hatten? Wahrscheinlich, hatte es geheißen, sei er nach dem langen Weg von Eimsbüttel her müde gewesen und beim Ritt ohne Laterne durch das finstere Gehölz vom Pferd gestürzt. Vielleicht habe er auch im Gasthof zwischen Stocksee und Dersau, wo ihn ein Kammerdiener des Herzogs gegen Abend gesehen hatte, ein paar Bier zu viel getrunken. Die Gutmütigsten meinten, der Kummer über den wenige Tage zurückliegenden Tod seiner Tochter könne ihm so zugesetzt haben, dass er aus Unachtsamkeit oder in einem Schwächeanfall vom Pferd fiel.

Nicht einer der mit dem Fall befassten Plöner Ratsherren war bereit gewesen, sich Gesches Einwände auch nur anzuhören. Dabei lag ihrer Meinung nach klar auf der Hand, dass es kein simpler Unfall gewesen sein konnte. Als Kavallerieoffizier und ausgemachter Pferdekenner war Christian ein viel zu versierter Reiter, um ohne schwerwiegenden Grund vom Pferd zu fallen. Außerdem hatte er so gute Augen, dass er selbst in stockfinsteren Nächten niemals eine Laterne brauchte. Und dann die Verletzungen. Was für ein verrückter Sturz sollte das gewesen sein, der ihn das Leben kostete? Monsieur Gottlieb sei eben sehr unglücklich gestürzt, sagten die Ratsherren, vermutlich auf einen Baumstamm oder einen scharfkantigen Steinbrocken. Und der Chirurgus, der ihn in ihrem Auftrag untersuchte, war entweder blind oder an einem längeren Prozess nicht interessiert. Jedenfalls erhob er keinen Einspruch.

Sie musste sich unbedingt an Schlapritz wenden und ihn drängen, ihr haarklein alles zu berichten, was die Befragung des gefangenen Gauners zutage förderte. Hatte er der Meinung des Rates damals nicht auch zweifelnd gegenübergestanden? Bestimmt würde er ihre Bitte verstehen und als Christians alter Freund seine Hilfe nicht verweigern.

Durch die geschlossene Stubentür schallte lautes Kindergeschrei, Kreischen, Gelächter, Heulen, dazwischen Grietches Stimme mit energischen Befehlen: »Zieh die Jacke aus, Clara! – Bertram, keine Eiszapfen ins Haus! – Hedwig, nimm den Socken aus dem Mund!«

Anscheinend hatten die Kleinen bis zum Einbruch der Dunkelheit draußen im Schnee gespielt. Tula würde längst auf ihrem weiten Heimweg sein, und Grietche traute sich wohl nicht, die Hausfrau um Hilfe zu bitten, nachdem ein so dicker, wichtig aussehender Brief eingetroffen war.

Ich muss raus zu ihr und ihr helfen, dachte Gesche. Wenigstens ist heute nicht Samstag, an der Schrubberei im großen Waschzuber kommen wir also vorbei.

Noch einmal strich sie über Friederikes Brief, faltete dann die Blätter sorgfältig zusammen und schob sie zurück ins Kuvert. Beim Aufstehen fiel ihr Blick auf das Fenster. Flackernd spiegelte sich das Licht der Öllampe in den kleinen gekrümmten Scheiben, dahinter tiefe Dunkelheit. Und da draußen sollte er irgendwo sitzen? Ganz allein?

Gesche zog fröstelnd die Schultern hoch, ging ein paar Schritte Richtung Diele, blieb auf halbem Weg stehen, zögerte kurz. Dann straffte sie sich. »Später!«, rief sie über ihre Schulter, als könnte *der da draußen* sie hören, und öffnete mit resolutem Griff die Tür.

Festgetretene Schneeplacken von den Sohlen der Holzschuhe klopfen, Eisknubbel aus der froststarren Wolle von Strümpfen und Handschuhen puhlen, Jacken und Mäntel über der quer durch die Küche gespannten Leine zum Trocknen ausbreiten, verfrorene Hände in einem Bottich mit lauem Wasser auftauen, Backen warm reiben, Schnodder von kalten Nasen wischen. »Du auch, Sophiechen! – Nicht schubsen, Bertram! – Hört auf zu quengeln, Grietche kommt schon mit dem Brei!« Mit feuchtem Lappen über Gesichter und Hände. Die Treppe hinauf. »Werft euch nicht um! – Wo ist dein Nachthemd, Clara?« Einen Schal für Torbens schmerzenden Hals. Dicke Socken für Sophies Eisfüße. »Habbo, zieh die Decke hoch! – Hier dein Schnuckeltuch, Hedwig!« Ein Küsschen auf jeden. »Schlaft gut! Und ja keine Kissenschlacht mehr!«

Mit schweren Gliedern fiel Gesche ins Bett, spürte bleierne Müdigkeit hinter ihren Augen, wühlte aus Decken und Kissen ein Nest für ihren großen Bauch zurecht und konnte dennoch nicht einschlafen. Was, wenn keiner der Zuständigen auf den Gedanken käme, zwischen dem jüngsten Ereignis im Plöner Wald und Christians Tod eine Parallele zu sehen? Aus deren Sicht schien doch alles klar zu sein: ein dummer Unfall. Punktum. Wieso also die Sache noch einmal aufrollen? Jemand musste sich dafür starkmachen, jemand, auf den man hören würde. Schlapritz! Nicht nur Bericht erstatten sollte er ihr, sondern an ihrer Stelle beim Rat auftreten. Und die Zeit drängte! Falls Friederikes Angaben stimmten, hatte man den Ganoven schon vor rund zwei Wochen geschnappt. Vielleicht lief der Prozess bereits! Sie musste sofort schreiben, jetzt, noch heute Nacht, dann könnte der Brief gleich morgen früh mit der Dienstagspost abgehen.

Wo Gansberg nur blieb? So spät kam er selten nach Hause, und wenn, dann war er so erschöpft, dass er, kaum im Bett, in tiefstem Schlaf versank. Gesche stellte sich schlafend, als sie ihn endlich auf Strümpfen fast geräuschlos die Treppe hochschleichen hörte. Durch den Spalt der angelehnten Kammertür sah sie, wie er auf dem Flur die Öllampe herunterschraubte. Im Halbdunkel tappte er herein, ließ Hose und Wams am Fußende des Bettes fallen und schlüpfte mit leisem Ächzen unter seine Decke. Zwei Minuten später verrieten regelmäßige Schnarchlaute, dass er schlief.

Schwerfällig hievte Gesche sich aus dem Bett. Besonders vorsichtig brauchte sie nicht zu sein, denn mit fortschreitender Schwangerschaft musste sie nachts öfters auf den Topf, und Gansberg, der das kannte, würde sich, falls er es überhaupt merkte, höchstens von einer Seite auf die andere wälzen.

Die Lampe in der Hand, stieg sie die Treppe hinab, ging durch die Diele in die noch warme Küche. Es roch nach Essen und ein bisschen muffig nach feuchter Wolle und gebrauchten Socken. Sie wischte ein paar Krümel vom Tisch, ehe sie sich mit Schreibzeug und Lampe nahe beim Feuer niederließ.

Uetersen, den 12. November 1690

Lieber Hieronymus,
vielleicht bist Du überrascht, nach all den Jahren, die wir uns kennen, plötzlich einen Brief von mir zu bekommen. Aber es gibt dafür einen wichtigen Grund. Gerade erfuhr ich von der

Festnahme eines Verbrechers im Plöner Wald. Fast an derselben Stelle, wo Christian umkam, soll er einen Reisenden überfallen und ausgeraubt haben. Du wirst Dir sicher denken können, wie sehr mich dieses Ereignis bewegt. Auf einmal sind die Geschehnisse von damals wieder so präsent, als hätten sie gestern stattgefunden. Die Unruhe, die ich seit mehr als zwei Jahren zu unterdrücken versuche, treibt mich erneut um, und zwar dermaßen, dass ich mitten in der Nacht aufstehen und Dich um Hilfe bitten muss.

Mich plagt die Sorge, man könnte es versäumen, über den Rahmen dieses natürlich schrecklichen Einzelfalles hinaus zu ermitteln. Vielleicht hat der Mann ja früher schon zugeschlagen, oder er kennt andere Ganoven, die im Plöner Umkreis Reisenden auflauern. Wenn dieses Individuum verurteilt und – wie bei einem Mord anzunehmen – hingerichtet wird, ist es zu spät, um noch etwas aus ihm herauszuholen.

Lieber Hieronymus, ich wende mich an Dich, da ich wenige Wochen vor meiner Niederkunft unmöglich selbst nach Plön reisen und für Christians Belange eintreten kann. Vermutlich würde man meiner Ansicht heute auch genauso wenig Glauben schenken wie damals und erneut behaupten, mein Verdacht wäre ein wilder Auswuchs des Kummers. Du dagegen wirst als Inspektor und Vertrauter des Herzogs mit Sicherheit Gehör finden, wenn Du Christians Fall im Rahmen des anstehenden Prozesses wieder zur Sprache bringst.

Falls Du dazu bereit bist, werde ich Dir sofort alle Erkenntnisse und Anhaltspunkte übermitteln, die meiner Überzeugung, dass Christian einem Mord zum Opfer fiel, zugrunde liegen. Ich denke, wir sind ihm die Aufklärung schuldig.

Zuversichtlich hoffe ich auf Deine Einwilligung und verbleibe mit den besten Grüßen Deine Gertrud Gottlieb, jetzige Gansberg

Gesche trocknete die Tinte mit Streusand, steckte den zusammengelegten Brief in einen Umschlag, adressierte und versiegelte ihn. Aufatmend lehnte sie sich zurück, war jedoch zu aufgewühlt, um sofort wieder nach oben ins Bett zu gehen.

Die in ihrem Brief erwähnten *Anhaltspunkte* – bislang hatte sie mit niemandem darüber gesprochen. Immer wieder waren ihr Zweifel an deren Stichhaltigkeit gekommen. Schließlich konnte sie nichts beweisen, aber je mehr Zeit verging und je länger sie darüber nachdachte, desto zwingender erschien ihr ein Zusammenhang zwischen den merkwürdigen Vorfällen auf dem Ascheberger Mohrenhof und Christians überraschendem Tod. Vielleicht hätte er nicht sterben müssen, wenn er ihr Gefühl der Bedrohung nicht auf die leichte Schulter genommen hätte.

Hätte – hätte – jetzt war daran nichts mehr zu ändern.

Gesche strich sich eine Haarsträhne aus der Stirn und erschrak vor der Kälte ihrer eigenen Hand. Außer einem Flanellnachthemd trug sie nur ein leichtes Umschlagtuch, das sie beim Hinuntergehen von einem Haken im Flur genommen hatte. Schuddernd zog sie es enger um ihren Hals, tauchte unter der Leine mit den Kindersachen durch, holte ein paar Holzscheite aus dem schweren Weidenkorb neben der Anrichte und schob sie in die fast schon erloschene Glut des Herdes. Es knackte leise, als das Holz Feuer fing.

Gesche zog den Stuhl noch näher an den Herd und umschlang sich wärmend mit beiden Armen. Eigentlich war sie viel zu müde, um noch länger hier zu sitzen, jeder Knochen schmerzte vor Erschöpfung, ihr Bauch war so schwer wie ein Sack Rüben. Aber der Kopf gab keine Ruhe.

Alles stand ihr wieder vor Augen, als wäre es eben geschehen: zuerst der Brand, damit hatte es angefangen, an einem Spätabend im September, in ihrem ersten Herbst auf dem Mohrenhof. Bevor Christian die Haustür verriegelte, hatten sie noch ein Weilchen draußen gestanden und überlegt, ob die dicken, langsam dahinsegelnden Wolken den seit Wochen ersehnten Regen bringen könnten. Dann waren sie ins Bett gegangen, lagen aneinandergeschmiegt wie zwei Löffel im Schubfach, als lautes Geschrei sie jäh aus dem Schlaf riss. Jemand hämmerte gegen die Haustür, Steinchen flogen ans Fenster. Mit einem Satz war Christian aus dem Bett, stürmte im Hemd die Treppe hinunter.

»Feuer!«

Jetzt verstand Gesche, was die Stimme draußen schrie, Schröters Stimme. Eilig warf sie sich ein Tuch um die Schultern und lief nach unten. Durch die offene Tür zum Hof drangen beißender Qualm und Brandgeruch ins Haus, der Widerschein des Feuers flackerte über die Stämme der Eichen bis in die dunkel belaubten Kronen. Offenbar lag der Brandherd am äußersten rechten Ende des Daches, nur wenige Meter vom Scheunendach entfernt. Schröter stand davor und zerrte mit einem langen Haken brennendes Stroh herunter.

»Schnell – die Leiter! Sonst springt es auf die Scheune über!«

Die schrille Stimme des Knechtes hatte sie noch im Ohr, sie sah Christian wieder mit der Leiter herbeihetzen und dann, links und rechts lederne Wassereimer schleppend, über den Hof rennen. Von der Leiter aus goss Schröter Wasser in die noch zwischen den Dachsparren glimmenden Reste des Feuers, während Christian am Boden liegende, funkensprühende Strohbündel löschte und zu einem schwarzen, dampfenden Haufen zusammenharkte.

»Glück gehabt.« Hustend kam Schröter heruntergestiegen.

Christian nickte. »Minuten später hätten beide Dächer gebrannt. Wenn du es nicht entdeckt hättest …«

»Ja, ist noch mal gutgegangen.« Schröter spuckte sich in die verrußten Hände und versuchte, sie an seiner Hose sauberzuwischen, mit seinem Hut fächelte er den Qualm beiseite. »Ich konnte nicht schlafen und habe eine Runde über die Felder gedreht, da sah ich auf einmal von weitem so einen seltsamen Schein auf Eurem Dach. Bloß – wie kommt das Feuer dahin, frage ich mich. Mit offenem Licht hat ja wohl niemand in der Nähe hantiert, und dass das Stroh sich von selbst entzündet, ist mehr als unwahrscheinlich.«

Wieder nickte Christian. »Stimmt, so was kann nicht die Ursache gewesen sein.« Er legte den Kopf in den Nacken und schaute zum mondlosen, dicht verhangenen Himmel auf. »Vermutlich war es ein Blitzeinschlag«, sagte er. »Um diese Jahreszeit …«

»Was? Ein Blitz? Bei der ruhigen Wetterlage?« Vor lauter Verblüffung vergaß Schröter den gewohnten Respekt und fiel ihm einfach ins Wort. »Da müsste der Teufel die Hand im Spiel haben.«

Lachend schlug Christian ihm auf die Schulter. »Dann wären wir sicher nicht so glimpflich davongekommen. Überleg doch mal, hat es nicht schon faustgroße Hagelkörner im Juni gegeben und Gänseblümchen im Dezember? Warum also kein Blitz ohne Gewitter? Kommt, begießen wir den Schreck mit einem anständigen Bier.«

Nach einem letzten prüfenden Blick auf das dunkle, erloschene Loch im Strohdach ging er voraus in die Küche, holte Bier aus dem Keller und den Tontopf mit Tabak aus dem Schrank und ließ sich am Tisch nieder, ohne die betretenen Mienen der beiden anderen zu beachten.

Schröter nahm einen tiefen Schluck und stopfte seinen Knasterkopf, dann fing er zwischen zwei Zügen zögernd wieder an zu reden. »Aber … aber … wenn …«

»Wenn was?« Völlig unbefangen, als wäre alles in schönster Ordnung, strahlte Christian ihn an und prostete ihm zu. »Auf unseren Brandmeister!«

»Danke, Mischö. Ich meine ja nur, dass ... wenn ... Es könnte doch auch was anderes dahinterstecken. Jemand könnte ... Ich meine ...«

Mit hochgezogenen Brauen unterbrach Christian das Gestammel. »Du meinst, jemand könnte unser Dach absichtlich angezündet haben? Du denkst an Brandstiftung? Aber ich bitte dich, Schröter! Hier draußen in der Einöde? Wie sollte das einer anstellen? Und vor allem wer?«

»Schwer wäre das bestimmt nicht, Mischö. Man muss sich nur im Dunkeln anschleichen und ein glühendes Holzscheit aufs Dach schmeißen oder einen Stein mit einem brennenden Lappen und ordentlich Zunder drum herum. Ein guter Werfer muss dafür nicht mal auf den Hof kommen, der schafft das auch von außerhalb des Zauns.«

Gesche erinnerte sich noch gut an den hilfesuchenden Blick des Mannes und ihren Versuch, ihm beizupflichten. »Ich finde, Schröter hat recht«, hatte sie gesagt. »Du solltest die Sache nicht so leichtnehmen. Lass uns morgen die Brandstelle untersuchen, und wenn wir etwas Verdächtiges finden, überlegen wir weiter.«

»Überlegen, wer das hätte tun können? So ein Unsinn, Gesche! Wir sitzen hier in der Abgeschiedenheit auf unserem kleinen Hof, gehen unserer Arbeit nach, tun niemandem etwas zuleide. Warum sollte es jemand auf uns abgesehen haben?«

Aus dem Augenwinkel hatte Gesche Schröters kurzes Achselzucken bemerkt und genau wie der Knecht schließlich vor Christians entschlossener Abwehr resigniert. Offenbar wollte er nicht einmal den Gedanken zulassen, dass etwas Böses sein Heim und seine Familie bedrohen könnte.

Genauso unzugänglich zeigte er sich bei den anderen rätselhaften Vorkommnissen: Als im Frühjahr, ein knappes halbes Jahr nach dem Brand, plötzlich die lange Leiter zusammenkrachte, die Christian täglich benutzte, um Futter für die Pferde vom Heuboden der Scheune zu holen, und als – wiederum ein paar Monate später, Dorothea war gerade acht Wochen alt – die Räder seines kleinen Jagdwagens sich während einer Fahrt nach Perdoel auf einmal vom Wagen lösten, den abschüssigen Weg hinuntersausten und seitlich im Brombeergestrüpp verschwanden. Beide Zwischenfälle hätten leicht ein schlimmes Ende nehmen können. Wie durch ein Wunder war es damals noch bei einem gewaltigen Schrecken geblieben.

Gesche sah wieder das Bild vor sich: Christian, hoch oben in der Baumkrone nach Halt suchend, zwischen Zweigen, die unter seinem Gewicht zersplitterten. Statt morgens gleich auf den Heuboden zu steigen, hatte er an jenem frühlingshaften Februartag die Leiter erst in den Hof getragen und an eine der alten Eichen gelehnt, um abgestorbenes Holz auszuschneiden. Die gebogene Säge über die Schulter gehängt, war er schon fast bis in den Wipfel des Baumes geklettert, setzte die Säge gerade an einen knorrigen Ast – da geschah es: Mit einem trockenen Knacken brach die Leiter nur wenige Tritte unter ihm durch, der längere Teil schlug hart auf dem Boden auf, und Christian stürzte durch das morsche Geäst, bis er sich in gut zehn Metern Höhe endlich an einen stabilen Aststumpf klammern konnte.

»Zufall«, sagte er, nachdem Schröter und Gesche, durch den Krach und seinen lauten Schrei aufgescheucht, ihm mit dem Leiterrest vom Baum geholfen und seinen beim Sturz blutig geschlagenen rechten Arm verbunden hatten. *Zufall*, dabei blieb er unbeirrbar, obwohl die Bruchstellen an der Leiter eindeutig auf gezielte Axthiebe hinwiesen.

Zufall sollte es Christian zufolge auch gewesen sein, dass sich die plötzlich radlose Achse der kleinen Kutsche bei scharfem Tempo in den Sand des Weges gebohrt hatte und Christian durch den abrupten Halt mit Kopf und Schulter so heftig gegen einen Begrenzungsstein geschleudert wurde, dass er erst Stunden später, immer noch benommen, nach Hause wanken konnte.

»Wenn das Zufall ist, bin ich ein Grottenmolch.« Gesche wusste noch, wie wütend Schröter vor sich hin gebrummt hatte, als er den reparierten Wagen abends zurück auf den Hof brachte. »Da hat jemand an den Schrauben gefummelt.«

Es war einfach zu viel zusammengekommen, um noch an Zufall glauben zu können, das hatte sie schon damals gedacht und erst recht nach Christians unerklärlichem Tod. Wer auch immer hinter den Anschlägen steckte, er hatte sein Ziel schließlich erreicht. Hoffentlich würde sich Schlapritz davon überzeugen lassen!

Gesche rieb fröstelnd ihre Oberarme, stocherte mit dem Schürhaken im mittlerweile wieder niedergebrannten Feuer und schob abermals zwei Holzscheite nach. Ein paar Minuten noch. Vielleicht fielen ihr ja, wenn sie nur lange genug überlegte, weitere Argumente ein, die ihren Standpunkt untermauern könnten. Nachdenken, sie wollte gründlich nachdenken – doch in der wohligen Wärme der neu entfachten Flammen sank ihr der Kopf auf die Brust.

Gesche! Die Stimme aus der Nacht erreichte sie wie ein Sog. *Gesche, hier bin ich!* Willenlos folgte sie dem Ruf den Friedhofshügel hinauf. Unter ihren Füßen spürte sie Gras, hörte über sich das Rauschen der Bäume. Links, das wusste sie, ohne etwas zu sehen, war das Portal der kleinen Kirche. *Gesche, komm zu mir!* Blind ließ sie sich von der Stimme durch samtweiche Finsternis leiten, noch einen Schritt und noch einen. Ihr Knie berührte die Bank an der Begrenzungsmauer, und plötzlich fühlte sie ihn. Christian, er war hier. Sie glitt auf die Bank, schmiegte sich in die Dunkelheit, lehnte sich an den tiefen Schatten, der sie einhüllte wie eine Umarmung. Endlich!

Jäh schrak Gesche auf, als ihr Kopf zur Seite sackte. Einen Moment lang blickte sie verwirrt um sich, dann bemerkte sie das Lächeln in ihren Mundwinkeln – eine Spur des geträumten Glücks. Wie spät mochte es sein? Die Dämmerung hatte schon begonnen, vor den Fenstern hing ein fahlgrauer Himmel. Wenigstens ein paar Stunden Schlaf brauchte sie, um den morgigen Flicktag mit der harschen Weißnäherin zu überstehen, die pünktlich um acht hier am Küchentisch sitzen würde. Seufzend deckte Gesche die Reste des Feuers ab, nahm die Öllampe und stapfte schwerfällig die Treppe hinauf.

Wie gewöhnlich ließ Gansberg nur ein kurzes Grunzen hören, als sie zurück ins Bett kroch, so dass sie ihm sofort den Rücken zukehren und – um ihren großen Bauch drapiert – weiter ihrem Traum nachhängen konnte. Schon halb im Schlaf nahm sie sich noch vor, Friederike möglichst bald zu schreiben, dass es nicht den geringsten Grund gab, sich vor dem *Schattenmann* zu fürchten.

Über Nacht hatte es zu tauen begonnen. Regentropfen und Schmelzwasser platschten auf das Fenstersims der Kammer und scheuchten Gesche aus dem Schlaf. Gansbergs Bettseite war leer, durch die angelehnte Tür drang das Scheppern von Geschirr, gedämpftes Kindergebrabbel, dazwischen Bendine Tonders scharfe Stimme.

Verschlafen – der Preis für die durchwachte Nacht.

Während sie ihr Gesicht in die Waschschüssel tunkte, das Haar bürstete und sich ankleidete, hörte Gesche in Gedanken bereits den vorwurfsvollen Ton, mit dem die Weißnäherin sie gleich begrüßen würde. Aber das machte nichts. Irgendeinen Grund zu brummen fand Bendine immer, die Übellaunigkeit gehörte so unbedingt zu ihr wie das schwarze, formlose Gewand und ihr rechter Mittelfinger: vom vielen Sticheln hart wie Holz und auch so braun. Mit ihm pochte sie auf den Tisch, um Aufmerksamkeit einzufordern, und piekte die unwilligen Kinder beim Anprobieren schmerzhaft in die Rippen. Krumm und knorrig, wie sie da nahe beim Fenster am Tischende saß, als Gesche die Treppe hinunterkam, die Füße auf einen Eichenschemel gestellt und den Kopf mit der zutzeligen Haube tief über ihre Arbeit gebeugt, glich die ganze Person einem Stück trockenem Treibholz.

Bendine war schon Teil des Hausinventars gewesen, bevor Gansberg das Anwesen übernahm. Und daran wollte sie offenbar nichts ändern. Ungefragt erschien sie weiterhin ganz selbstverständlich alle zwei Monate, ihr Bündel mit Nähutensilien am Arm, um zu stopfen, zu flicken und, wenn nötig, neue Küchentücher, Schürzen oder Kinderkittel zu schneidern. Ihre Arbeit machte sie gut, doch damit war das Maß ihrer Zuwendung auch restlos erfüllt. Selten hatte jemand erlebt, dass sie mehr als das Nötigste sprach oder gar scherzte.

»Morgen, Bendine. Hat's geschmeckt?«

Gesche warf einen Blick auf das leere Geschirr zwischen Garnrollen und Nadelkissen. Eigentlich eine überflüssige Frage, denn der Napf glänzte wie abgeschleckt, nicht die geringste Spur mehr vom morgendlichen Buchweizenbrei, mit dem Grietche ihn jedes Mal randhoch füllte. Trotzdem ließ Bendine es sich nicht nehmen, durch ihre breite Zahnlücke etwas zu nuscheln, das klang wie »Hab schon Besseres gegessen«.

Gesche unterdrückte ein Lachen. Vom Herd holte sie sich

einen Becher Tee und rückte einen Stuhl zurecht. Allmählich wurde der Bauch ihr lästig, nur mit lang ausgestreckten Armen erreichte sie noch den Berg von Kinderkleidern, den Bendine aus dem Flickkorb auf den Tisch gehäuft hatte.

Sortieren. Ausgefranste Lätzchen und Windeln nach links, nach rechts die Hemdchen und Kittel mit abgerissenen Knöpfen und Schnürbändern, dahinter die schadhaften Hosen und die Kleidchen mit den Biesen zum Verlängern. Jedes Stück war ihr vertraut, in fast jedem hatten alle Kinder der Reihe nach eine Weile gesteckt, waren hinein- und wieder herausgewachsen. Ihre Hände arbeiteten wie von selbst, spürten Risse, Löcher und mürbe Stellen auf, ohne dass sie groß hinschauen musste. Durchs Fenster sah sie Bertram und Torben in der offenen Scheune auf der gegenüberliegenden Hofseite, dem Spielplatz bei Dauerregen. Zum Mittagessen war mit sechs kleinen heu- und strohgespickten Gestalten zu rechnen.

Seufzend streckte Gesche ihren Rücken, griff nach einem der letzten noch daliegenden Stücke und erstarrte. Wie kam dieses Kleidchen hierher? Irgendwer musste es hinten im Schapp, wo sie es verborgen hielt, entdeckt und zu den Flicksachen geräumt haben, natürlich, weil die Litze am Saum abgerissen war. Dorotheas Lieblingskleidchen, zerrissen bei ihrem Versuch, über den Gartenzaun zu klettern, am Nachmittag bevor sie krank wurde.

Gesche drückte das Gesicht in den Stoff, rieb ihn über Lippen und Wangen, schnupperte an den Falten, als könnte noch ein Hauch von Dorotheas Duft darin hängen.

Möhrchen. Aus einer dicken Nebelschicht vergangener Tage schälte sich das Gesicht des Kindes, knittrig direkt nach seiner Geburt, die Christian, wie ein gefangener Falter durchs Haus irrend, abgewartet hatte – und weiß. Die Stimme der Hebamme klang Gesche noch im Ohr: »Ein Mädchen! Es sieht aus wie Ihr!« Aber das stimmte nicht. Die Augen schimmerten fast schwarz, auf dem Kopf ringelte sich dunkler Flaum, die Haut allerdings war hell wie die der Mutter, beinahe zumindest.

»Eine perfekte Mischung!«, hatte Christian gelacht, als er seine Tochter zum ersten Mal im Arm hielt. »Der Zuckerguss von dir, die Details von mir.«

Doch auch das stimmte nicht, denn schon bald nach der Geburt begann der Hautton sich zu ändern, wechselte zunächst zur Farbe dunklen Waldhonigs, danach zu einem samtenen Rehbraun.

»Dein Wunschkind, wie bestellt!« Gesche erinnerte sich an ihre Freude über Christians Begeisterung, endlich das ersehnte Abbild seiner selbst zu haben, und an den unbändigen Stolz, mit dem er sein Töchterchen, kaum dass es den Kopf halten konnte, gut sichtbar auf den Schultern spazieren trug, um immer wieder zu hören, es sei *ganz der Vater.*

Dorothea, benannt nach der Obristin Rantzau, sein *Möhrchen*, war für ihn ein kleines braunes Wunder. Nicht allein der Farbwechsel, den sich niemand erklären konnte, machte ihn fassungslos vor Staunen. Jedes Zähnchen, jedes Lächeln, jeder Griff nach einem seiner langen Finger kam ihm einzigartig vor, unfassbar wie die Entstehung der Welt.

Anfangs, Gesche wusste es noch genau, hatte sie seine Freudenausbrüche selbst über die geringste Entdeckung für ziemlich kurios gehalten, sie kannte auch keinen anderen Mann, der sich nur annähernd so aufmerksam mit seinem Kind beschäftigte. Erst als sie eines Nachmittags zusah, wie er Dorotheas winzige Nase in eine Fliederdolde stupste und über ihr fröhliches Krähen selber in lautes Gelächter verfiel, war ihr plötzlich aufgegangen, wie aufregend und überraschend das alles für ihn sein musste. Natürlich, er hatte ja keine jüngeren

Geschwister gekannt, auch bei den Rantzaus nicht mit kleineren Kindern zusammengelebt, und dass die Bauern und Tagelöhner im Umfeld des Gutes einen so merkwürdigen Menschen wie ihn an ihre Krabbelkinder gelassen hatten, schien ihr wenig wahrscheinlich.

Dorothea wuchs in den Sommer hinein. Auf Christians Rücken durchs Gras reitend eroberte sie den Garten, am Waldrand ließ er sie wilde Erdbeeren lutschen, zeigte ihr Vogelnester und die Kriechspur von Regenwürmern auf nassen Steinen, und von ihrer Wiege aus durfte sie die blitzende Trompete anschauen, auf der er ihr abends am offenen Fenster Schlummerlieder vorspielte. Mit jedem Tag wurde sie ihm ähnlicher, bekam seine hohen, geschwungenen Brauen, die kleinen Mulden in den Mundwinkeln, mit denen sich jedes Lachen und jedes Grollen eindrucksvoll verstärken ließ. Am meisten aber ging es Gesche zu Herzen, wenn Dorothea ihre vom Vater geerbten rosigen Handflächen ausstreckte und er ganz ernsthaft erklärte, an diesen Stellen hätten die zärtlichen Berührungen mit ihr, Gesche, abgefärbt, genau wie bei ihm.

Nein, das Kleidchen roch nicht mehr nach Dorothea, nur nach dem Staub, der durch die Ritzen ins Schapp gedrungen war. Nach Moder und sinnlos verstrichener Zeit. Können Männer an gebrochenem Herzen sterben?

Bertram, ein knappes Jahr später geboren und nach Christians Ziehvater benannt, wurde sicher nicht weniger geliebt, aber ein unfassbares Wunder war er nicht mehr, genauso wenig wie Habbo, sein noch einmal zwei Jahre jüngerer, dem Herzog zu Ehren Hans Adolf getaufter Bruder. Aus dem fürstlichen Doppelnamen hatten die Kinder ein handlicheres Kürzel gemacht.

Wie ein verlorenes Hündchen kroch der Kleine in den Tagen nach Dorotheas Tod durch das fast noch fremde Haus.

Erst zwei Monate zuvor waren sie aus Ascheberg hierher auf den zweiten, nur viel prächtigeren *Mohrenhof* in Eimsbüttel gezogen. Habbos suchende *Mö-Mö*-Rufe wurden von tiefen Schluchzern unterbrochen.

Plötzlich sah Gesche die Bilder wieder vor sich, zum Greifen nahe. Sie stand am Küchentisch, um Habbos vom Mittagsschlaf verschwitztes Kittelchen und seine Windeln zu wechseln. Es war ein heißer Tag, von unerbittlicher Schönheit, einer von der Art, die dem Menschen klarmachen, wie belanglos alles ist, was ihn bewegt – zumindest war es Gesche so erschienen, als sie das Ausmaß des Schreckens erkannte, das da auf sie zukam. Wieder und wieder hatte sie sich später vergeblich gefragt, wie lange Habbos Gurren und Brabbeln alle anderen Geräusche übertönt haben mochte, bis er mit leisem Schmatzen am Daumen zu lutschen begann und die fernen Klagelaute endlich zu ihr durchdrangen. Vielleicht wäre Dorothea noch zu helfen gewesen, wenn man eher eingegriffen hätte mit kühlenden Umschlägen, mit dem Beistand des Medicus, der unerträglich lange brauchte, bis er im Schlepptau des Pferdeknechts eintraf.

Gesche wusste noch genau, dass sie Habbo mit blankem Po auf den Küchenboden gesetzt hatte und über den Hofplatz gerannt war, dem Wimmerton folgend, der aus Richtung der Scheune kam. Möhrchen! Es war Möhrchens Stimme, aber wo steckte das Kind? Im frischen Heu? Unter einem der Karren? Ein jammervolles »Mutter!« lenkte sie zum großen Tor. Dahinter, in einem Schattenstreifen, kauerte Möhrchen, die Puppe an sich gedrückt – ein Elendsbündel mit glühender Stirn und verquollenen, glasigen Augen.

»Mutter! – Mutter!«, wimmerte die Kleine weiter, obwohl Gesche sie schon fest in den Armen hielt, das verklebte Haar aus dem heißen Gesicht strich und tröstende Worte murmelte, bevor die Angst in einem gellenden Hilferuf aus ihr hervorbrach.

Wie eine Furie musste sie geschrien haben, denn im Nu kam das gesamte Gesinde angestürzt, jemand trug den weinenden Habbo auf der Hüfte, zwischen verbeulten Arbeitshosenbeinen lugte Bertrams verschrecktes Gesicht hervor. Aber wo war Christian? Aschfahl unter der dunklen Haut, stand er plötzlich neben ihr, beugte sich über das zusammengesunkene Häufchen.

»Ich war auf der Koppel, Cord hat mich geholt. Was ist passiert? Was hat die Kleine?«, fragte er atemlos vom Laufen. Seine Stimme klang hohl und kratzig wie ein Rohr, das über Steine schrammt.

Behutsam nahm er Möhrchen auf und trug sie zum Haus, während sie, Gesche, nebenherlief und die schlaff von seiner Schulter herabhängende Hand hielt. Ins Elternbett hatten sie sie gebracht, hatten feuchtkalte Tücher auf das glühende Gesichtchen gelegt und versucht, das Fieber mit einem Trunk aus Holunder und Fliederbeeren zu senken. Als der Medicus kam, lagen sie beide seitlich neben ihrer Tochter wie ein Schutzwall, der weiteres Übel von ihr fernhalten sollte. Vergebens. Inzwischen phantasierte das Kind, wurde von Krämpfen geschüttelt. Trotz Aderlass und Kräuterbalsam stieg das Fieber weiter.

Resignierend zuckte der Arzt schließlich mit den Schultern, murmelte, während er seine Instrumente zusammenpackte, etwas von *auszehrendem Feuer* und versprach, am nächsten Morgen wieder nach der kleinen Patientin zu sehen. Sein Blick verriet ihnen die Hoffnungslosigkeit.

Umrahmt von den Eltern, starb Dorothea gegen Mitternacht. Hilflos mussten sie im Schein der flackernden Kerze zusehen, wie die geballten Fäustchen sich öffneten, die Spannung aus dem notverzerrten Gesicht wich, ein letzter tiefer Atemzug – Stille.

»Möhrchen!« Mit einem Satz sprang Christian vom Bett. Seine ganze Auflehnung und sein ganzer Kummer lagen in diesem Aufschrei. Dann war er aus dem Haus gestürmt und erst am Morgen mit leeren Augen zurückgekehrt.

Der kleine Sarg, den der Tischler in die Diele brachte, das Grab in der Eppendorfer Johanniskirche, zu deren Pfarrkreis ihr Eimsbüttelner Hof gehörte – Christian veranlasste alles Notwendige. Wie eine Maschine war er Gesche vorgekommen, ja, wie eine Maschine, die perfekt arbeitet, einwandfrei und völlig unbeteiligt. Ihr Herz zog sich zusammen, wenn sie seinen starren Blick sah, seine kantigen Bewegungen, die so gar nichts mehr von der sonstigen Geschmeidigkeit hatten. Als wäre er taub, musste jeder, der mit ihm reden wollte, beinahe schreien und bekam, wenn überhaupt, zur Antwort nur ein paar karge, mit blecherner Stimme hervorgestoßene Worte. Manchmal meinte sie sogar, er hätte das Atmen eingestellt.

Die Sorge um ihn überlagerte ihren eigenen Schmerz. Besser als er selbst glaubte sie, seine Verletzlichkeit zu kennen, doch sie wusste für ihn keinen Trost außer ihrer ruhigen, verlässlichen Gegenwart. In der Nacht vor Möhrchens Begräbnis schmiegte sie sich an ihn und zog seinen Kopf in ihre Arme, als sie im fahlen Mondlicht sah, dass er weinte. Aber das reichte nicht. Er wollte mit ihr schlafen, heftig, fordernd, rücksichtslos, wie sie es sonst nicht von ihm kannte, und sie war kurz davor zu protestieren und ihn wegzuschieben, bis sie seine Tränen auf ihrem Gesicht spürte und plötzlich begriff, dass es ein Ausdruck des Aufbegehrens war, ein verzweifelter Protest des Lebendigen gegen einen so sinnlosen Tod.

Ihre Kraft verließ sie erst, als der Pastor neben dem noch offenen Grab zu singen begann. Beim Vorspiel der Orgel hatte sie sich von ihrem Platz in der vordersten Reihe erhoben, hatte sich geräuspert, um Möhrchen zuliebe wenigstens ein paar Takte singen zu können und im gemeinsamen Gesang mit den vielen Menschen, die sich hinter ihr auf den Kirchenbänken drängten, vielleicht einen Halt in ihrer Verlorenheit zu finden. Aber doch nicht mit diesem Lied!

Was Gott tut, das ist wohlgetan. Die sonore Stimme des Pastors übertönte alle anderen, und ihr waren die Beine weggeknickt. Sie sackte auf die Bank, spürte, wie eine Welle aus Trauer und Übelkeit sie überrollte. Was sollte *wohlgetan* sein an Möhrchens Sterben, was *gerecht,* wie die Leute um sie her sangen? Gegen jede einzelne Zeile des Liedes bäumte sich alles in ihr auf. Nein, sie wollte nicht *stille halten*. Und einen Gott *walten* lassen, der so etwas zuließ, wollte sie schon gar nicht. Fromme Sprüche hatte sie in den zwei Tagen seit Möhrchens Tod genug gehört, und auch schnöde von der Art, wie ihr Vater sie früher verbreitete. Gott brauche einen neuen Engel, meinten die einen, und er prüfe besonders, wen er besonders liebe. Kinder sterben eben, sagten die anderen, lasst sie gehen und macht neue. Deshalb gibt es ja so viele von ihnen, damit der Verlust eines einzelnen weniger schwer wiegt.

So viel Scheinheiligkeit, so viel Unverstand, so ein Abgrund an Herzlosigkeit. Wer konnte denn allen Ernstes annehmen, ein Kind wäre durch ein anderes zu ersetzen wie eine zerbrochene Schüssel durch eine neue?

Möhrchens glucksendes Lachen, ihre Art, die Füße beim Laufen ein bisschen nach innen zu drehen. Am liebsten war sie barfuß über den Hof gehopst und vor Vergnügen quietschend in jede Pfütze gepatscht. Hingebungsvoll hatte sie geholfen, den kleinen Habbo zu füttern, hatte den Brei von seinem Kinn gewischt und mit unermüdlichem Eifer sein mutwillig weggeworfenes Spielzeug aufgesammelt. Vier Jahre alt und schon so viel Leben! Irgendwann fing sie an, Christians Lieder mitzuträllern, und brachte sogar dem unbeholfenen Bertram bei, seine dicken Händchen im Takt zusammenzuschlagen.

Christian. Plötzlich spürte sie ihn neben sich, herübergekommen von der Männerseite. Er saß einfach da, ohne sie zu berühren, versuchte auch nicht, sie an der Schaukelbewegung zu hindern, in die sie, die Arme fest um sich geschlungen, verfallen war. Wie viele Strophen hatte das Lied denn noch? Wann würde endlich Schluss sein mit dem dröhnenden Lobgesang auf diesen *getreuen* Gott, der angeblich *nichts Böses* im Sinn hat? Sie wäre ja froh gewesen, wenn sie den Versprechungen des Liedes hätte glauben können, aber anstatt sich aufgefangen zu fühlen, kam es ihr vor, als stürzte sie in rabenschwarze Bodenlosigkeit.

Die Kirche hatte sich längst geleert, von draußen hörte man das Scharren und unbeteiligte Palaver der Totengräber. Der kleine Sarg da unten in der dunkel ausgeschachteten Tiefe. Gesche schaffte es nicht, noch einen Blick auf ihn zu werfen, und aus dem Augenwinkel sah sie, als Christian zusammen mit ihr aus der Bank trat, dass auch er sich mit gesenktem Kopf abwandte. Seite an Seite verließen sie die Kirche, ihr letzter gemeinsamer Gang – damals hatte sie es noch nicht geahnt.

In der großen, von Trauergästen gesteckt vollen Diele des Mohrenhofes boten Nachbarinnen Dünnbier und Beerdigungskuchen an, Kinder wuselten um Tisch- und Menschenbeine, Beileidsbekundungen, Umarmungen, ermunterndes Schulterklopfen – wie in Trance ließ Gesche alles über sich ergehen, und sogar als Christian im Getümmel auf einmal neben ihr stand und ihr ins Ohr flüsterte, er müsse wegen einer dringenden Angelegenheit sofort nach Plön reiten, reagierte sie nur mit einem erstaunten Nicken.

Sie sah ihm nach, als er sich durch die Gästeschar schlängelte, der dunkle Schopf ein gutes Stück höher als die meisten anderen. Kurz vor der Tür wandte er sich um und lächelte ihr zu, ein mattes, trauriges Lächeln. Das letzte, das sie von ihm bekam.

Mitten in der Nacht rissen gewaltige Donnerschläge sie aus erschöpftem Schlaf, drei nur oder vier. Ein Gewitter schien sich direkt über ihrem Haus zu entladen. Danach war sie hellwach, dem Kreisen der Gedanken ausgeliefert.

Möhrchen. Wie hatte die Kleine sich vor Donner und Blitz gefürchtet, vor dem Alleinsein im Dunkeln, und lag nun einsam da unten, von allen verlassen. Ich müsste bei ihr sein, dachte Gesche, müsste sie halten, sie trösten, wenn sie allmählich vergeht. Und wünschte gleichzeitig, Christian nicht einfach weggelassen zu haben. Wo mochte er sein? Ob das Unwetter ihn auch getroffen hatte? Was trieb ihn überhaupt nach Plön? Was konnte so dringlich sein, am Tag der Beerdigung? Vielleicht, dachte Gesche, sucht er instinktiv Schutz in seinem alten Zuhause, flieht vor dem Unglück dahin, wo man ihn früher aufgefangen hat. Aber diese Zuflucht gab es nicht mehr, schon seit vier Jahren, seit der Oberst kurz vor seinem Aufbruch zum Mohrenhof, wo er beim Kindelbier auf Möhrchens Geburt anstoßen wollte, tot zusammengebrochen war. Angeblich gestorben an eiskalter Buttermilch, die er bei brüllender Sommerhitze getrunken hatte.

Gesche fröstelte bei der Erinnerung an die Härte, mit der der nächste Rantzau auf Ascheberg dem *schwarzen Kerl* zusetzte, bis Christian schließlich den ihm zugesicherten Hof verließ. Ob er, kopflos vor Kummer, hoffte, die Zeit zurückdrehen zu können? Er hatte nicht verwirrt ausgesehen, aber wer konnte wissen, was in ihm vorging?

»He, Frau! Frau Gansberg!«

Gesche fuhr zusammen, verstört blickte sie um sich. Ach ja, Bendine. Eingehüllt in eine Wolke Tabaksqualm gliemte die Alte von der anderen Seite des Tisches neugierig zu ihr herüber.

»Geht's Euch nicht gut? Eine Miene wie vom Pferd getreten!« Geräuschvoll sog die Näherin an ihrem Pfeifenstiel und schlotzte einen Batzen Spucke über ihre linke Schulter auf den Küchenboden.

Der Ekel brachte Gesche vollends zurück in die Gegenwart. Zigmal hatte sie Bendine bereits nachdrücklich gebeten, im Haus nicht herumzuspucken, allein schon der kleinen Kinder wegen. An guten Tagen hielt sich die Alte dann ein Weilchen zurück, meistens jedoch machte sie unbeirrt weiter.

»Eigentlich, Frau, müsstet Ihr ja froh sein.«

»Weshalb? Was meinst du?«

Unter dem Rand ihrer tief in die Stirn gerutschten Haube kniff Bendine listig die Augen zusammen. »Was ich meine? Na, dass Ihr schließlich doch noch richtig gelandet seid. Bei einem Mann … einem … Ich meine … bei einem, der nicht so … so anders ist. Und dann die neuen Kinder, richtige, Ihr wisst schon.« Die Alte nickte ihr verschmitzt grinsend zu. »Noch ein paar mehr davon, und die alten Geschichten sind vergessen.«

Mit wütendem Ächzen schob Gesche ihren Stuhl zurück. Ohne ein Wort zog sie sich an der Tischkante auf die Beine. Bloß raus hier! Jetzt schwappte das Gerede der Leute schon in ihre eigene Küche! Zwecklos, sich dagegen wehren zu wollen. Wenn nicht Bendine, dann würde irgendeine Alwine oder Stine oder Trine daherkommen und das dumme Geschwätz wieder aufwärmen. Am liebsten wäre sie einfach weggerannt, konnte sich jedoch mit ihrer drückenden Last nur mühsam bewegen. Zwei Schritte, drei – Dorotheas Kittelchen! Auf keinen

Fall durfte es den harten Händen der alten Tonder überlassen bleiben. Gesche kehrte noch einmal um und schob es unter ihren sowieso schon spannenden Rockbund. Mit schweren Beinen stapfte sie durch die Küche, griff im Vorbeigehen nach einem am Wandhaken hängenden Wolltuch, das sie sich um Kopf und Schultern warf, ehe sie die Tür zum Garten öffnete.

Ein Schwall nasskalter Luft fegte herein. Durchatmen, sich gegen den Wind lehnen. Mit lautem Knall fiel die Tür hinter ihr ins Schloss. Endlich!

Der Pladderregen war in ein feines Nieseln übergegangen. Wie Staub legte sich die Feuchtigkeit auf die Haut und verklebte die Wimpern. Gesche kniff die Augen zusammen, um besser sehen zu können, wohin sie trat. Rechts von ihr, unter den Haselsträuchern am Plankenzaun, durchwühlte ein Eichhörnchen zwischen einer Schar Amseln den aufgeweichten Boden nach Futter. Die vertragen sich, schoss es Gesche durch den Sinn, obwohl die Amseln doch allen Grund hätten, den Nesträuber wegzuhacken. Oder stimmt nur der gemeinsame Hunger sie vorübergehend friedlich? Bei Menschen, den meisten zumindest, klappte selbst das nicht. Wenn sie sich einmal ein Bild gemacht hatten, steckte es unverrückbar in ihren Köpfen fest.

Bendine hatte genau das ausgedrückt, was *die Leute* rundherum dachten: Christian mochte als Trompeter, als Geschäftsmann, als Pferdezüchter so gut sein, wie immer er wollte, aber *richtig* war er nicht. Ein Mohr war niemals *richtig,* weder als Mann noch als Christ, das passte einfach nicht. Bei ihm so wenig wie bei seinen Kindern, auch wenn die Kleinen ein paar Töne heller waren als er. Und sie, Gesche, sollte sich glücklich schätzen, dieser Schieflage, dieser falschen Verbindung entkommen zu sein. Jetzt war doch alles in Ordnung, endlich *richtig* nach Meinung der Leute.

Gesche spürte die Wut wieder in sich hochsteigen. Wieso eigentlich wollte niemand verstehen, nicht einmal versuchsweise, dass ihre Beziehung zu Christian völlig unabhängig war von der Hautfarbe? Dass sie bei ihm und nur bei ihm das Gefühl gehabt hatte, ihr Inneres rühre an seines?

Ohne es zu beabsichtigen, war sie auf den Weg zum Kloster geraten und hatte bereits einen Teil der Ringmauer umrundet, als sie aus ihren Gedanken aufschreckte. Ihre Füße wussten offenbar genau, wohin sie sie führen mussten. Der Pilgereingang. Gesche schlüpfte durch die schmale Pforte im nassen, aus Feldsteinen hochgezogenen Mauerwerk, an der mehr als dreihundert Jahre lang Arme, Kranke und erschöpfte Wanderer um Beistand gebeten hatten. Ein paar Schritte über einen mit Kopfsteinpflaster belegten Pfad, und sie stand im klösterlichen Baumhof zwischen den Stämmen uralter, ausladender Obst- und Nussbäume, atmete tief durch, ungestört von den Regentropfen, die aus den kahlen Ästen mit sattem Platschen auf ihrem Umhang landeten.

Seit ihren ersten Tagen in Uetersen fühlte sie sich immer wieder hierhergezogen. Nicht etwa aus Frömmigkeit, denn die Aussöhnung mit einem Gott, der es fertigbrachte, ihr auf einen Schlag Kind und Mann zu nehmen, war ihr trotz vieler gutwillig angehörter Sonntagspredigten bislang noch nicht gelungen. Obwohl sich manchmal tief in ihrem Innern das vage, leise Gefühl rührte, dieser so unbarmherzige Gott wolle ihr vielleicht doch ein wenig Trost schenken durch den Frieden und die Geborgenheit, die sie hier fand, an einem Ort, der ihm immerhin ursprünglich geweiht worden war und der sie wie nichts sonst in ihrer jetzigen Umgebung an ihre letzte Zeit mit Christian erinnerte.

Gesche fand sich mittlerweile gut zurecht zwischen den verwinkelten Gemäuern, Gärten und Höfen. Sie kannte das, was nach Kriegen und Naturkatastrophen von den alten Scheunen, Stallungen, den ziegelroten Wirtschafts- und Wohnhäusern übrig geblieben war, und auch die Behausungen der jetzigen Klosterfräulein, deren Väter ihnen schon zur Taufe ein Wohn- und Bleiberecht für das Stift gekauft hatten, um sie gegen mögliche Härten des Lebens abzusichern. Frühestens mit sechzehn Jahren durften die ledigen Damen ihren Anspruch auf einen der fünfzehn Klosterplätze anmelden und eintreten, sobald ein Platz im Stift frei wurde. Fein sahen die Konventualinnen aus, wenn sie in ihrem türkis-schwarzen Ornat über das Klostergelände schritten oder sich bei schlechtem Wetter in Sänften durch die matschigen Straßen tragen ließen, aber von Amalia, ihrer fast noch neuen Freundin, wusste Gesche, dass ein Leben als Stiftsfräulein nicht unbedingt ein Zuckerschlecken bedeutete.

Sie war Amalia Erzberger ein paar Monate nach ihrer Ankunft in Uetersen zum ersten Mal begegnet, Ende März, über die Büsche am Zaun breitete sich schon ein Hauch von Grün. Aus dem Haus gelockt vom ungewohnt warmen Frühlingswind, hatte sie sich auf einen Abendspaziergang entlang der Klostermauer gemacht, als plötzlich vertraute Klänge durch die Abschottung drangen, hinter der sie seit Christians Tod lebte. Melodien aus dem *Plöner Gesangbuch*. Der Hofmeister Gensch von Breitenau hatte es Jahre zuvor im Auftrag des Herzogs Hans Adolf zusammengestellt. Mit diesen Liedern war sie groß geworden, jedes einzelne hätte sie mitsingen können.

Neugierig betrat sie die Kirche, aus der der Gesang herüberscholl, und setzte sich in eine der hinteren Bankreihen zwischen die dicken Pfeiler, von denen die Empore getragen wurde. Über ihrem Kopf stimmten die Chorfräulein gerade ein neues Lied an: *Wo willst du hin, weil's Abend ist, o liebster Pilgrim Jesu Christ?*

Gesche summte leise mit. Wie schön, dass die Stimmen da oben nichts von dem säuselnden Gleichklang hatten, den sie von anderen frommen Chören kannte. Hier schien niemand die Sängerinnen auf eine Linie zu zwingen, gut hörbar sang jede so, wie ihre Kehle und ihre Gemütsverfassung es gerade zuließen. Manche zwitscherten, manche schmetterten beinahe in Männertonlagen, einige krächzten, und ein oder zwei rangen erfolglos mit Melodie und Takt des Liedes.

Hin- und hergerissen zwischen Lachen und Rührung hockte Gesche in ihrer Bank. Wie früher, dachte sie, die verheißungsvollen Lieder, das unbekümmerte Durcheinander der Stimmen. Es fühlte sich an wie früher im Sonntagsgottesdienst, als sie manchmal gemeint hatte, eine Horde Ameisen überfiele ihr Herz. Dieses Kribbeln, diese Unruhe – eine unbestimmte Sehnsucht, das wusste sie inzwischen, nach dem, was noch kommen würde.

Und jetzt? Was war jetzt? Der Kopf sank ihr auf die Brust. Mit einem Zipfel ihres Schultertuches fuhr sie sich über die Augen.

Dann hatte plötzlich jemand neben ihr gesessen, eine Hand legte sich auf ihren Arm. Gesche sah kräftige Finger mit nicht ganz sauberen Nägeln und im Aufschauen ein dazu passendes Gesicht. Ein herbes Gesicht, hohe Wangenknochen, die Nase stark und gerade, klare, helle Augen in einem Kranz feiner Fältchen. Vom Blick dieser Augen fühlte sie sich sofort erfasst. Unter der Konventualinnenhaube lugten ein paar rotblonde Strähnen hervor.

»Verzeiht, wir schließen gleich.«

Eine der Schmetterstimmen, dachte Gesche, während sie aufstand und hinter der breitschultrigen Frau in langer schwarzer Mantille mit türkisch-grünem Kragen aus der Bank trat. Gemeinsam gingen sie zur Kirchentür.

»Ich vertreibe Euch ungern, Ihr saht so versunken aus.«

»Ja, schade, es hätte noch länger dauern können.«

Das Lachen der Stiftsdame klang so laut wie vorhin ihr Gesang. »Wollt Ihr etwa sagen, dass Euch unsere schrägen Töne gefallen haben?«, prustete sie, schlug sich aber schnell eine Hand vor den Mund und warf einen Blick über ihre Schulter Richtung Altar, als fürchtete sie die Strafe des Gekreuzigten.

Gesche nickte lächelnd. »Gerade das mag ich so gern, dieses Unvollkommene. Es klingt so lebendig, so … so menschlich.«

Wieder lachte die Klosterdame laut auf. »Na, Engel sind wir bestimmt nicht, obwohl unsere Vorsängerin sich heftig bemüht, dass wir uns zumindest so anhören.« Sie schaute Gesche einen Moment lang prüfend ins Gesicht. »Seid Ihr neu in Uetersen? Kann es sein, dass ich Euch noch nie gesehen habe?«

»Schon möglich.« Gesche zuckte mit den Achseln. »Ich wohne erst seit gut vier Monaten hier.«

»Und ich schon elf Jahre. Gegen Euch bin ich geradezu alteingesessen. Vielleicht treffen wir uns wieder einmal, wenn Ihr Lust zum Zuhören habt. Wir singen jeden Morgen und jeden Abend, aber abends wäre es günstiger, weil dann die Arbeit erledigt ist – hauptsächlich im Garten, wie Ihr erkennen könnt.« Sie streckte ihre gebraucht aussehenden Hände aus und lachte erneut.

Gesche mochte die fröhliche, offene Art ihrer neuen Bekannten. »Gern, ich komme gern wieder. Weit ist es ja nicht, nur einmal über den Buttermarkt.« So nannten die Leute hier die breite Straße zwischen Klostermauer und Gansbergs Hof.

»Oh, dann seid Ihr also die … die neue Frau Gansberg?« Schlagartig war das Lachen verschwunden.

Was wusste sie? Welche Gerüchte kurvten durch ihren

Kopf? Dachte sie an die dunklen Kinder und deren Vater, den *ekligen schwarzen Kerl*? Oder an ihre Vorgängerin, die unglückliche Alma?

Gesche musste alle Energien bündeln, um sich unbefangen zu geben. »Richtig, die bin ich. Gertrud Gansberg, lieber Gesche.«

Statt eines Händedrucks legte ihr die Klosterdame den rechten Arm um die Schultern, zart und behütend. Mit dem anderen Arm zog sie die Kirchentür zu. »Und ich heiße Amalia, Amalia Erzberger. Wie schön, dass wir uns jetzt kennen. Ich begleite Euch noch zum Tor, damit der Pförtner kein Theater macht. Ab acht Uhr wird er gnadenlos.«

Die Stimme nahe neben Gesches Ohr klang warm und herzlich. Vielleicht ist da wirklich einmal jemand, der genau hinsieht, ehe er ein Urteil fällt, dachte sie, als sie die Straße überquerte und beim Zurückschauen hinter der noch halb geöffneten Klosterpforte eine winkende Hand erblickte.

Anfangs war es eine Gemüsefreundschaft.

Wie alle anderen Konventualinnen hatte Amalia ihren eigenen Haushalt zu bestellen. Manche, betuchtere, verfügten über einen ganzen Tross an Personal. Bei Amalia gab es nur eine Magd, Urte, die in der Küche und im Backhaus aushalf und bei der Versorgung der Tiere. Hühner und Gänse wurden zusammen mit zwei fetten Schweinen in einem Verschlag vor dem schmalen, westlich an die Kirche angrenzenden Wohnhaus gehalten, die Kühe mussten auf die Klosterweide getrieben und gemolken werden. Für alles, was in der Erde wuchs, besaß das Mädchen, wie Amalia sagte, jedoch nicht das geringste Gespür.

»Urte rückt jedem Fitzelchen Grün, das aus dem Boden spitzt, unerbittlich zu Leibe«, erklärte Amalia mit etwas schiefem Grinsen, als sie Gesche zum ersten Mal in ihren Garten führte, eine ihr zugeteilte Parzelle auf dem Gelände östlich der Kirche. »Lauter Unkraut! Erbarmungslos wird alles weggehackt. Was glaubt sie wohl, wie Sellerieknollen oder Karotten unter die Erde geraten? Ein Bauernmädchen, nicht zu fassen! Also mache ich es selbst und mit zunehmender Begeisterung.«

In ihrem grauen Arbeitsornat, um die Haare ein dunkles Tuch geschlungen, beugte sich die Stiftsdame über eines der mit Brettern säuberlich eingefassten Beete. »Hier«, sie fuhr mit dem Zeigefinger kaum sichtbare Linien entlang, »habe ich Erbsen und Feuerbohnen gesät, da drüben Kopfsalat und Gurken, Zwiebeln gibt's auch und meinen geliebten Spinat.«

Neugierig machte Gesche einen Rundgang auf den kaum zwei Fuß breiten Wegen. Schattenschwarz die Kanten im Licht der tiefstehenden Nachmittagssonne. Am von Himbeergestrüpp umrankten Zaun lehnten Hacke und Spaten, davor, auf einem niedrigen Holzgestell, reckten Setzlinge ihre zarten, hellgrünen Blätter über den Rand bauchiger Tontöpfe. Es roch nach feuchter Erde, nach Aufbruch, nach Erwartung.

Erwartung. Was sollte dieses Wort? Sie rieb ihre Stirn, um es loszuwerden, aber es ließ sich nicht vertreiben. Genauso wenig wie die Gewissheit, die sie urplötzlich überfiel. Leugnen nutzte nichts mehr, sie musste es sich endlich eingestehen: Sie war schwanger. Sinnlos, die kleine Wölbung unter ihrem Rock weiter als Winterspeck zu deklarieren, und überfällig war sie auch. Wie lange würde es noch dauern, bis dieses Kind – Gansbergs Kind – auf die Welt käme? Fünf Monate? Sechs?

»Fenchel«, hörte sie Amalia wie durch Watte rufen, »hast du mal Fenchel probiert?« Bereits bei ihrem zweiten Treffen waren sie zum Du übergegangen. »Oder Gemüsekürbis? Kennst du den?«

Langsam wandte Gesche sich zu ihrer Freundin um, kopfschüttelnd kam sie näher. Zum Glück war Amalia nach kurzem Aufschauen schon wieder so sehr damit beschäftigt, Unkraut zu zupfen und ein paar der moosbewachsenen Bretter festzuklopfen, dass ihr Gesches Stimmungseinbruch entging.

»Das ist das Gute am Klostererbe, wir sind den Bauerngärten immer eine Nasenlänge voraus.« Mit dem Handrücken scheuchte sie eine Fliege von ihrer Wange und hinterließ dabei eine breite Schmutzspur. »Früher«, sagte sie, »brachten Kreuzritter alle möglichen fremdländischen Gewächse in die Klöster, heute halten es die Väter vieler Stiftsdamen weiter so. Wer wohlhabend ist, hat Verbindungen zu großen Häfen, zu Reisenden, und wir profitieren davon. Mein Vater gehört nicht zu diesen Privilegierten, dafür kümmere ich mich umso mehr um die kostbaren Mitbringsel, aber auch um einheimische Pflanzen, von deren Wunderwirkung keiner mehr etwas weiß.« Sie zwinkerte Gesche von unten zu, erhob sich mit einem leisen Ächzen und drückte ihre Hände ins Kreuz. »Allmählich spürt man die Jahre – nächsten Monat werde ich zweiunddreißig, eine alte Frau!«

»Hast du deswegen nicht geheiratet? Weil … weil …« Gesche hatte schon lange fragen wollen, jetzt erschrak sie vor ihrem eigenen Mut. »Entschuldige, ich möchte nicht …«

Amalia lächelte sie beruhigend an. »Keine Sorge, du kannst mich ruhig fragen. Ja, ein Grund ist, dass meine Mitgift sehr mager ausgefallen wäre. Das Gut meiner Familie wurde im Krieg zweimal geplündert und niedergebrannt, davon haben wir uns nie erholt. Der zweite Grund – und der erscheint mir inzwischen viel wichtiger – ist die Freiheit und Selbständigkeit, die ich hier genieße. Der Konvent gibt zwar einen festen Rahmen vor, aber darin kann ich mich bewegen, wie ich will. Ohne dass mir jemand dazwischenredet. Hätte ich Mann und Kinder, könnte ich niemals so viel Zeit in meine Gartenliebe stecken, in mein Interesse an Kräutern und Heilpflanzen. Komm«, sie stupste Gesche in den Rücken und schob sie vor sich her zwischen den rechteckigen Beeten hindurch bis zu einem von Buchsbaum umrahmten Rondell am Ende des Gartens. Wie ein Kuchen war die sattschwarz glänzende Erde darin in gleichmäßige Stücke eingeteilt.

»Mein Kräuterparadies«, erklärte Amalia stolz, die Fäuste in die Hüften gestemmt. »Hedda von Rumohr, unsere *Apothekenmeestersche,* tut mittlerweile alles für mich, um an meine Schätze zu kommen, sie hat mir sogar einen Teil ihrer Scheune für mein Viehfutter überlassen. Umso besser, dann muss ich mich nicht mit meinen Nachbarinnen herumstreiten.«

»Apothekenmeestersche?«

Amalia nickte. »Der Name stammt noch aus der Nonnenzeit. Hedda zu Ehren wird er bei uns im Stift weiter gebraucht, weil er so beschlagen klingt, und die Aufgabe hat sich ja auch nicht geändert. Vor Jahren ist Hedda in den Ruinen der ehemaligen Zisterzienserbibliothek auf lose, rauchgeschwärzte Pergamente mit altem Heilwissen gestoßen. Seither sammelt sie alles, was wir hier über Heilpflanzen in Erfahrung bringen können, und versorgt Doctoren und andere Hilfesuchende mit Tees, Tinkturen und Salben. Und weil die Kräuter bei mir so gut gedeihen, umturtelt sie mich nach Leibeskräften.« Sie schmunzelte zufrieden. »Meine beste Zeit fängt gerade wieder an. Da, siehst du die zarte Blattrosette?« Mit erdverkrusteter Hand zeigte sie auf die Spitze des unmittelbar vor ihnen liegenden Beetstücks. »Die Schafgarbe treibt schon kräftig aus.«

»Wieso denn Schafgarbe? Das ist doch ein ganz gewöhnliches Kraut, das überall an Wegrändern und auf Wiesen wächst!«

»Das aber«, ergänzte Amalia, »dennoch über besondere Heilkräfte verfügt – was nur in Vergessenheit geraten ist.«

Gesche dachte an die harten, zähen Stengel mit den weißen Blütendolden, die ihr früher immer in die Finger geschnitten hatten, wenn sie Feldblumen für einen Kinderstrauß pflücken wollte.

»Und wofür soll das Kraut gut sein?«

Amalia lachte über den ungläubigen Ton der Frage. »Wundere dich nur, aber es hilft tatsächlich bei einer ganzen Reihe von Beschwerden. Verdauungsstörungen, Koliken, Schnupfen, Kopfschmerzen, um nur ein paar zu nennen. Der Sauerampfer gleich daneben ist übrigens auch so ein Kraut, das überall wild wächst und viel zu wenig geschätzt wird. Sieh nur, die Rispen fangen schon bald an zu blühen. Sauerampfer ist gut für Leber und Nieren, außerdem wirkt er fiebersenkend. Und hier der Salbei, wahrscheinlich hast du ihn auch in deinem Garten und verwendest ihn als Gewürz oder um fette Speisen bekömmlicher zu machen. Aber wusstest du, dass er Entzündungen eindämmt, vor allem im Hals? Und dass er, zusammen mit Lavendel, Rosmarin und Thymian in Essig eingelegt, sogar gegen die Pest helfen soll, wenn man sich damit einreibt? Frankreichfahrer haben Hedda davon erzählt, und sie will, dass ich möglichst viel Salbei kultiviere – für alle Fälle.« Amalia schüttelte sich kurz und heftig, als wollte sie den Gedanken an die Epidemie, die noch wenige Jahre zuvor im nicht allzu fernen Braunschweig gewütet hatte, mit aller Macht verscheuchen.

Spitzwegerich, Kamille, Beinwell, Schlafmohn, Kümmel, Ysop, Borretsch – zu jedem der Kräuter gab es etwas zu erzählen. Amalia hatte ihr Rundbeet systematisch eingeteilt, die einheimischen Pflanzen waren unter sich, genauso wie die fremdstämmigen, die einjährigen wie die mehrjährigen, reine Heilkräuter getrennt von denen, die auch in der Küche gebraucht wurden.

»Gegen Kopfschmerzen kannst du mir gleich etwas geben«,

seufzte Gesche, »mir brummt der Schädel von dem, was du in ihn hineinstopfst. Dabei war ich schon froh, mich mit den Geschmacksrichtungen der Kräuter auszukennen.«

»Wenn du willst, kannst du sie ja weiter einfach aufessen«, lachte Amalia, »aber vielleicht bist du doch einmal froh zu wissen, dass Borretsch nicht nur gut schmeckt, sondern dass ein Tee aus seinen schönen blauen Blüten hervorragend gegen fiebrigen Husten hilft. Eigentlich«, sie wandte dem Kräuterbeet den Rücken zu und ließ den Blick über ihren Garten schweifen, »eigentlich spielt beinahe alles hier so eine Doppelrolle. Nimm die Gemüse. Du kannst Karotten, Zwiebeln, Spinat und viele Sorten mehr natürlich einfach in den Topf schnibbeln und zu einem leckeren Mus verkochen, aber noch angenehmer ist das Gefühl im Bauch vermutlich, wenn du weißt, dass du damit allerbeste Medizin herunterschluckst.«

»Gemüse als Medizin?«, staunte Gesche. »Ist das nicht etwas übertrieben? Man braucht's doch nur zum Sattwerden.«

»Frag Hedda, sie wird es bestätigen. Altes Klosterwissen. Karotten sind gut für Augen und Haut, Zwiebeln bringen die Körpersäfte in Schwung, Spinat hilft bei Verstopfung. Soll ich weitermachen?«

Etwas hilflos zuckte Gesche mit den Schultern. »Wenn ich nur einen Bruchteil davon behalten könnte!«

»Na gut«, Amalia klopfte ihr freundschaftlich auf den Rücken. »Lassen wir die Beeren beiseite, aber von den Blumen muss ich noch erzählen, weil sie mir so besonders am Herzen liegen. Da drüben im hinteren Sonneneck haben sie ihren Platz. Ringelblumen. Die gibt es sicher auch in deinem Garten. Hedda schwört auf sie als Allheilmittel für innen und außen. Und Malven. Aus ihren Blättern und Blüten macht man einen beruhigenden Extrakt. In wenigen Wochen werden sie zart violett zu blühen beginnen und den Sommer hindurch einen wunderbaren Kontrast zu den benachbarten weißen und pfirsichfarbenen Rosen abgeben.«

»Rosen, aha. Willst du mir etwa erzählen, dass sogar Rosen eine heilsame Wirkung haben?«

Amalia ließ sich von dem leichten Spott in Gesches Stimme nicht stören. »Die haben sie tatsächlich, ob du es glaubst oder nicht«, sagte sie ruhig. »Blüten, Hagebutten, sogar die Wurzeln – alle ihre Teile werden in der Klostermedizin verwendet und lindern Beschwerden, von Augenleiden und Entzündungen bis zur Melancholie. Aber nicht nur deswegen und um ihrer Schönheit willen pflege ich sie hier. Rosen, musst du wissen, hatten von jeher in den Gärten der Zisterzienser ihren festen Platz, sie waren der Jungfrau Maria geweiht und galten als Sinnbild des göttlichen Geheimnisses. Für uns ist es Ehrensache, diese Tradition der heiligen Blumen fortzuführen, in allen Gärten auf dem Klostergelände wirst du Rosen finden – wenigstens die, wenn die meisten Stiftsdamen auch für Heilpflanzen im Allgemeinen wenig übrig haben.« Sie lachte leise, während sie Gesche den schmalen Weg entlang auf das Holzgestell mit den Setzlingen zu dirigierte.

Mit einem Zipfel ihres Arbeitshabits wischte sie über die verwitterten Planken. »Komm, setz dich einen Moment hierher.« Behutsam zog sie ein paar der Setzlinge aus den großen Tontöpfen, steckte sie in zwei kleinere, drückte die Erde rund um die feinen Stengel fest und stellte die Gefäße der neugierig zuschauenden Gesche auf die Knie.

»Die nimmst du jetzt mit. Pflanz sie in deinen Garten, sobald sie noch eine Handbreit gewachsen sind.«

»Und was soll das werden? Rettich oder Portulak oder Senfkraut oder was?«

»Lass dich überraschen. Gartenarbeit verlangt Geduld.«

Gartenarbeit ist Müttersache. Auf dem Weg über den Buttermarkt fiel Gesche der Spruch wieder ein, den ihre Mutter früher oft gebraucht hatte. Und wenn man fragte, warum, hieß es immer: weil sie am meisten davon verstehen, etwas zu hegen und zu pflegen, bis es groß und kräftig ist.

Ob ich keine richtige Mutter bin?, dachte Gesche. Oder eine schlechte? Ich habe es ja nicht verstanden, mein Kind so zu hegen, dass es groß werden konnte. Vielleicht, wenn ich Amalia mit ihrem Kräuterwissen schon gekannt und in meinem Garten eines ihrer Wundermittel gehabt hätte, hätte Möhrchen nicht sterben müssen und Christian hätte nicht diesen verrückten Ritt nach Plön unternommen. Hätte – hätte – hätte … immer wieder dieses *hätte.* Sie presste die beiden Tontöpfe an ihre Brust wie den letzten Zipfel einer vergeblichen Hoffnung.

Statt durch das große Tor auf den Hof zu treten, nahm sie den Weg um den Plankenzaun zur rückwärtigen Pforte. Langsam, mit verändertem Blick ging sie durch den Garten. In das Hochbeet würde sie neben Schnittlauch und Petersilie auch Heilkräuter setzen, auf jeden Fall etwas gegen Fieber und Husten. Und ganz viel Spinat wollte sie anbauen. Für die Aussaat war es noch nicht zu spät. Wenn Amalia recht hatte, würde er Habbo von seinen häufigen Bauchschmerzen erlösen und von den mühsam herausgedrückten Knickerchen in seinen Windeln.

Die Setzlingstöpfe stellte Gesche nahe an die von der Frühlingssonne erwärmte Hauswand. Was wohl aus den winzigen Sprossen würde?

Gesche lehnte sich an den Mauervorsprung neben der Hintertür. Hier stand sie oft nach Spaziergängen oder Einkäufen, unfähig zu entscheiden, ob sie eintreten oder noch länger draußen bleiben sollte. Dieses dauernde Hineinmüssen und gleichzeitige Wegwollen – manchmal drohte es sie zu zerreißen. Und Amalia hatte, ohne es zu ahnen, dem Gefühl der Zerrissenheit neuen Antrieb gegeben. Natürlich würde es den Kindern – und auch dem Ehemann – guttun, wenn sie, die Hausfrau, sich kundig machte und mit allerlei Mixturen und wohlüberlegten Speisen eine Art Schutzschirm um sie legte. Wahrscheinlich würden alle prächtig gedeihen – pausbackige Trabanten, ein kraftstrotzender Gansberg, bereit, laufend weiteren Nachwuchs zu zeugen. Aber was sollte dabei aus ihr selbst werden? Wie sollte sie so ein nach vorne gewandtes, aufblühendes Leben ertragen, wenn doch alles in ihr der Vergangenheit zustrebte?

Langsam, mit anhaltendem Quietschen wurde die Tür aufgeschoben, und Claras braunes Gesichtchen erschien unterhalb der Klinke. Die hellblaue Schleife auf ihrem Wuschelkopf war zur Seite verrutscht, in die Richtung, in die auch ihr linkes Auge immer wegglitt. Gesche mochte diesen Silberblick, weil er den Eindruck erweckte, als sähe das Kind über das Greifbare, Naheliegende hinaus in eine unbekannte, geheimnisvolle Welt. Und sie mochte auch den Namen, den die Kleine ihr gegeben hatte, wohl um den Unterschied zu ihrer eigentlichen Mutter festzuhalten: *Geschemu.* Abgeleitet von *Gesche-Mutter*, einem für ein Kinderschnütchen reichlich schwierigen Wort. Torben war mit seinen fünf Jahren schon zu sehr *Mann* für solche Feinheiten und Sophie noch zu jung.

»Geschemu?«, fragte Clara und schlüpfte dabei aus dem Türspalt. »Geschemu, hab dich durchs Fenster gesehen. Was tust du hier draußen?«

»Ich denke ein bisschen nach.«

»Über was denn?«

»Über die Pflanzen hier zum Beispiel, die habe ich mitgebracht.«

»Sind die für mich?«

»Ja, auch für dich. Sie müssen nur noch tüchtig wachsen, dann können wir sie essen.«

Eine schmale, verschwitzte Hand kuschelte sich in Gesches wie ein schutzsuchendes Vögelchen. Liebe brauchte die Kleine. Arme, die sie warm umfingen. Augen, die auf sie achteten und sie beim Großwerden begleiteten. Einen Atemzug lang spürte Gesche den Impuls, Clara an sich zu drücken, aber mehr als ein freundliches Lächeln in das nach oben gereckte Gesichtchen gelang ihr nicht.

Ein paar Wochen waren seither vergangen.

Gesche hatte sich, während die Kinder, von Tula bewacht, ihren Mittagsschlaf hielten, mit der Stiftsfreundin zu einem Maispaziergang über die Klosterwiesen zum Pinnau-Deich aufgemacht. Verträumt schaute sie auf das frische, im Wind raschelnde Grün der Erlen und Weiden am Wegesrand und zuckte zusammen, als Amalia plötzlich das Wort an sie richtete.

»Was ich schon seit längerem fragen wollte: Wie geht es eigentlich deinen Setzlingen?«

Warum gerade jetzt? Warum musste Amalia diese Frage ausgerechnet in einem so wunderbar friedlichen Moment stellen? In der Luft schwang der Duft blühender Bäume, helle Kiebitzrufe mischten sich unter das Rauschen des Flusses, und durch die feuchten Wiesen stakten langbeinige Uferschnepfen.

Gesche schluckte. Verschwunden der wohlige Hauch, der eben noch ihr Herz umhüllt hatte.

Eigentlich wäre die Antwort ganz leicht gewesen: *Es hat nicht geklappt, schade drum.* Aber so einfach war die Sache nicht, weil der Spruch ihrer Mutter sie nicht losließ. Wie Kinder waren ihr die Pflänzchen anvertraut worden, und sie hatte versagt.

Solange die Sprossen in den Töpfen steckten, waren sie prächtig gediehen, täglich hatte Clara mit dem Abstand zwischen Daumen und Zeigefinger vorgeführt, wie viel sie wieder gewachsen waren, bis es an der Zeit schien, sie ins Beet zu pflanzen. Nicht zu viel und nicht zu wenig Sonne hatten sie an einer geschützten Stelle nahe beim Zaun bekommen, nicht zu viel und nicht zu wenig Wasser, kein Unkraut in der Nähe, keine gefräßigen Käfer oder Larven. Und trotzdem welkten sie schon nach wenigen Tagen, warfen die Blätter ab, verwandelten sich in faulig braune Strünke.

Schuldbewusst richtete Gesche die Augen auf den holprigen Sandweg, während sie von dem misslungenen Experiment erzählte, und war erleichtert, weil Amalia gelassen reagierte, ihr sogar ermunternd die Schulter tätschelte.

»So etwas kommt eben vor. Deshalb musst du den Kopf nicht hängen lassen, als wärest du selbst ein geknicktes Kräutchen. Schließlich hast du kein Gold im Teich versenkt.«

»Natürlich nicht. Aber dennoch wüsste ich gern, was ich falsch mache. Bei dir strotzen die Pflanzen vor Lebenskraft, und bei mir schrumpeln sie im Handumdrehen. Warum denn nur?«

Gesche merkte, wie sich eine steile Falte zwischen ihren Brauen bildete, immer öfter passierte das in letzter Zeit. Selbst morgens, wenn sie ausgeruht in den Spiegel ihrer Schlafkammer schaute, stand die Kerbe häufig schon da und ließ sich nicht mehr wegreiben.

»Warum?« Sanft strich Amalia ihr über die Stirn und antwortete so zögernd, als fürchte sie, der Freundin zu nahe zu treten. »Nun … vielleicht … weißt du, ich denke, du bist nicht richtig bei der Sache.«

»Was soll das heißen?« Die Falte zwischen Gesches Augen wurde noch eine Spur tiefer. »Ich habe doch eben berichtet …«

»Ja, ja, wie gut du die Pflänzchen versorgt hast«, fiel Amalia ihr ins Wort, »aber das meine ich nicht. Ich glaube«, sie zögerte wieder und warf Gesche einen vorsichtigen Blick zu, »ich glaube, du bist nicht mit dem Herzen dabei.«

Gesche blieb abrupt stehen. Einen Moment lang war sie versucht, lautstark zu protestieren, sich zu verteidigen wie jemand, der bei etwas Unrechtem ertappt wurde. Aber dann starrte sie die Freundin nur stumm und fragend an.

»Du wirkst oft so, als wärest du mit deinen Gefühlen plötzlich ganz woanders«, sagte Amalia behutsam, »als schwirrtest du mitten aus einem Gespräch oder einer Tätigkeit in eine andere Sphäre. Licht und Schatten wechseln manchmal auf deinem Gesicht wie am Aprilhimmel. Eben bist du noch fröhlich und ganz da, und im nächsten Augenblick siehst du aus wie von Traurigkeit überschwemmt. Kann das sein? Oder täusche ich mich?«

Langsam setzte Gesche sich wieder in Bewegung, dabei schürfte sie mit ihren Fersen den Sand so tief auf, dass der Wind leichtes Spiel hatte, ihn zu einer Staubwolke hochzuwirbeln, hinter der sie fast unsichtbar wurde. Stimmt, dachte sie, genau so ist es. Grietche muss nur ein Büschel Karotten aus dem Garten holen, und schon sehe ich Christian mit blitzenden Zähnen zubeißen. Wenn Bertram am Küchentisch im wilden Geschnatter auf diese besondere Weise durch sein Haar streicht oder mir aus dem Augenwinkel zulächelt, ist da Christian – und die schmerzhafte Sehnsucht nach ihm. Aber dass man es mir ansieht …

»He, Gesche!« Hüstelnd tauchte Amalia neben ihr auf. »Du musst mir nicht antworten, wenn du nicht willst. Es ist nur – du hast mich gefragt, und die Pflanzen erzählen tatsächlich eine Menge über dich. Du bist nicht glücklich, stimmt's?«

Mit gesenktem Kopf ging Gesche weiter. Glücklich! Wer

hatte je gefragt, ob sie sich glücklich fühlte bei all dem, was nach Christians Tod mit ihr geschehen war?

Blitzartig sah sie sich wieder in Plön: Gertrud, die Witwe, noch benommen vom doppelten Verlust, die nichts weiter wünschte, als mit den beiden kleinen Söhnen in ihrem Elternhaus im heimatlichen Herzogtum Zuflucht zu finden. Und der man anstelle der fürstlichen Erlaubnis einen saftigen Steuerbescheid zustellte. Ohne sie nach ihren Plänen zu fragen, ohne Rücksicht darauf, dass seit der Beerdigung ihres Mannes erst vier Tage vergangen waren, hatten die Ratsherren sich an den Herzog gewandt mit dem Ansinnen, bei der *Mohrin* Gertrud Gottlieb das übliche *Abzugsgeld* einzutreiben, das als Ausgleich für den Wegfall künftiger Steuereinnahmen fällig wurde, wenn jemand in ein anderes Herrschaftsgebiet umzog.

Sie habe vor, die Stadt endgültig zu verlassen, hieß es in dem Schreiben, von dem Gesche unter der Hand durch den Hofmarschall erfuhr, und müsse daher den zehnten Teil ihres gesamten Besitztums zurücklassen. Nicht nur ihr noch in Plön befindlicher Brautschatz wurde von den Herren aufgerechnet. Da ihnen nach alter Sitte gestattet war, die Hälfte des Abzugsgeldes in die eigenen Taschen zu streichen, wollten sie sich mit Hilfe fadenscheiniger Behauptungen auch an Christians hinterlassenem Vermögen bereichern.

Vor so viel Kaltherzigkeit, so hemmungsloser Gier hatte sie aufgegeben, hatte gar nicht abgewartet, was der Herzog entschied, sondern war noch in der gleichen Woche nach Eimsbüttel zurückgekehrt.

Als Lösung blieb nur eine zweite Eheschließung.

Die Stimme ihrer Mutter klang ihr noch im Ohr: *Was hast du bloß gegen eine zweite Heirat, Kind? Das tun doch alle in deiner Lage! Denk an die Kleinen, und du selbst brauchst einen*

Beschützer, damit man dir nicht noch einmal so übel mitspielt. Liebe! Hör mir auf mit der Liebe! Sei zufrieden, wenn dein Mann nicht säuft und schlägt und dir ein sicheres Auskommen bietet.

Zufrieden, dachte sie, wie kann ich zufrieden sein, nachdem ich einmal so glücklich war?

Sie ließ es zu, dass Amalia sich bei ihr unterhakte und sanft ihren Arm drückte, und hatte auf einmal das Gefühl, als ginge eine ältere Schwester an ihrer Seite, eine freundliche, verständnisvolle, der sie vertrauen konnte. So wie Hedwig gewesen war, ganz früher, ehe sie sich in einen harten Besen verwandelte.

»Das Gerede der Leute dringt natürlich auch zu uns ins Kloster vor«, hörte sie Amalia sagen. »Es heißt, dass du deinen ersten Mann und eines deiner Kinder fast gleichzeitig verloren hast. Das ist wohl noch nicht lange her?«

Gesche schüttelte den Kopf. »Noch nicht ganz ein Jahr.«

Ein erneutes Armdrücken. »Warum hast du nie davon erzählt? Kein Wunder, dass du oft traurig bist«, sagte Amalia. »Es braucht Zeit. Wenn dein Bein gebrochen ist, musst du Geduld aufbringen, und mit der Seele verhält es sich nicht anders, auch ihre Wunden heilen nur langsam. Irgendwann hast du es überstanden, und die Narben schmerzen nur noch ab und an.«

Hätte jemand anderer so zu ihr gesprochen, würde Gesche zum Schein zugestimmt haben, damit man sie in Ruhe ließe. Amalia war die Erste, bei der sie nicht den Drang spürte, sich zu verstellen.

Hilflos zuckte sie mit den Schultern. »Da bin ich nicht so sicher. Im Gegenteil, mir kommt es oft so vor, als zöge mich jeder Tag seit Christians Tod weiter aus dem Leben, ich halte es nicht aus, dass die Entfernung zwischen uns immer größer wird, je mehr Zeit verrinnt. Manchmal packt mich die Angst, ihn sogar aus meinen Gedanken zu verlieren, weil ich plötzlich nicht mehr weiß, wie er ausgesehen hat, sein Bild ist weg.«

Beruhigend streichelte Amalia die Hand, die sich um ihre gekrallt hatte. »Das ist oft so, aber nach einer Weile, wenn sich der heftigste Schmerz gelegt hat, kommt es zurück. Glaub mir, du kannst der Zeit sogar beim Heilen helfen. Lass dich ein auf deine neue Ehe, die neue Umgebung. Ist Gansberg nicht ein guter Mann? Und deine Kinder! Dazu der prächtigste Hof hier im Flecken! Mach dich los von der Vergangenheit, dann wird es dir besser gehen.«

Aufgesetzt munter klang die Stimme der Freundin, Gesche hörte es genau. Wahrscheinlich hatte Amalia sogar recht, nur halfen die gut gemeinten Worte nicht. Ich will ja, dachte sie, ich versuch's doch, immer wieder bemühe ich mich, das anzunehmen, was jetzt mein Leben ist. So wie heute Morgen.

Gansberg war spätnachts von seiner Rundtour nach Hause gekommen, länger als gewöhnlich war er im Bett geblieben und noch warm vom Schlaf zu ihr unter ihr Federbett gekrochen. Sanft und auch ein bisschen kennerhaft hatte er seine Hand um ihren schon fast kohlkopfgroßen Bauch kreisen lassen und geflüstert, wie sehr er sich auf das Kind freue, das erste gemeinsame. Sein Atem in ihrem Ohr, die stachelige Nähe seiner Wange. Sie wollte es schön finden, schloss fest die Augen, um nichts wahrzunehmen außer seiner Zärtlichkeit. Und dann waren sie auf einmal wieder da, die Bilder von früher. Christian, wie er vor lauter Vorfreude auf sein Kind durch die Küche tanzt. Seine langen Finger in den winzigen Schuhen beim Parademarsch zwischen den Musnäpfen. Es ging nicht, sie konnte einfach nicht. Mit einem Satz war sie aus dem Bett gesprungen, hatte etwas von einem Wadenkrampf gemurmelt und sich dramatisch hinkend aus der Tür geschlichen.

Sollte sie Amalia davon erzählen? Oder von dem Versuch, in

ihrem Kopf eine Kammer einzurichten, in der sie alle Erinnerungen sammelte – Bilder, Situationen, Gefühle, den Metallgeschmack auf Christians Trompeterlippen –, um nicht ständig von ihnen überfallen zu werden? Und auch davon, wie wenig das genutzt hatte?

Erinnerungen, das wusste sie inzwischen allzu gut, ließen sich nicht steuern, sie kamen überraschend, unvorhersehbar, manchmal wie hingetupft, manchmal wie ein Wirbelsturm, der alles mit sich riss, manchmal wie der Widerschein großen Glücks, von dem anschließend nur das Gefühl umso größerer Verlorenheit übrig blieb. Der Geruch regennasser Erde, die Farbe einer Blume, das Wiehern eines Pferdes, nichts gab es, das nicht unverhofft Teile der Vergangenheit heraufbeschwören konnte und dabei die Fundamente der Gegenwart ins Schwanken brachte.

»Hörst du mir überhaupt zu?« Amalias Stimme drängte sich in ihre Gedanken.

Gesche nickte. Sie brauchte einen kurzen Moment, um wieder ganz da zu sein. »Ja, ja, natürlich. Es ist sicher richtig, was du sagst, und ich nehme auch immer neu Anlauf, mich mit allem hier zu arrangieren, aber dann …«

»Was dann?«

»Vielleicht hältst du mich für verrückt, aber … aber es kommt mir vor, als würde ich Christian betrügen, wenn ich mich auf diese Ehe einließe.«

»Verrückt bist du nicht, aber trotzdem redest du Unsinn. Einen Toten kann man nicht betrügen. Außerdem, was hättest du sonst tun sollen? Bestimmt wäre dein Christian froh, wenn er dich so gut aufgehoben sähe.«

»Das glaube ich nicht.« Gesche sprach sehr leise. Sie fürchtete plötzlich, Christian auch dadurch zu verraten, dass sie erzählte, was über den Tod hinaus zwischen ihnen beiden bestand. Aber jetzt die Schotten wieder dichtmachen? Dem Gespräch eine andere Wendung geben? Vielleicht über die Margeriten reden, da drüben an der Böschung, aus denen sich ein wundervoller Strauß machen ließe? Nein, dafür war es zu spät, zu viel hatte sie schon preisgegeben.

»Wieso? Was meinst du damit?«, hakte Amalia nach.

Was antworten? Dass diese *weiße* Ehe ihr vorkam wie ein Einknicken vor den Forderungen ihrer Umgebung? Wie eine bußfertige Rückkehr in die *richtigen* Verhältnisse? Dass sie damit alles hinter sich lassen müsste, was Christian und sie leidenschaftlich erkämpft hatten? Dass Christian im umgekehrten Fall bestimmt nicht anders empfände? Und was noch weitaus schwerer wog: dass er genauso wenig loslassen konnte wie sie selbst? Sie spürte ja, wie er an ihr zog, während sie sich wegsehnte aus ihrem jetzigen Leben. Und der Schattenmann – wie sollte sie den Schattenmann erklären, der immer öfter in ihren Träumen auftauchte?

Amalia mit ihrer praktischen, zupackenden Art würde solche Gedankengänge vermutlich sehr sonderbar finden. Andererseits – vielleicht hatte sich das Handfeste nur wie eine Schutzschicht über tieferliegende, empfindsamere Schichten gelegt.

Die Wärme in ihren Augen.

Gesche musste tief Luft holen. »Er gibt mich nicht frei, ich fühle es, und ich will es auch nicht anders.«

»Aber so kann man doch nicht leben!« Entsetzt schlug Amalia die Hände vors Gesicht und starrte die Freundin fassungslos an.

Ja, genau das ist es, dachte Gesche, so kann ich nicht leben. Klarer als in den vielen, vielen Überlegungen, die sie allein mit sich selbst angestellt hatte, erkannte sie plötzlich den ihr vorgezeichneten Weg.

»Weißt du denn nicht, wie dankbar du sein müsstest?« Amalia hatte sich auf einen Findling sinken lassen, der gefährlich weit in den Weg hineinragte, und zerrte Gesche am Ärmel an ihre Seite. »Weißt du etwa nicht, dass die meisten Menschen, die allermeisten, so eine Liebe überhaupt nicht kennen? Alltag, Alltag, Unglück, Alltag, Alltag – so sieht es gewöhnlich aus. Du hast ein Ausnahmeglück erlebt, und jetzt ist es an der Zeit, das normale Maß anzunehmen.« Prüfend schaute sie in Gesches Gesicht und fuhr, als sich darauf keine Regung zeigte, in weniger strengem Ton zu sprechen fort: »Schmerz und Leid gehören, das ist dir so klar wie mir, zu jedem Leben, sie sind kein Fluch, sondern notwendig, damit wir stärker und hellsichtiger werden.«

O Gott, schon wieder diese Litanei, dachte Gesche, hörte jedoch mit wachsender Aufmerksamkeit zu, als Amalia – vielleicht, um sie vom eigenen Unglück abzulenken, vielleicht aber auch zum Beweis ihrer Behauptungen – anfing, von der Geschichte des Klosters zu erzählen. Durch Jahrhunderte Feuer und Wasserfluten, Erdbeben, Stürme und Überfälle, zerstörte Gemäuer, die bettelarm gewordenen Bewohnerinnen immer wieder auf der Flucht und immer wieder bereit zum Neubeginn.

»Sieh dir Heddas angekokelte Pergamente an«, sagte Amalia, »spärliche Überreste aus dem schwedisch-dänischen Krieg, der Uetersen mitsamt dem Kloster vor nicht ganz vierzig Jahren in Schutt und Asche legte. Nimm sie als Zeichen dafür, was man alles verkraften kann und muss.«

»Und du?« Gesche hatte die Frage schon eine Weile vor sich her geschoben, aber jetzt ließ sie sich nicht mehr zurückhalten. »Hast du selbst auch mal etwas erlebt, das dich an den Rand deines Fassungsvermögens gebracht hat?«

Mit ihren rauen Händen wischte Amalia ein paar verirrte

Blättchen aus den Falten ihres Habits. Ein leises Kratzen. Und eine nur zögernd einsetzende Antwort: »Ich? Ich selbst? O ja – sieben Jahre, bald sieben Jahre ist es her. Damals starb mein Pflegekind, Klaas hat er geheißen, Klaas Schriever, ein witziger kleiner Kerl. Sein Vater war Kesselflicker, zog mit seiner Familie im Planwagen über die Dörfer und hatte nichts dagegen, dass der Kleine oft wochenlang bei mir im Kloster blieb. Der Organist gab ihm Klavierunterricht, Susanna, die damals das Amt unseres *Kirchenfräuleins* hatte, ließ ihn beim Fegen helfen und beim Schmücken des Altars, und von mir lernte er, Unkraut von Heilkräutern zu unterscheiden. Manchmal las ich ihm aus den Schriften von Hildegard von Bingen vor, natürlich nur, was er verstehen konnte. Vielleicht hast du von ihr gehört, wir nennen sie die *Mutter der Klostermedizin*. Klaas war ein helles Kerlchen, am besten gefiel ihm ihr Spruch *Die Rose öffnet das Herz*, das malte er sich wörtlich aus, als wäre man innendrin ganz weich und gut riechend. Und dann«, Amalia schluckte schwer und räusperte sich, »dann ist er ertrunken. Gerade mal neun Jahre alt. Das kleine Grab neben dem deiner Vorgängerin Alma – da liegt er.«

Ach, deshalb die vielen frischen Blumen, dachte Gesche, und im Winter die Tannensträuße. »Was ist denn passiert?«, fragte sie leise.

Im Mühlenteich sei er ertrunken, sagte Amalia mit wieder klarer Stimme. An einem Oktobertag, schon längst zu kühl zum Baden.

Gesche kannte den Weiher hinter dem Wirtschaftshof des Klosters, umgeben von uralten Eichen und hohen Sanddünen, von denen sich die Dorfkinder an heißen Tagen kopfüber ins Wasser rollten. *Mojeberg* hieße die höchste Düne, hatte Bertram ihr im vergangenen Sommer erklärt, wenn man ganz oben anfange, sei der Abhang gerade lang genug für sechs oder sieben Kullerer. Seine Augen hatten dabei gestrahlt – seine Christian-Augen.

Sie hätten Steinchen über die spiegelglatte Fläche flitschen lassen, sagte Amalia. Klaas und ein paar Nachbarskinder. Ehrgeizig sei er gewesen, habe alles besonders gut machen wollen. »Er muss sich zu weit vorgewagt haben«, sagte sie, »vielleicht war da auch ein Loch im Schlick, und er hat den Halt verloren. Ganz plötzlich ist er unter Wasser geraten, und als sie ihn herausgefischt haben, war es zu spät.«

Stumm saß Gesche da. *Schlimm, schrecklich* – jeder Ausdruck des Bedauerns kam ihr zu dürftig vor.

»Zeit für den Heimweg!« Völlig unerwartet schlug sich Amalia mit beiden Händen auf die Knie und strich im Aufstehen die Falten ihres Habits glatt. »Schluss mit den traurigen Gedanken, außerdem muss ich meinen Garten gießen.«

Gesche konnte kaum Schritt halten, so resolut setzte die Stiftsdame einen Fuß vor den anderen. Es sah aus, als wollte sie aus sumpfigem Gelände möglichst rasch auf festen Boden gelangen.

»Du möchtest wissen, wie ich das verkraftet habe, stimmt's?« Über die Schulter warf sie der Freundin einen kurzen Blick zu und sprach weiter, ohne deren Antwort abzuwarten. »Vielleicht hat mir meine Grundeinstellung geholfen, ich halte nämlich viel von Menschen, die durch widrige Umstände und Ereignisse nicht unterzukriegen sind und über genügend Beharrlichkeit verfügen, sich wieder aufzurichten. Und die sich nicht gestraft fühlen, sondern herausgefordert, daran zu wachsen. Ich wäre gern eine von ihnen.«

Sie zog die Nase kraus, als machte sie sich über sich selbst lustig, fuhr aber schnell in ernstem Ton fort: »Und dann ist da noch meine Überzeugung, dass alles im Leben einen Sinn hat, sogar der Tod eines so kleinen, unschuldigen Kerlchens. Kann sein, dass ich nur versuche, es mir leichter zu machen – dennoch hilft mir die Vorstellung, was höchstwahrscheinlich aus ihm geworden wäre. Der Sohn eines armseligen Kesselflickers. Ein paar Jahre lang durfte er den Duft einer anderen Welt schnuppern. Musik, zweckfreie Schönheit wie die von Blumen, geheimnisvolle Geschichten, mit denen in seinem Planwagen-Zuhause niemand etwas hätte anfangen können. Und er war aufgeweckt genug zu erkennen, was für eine Kluft da lag zwischen den beiden Welten. Immer wieder habe ich mich gefragt, wie es mit ihm hätte weitergehen können. Neugier und Talent auf der einen Seite, bitterste Armut auf der anderen.«

Sie schwieg und überließ es ihrer Zuhörerin, selbst den Schluss aus diesem Dilemma zu ziehen.

»Augenblick mal!« Gesche, die mit einiger Mühe hinter ihr her gehetzt war, holte auf und sprang mit einem Satz vor Amalias Füße. Ein plötzlicher Windstoß blähte ihre Röcke und wirbelte ihr Schultertuch zu einer Fahne hoch. Wie ein breites Warnzeichen versperrte sie den Weg. »Willst du damit etwa sagen, dass es für den Kleinen gut war zu sterben? Ohne die Chance, seine Kräfte auszuprobieren? Darf man so über das Leben eines anderen befinden? Vielleicht hätte es ja doch einen Ausweg gegeben!«

Christian, schoss es ihr im gleichen Moment durch den Kopf, das Mohrenkind, ganz allein in der Fremde – waren seine Aussichten nicht noch viel finsterer gewesen? Seinetwegen fauche ich so los. Erschrocken biss sie sich auf die Lippen und gab den Weg frei.

Der schmerzliche Ausdruck in Amalias Augen war ihr nicht entgangen, und sie bemerkte, während sie beide langsam Seite an Seite weitergingen, auch das hilflose Schulterzucken der Freundin.

»Ich versuche ja nur, mir das Unglück passend zu machen«,

sagte Amalia in einem Ton, als traute sie ihren eigenen Worten nicht ganz.

»Passend?« Gesche schaute sie verblüfft an.

»Ja, ich muss ihm eine Bedeutung geben, sonst kann ich nicht damit umgehen. Klaas, denke ich, ist viel Schweres erspart geblieben durch seinen frühen Tod, und was mich betrifft – nun, als Frau ohne Mann und ohne eigene Kinder weiß ich jetzt doch wenigstens, wie sich Mutterliebe anfühlt. Besser kurz als nie, findest du nicht?«

Das ist auf mich gemünzt, dachte Gesche, sie will mir helfen, sie will, dass ich genauso empfinde, mir meine Geschichte auch *passend* mache. Soll ich mir vorstellen, was in zehn oder zwanzig Jahren womöglich aus uns geworden wäre: Christian und ich – ein verdrossenes altes Ehepaar, versunken im freudlosen täglichen Einerlei? Und deshalb nicht trauern um unsere knapp bemessene glückliche Zeit? Sie kennt das nicht. Amalia hat nie erfahren, wie zwei ineinandergewundene Ranken so verflochten zu sein, dass keiner ohne den anderen überleben kann.

»Vielleicht hast du recht«, sagte Gesche vage, »vielleicht kann man es so sehen.«

Jede mit den eigenen Gedanken beschäftigt, gingen sie schweigend weiter, bis sich kurz vor der Kirche ihre Wege trennten. Amalia, die seit einer Weile immer wieder zum Himmel aufgeschaut und den Sonnenstand verfolgt hatte, blieb nicht einmal stehen, um sich zu verabschieden.

»Meine Pflanzen brauchen Wasser! Noch vor der Chorstunde!« Und schon rannte sie winkend nach rechts um die Ecke, während Gesche nach links abbog.

Über die festgetretene Erde im Baumhof tanzten Blätterschatten, huschten hin und her wie einander jagende Vögel. Grün und weiß aufblitzende Moosinseln und Kamillenblüten im Schein hüpfender Sonnenstrahlen. Gesche legte den Kopf in den Nacken und wandte das Gesicht dem Glitzern und Gleißen in den Baumkronen zu. Christians Afrika-Licht – zu hell, um es lange auszuhalten. Blinzelnd, in einem plötzlichen Impuls, streifte sie die Schuhe ab. Wurzeln und Steine, Sand und Flechten, das Weiche, das Knorrige, das Stechende, das Zarte – alles wollte sie unter ihren Füßen spüren. So geerdet und von *seinem* Licht beschienen, kam es ihr vor, als könnte sie Christian in die Wirklichkeit zurückholen, als stünde er hier neben ihr. Wenigstens für einen kurzen Augenblick.

In einer Mauernische bei der Pilgerpforte, früher der Platz des Torwächters, setzte sie sich hin, schlug das rechte Bein über das linke Knie und puhlte mit beiden Zeigefingern einen Dorn aus ihrer Fußsohle. Dann zog sie die Schuhe an, strich ihren Rock glatt und trat auf die Straße. Frau Gansberg, die sorgfältig Kuhfladen und Pferdeäpfel umrundete, auf dem Weg nach Hause. Zeit für die Abendsuppe und die große Kinderwäsche im Zuber. Wie immer samstags.

Eine ausufernde Pfütze vor Amalias Haus, nicht wie gewohnt mit Planken abgedeckt. Die Fensterläden geschlossen. Gesche stutzte, balancierte dann über ein paar glitschig braune Grasbüschel zur Haustür und klopfte. Nichts rührte sich. »Amalia!« Erneutes Klopfen.

Endlich schlurfende Schritte, die Tür wurde einen Spaltbreit geöffnet, und Urtes Pusteblumengesicht spähte heraus.

»Ah, Ihr seid's!« Statt eines Grußes nickte sie nur kurz, dabei hielt sie die Haube auf ihrem Kopf fest, ein viel zu großes, dunkelgrünes Stück, das sie offenbar der Form halber eilig über ihr Haar gestülpt hatte. »Die Herrin ist nicht da.«

»Guten Tag, Urte«, sagte Gesche betont höflich und ein bisschen erzieherisch wie beim Umgang mit den Kindern.

Mit unverhohlener Neugier starrte die Magd auf ihren Bauch. Ja, er war riesig. Ein besonders kräftiges Kind, meinte die Hebamme, die auch schon Hedwig auf die Welt geholt hatte. Aber dergleichen gab es schließlich öfter, kein Grund, so zu gaffen.

»Wo ist sie denn? Ich werde auf sie warten.« Entschlossen setzte Gesche einen Fuß auf die Schwelle und wollte die Tür weiter aufdrücken.

Doch Urte, die Fäuste in die Hüften gestemmt, versperrte den Eingang.

»Hat keinen Zweck, sie ist verreist.«

»Verreist? So plötzlich?«

»Ja, heute Morgen, Knall auf Fall. Hatte gerade noch Zeit, sich Urlaub zu holen bei der Priörin, Ihr wisst schon.« Das Ö in der Amtsbezeichnung dehnte sie noch stärker als die anderen Einheimischen.

Priörin. Anfangs hatte Gesche geglaubt, sich verhört zu haben, wenn jemand das allgemein gebräuchliche O durch ein Ö ersetzte, bis Amalia ihr erklärte, es handle sich um eine lokale Besonderheit, deren Herkunft aus dem Dänischen, vielleicht auch Französischen kein Mensch mehr klären könne. *Priööööriin* – bei Urte klang es wie von einer Kindertröte herausposaunt.

Natürlich war es Gesche bekannt, dass die Konventualinnen das Stift nicht ohne Einwilligung der Vorsteherin Anna Lucia von Leyel verlassen durften. Aber dass Amalia ihr, der mittlerweile engsten Vertrauten, keine Nachricht hatte zukommen lassen, sprach für eine überstürzte Abreise. Irgendetwas musste passiert sein.

»Weißt du, wohin sie gereist ist und warum?«

»Nach Meldorf, zu ihrer Schwester. Die ist da verheiratet und kriegt scheint's ein Kind. Eine sehr harte Geburt, sagt der

Mann, der mit der Kutsche hier ankam, ein Cousin, glaube ich. Er sagt, die arme Frau würd's wohl nicht überleben.«

Wieder dieser Blick auf ihren vorgewölbten Bauch. Gesche meinte, einen Anflug von Mitgefühl in Urtes Gesicht zu erkennen. Wahrscheinlich malte die Magd sich aus, was ihr demnächst bevorstand. Unwillkürlich trat sie einen Schritt zurück und merkte im gleichen Moment, wie ihre Schuhe bis über den Rand im Wasser versanken und der Saum ihrer Röcke sich vollzusaugen begann. Schwerer als je zuvor wog plötzlich die Last in ihrem Leib.

Was nun? Wohin? Zurück nach Hause? Nein. Bendine würde bestimmt noch eine gute Stunde zu tun haben, und deren Gesellschaft ertrüge sie heute nicht mehr. Sitzen, sie brauchte dringend einen Platz, um sich auszuruhen. Ihren Bauch mit beiden Armen umfassend, platschte Gesche zum Rand der Pfütze und wandte sich Richtung Kirche. Jetzt, am frühen Nachmittag, würde sie dort wahrscheinlich allein sein, ungestört, auf jeden Fall erst einmal sitzen können. Die Tür stand offen.

Aufatmend rutschte sie in eine der Bänke links vom Mittelgang, schob den Bauch vor, streckte die Beine aus, so weit es ging, und schloss die Augen. In der Luft hing der Geruch von feuchten Steinen, kalt war es und sehr still. Vielleicht würde diese Umgebung ihr helfen, den Aufruhr in ihrem Innern zu besänftigen.

Amalias Schwester – Dörte, richtig, Dörte wurde sie gerufen, jetzt fiel es ihr wieder ein. Was habe ich mit dieser Dörte zu schaffen?, dachte Gesche. Warum fühle ich mich so berührt von ihrer Geschichte? Weil es ihr schlecht geht und mir etwas Ähnliches passieren könnte? Unsinn! Immerhin ist es meine fünfte Entbindung. Bislang ist alles gutgegangen, weshalb also dieses Mal nicht?

Das Holz der Bank schnitt ihr in die Schulterblätter, und

dem Kind missfiel offenbar ihre abgeknickte Haltung. Erst als sie bis zum Bankende weiterrutschte und den Rücken an die Kirchenmauer lehnte, hörte es auf, gegen ihre Bauchwand zu treten. Jetzt noch Möhrchens Kleid aus dem Rockbund ziehen, damit er weniger kneift, und die geschwollenen Beine auf die Sitzfläche legen. Aus den Schuhen tropfte kaum noch Wasser. Keine sehr ehrerbietige Haltung, dachte sie. Aber es war niemand in der Kirche, der sich daran hätte stören können, und Gott – der hatte schließlich dafür gesorgt, dass sie in diesen Zustand geriet, er und Gansberg natürlich.

Wieder schloss Gesche die Augen. Sie stellte sich vor, wie es in Meldorf zugehen mochte, dem Flecken oben an der Nordsee, wo Dörte wohnte. Vielleicht in einem Haus am Strand, durch dessen Fenster man übers Meer bis zum Horizont schaute. Schweißnass und stöhnend läge sie auf ihrem Lager, dem Geschehen hilflos ausgesetzt und bereit, lieber zu sterben, als diese Qual länger zu ertragen. Und dann würde sich Amalia zu ihr setzen – mit ihren kundigen Händen, mit ihren warmen Augen. Amalia. Obwohl sie nie selbst ein Kind auf die Welt gebracht hatte, würde sie den Schmerz und die Not ihrer Schwester nachempfinden können, würde erfassen, wie Dörte zumute war. Genauso ist es bei mir, dachte Gesche. Auch wenn sie ein Glück wie mein vergangenes nicht erlebt hat, ist ihr Herz durch die mütterliche Liebe zu dem kleinen Klaas weit geworden für das, was Liebe sonst noch sein kann. Sie versteht es einfach.

Plötzlich glaubte sie, Christians Stimme zu hören, diese weiche, etwas rauchige Stimme, die immer ein Kribbeln auf ihrer Haut ausgelöst hatte. *Du kannst überall leben, solange es nur einen einzigen Menschen gibt, der dich versteht.* An einem ihrer ersten Abende auf dem Mohrenhof hatte er das gesagt, am Küchentisch, als sie wissen wollte, wie man sich fühlte, ganz allein unter Fremden.

Für sie war Amalia solch ein Mensch. Wenn es hier in Uetersen jemanden gab, mit dem sie offen reden konnte, dann Amalia, die genug wusste über Verlust und Schmerz und Trauer.

Wie lange der Besuch in Meldorf wohl dauern würde? Hoffentlich nicht länger als bis zur Geburt des nächsten kleinen Gansberg. Die Freundin in der Nähe zu wissen, würde ein großer Trost sein.

Gesche schob sich auf der harten Bank in eine bequemere Position und bemerkte erst jetzt, dass ihre Hände wie von ihr losgelöst Möhrchens kleines Kleid auf der Rundung ihres Bauches glattstrichen. Eine ziemliche Weile musste das schon so gehen, denn trotz der Kälte rundum war der Stoff ganz warm. Vielleicht verhielt sich der Winzling da drinnen deshalb so ungewohnt ruhig. Ich streichle das eine Kind und meine das andere, dachte sie und spürte einen aufsteigenden Druck in der Kehle. So wird es immer weitergehen. Ich sollte die neuen Kinder genauso lieben wie die ersten, sie in die Arme nehmen und knuddeln, aber ich bringe es nicht über mich. Ich kann einfach nicht.

Hinten im Kirchenschiff kratschten die Türangeln. Gesche wandte den Kopf, konnte jedoch im Novemberlicht, das trüb durch die schmalen Fenster fiel, nicht ausmachen, wer da eintrat. Das Getrappel von eiligen Kinderfüßen kam näher, über den Oberkanten der Bankreihen schienen ein paar dunkle Mützen heranzuschweben. Heiseres Flüstern und Kichern. Ein polternder Trupp drängte in ihre Bank. Mit dem Handrücken fuhr sie sich über die Augen und erkannte drei dunkle, vor Aufregung glühende Gesichter, die sich ihr entgegenreckten, Torben, Gansbergs Ältesten, Bertram und Clara, in Schwaden von Winterluft, Wolldunst und heißen Atem gehüllt, das Trio, das seit einiger Zeit ständig zusammensteckte.

»Wir haben dich gesucht!« – »Eine Depesche!« – »Mutter, hör mal!« – »Für dich!« – »Ein Bote mit einer Depesche!«

Ehrfurcht vor dem Gotteshaus hatte man ihnen schon beigebracht, und sie gaben sich auch spürbar Mühe, ihre Stimmen zu dämpfen und einander nicht zu überschreien, nur gelang ihnen das nicht ganz. Weil Gesche nicht gleich klug wurde aus ihren Mitteilungen, mussten die drei natürlich immer lauter wispern, bis sie endlich begriff: Schlapritz hatte eine Nachricht geschickt. Morgen oder übermorgen wollte er in Uetersen sein.

Herr Schlapritz – Gesche gab es einen kleinen Stich, als sie ihren Sohn von *Herrn Schlapritz* reden hörte. Ein paar Jahre zuvor war der Freund noch *Onkel Hi* für ihn gewesen, weil er Hieronymus nicht aussprechen konnte. Ob Bertram sich daran erinnerte? Und ob er manchmal an seinen richtigen Vater dachte, wenn er Gansberg Vater nannte? Sie würde ihn danach fragen, aber nicht jetzt. Im Augenblick musste sie sich auf Schlapritz konzentrieren. Ein Glück, dass er endlich kam!

Aus dem engen Gehäuse der Bank befreit, folgte sie den vorausrennenden Kindern mit schweren Schritten den Mittelgang entlang. Kurz vor der Tür drehte sie sich noch einmal um. Das Altarkreuz da vorne, in Grün und Gold gehalten, an den Balken rot schimmernde Rosenknospen – zum ersten Mal fiel ihr auf, wie viel Tröstliches von ihm ausging.

DRITTER TEIL

Schon der dritte Pfannkuchen verbrannt! Gesche rüttelte heftig an der Pfanne, aber da war nichts mehr zu retten. Weg mit dem verkohlten Fladen in den Schweinetrog und neuen Teig eingefüllt.

Welcher Floh hat mich nur gestochen, ausgerechnet heute Pfannkuchen zu backen, wo Grietche mit zugeschwollenem Hals in der Dachkammer auf ihrem Strohsack liegt?, dachte sie und führte die Backschaufel behutsam am Rand entlang, damit nicht wieder etwas ansetzte. Ob der Nachschub noch reicht? Sie warf einen Blick über die Schulter, sah rund um den Tisch fettglänzende, eifrig kauende Münder und vollgestopfte Backen, hörte genüssliches Schmatzen und Schlecken und wusste plötzlich genau, warum sie das tat. Christian – für einen Moment kam es ihr vor, als säße er zwischen den Kindern. Pfannkuchen aus Buchweizenmehl mit ordentlich Eiern und einem Schuss Dünnbier waren eins von Christians Leibgerichten gewesen, gleich nach Rübeneintopf mit Schweinestelzen. In Erwartung seines Freundes musste sie auf die Idee gekommen sein. Und natürlich verstrich die Zeit beim Hantieren am Herd auch nicht ganz so quälend langsam.

Wo Schlapritz nur blieb? Nein, kein erneuter Blick durchs Fenster, an dem Böen von feinem Schnee vorbeitrieben. Aufpassen jetzt, sonst würde sie hier niemals fertig werden. Den Eierkuchen wenden und die nächste Teigkelle in die Pfanne geben, und noch eine und dann wieder eine. Torben und Bertram standen schon neben ihr, die Teller fordernd vorgestreckt. »Wir teilen mit den Kleinen!«

Erst als sie die Kinder zum Spielen in die Diele geschickt hatte und die Fettspuren vom Tisch und vom hölzernen Geschirr schrubbte, ließ sie ihren Gedanken freien Lauf. Wohl war ihr nicht bei der Vorstellung, wie Schlapritz da draußen mit Schnee und eisigem Wind kämpfte, um sie zu erreichen. Eine halsbrecherische Tour über gefrorene Furchen, vorbei an vom Raureif gebeugten Bäumen. Aber wer hatte ahnen können, dass die frostige Kälte nach vielen milden Tagen noch einmal zurückkäme? Unmöglich, den Ritt von Plön hierher bei dieser Witterung in nur einer Etappe zu schaffen.

Christian hatte damals in umgekehrter Richtung ungefähr neun Stunden gebraucht, wie die Ermittler später meinten. Bei sommerlicher Wärme, nein, eher Hitze. Das wusste Gesche, weil sie es in ihrem schwarzen Trauerkleid in der Sonne kaum ausgehalten hatte. Der Ritt durch die Gluthitze war sicher sehr anstrengend, vielleicht hatte Christian sich auch noch besonders beeilt, um möglichst bald wieder bei ihr zu sein, vielleicht war er abgelenkt durch den Gram um seine Tochter. All das mochte eine Rolle gespielt haben, aber die Ursache für seinen Tod musste woanders liegen. Auf *Elske* war er unterwegs gewesen, seiner hellbraunen Lieblingsstute, einem holsteinischen Warmblüter, zäh, zuverlässig und trittsicher. Bestimmt hatte er nichts geahnt von der Gefahr, die auf ihn lauerte. Bis ihn plötzlich etwas vom Pferd riss, auf einen Stein stürzen ließ. Ob er geschrien hatte? Nach ihr gerufen? Ob er Schmerzen empfunden hatte, spürte, wie sein Bein brach? Ob er sofort tot war oder lange leiden musste? Die Leute, die ihn fanden, konnten es nicht sagen, sie konnten kein Lebenszeichen mehr an ihm entdecken.

An den Spülstein gelehnt, kehrte Gesche zu diesem Tag zurück. Sie brauchte inzwischen nur noch die Augen zu schließen, um sich an irgendeinen Punkt der Vergangenheit zu versetzen. Es war, als ließe sie einen Eimer hinab in einen tiefen Brunnenschacht und zöge ihn gefüllt mit gelebtem Leben wieder herauf.

Unzählige Male hatte sie mittlerweile überlegt, was sie im Moment seines Todes getan haben mochte, wo sie gewesen war, nachdem die letzten Trauergäste das Haus verlassen hatten. Im Stall, bei dem neugeborenen Fohlen, oder hinterm Haus zwischen den Bohnenstöcken, die in der trockenen Erde umzufallen drohten?

Das Lied von Möhrchens Begräbnis war ihr, wie den ganzen Tag schon, auch abends noch durch den Kopf gespukt. Trotz aller Rebellion gegen den Text ging ihr die Melodie nicht aus dem Sinn. Vielleicht hatte sie sogar leise vor sich hin gesummt – während Christian stöhnend am Boden lag, der Waldboden rundum blutgetränkt und von Pferdehufen aufgewühlt.

Hätte sie nicht spüren müssen, wie es um ihn stand? Sie hatte die Rosen neben der Haustür gegossen, Habbos Windeln in den warmen Wind gehängt, den Abendbrei für die Jungen gekocht. Es wurde dunkel – um diese Zeit sei er gefunden worden, hieß es später. Auf einer Bahre schleppte man ihn in die Stadt, im Fackelschein nahm der Wundarzt eine erste Untersuchung vor. Derweil löschte sie das Feuer im Herd und blies die Talgkerze neben ihrem Bett aus. Nichts hatte sie gewittert, nichts geahnt. Wie konnte das sein? Vor dem Einschlafen hatte sie zweimal sanft auf sein leeres Kissen geklopft. Morgen, spätestens übermorgen würde er wieder neben ihr liegen.

Gegen sechs Uhr früh, die Luft am offenen Fenster roch noch nach Tau und Nebel, schlug jemand an die Haustür. Hart und dringlich. Gesche warf ein Tuch über ihr Nachthemd, lief die Stiege hinunter und schob den Riegel beiseite.

»Ein Unglück!«

Der Fremde draußen nahm sich nicht einmal die Zeit zu grüßen. Atemlos, zerzaust vom scharfen Ritt durch die Nacht starrte er sie aus hohlen Augen an.

»Euer Mann – im Plöner Wald …«

Ein Schneeplacken, der mit zischendem Getöse vom Dach rutschte und einen Moment lang das Fenster verdunkelte, ehe er krachend auf dem Boden aufschlug, holte Gesche in die Gegenwart zurück. Ihre Hände hingen noch immer im Spülwasser, tatenlos und schrumpelig.

Und wenn schon, dachte sie, selbst wenn ich es gespürt hätte, wenn sein Krug vom Küchenbord gesprungen oder ein Schwarm Raben über dem Haus gekreist wäre, wie manche Leute es erlebt haben wollen, ich hätte nichts tun können, um das Unheil abzuwehren. Kein Wünschen, kein Sehnen, keine Beschwörungsformel hätte es abgewendet und kein Ruf von mir ihn zurückgeholt.

Ihr Herz verkrampfte sich in einem plötzlichen Anfall von Schmerz und Wut. Was hatten sie nicht alles gemeinsam bewältigt, wie viel Bosheit, Häme, Verachtung und Missgunst miteinander verwunden, einer gestärkt durch die Liebe des anderen, und dann, im entscheidenden Augenblick, war die Verbindung zwischen ihnen abgebrochen. Sie hatte ihm nicht helfen können.

Die Hände auf den Rand des Spülsteins gestützt, wartete Gesche ab, bis der Krampf sich löste. Keine neue Erfahrung. Seit einiger Zeit kamen solche Attacken immer öfter, wahrscheinlich auch wegen der Schwangerschaft. Wie hieß es doch bei den frommen Leuten: *Sie trägt ein Kind unter dem Herzen*. Ihr kam es eher umgekehrt vor, so als hockte das Kind mit seinem inzwischen erheblichen Gewicht neben aller anderen Last wie ein Klotz auf ihrem Herzen und drückte ihm allmählich die Kraft zum Schlagen ab. *Du schaffst das schon,* hörte sie Amalia sagen, mit einem ermutigenden Blick auf den riesigen Bauch und die geschwollenen Füße der Freundin. Ich bin mir da nicht so sicher, dachte Gesche.

Hatte der Plöner Pastor nicht ähnliche Worte gebraucht in seiner Leichenpredigt, damals, bei Christians Beerdigung? Auf einmal fiel es ihr wieder ein. Gott gebe jedem die Kraft, das zu schaffen, was ihm auferlegt sei, hatte er gesagt und sie, die zusammengesunken in der ersten Bankreihe saß, aus seinen leicht vorquellenden Augen von der Kanzel über dem Altar herab streng, beinahe fordernd angesehen. Der Mensch komme allein und gehe allein, nichts im Leben habe Bestand, außer der Liebe Gottes. Selig sei, wer es schaffe – gleich mehrmals benutzte er diesen Ausdruck –, sich beizeiten von allem zu lösen und nur auf den Himmlischen Vater zu bauen.

Und was ist mit denen, die es nicht schaffen? An das Spülbecken geklammert, merkte Gesche, wie der Groll des Trauergottesdienstes sich erneut in ihr zusammenballte. Soll ich glauben, Gott lasse eine Liebe, so groß, dass wir nicht mehr ohne einander sein können, nur wachsen, um sie uns wieder zu nehmen? Zu seinem Vergnügen etwa? Oder um uns unter seine Knute zu zwingen? Wie ließe sich das mit seiner vielgepriesenen Güte vereinbaren?

Versteinert hatte sie an jenem Tag in der Bank gesessen, ohne länger zuzuhören, die Augen niedergeschlagen. Und plötzlich, ihr Rücken straffte sich noch jetzt bei der Erinnerung, begannen Funken über ihre zu Fäusten geballten Hände zu tanzen, und als sie aufschaute, sah sie flirrendes Sonnenlicht aus den Kronen ringsum hochragender Kastanienbäume durch die schmalen Glasfelder der Kirchenfenster hereinfallen, direkt auf sie. »Danke!« Obwohl sie meinte, nur gewispert zu haben, hatte ihre links neben ihr sitzende Mutter es offenbar gehört. Gesche bemerkte deren verwunderten Seitenblick, während Hedwig, die rechts von ihr saß, weiter stur geradeaus schaute. Falls ihr das leise Wort nicht entgangen war, würde sie es sicher in ihrem Sinne deuten: als Dank, dass diese *falsche* Ehe endlich beendet war.

Wie gern hätte Gesche anstelle der in eisige Ablehnung gehüllten und nur von ehernem Pflichtbewusstsein hierhergezwungenen Schwester Schlapritz neben sich gehabt. Hätte Wärme unter seinem dunklen Gehrock gespürt statt Hedwigs raschelnder Taftkälte. Ein unmöglicher Wunsch. Er gehörte ja nicht allein einer *falschen* Glaubensrichtung an und blieb deshalb vom kirchlichen Begräbnis ausgeschlossen, sondern hätte auch noch auf der *falschen* Seite, im Frauengestühl, Platz nehmen müssen. *Falsch* und *richtig*. Offenbar neige ich dazu, immer das zu wollen, was alle anderen hier für falsch halten. Gesche erinnerte sich genau an den Gedanken, der damals ihren Kopf ausfüllte. Und wenn der Pastor erfahren hätte, dass ich mich seinem Ansinnen entzog und meine Liebe zu Christian nicht mit ihm begrub, wie es von mir erwartet wurde, hätte er auch das für *falsch* erklärt.

Sie sah es wieder vor sich: das tiefe Loch im Ziegelboden direkt am Altar, rundherum dunkler, nach Moder riechender Aushub, notdürftig mit Tüchern abgedeckt, und sie fühlte heute so eindringlich wie in dem Moment, als man den Sarg darin versenkte, dass diese finstere Grube nicht das Ende bedeutete. Christian hatte ihr ein Zeichen gegeben. Warum sollte Gott, der sie beide auf seltsamen Wegen von Afrika nach Plön zusammengeführt hatte, in seiner Allmacht nicht einen Brückenschlag zwischen Himmel und Erde möglich machen, gleichgültig, was der Pastor davon hielt?

Lange hoffte sie auf ein Wunder, meinte, Christian irgendwo aus dem Schatten treten zu sehen, aber es war immer nur der Wind, der durch einen Busch fuhr oder Staubwolken um die Hausmauern blies.

Auf dem Hofplatz knirschten Schritte im Schnee. Schlapritz! Ob er doch heute noch käme? Eilig band Gesche ihre Schürze ab, spähte zum Fenster hinaus und schreckte zurück, als ihr ein bärtiges Gesicht mit breiter Zahnlücke aus nächster Nähe durch die Scheibe entgegengrinste. Reimer, der Pferdeknecht, liebte solche Späße. Vermutlich wusste er von dem erwarteten Besuch. Alberner Kerl! Kopfschüttelnd wandte Gesche sich ab.

Merkwürdig, was manche Leute witzig fanden. In einem unbesonnenen Augenblick, wenige Tage nach Christians Begräbnis, hatte ihre Mutter von der Bemerkung eines Plöner Nachbarn erzählt. *Der Mohr im Grab knapp vorm Altar!*, solle der alte Böttchers auf dem Gänsemarkt getönt haben. *Stellt euch bloß mal vor, was der liebe Gott für einen Schreck kriegt, wenn ihm am Jüngsten Tag auf einmal so ein schwarzer Deubel ins Gesicht springt!*

Im Gegensatz zu Böttchers Zuhörern konnte Gesche darüber überhaupt nicht lachen. Was waren das nur für Menschen, die selbst nach seinem Tod, nach seinem elenden Sterben noch über Christian herfielen. Wegen seiner Hautfarbe, weil er nicht weiß war wie sie, die zweifellos *bessere Sorte*?

Bestürzt über den Effekt ihres gedankenlosen Geredes hatte Elisabeth ihre plötzlich erstarrte Tochter bei der Schulter gepackt und geschüttelt, als ließe sich die Sache dadurch bereinigen.

»Vergiss es«, drängte sie, »mach dir nichts draus! Solche dummen Sprüche kann man doch nicht ernst nehmen.«

Das hatte Gesche auch gemeint, für abgehärtet hatte sie sich gehalten nach allem, was ihr in den mit Christian verbrachten Jahren um die Ohren geschlagen worden war. Aber jetzt plötzlich, als sie mit der Mutter hinterm Elternhaus im mageren Schatten des alten Apfelbaums saß, unter der grellen Junisonne schwitzend in ihrem hochgeschlossenen Trauerkleid, reichte es ihr. Das Maß war übervoll. Schluss mit den Verunglimpfungen. Sie würde es nicht zulassen, dass man ihn über den Tod hinaus erniedrigte.

An diesem Nachmittag – er ragte wie einer der Orientierungspfähle neben holsteinischen Überlandwegen aus den Schichten ihrer Erinnerung –, an diesem in ihrem Gedächtnis fest verankerten Nachmittag hatte sie beschlossen, der Missachtung etwas entgegenzusetzen, etwas Bleibendes, das für alle sichtbar den vermeintlichen Unterschied aufhob.

Gesche roch wieder den Sommergeruch des nahen Sees, hörte die Rufe der Fischverkäufer am Ufer vermengt mit dem beruhigenden Gemurmel der Mutter, deren Daumen unermüdlich über ihren Handrücken strich, und sie sah wieder den Stein, der sie auf die Idee gebracht hatte: ein gelblicher, vom Wetter glatt geschliffener Brocken bei der Pforte zum Nachbargrundstück. Die Grabplatte! Damit müsste es zu machen sein.

Sie war aufgesprungen damals und taub für Elisabeths verdutzte Fragen durchs Haus auf die Straße gerannt, um Schlapritz zu suchen. Bis sie ihn gefunden hatte, im Wirtshaus am Wentorper Tor, wusste sie auch schon, wie der Stein aussehen und welche Inschrift er tragen sollte.

»So groß?«, staunte der Freund, als er hörte, die Grabplatte solle die gesamte Breite des Mittelgangs ausfüllen und gut mannslang sein. Bereitwillig hatte er sich mit seinem Bierkrug in eine Fensternische ziehen lassen, weg von den neugierig aufgestellten Ohren seiner Zechkumpane.

Heftiges Nicken brachte die schwarze, in der Eile nur lose zugebundene Haube auf Gesches Kopf ins Rutschen. »Ja, damit ihn niemand übersehen kann. Und die Beschriftung wird so sein, dass jeder, der Christians Geschichte und die Plöner Verhältnisse kennt, sofort versteht, was gemeint ist. Hör zu …«

»Fabelhaft, genau richtig.« Mit grimmigem Lachen klopfte ihr Schlapritz auf die Schulter, nachdem sie ihren Spruch vorgetragen hatte. »Etwas fehlt allerdings noch, was wir nicht vergessen dürfen, wenn wir ihm gerecht werden wollen. Schließlich war er Offizier in herzoglichen Diensten – pah!«

Die Nase an des Freundes Stelle hoch in die Luft gereckt, zog Schlapritz ein Blatt Papier aus der Innenseite seines Rocks, strich es auf der Tischplatte glatt, holte mit zwei schnellen Schritten ein Stückchen verkohltes Holz vom erloschenen Kamin herüber und begann, von Gesche gespannt beobachtet, sofort zu schreiben. Mit schwungvollen Lettern wie gewohnt.

Dieser Stein gehört Herrn Christian Gottlieb, las sie,
Ihro Hochfürstlichen Durchlaucht Hof- und Feldtrompeter.
Ist gestorben Anno 1690, den 3. Junius
Und dann folgte der von ihr ersonnene Vers:
Hier ruhet Gottlieb als ein Christ,
Bedenk das End, der du dies liest
Weil du gleich ihm auch sterblich bist.

Von wegen Barbar, Satansbraten, Rabenaas oder wie manche ihn sonst zu nennen pflegten. Nichts da! Der Tod macht keinen Unterschied. Ein Mensch wie alle anderen hier war er gewesen, einerlei, ob schwarz oder weiß. In Stein gemeißelt und unübersehbar groß würde man es zur Kenntnis nehmen müssen.

Trotz der nagenden Traurigkeit hatte sie sich zufrieden auf ihrem Stuhl zurückgelehnt und verwundert zugesehen, wie Schlapritz plötzlich die Stirn runzelte, das Papier wendete und leise vor sich hin murmelnd auf der Rückseite einen neuen Entwurf anbrachte. Gesche verstand nicht, was er sagte, aber sie begriff auch so, um was es ihm ging, als er zwischen die beiden Textteile groß und deutlich Christians Wappensiegel malte, das Siegel, das Christian am silbernen Petschaft mit sich geführt und für seine vielfältigen Geschäfte gebraucht hatte. Jetzt lag es bei ihm im Grab. Mit den Initialen C und GL, mit den drei Sternen im Schild und der von einer Hand hochgehaltenen Trompete über der Helmzier sollte es zeigen, dass hier kein armer Schlucker ruhte, sondern ein Mann von Stand, einer mit gesellschaftlicher Geltung. Gesche nickte wortlos und nahm dankbar an, dass Schlapritz sich um die Ausführung kümmern wollte. Einen Steinmetz gab es selbstverständlich in seinem Bekanntenkreis.

Lautes Poltern und Geschrei vertrieb die Gedanken an früher. Die Kinder! Was war da los in der Diele? Eilig wandte sich Gesche vom Fenster ab, durch das sie blicklos ins Schneetreiben gestarrt hatte, riss die Tür auf und musste sich sofort die Ohren zuhalten vor dem jetzt noch schrilleren Gebrüll. Ein Gewusel schwarzer Strubbelköpfe, wild um sich schlagende und schubsende Arme und Beine. Habbo! Das war doch Habbo, der in dem Holzbottich unterm Tisch lauthals heulte, eingezwängt und patschnass von einer nach Bier riechenden Flüssigkeit, wie Gesche feststellte, als sie sich zwischen seinen an ihm zerrenden Geschwistern zu ihm vorschob.

»Es geht nicht!« – »Er steckt fest!« – »Drückt doch mal von hinten!«

Die Füße auf den nassen Boden gestemmt, hielten Torben und Bertram die Hände ihres Bruders umklammert und zogen mit vor Anstrengung verzerrten Gesichtern, während Clara und Sophie an seinen Schultern rissen.

»Aua, aua! Ihr macht mich kaputt!« Beim Anblick der Mutter nahm Habbos Protestgeschrei noch an Lautstärke zu.

»Halt! Ihr reißt ihm ja die Arme aus!« Gesche beugte sich über ihn und wischte ihm Tränen und Schnodder von den Backen. »Wie bist du denn hier hereingeraten? Was soll das?«

Statt einer Antwort entfuhr Habbo nur ein rauer Schluchzer, anklagend schielte er zu seinen großen Brüdern hinüber.

»Wir spielen *Vater, Mutter, Kind.*« Clara stand plötzlich neben ihr und lehnte sich an ihre Hüfte, wie immer auf der Suche nach Nähe, und wie immer versetzte es Gesche einen Stich, weil sie unfähig war, der Kleinen ein Zeichen der Zuneigung zu geben. »Wir spielen, dass Habbo dreckig ist und gebadet werden muss«, erklärte Clara, offenbar wenig gerührt vom Unglück ihres Spielkindes, »und dabei ist er vom Tisch gefallen. Ich bin die Mutter …«

»Und wir sind die Väter!«, schrien Bertram und Torben im Chor.

»Ach, gleich zwei?«

»Ja, der da passt zu Hause auf.« – »Und der da sägt den Soldaten die Beine ab!« Mit ausgestreckten Armen zeigten die beiden Jungen aufeinander.

»Ich will auch Mutter sein!«, krähte Sophie dazwischen.

»Wie dumm du bist!« Das war Bertram im herablassenden Ton des Älteren. »Zwei Mütter, das geht nicht. Darum ist Habbo ja überhaupt runtergeflogen, weil ihr ihn beide schrubben wolltet.«

Wütend baute Sophie sich vor ihm auf. »Stimmt gar nicht! Du spinnst, du spinnst!«

»Hört auf!«, unterbrach Gesche das Gezänk. »Bertram, hol mir lieber die Schmierseife vom Spülstein.«

Stolz über den Auftrag, stürzte ihr Sohn sofort in die Küche und kehrte, den großen, irdenen Topf an den Bauch gepresst, mit vorsichtigen Schritten zurück. Eine Handvoll von der gelblich-fettigen Masse zwischen Habbos feuchten Hemdrücken und die Bottichwand gedrückt und vorn auf seine Hosenbeine gestrichen, und schon ließ sich der kleine Kerl herausziehen. Mit einem leisen Schmatzgeräusch gab der Kübel ihn frei.

»Hört sich an, als ob er dich fressen will«, kicherte Clara, versteckte aber gleich ihr Gesicht in Gesches Rockfalten, weil Habbo auf noch wackligen Beinen auf sie losging.

»Schluss jetzt!« Mit festem Griff hielt Gesche die beiden auseinander. Suchend schaute sie sich um. »Wo ist denn Hedwig? Darf Hedwig auch mitspielen?« Aus einem Stoffhaufen nahe beim Feuerholz meinte sie, ein Geräusch zu hören. »Ist sie da drüben?«

Clara nickte. »Hedi ist das Wickelkind, muss gerade schlafen.«

Hedi, dachte Gesche, während sie ihren schmerzenden Rücken streckte und mit ins Kreuz gedrückten Händen die Diele durchquerte. Seit wann sagen sie *Hedi*? Bin ich schon so weit weg von ihnen, dass ich nicht einmal merke, wenn sie sich Necknamen geben? *Hedi,* eigentlich sehr passend für ein blondes Pummelchen, viel besser als das strenge *Hedwig.*

»Hedi?«, rief sie. »Hedi, wo steckst du?«

»Päh-Päh«, klang es aus einer dicken, zwischen zwei Holzscheiten wie in einer Krippe liegenden Stoffwurst. »Päh-Päh.« Anscheinend wusste die Kleine genau, was von ihr erwartet wurde.

Beim ersten Blick in die aus Lumpen stramm gewickelte Rolle schreckte Gesche zurück. Ein schwarzscheckiges Wesen mit stumpfem, dunklem Haarschopf lachte ihr entgegen. Wer war das? Doch nicht ihr Kind! Aber dann entdeckte sie blaue Augen zwischen den Speckpölsterchen und eine rosige Faust, die sich mit vorgestrecktem Daumen zum Mund bewegte.

»Hedwig!« Gesche strich durch die verklebten Haare. Ruß. Mit Ruß aus dem Kamin hatten sie die kleine Schwester eingefärbt, zum Mohrenkind umgefärbt. Warum? War es nur eine Spielidee oder steckte mehr dahinter? Bislang hatte die ungleiche Hautfarbe der Kinder hier im Haus nie eine Rolle gespielt, selbst die spitzzüngige Bendine ließ in ihrem Beisein kein Wort darüber fallen, und untereinander erwähnten sie es auch nicht.

»Ein lustiges Spiel«, sagte Gesche bemüht heiter. »War das dein Einfall?«

Sophie, die mit durch die Diele getrippelt war und sich neben ihr über das Lumpenbündel beugte, schüttelte den Kopf. »Torbens.«

»Und warum? Warum hat er sie so dunkel gemacht?«

»Weiß nicht.« Die Schultern hochgezogen, stand Sophie da und überlegte. »Weil er's schön findet, hat er gesagt«, erklärte sie plötzlich, dabei fuhr sie mit dem Zeigefinger an Hedwigs Haaransatz entlang und verteilte den abgeriebenen Ruß auf ihrer eigenen Wange. »Schön!«

Gesche schaute zu, ein Unterschied ließ sich nicht feststellen.

Dreckfleck, Unflat, Gottesfluch. Wieso fielen ihr gerade jetzt die Schmähungen wieder ein, die man Christian angehängt hatte? Ob Torben Ähnliches zu hören bekam? Mit seinen sieben Jahren war er alt genug zu begreifen, was das heißen sollte. Ob sein Anderssein ihm zu schaffen machte? Über ihre Schulter sah Gesche ihn ein Stück entfernt vom Tisch stehen, um den die anderen inzwischen *Hasenjagd* spielten. Sie fing seinen

Blick auf, eine Mischung aus Trotz und Stolz und Unsicherheit, und wandte sich schnell ab, damit er ihre Besorgnis nicht sähe.

Hedis Spielplärren ging in echtes Jammern über. Viel zu lange lag sie hier schon fest verschnürt. Also weg mit den Stofffetzen und das Kind in die Küche getragen. Der Zuber war zu schwer, der Spülstein musste reichen, auch für den klebrigen Habbo. Zum Glück hing überm Herd noch ein Kessel warmes Wasser. Schön würde das riechen, das Gemenge aus Ruß und Bier und Schmierseife.

Wieder eine dieser schlaflosen Nächte. Immer schwieriger wurde es mit dem großen Bauch, eine bequeme Lage zu finden. Die Dachbalken knackten vom Frost, und kaum begann sie wegzudämmern, bekam Grietche in der Kammer oben einen wilden Hustenanfall. Gesche schob das Kissen unter ihrem Kopf zurecht und schaute dem Mond zu, der umgeben von flusigen, von fast leergeschneiten Wolken mit kaltem Schein an ihrem Fenster vorbeiwanderte.

Torbens Blick ging ihr nicht aus dem Sinn. Was soll aus den Kindern werden? Den ganzen Abend schon verfolgte sie der Gedanke. Wie sehr sie sich auch bemüht hatte, ihn durch Reiben und Schrubben und Wischen zusammen mit dem Schmutz an den beiden Kleinen zu vertreiben, er blieb in ihrem Kopf haften. An wem sollten sie sich ausrichten nach dem Tod der schwarzen Elternteile? Almas Kinder hätten von der Sturheit ihrer Mutter zumindest lernen können, wie man sich gegen Anfeindungen wappnete, und für Bertram und Habbo wäre kein besseres Leitbild denkbar gewesen als ihr stolzer, unabhängiger, erfolgreicher Vater. Wer könnte ihnen anstelle der beiden helfen, mit ihrer Andersartigkeit umzugehen, ihren eigenen Weg zu finden?

Gansberg? Nein, er kam als Ersatz nicht in Frage, das ließ

sich täglich beobachten. Ein guter Versorger war er, aber kein Kümmerer, keiner, der begriff, dass diese Kinder nicht nur Kleider, Nahrung und ein warmes Zuhause brauchten. Er tat einfach so, als wäre seine Familie nichts Besonderes. Einerseits konnte das vielleicht ganz gut sein, doch Torbens Blick von vorhin verriet anderes.

Ich müsste einspringen, dachte Gesche, ich müsste an sie weitergeben, was Rantzau Christian beigebracht hat: Rücken gerade halten, Kopf hoch und an sich selbst glauben. Ich? Noch während sie es sich vorstellte, überkam sie ein Gefühl unsäglicher Schwäche. Es ging einfach nicht. Sie fühlte sich wie durch ein Siel gesogen und davongeschwemmt. Die nötige Kraft fehlte ihr und mehr noch der Wille, sich auf das Leben einzulassen. Es war, als schaute sie in einen blinden Spiegel, aus dem ihr nur ein schwacher Schemen entgegenblickte.

Schlapritz fiel ihr ein. Die Hautfarbe hatte ihn nie interessiert, Witz und Ideenreichtum und Schaffenskraft waren ihm wichtig. Vielleicht ließe er sich dafür gewinnen, den Kindern seines engsten Freundes und deren Stiefgeschwistern so viel Schwung zu geben, dass nichts mehr sie niederziehen könnte. Ich werde ihn fragen, dachte Gesche, morgen, wenn er kommt.

Ihr Blick streifte das leere Kopfkissen auf der anderen Seite des Bettes, akkurat und fremd lag es da im bleichen Mondlicht. Wieder einmal genoss sie ohne Gewissensbisse, dass Gansberg über Nacht in einem der Soldaten-Quartiere festgehalten wurde. Kein Schniefen, kein Grunzen, kein Schnarchen, kein trockenes Füßeschaben störte sie bei ihren Gedankengängen. Welch ein Unterschied zu früher, zu Christian-Zeiten. Damals hatte sie, wenn sie nicht schlafen konnte, begierig auf jeden seiner Atemzüge gelauscht und sich ausgemalt, welche Rolle sie womöglich in seinen Träumen spielte. Tag und Nacht, sie spürte es noch jetzt wie einen fast schmerzhaften Zug, hatte es diese zärtliche Verbindung zwischen ihnen gegeben. Immer war das so gewesen, all die Jahre hindurch – mit nur einer Unterbrechung. Aber die, Gesche stöhnte auf bei der Erinnerung, hätten sie beinahe nicht überlebt. Selbst als sie sich Gansbergs Kissen schnappte und es auf ihr Gesicht drückte, wurde sie die Bilder nicht wieder los, dabei meinte sie doch, die alte Geschichte irgendwo in ihrem Hinterkopf ganz sicher verstaut zu haben. Inzwischen kam es ihr vor, als bewegte sie sich ständig auf brüchigem Gelände, jederzeit konnte die Vergangenheit unvermutet durch Risse und Spalten dringen und die Gegenwart überlagern.

Luft! Gesche warf das Kissen zurück auf die andere Bettseite. Es roch zu sehr nach Gansberg. Merkwürdig, auch nach zwei Jahren Ehe empfand sie seinen Geruch noch immer als fremd und störend. Nie fiele ihr ein, an seinen Kleidern zu schnuppern wie früher an Christians Sachen, wenn er unterwegs war und sie sich nach ihm sehnte. *Nasenmensch* hatte ihre Mutter sie schon zu ihren Kinderzeiten genannt, und das traf offenbar bis heute zu.

Ihre Mutter. An jenem unseligen, drückend schwülen Julinachmittag vor drei Jahren war sie völlig überraschend auf dem Mohrenhof vorgefahren. Das Knirschen der eisenbeschlagenen Räder im trockenen Sand, die Verblüffung, Elisabeth allein im Wagen zu sehen, obwohl sie so ungern kutschierte, das ernste Gesicht unter der weißen Sommerhaube, mit dem sie ausstieg und ihre Tochter stumm, ohne auf deren fröhliche Begrüßung einzugehen, beim Arm packte, in die Stube führte und die Tür vor möglichen Lauschern schloss – Gesche erschien es wie eben geschehen.

»Ich muss mit dir reden!«

Der Ton, eine Mischung aus Wut und Furcht und Mitleid, war beängstigender als alles, was ihr noch nachhing aus den Kämpfen um ihre Liebe. Gab es neuen Ärger mit Berend? Oder dem despotischen Schwager? Vielleicht geschäftliche Schwierigkeiten? Weg, weg, bloß weg von mir, hatte sie gedacht und doch im gleichen Moment gewusst, dass es sie betraf. Elisabeths ruheloses Hin-und-Her zwischen Fenster und Tür, das Knarzen der Dielen, die wachsende Beklemmung – und dann die Nachricht. Tropfenweise herausgepresst.

Gesche sah sich wieder da stehen, die rechte Hand auf einer Stuhllehne, in der Bewegung erstarrt, ehe sie sich setzen konnte. Was war das? Was sollte Christian getan haben? Ihr Christian? Sie betrogen? Eine Welle von Übelkeit war in ihr hochgestiegen, blieb mit schmerzhaftem Würgen kurz im Hals stecken und drängte so unerbittlich weiter, dass es ihr gerade noch gelang, durch die Hintertür ins Freie zu stürzen, bevor das Elend in einem Schwall aus ihr hervorbrach. Eklig, klebrig wie das, was sie sich hatte anhören müssen.

Elisabeths Schuhe im Gras neben ihren eigenen, vollgespritzten. Ein Schnupftuch, das ihr unter die Nase gehalten wurde. »Hier, Kind, wisch dir das Kinn ab, und komm zurück ins Haus. Wir brauchen einen Plan.«

Willenlos hatte sie sich hineinführen und auf einen Stuhl drücken lassen. Das Zähneklappern war zu heftig, um aus dem Becher trinken zu können, den die Mutter ihr reichte.

»Ich versteh's nicht, ich versteh's einfach nicht.« Sollte das ihre Stimme sein, dieses dumpfe Krächzen?

Elisabeth setzte sich zu ihr, so nahe, dass Gesche nur die Hand hätte ausstrecken müssen, um Halt zu finden. Doch das ging nicht. Sie kam sich vor wie ausgesetzt auf einem winzigen Felsenriff, abgeschnitten vom Rest der Welt. Ein simples Handausstrecken konnte den Abstand nicht überbrücken. Elisabeth schien das zu spüren, sie hielt sich zurück mit vor der Brust verschränkten Armen.

»Da gibt es nicht viel zu verstehen«, sagte sie. »Die immer gleiche Geschichte. Ein Mann trinkt ein paar Bier über den Durst und landet mit einer Frau im Heu. Wenn er Glück hat, merkt niemand, wie er mit ihr rummacht, aber …«

»Hör auf!« In plötzlicher Wut schlug Gesche nach einem durchs Fenster auf den Tisch fallenden Sonnenkringel wie nach einer lästigen Fliege. »Das tun vielleicht andere, aber nicht Christian! Das kann nicht stimmen!«

Bekümmert zuckte Elisabeth mit den Schultern. »Leider sieht es doch so aus. Jemand hat ihn beobachtet, inzwischen tratscht ganz Plön darüber.«

»Und wer ist dieser Jemand?«

»Einer aus Ascheberg. Jakob Braasch heißt er. Der Name ist mir noch nie untergekommen.«

»Dem wird also geglaubt.« Gesche hörte selbst den bitteren Unterton in ihrer Stimme. Bestimmt einer von den Strolchen, die ihn früher verprügelt haben, dachte sie, jetzt wittert er eine Chance, den Mohren fertigzumachen. »Wann soll es denn passiert sein?«

»Vor drei Tagen. Hast du gar nichts gemerkt?«

Dienstag also. »Kopfschmerzen«, sagte Gesche nach kurzem Überlegen, »am Mittwochmorgen hatte er Kopfschmerzen, sonst ist mir nichts aufgefallen.« Kein Wort davon, dass sie gehört hatte, wie er spätnachts nach Hause kam, durch die Diele rumpelte und sich heftig in einen Eimer übergab. Säuerlich riechend war er ins Bett gekrochen und sofort eingeschlafen.

»Wo steckt er überhaupt?«

Mit dem Kinn wies Gesche zum Fenster hinaus Richtung Süden. »Mit Schröter auf der Koppel. Sie wollen das Gatter ausbessern.«

»Das Gatter, aha.« Elisabeth öffnete die Bänder ihrer Haube und blies sich aus dem Mundwinkel Kühlung ins erhitzte Gesicht.

Stumm saßen sie nebeneinander. Gesche hielt den Kopf gesenkt, die Hände im Schoß verknotet. In ihr kämpfte die Wut auf Christian mit dem Zweifel an seiner Schuld. Irgendetwas musste er angestellt haben. Ganz ohne Grund würde dieser Braasch sicher nicht wagen, ihm eine solche Sache anzuhängen. Aber warum? Genügte sie ihm nicht mehr? Störte ihn vielleicht ihr Bauch, der sich über ihrem dritten Kind schon deutlich rundete? Hätte er nicht wissen müssen, wie wehrlos sie sich gerade jetzt fühlte?

Wieder dieser Brechreiz. Gesche schluckte mehrmals, um ihn zurückzudrängen. Und wenn sie noch so sehr spuckte, würde es den schmerzhaften Druck nicht mindern, der sich bleischwer in ihrem Innern ausbreitete.

»Kanntest du den Pauker?«, fragte Elisabeth in die Stille.

Verwirrt hob Gesche den Kopf. »Wieso? Welchen Pauker?«

»Ach, Kind, Dietrich Sievert, den Hofpauker aus dem Musikcorps des Herzogs, der im Mai hingerichtet wurde.« Elisabeth räusperte sich ein paarmal, ehe sie weitersprach. Leise, mit einem furchtsamen Beiklang. »Enthauptet, wegen Ehebruchs.«

Entsetzt riss Gesche die Augen auf. Natürlich, die Sache mit dem Kammermädchen. Nicht eine Sekunde lang hatte sie daran gedacht, in dem schrecklichen Vorfall eine Parallele zu ihrer eigenen Geschichte zu sehen. Auf dem Marktplatz hatte man ihm den Kopf abgeschlagen und den dann auf dem Galgenberg neben der Lütjenburger Landstraße an einen Pfahl genagelt, tagelang zur Schau gestellt. Sie konnte nur wortlos nicken und griff jetzt doch nach der Hand ihrer Mutter.

Elisabeth straffte die Schultern und holte tief Luft. »Falls es stimmt, was man Christian vorwirft«, sagte sie, »müssen wir mit dem Schlimmsten rechnen. Auf Ehebruch steht die Todesstrafe, wie du weißt, und der Herzog ist ein strenger Gerichtsherr, sonst hätte er seinen Pauker sicher verschont. Du kannst deinen Mann seinem Schicksal überlassen, das wäre sehr verständlich. Oder du versuchst, ihm zu helfen – wenn du willst, mit meiner Unterstützung. Dann sollten wir uns bald etwas einfallen lassen, lange wird es nicht dauern, bis man ihn vor Gericht stellt.«

Lauschend legte Elisabeth den Kopf schief. »Kommen die beiden schon zurück? Dann verschwinde ich. Es ist besser, du sprichst allein mit deinem Mann. Ich wollte nur verhindern, dass du durch irgendwen davon erfährst.«

Unfähig, sich zu rühren oder ein Wort herauszubringen, blieb Gesche auf ihrem Stuhl hocken, hörte vor dem Haus Elisabeths Einspänner davonrollen und an der Hintertür die Stimmen der eintretenden Männer. *Dein Mann*, Elisabeths Worte hingen ihr noch im Ohr. *Mein Mann*, das würde sie nicht mehr so selbstverständlich sagen können wie bisher.

Was war das für ein Geräusch? Erschrocken fuhr Gesche aus ihrem Wachtraum hoch und ließ sich gleich wieder zurücksinken. Grietche. Die Magd rumorte oben im Dachzimmer mit ihrem Nachttopf und keuchte unter einem nicht enden wollenden Hustenanfall. Zwiebelwickel, dachte Gesche, ich sollte ihr eine von den Kompressen aus rohen Zwiebeln machen, mit denen sie die Kinder bei Halsentzündungen traktiert. Mal sehen, ob ihr davon auch das Wasser in die Augen träte. Beschämt über den boshaften Einfall, zog sie sich die Decke über die Ohren und tauchte wieder in die Vergangenheit ein.

Wie war es damals weitergegangen, nachdem Christian sie in der Stube entdeckt hatte? Merkwürdig, anders als sonst stieß sie nur auf Erinnerungsteile, die wie Wolkenfetzen ständig ihre Konturen veränderten und sich zu immer neuen Bildern zusammenfügten. Das Lachen, mit dem er eintrat, die völlig unbefangene Frage, ob das eben ihre Mutter gewesen sei, die vom Hof fuhr, seine Verwunderung über die Kälte, mit der sie ihn anschaute, ganz bewusst, wie sie sich entsann, und dann der Wechsel, das Erschrecken, nachdem sie ihm irgendwie, der Wortlaut fiel ihr nicht mehr ein, mitgeteilt hatte, was man ihm vorwarf und vermutlich auch, was sie davon hielt. Ihr eigenes Gesicht, brennend von Schmach und Empörung, verzogen vom Beißen ungeweinter Tränen. Und seines. Ungerührt sah sie zu, wie es zu einer Grimasse der Bestürzung verfiel. Keine Spur von Schuldbewusstsein, keine Beschämung, darüber hatte sie sich gewundert, auch keine Furcht, sondern schieres, ungläubiges Entsetzen. Die Augen plötzlich tief in den Höhlen, glanzlos, umrahmt von schwarzblauen Ringen, die Wangenknochen hart gemeißelt, der Mund ein zitternder, blutig gebissener Strich.

Wann hatte sie ihn zu Wort kommen lassen? Wohl erst spät am nächsten Vormittag, nach einer einsamen Nacht, sie im verrammelten Schlafzimmer, er auf der Küchenbank. Er war ihr in den Weg getreten, als sie sich auf der Suche nach etwas Trinkbarem nach unten schleichen wollte. Keine Chance, ihm zu entkommen. Das Gesicht verquollen vom inzwischen ausgebrochenen Tränenstrom und den Kopf verstopft von Bildern, die sich nicht hatten vertreiben lassen, saß sie kerzengerade auf einem Stuhl in der Küche, zu verkrampft, um sich anzulehnen.

Hinter dem Mann, der hier aschfahl und übernächtigt auf sie einsprach, sah sie schemenhaft den anderen Christian, den rücksichtsvollen, zärtlichen, den leidenschaftlichen Liebhaber. Seine Hände auf dem Körper einer fremden Frau. Wer war sie überhaupt? Der dunkle, warme Blick verlangend in die Augen einer anderen vertieft. Warum hörte das nicht auf? Warum spulte das Räderwerk in ihrem Kopf wieder und wieder die Szene ab, wie sie sich im Heuschober abgespielt haben mochte? Weshalb sprach er überhaupt so viel? Was gab es da zu erklären?

Gegen ihren Willen drangen einzelne Worte zu ihr durch. *Tonio Blankenbiehl, Heiner Tietjen* und ein paar weitere Namen – aha, dachte Gesche, er versucht, anderen die Schuld zuzuschieben. *Zehn Krüge Bier, mindestens* – sturzbetrunken also, dachte sie, aber noch lange kein Grund, sich auf irgendein Weibsbild zu werfen. *Nicht ein Hauch von Erinnerung, nicht der blasseste Schimmer* – natürlich, das würde jeder behaupten, ob es stimmte, war eine andere Sache. Kommentarlos ertrug Gesche seine Rechtfertigungsversuche, saß einfach stocksteif da und schwieg. *Warum sollte ich so etwas tun? Ich liebe doch dich! Bitte, du musst mir glauben!* – Ich muss gar nichts, dachte sie, und ich will auch nicht, und was deine Liebe angeht, bin ich mir nicht so sicher.

Plötzlich fiel ihr die alte Geschichte ein, die Sache mit Christians unechter Tochter tauchte aus der Versenkung auf und drängte in den Vordergrund. Das Gemunkel der Leute über die *zügellosen Triebe der Wilden*, wie hatte sie sich damals darüber entrüstet. Ausgerechnet jetzt kam es ihr wieder in den Sinn. Nein, und wenn sie noch so verletzt und enttäuscht war, ihm am liebsten an die Gurgel ginge, diesen Gedanken wollte sie nicht haben, er würde ihn ins Bodenlose stampfen und sie selbst dazu.

Hatte ein Schatten, der am Fenster vorbeihuschte und das Zimmer kurz verdunkelte, sie veranlasst, den Kopf zu heben, oder ihr vom andauernden Vor-sich-hin-Starren schmerzender Nacken? Gesche konnte sich nicht erinnern. Sie wusste nur, dass sie aufgeschaut hatte und ihr Blick eher zufällig Christian streifte und dass die Mauer, hinter der sie sich verschanzt hatte, in diesem Moment die ersten Risse bekam. Der stolze, fröhliche Mann verwandelt in ein Wesen, das nur noch aus notdunklen, verzweifelt flehenden Augen zu bestehen schien. *Es ist ganz sicher nicht wahr! Ich kann's mir nicht einmal vorstellen!,* krächzte er. Ach, lass mich in Ruhe, wie oft willst du das noch beteuern?, dachte sie und spürte gleichzeitig ein Zucken in ihrer rechten Hand, die sich wie von ihr losgelöst eigenständig heben wollte, um dieses im Fremden so vertraute Bündel Elend zu berühren. Rasch packte die linke zu und hielt sie zurück.

Von draußen hörte man das Quietschen der Pumpe, Wasserspritzen, Möhrchens und Bertrams kreischendes Lachen. Gesche stand auf und ging an Christian vorbei zur Tür, mit steifen Knien, ohne ihn noch einmal anzusehen.

»Die Kinder«, sagte sie tonlos, »die beiden müssen ins Bett.«

Obwohl das gar nicht stimmte, es war viel zu früh, aber sie hatte das Gefühl, in sich selbst nicht mehr sicher zu sein. Womöglich würde Mitleid sie überschwemmen und einfach wegspülen, was er getan hatte, und das wollte sie nicht. Nein, das wäre zu einfach.

Auch jetzt noch, in ihrem Bett zurückdenkend, wusste sie nicht, wie es mit ihnen hätte weitergehen können ohne den zweiten Besuch ihrer Mutter am folgenden Tag und ohne die Nachricht, die sie überbrachte.

Mit einsetzender Dämmerung war ein Gewitter ausgebrochen. In Strömen lief der Regen vom Strohdach, fette Tropfen zerplatzten klatschend an den Fensterscheiben. Sie hatten beim Schein einer Kerze in der Küche gesessen, jeder ein vom Donner verschrecktes Kind auf den Knien, und stumm den beängstigend nahen Blitzen zugesehen, als eine Kutsche durch aufspritzendes Pfützenwasser in den Hof gerumpelt kam.

Von der Haustür aus schauten sie der vom Wagen steigenden Gestalt entgegen, die noch im Laufen die Kapuze ihres Umhangs zurückschlug. Elisabeth! Allein, im Dunkeln, bei diesem Wetter. Gesche musste sich an die Wand lehnen, weil die Diele sich plötzlich zu drehen begann.

»Schafft die Kinder nach oben«, kommandierte Elisabeth streng, ohne Gruß.

Eins links, eins rechts auf der Hüfte, sprang Christian, immer zwei Stufen nehmend, die Stiege hinauf und kam, lautes Protestgeheul hinter sich, sofort zurück.

»Manchmal muss man schreien«, sagte Elisabeth in leicht süffisantem Ton, warf das nasse Umschlagtuch auf die Küchenbank und setzte sich an den Tisch vor die Kerze, in deren Schein ihre Falten wie tiefe Tränenbäche wirkten.

Manchmal muss man schreien – an diesen Satz erinnerte sich Gesche deutlich, genau danach war ihr nämlich in diesem Moment zumute gewesen. Krampfhaft hatte sie die Luft angehalten, um den Drang zu unterdrücken.

Mit einer harschen Handbewegung wies Elisabeth Tochter und Schwiegersohn an, ebenfalls Platz zu nehmen.

»Jetzt ist es amtlich«, sagte sie. »Jakob Braasch hat vor dem Rat ausgesagt, unter Eid.«

Beim Sprechen drehte sie den Kopf mal nach rechts, mal nach links, weil die beiden weit voneinander entfernt an den Tischenden saßen.

»Er schwört, eindeutig gesehen zu haben, was in der

Scheune vom *Hamburger Hof* passiert ist. Die Frau stammt aus Haseldorf, Silke Aspern heißt sie. Kannst du dich wenigstens daran erinnern?«

Elisabeth starrte Christian so lange an, bis er aufschaute. Stummes Kopfschütteln.

»Na wunderbar«, sagte Elisabeth spitz, »diese Silke weiß nämlich auch nichts mehr. War wohl ebenso … ebenso stockbesoffen.«

Das ungewohnte Wort entfuhr ihr wie ein Fluch und schien auch eine ähnlich erleichternde Wirkung zu haben, denn sie lehnte sich plötzlich bequem zurück, verschränkte die Arme vor der Brust und setzte eine Verschwörermiene auf.

»Gut ist nur, dass der Zeuge alles andere als einen tadellosen Ruf genießt. Verschiedene Diebereien und Unterschlagungen soll er begangen haben, manche halten ihn sogar für einen ausgemachten Gauner. Wenn neben ihm keiner gegen dich aussagt, stehen deine Chancen nicht allzu schlecht. Andererseits sitzen im Rat etliche, die dir schon früher ans Fell gewollt haben, mit einer redlichen Verhandlung ist also nicht unbedingt zu rechnen. Wir …«

»Aber das geht doch nicht!«, fiel ihr Gesche ins Wort. »Sie können Christian doch nicht verurteilen, weil so ein Mensch sich gegen ihn stellt! Einer, der selbst nichts taugt.«

Den letzten Satz hätte sie am liebsten zurückgerufen. Einerlei, sie spürte ihren alten Kampfgeist wieder erwachen und in seinem Windschatten einen Anflug der früheren unbedingten Zusammengehörigkeit. Noch schaffte sie es nicht, Christian direkt in die Augen zu schauen, umso dringlicher wandte sie sich ihrer Mutter zu.

Elisabeth zuckte mit den Schultern. »Darauf können wir uns nicht verlassen, Kind. Das Hilfreichste wäre meiner Meinung nach eine Fürbitte.«

Fürbitte. Gesche hatte plötzlich das höhnisch verzogene Gesicht ihres Vaters vor Augen. *Fürbitte*, hörte sie ihn, wie früher so oft, sagen, *die letzte Zuflucht verlorener Seelen*. Wenn er geahnt hätte, dass auch seine Tochter einmal auf diesen althergebrachten Brauch angewiesen sein würde, eine drohende Strafe durch den Einspruch einer hochangesehenen Persönlichkeit abzuwenden.

»Ist das dein Ernst? Und an wen denkst du?«

Wieder ein Schulterzucken. »Viel Auswahl haben wir nicht«, sagte Elisabeth. »Es muss jemand sein, der Christian schätzt und ihm nicht von vornherein alle möglichen Teufeleien zutraut, bloß weil er schwarz ist.«

Sie sagte das ganz nüchtern. Oft genug hatte sie inzwischen bewiesen, dass die Hautfarbe ihres Schwiegersohns längst keine Rolle mehr für sie spielte. Dennoch schwang ein kleiner Stich in seine Richtung in ihren Worten mit, völlig zu Recht, wie Gesche fand.

»Eigentlich«, fuhr Elisabeth fort, »ist mir nur eine Person eingefallen, die dafür in Frage käme: Dorothea Rantzau.«

»O Gott!« Christian hatte bislang mit gesenktem Kopf an seinem Tischende gesessen. Jetzt schlug er sich stöhnend die Hände vors Gesicht. »Ist das nötig? Muss sie …?«

Vielleicht meinte er, die scheußliche Geschichte vor seiner Ziehmutter in ihrem Kieler Witwensitz verbergen zu können, doch diese Hoffnung wurde sofort zerschlagen.

»Ja, sie muss es von uns erfahren, weil es ihr ohnehin zu Ohren käme«, unterbrach Elisabeth ihn gnadenlos. »Du weißt, wie der Klatsch zwischen Plön und Kiel hin- und herschwappt. Verständlich, dass es dir unangenehm ist, aber daran hättest du früher denken sollen. Wir haben keine Wahl. Vermutlich ist sie die Einzige, die dir deine Unschuldsbeteuerungen abnimmt. Dass jemand für dich lügt, kannst du kaum erwarten.«

Christian stöhnte erneut. Statt zu antworten, rieb er seine Augen mit den Handballlen.

»Lass das!«

Gesche zuckte selbst zurück vor der Schärfe ihrer Stimme. Auf einmal glaubte sie, das alles nicht einen Moment länger ertragen zu können. Den gebrochenen Mann da gegenüber, von dem sie nicht wusste, ob sie ihm trauen konnte. Das drängende Zureden ihrer Mutter, die mit ihrem resoluten Einsatz auch eine Menge für sich selbst tat, weil sie in ihrem Schwiegersohn einen idealen Partner für allerlei Geschäfte gefunden hatte. Und den Gedanken an die Kinder! Das Jüngste würde vaterlos auf die Welt kommen, falls es Christian erginge wie dem Pauker. Sein Kopf auf einer Stange an der Landstraße – das wäre alles, was von ihm bliebe.

Gesche spürte ihn kommen, spürte ihn in ihrer Kehle kratzen und konnte ihn nicht aufhalten, diesen Laut, eine Mischung aus Schluchzen und wildem Aufschrei wie von einem verletzten Tier. Solche Töne sollten in ihr gewesen sein? Entsetzt schnappte sie nach Luft, sah Christian hochschrecken und fing einen kühlen Blick ihrer Mutter auf. Elisabeth schien entschlossen, sich von keinerlei Gefühlsausbrüchen durcheinanderbringen zu lassen.

»Also«, sagte sie ungerührt, »was die Fürbitte betrifft, gibt es einiges zu klären, ehe wir uns an die Obristin wenden können. Das Wichtigste geht euch zwei an und zuallererst dich, Gesche.« Fest, beinahe prüfend fasste sie ihre Tochter ins Auge. »Die Bitte um ein gnädiges Urteil hat nämlich nur dann Aussicht auf Erfolg, wenn wir glaubhaft versichern können, dass du deinem Mann seinen Fehltritt vergeben hast. Solange du ihm nicht verzeihst, wird es auch die Obrigkeit nicht tun. Bringst du das über dich, Kind? Was meinst du?«

Die plötzliche Milde in der Stimme ihrer Mutter machte es

Gesche noch schwerer, mit dem Aufruhr in ihrem Innern zurechtzukommen. Verzeihen, dachte sie, ich soll verzeihen, damit auch der Herzog dazu bereit ist. Wieso kann er das nicht ohne meine Vorarbeit? Er ist schließlich nicht verletzt worden und für alle sichtbar gedemütigt. Verzeihen, für ihn heißt das gerade mal ein Fingerschnippen, aber ich … ich muss ein zerrissenes Herz wieder zusammenflicken.

Mit hängenden Schultern saß sie da, zerknüllte im Schoß die vom Kopf gezogene Haube und versuchte, gegen den bitteren Geschmack in ihrem Rachen anzuschlucken. Andererseits, dachte sie, wenn ich mich weigere und Christian deshalb sterben müsste – würde ich damit leben können? Könnte ich mir selbst verzeihen?

»Was ist, Gesche? Kannst du es?«

Wieder dieses Drängen. Als ob es so einfach wäre, auf schwankendem Boden Fuß zu fassen. Ein müdes Nicken genügte Elisabeth offenbar als Zeichen der Einwilligung, denn sofort danach geriet Christian in ihre Schusslinie.

Ja – ja – Gesche hörte ihn widerspruchslos allem zustimmen, was von ihm gefordert wurde. Ja, er werde, wenn die weltliche Obrigkeit ihn am Leben ließe, im Gottesdienst beim Abendmahl um kirchliche Vergebung bitten und vor der versammelten Gemeinde Besserung geloben. Und *ja, ja, ja,* er bereue aus tiefstem Herzen, was er angerichtet habe, das sei er bereit zu schwören.

Angerichtet, dachte Gesche, er sagt *angerichtet,* statt von Ehebruch und Betrug zu reden. Ob er sich wirklich an nichts erinnert, oder gehört das zum Theater? Und wenn er tatsächlich nichts Schlimmes getan hat? Sie hob den Kopf ein wenig und schielte zu ihm hinüber. Das fahle Gesicht, der Schmerz in seinen Augen, die erhobene Hand, als wollte er jetzt auf der Stelle einen Schwur leisten. Warum soll ich ihm seine Geschichte nicht abnehmen, sondern eher diesem Braasch glauben?, dachte sie.

Stuhlbeine schrammten über den Steinboden.

»Die Frau, diese Silke, hat ihre Strafe übrigens schon vor drei Tagen bekommen«, sagte Elisabeth im Aufstehen. »Wie das Kammermädchen im Fall des Paukers wurde sie vom Scharfrichter für eine Stunde an den Kaak beim Rathaus gebunden und mit vierzehn Rutenstreichen ausgestäupt. Danach hat man sie für den Rest ihres Lebens aus dem Herzogtum verwiesen.«

Ohne einen der beiden anzusehen, zog Elisabeth die Bänder ihrer Haube fest.

»Das wär's dann.«

Schon unterwegs zur Tür warf sie sich den Regenumhang über Kopf und Schultern. »Nein, nein, ich komme allein zurecht«, wehrte sie ab, als Christian Anstalten machte, sie zu begleiten. »Bleib du bei Gesche, sie braucht dich dringlicher.«

Auf der Schwelle drehte sie sich noch einmal um. Ihr Gesicht, im Schatten der weit nach vorn fallenden Kapuze, sah zerklüftet aus, geheimnisvoll wie das einer alten Zauberin. »Gleich morgen früh werde ich einen Boten nach Kiel schicken«, sagte sie, »gebe Gott, dass die Obristin euch beisteht.«

Sie hatten vor der Tür gestanden, hatten der davonholpernden Kutsche zugeschaut, bis sie hinter einer Wegbiegung verschwand, und dann dem Wetterleuchten am Horizont. Im strömenden Regen. Seite an Seite. Stumm. Minuten hindurch – eine gefühlte Ewigkeit. Was in jedem von ihnen vorging, wurde nie besprochen. Gesche meinte zu ersticken an Trauer, Entsetzen und an einer mit plötzlicher Wucht ausbrechenden Furcht vor dem Ende. Christian musste sehr ähnlich empfunden haben, denn sie wandten sich einander gleichzeitig zu, verharrten einen Atemzug lang und fielen sich in die Arme, einer für den anderen der letzte Halt. Zitternd klammerten sie sich aneinander fest und vermischten ihre Tränen.

Dieser Moment – in Gesches Gedächtnis war er so tief eingebrannt wie kaum ein anderer ihrer gemeinsamen Geschichte. Es war, als entdeckten sie sich neu, als öffnete sich eine Schleuse, durch die ein Strom von bisher nicht gekannter Kraft und Wärme vom einen zum anderen flösse. Ein Strom, ohne den sie die Anspannung der folgenden Tage nur schwer hätten ertragen können. Wäsche waschen, Gemüse putzen, Suppe kochen, Windeln wechseln, Unkraut jäten, Holz hacken, den Brunnenschacht säubern, ein Loch im Dach ausbessern. Der Alltag musste weitergehen, begleitet von ständiger bebender Bangigkeit, von plötzlich aufflammenden Angstzuständen. Höchstens eine Armlänge voneinander entfernt bewegten sie sich und lagen nachts schlaflos als schwarz-weiß verschlungenes Knäuel. Endlos dehnte sich die Zeit.

Am 10. Juni, einem sommerlich warmen Freitag, kam gegen Mittag ein Reiter auf den Hof gesprengt, scheuchte sie auf aus ihrer beklemmend stillen Tischrunde. »Ein Amtsdiener!« Christian hatte ihn durchs Fenster erspäht. Gesche dicht hinter sich, rannte er zur Tür.

Gravitätisch schwenkte der Mann seinen Hut und verneigte sich tief. Ein gutes Zeichen, schoss es Gesche durch den Kopf … aber … aber …

»Für Euch, Monsieur, eine Depesche.« Ohne auf Antwort zu warten, schwang er sich wieder in den Sattel und war schon zum Tor hinaus, als die beiden noch immer verschreckt auf der Schwelle standen.

Ein großes Kuvert aus festem, gelblichem Papier, mit schwarzer Tinte schwungvoll beschriftet. Unfähig, sich zu rühren, hielt Christian es auf beiden Handflächen weit von sich weg wie eine mit Gift oder Schwarzpulver gefüllte Schatulle.

»Komm, bringen wir es hinter uns.« Trotz ihrer eigenen würgenden Angst, gelang es Gesche, ihn in die Stube zu schieben und auf einen Stuhl zu drücken. Auf dem Rückweg aus der Küche, wo sie die Kinder mit ein paar Löffeln zum Spielen auf den Boden gesetzt hatte, schnappte sie nach einem Brieföffner und legte ihn vor Christian hin. »Hier, bitte.«

Ohne hochzuschauen, griff er danach, holte tief Luft, ehe er das Siegel ablöste – das herzogliche Siegel, wie sie beide sahen – und das Kuvert aufschnitt. Den Briefbogen entfaltete er nur gerade so weit, dass er durch den Spalt einen Blick auf den Inhalt werfen konnte, während Gesche neben ihm vor Aufregung in den Knien wippte. Zu fragen traute sie sich nicht, weil sie eine schlechte Nachricht am liebsten nie erfahren hätte. Warum stutzte er? Warum runzelte er die Brauen? Was sollte der versonnene Gesichtsausdruck? Ergab er sich in sein Schicksal?

Einen Moment lang blieb Christian noch sitzen, kerzengerade, wortlos, als müsste er ein hartes Urteil verwinden. Dann sprang er so plötzlich, dass Gesche zusammenfuhr, mit einem lauten Jubelschrei auf die Füße, ließ das Schriftstück lachend zu Boden flattern, packte seine Frau bei den Hüften und stemmte sie hoch in die Luft.

»Jetzt sag schon, was drin steht!« Gesche, von der angstvollen Spannung immer noch benommen, zappelte in seinen Armen und versuchte, wieder Grund unter die Füße zu bekommen. Auch wenn sein Freudenausbruch schon alles verriet, sie musste das herzogliche Verdikt unbedingt selbst sehen, um glauben zu können, dass wirklich keine Gefahr mehr drohte. Doch als sie endlich stand und den nach einem schweren Parfum duftenden Bogen in Händen hielt, verschwammen die vom Hofmarschall kunstvoll geschriebenen Buchstaben vor ihren Augen.

»Du musst also nicht sterben?« Sie wagte nicht, laut zu sprechen, als könne der Klang ihrer Stimme die gerade aufkeimende Hoffnung vertreiben.

»Nein.« Christian schüttelte heftig den Kopf, wie zum Beweis, dass auf dessen festen Sitz weiterhin Verlass sei. »Sieh her, hier steht es: *dank der hohen Intercession und Bitte der Frau Obristin Dorothea Rantzau* werde von der Todesstrafe abgesehen.«

Gesche blinzelte, konnte aber kein Wort entziffern. »Und weiter?«, fragte sie mit heiserer Stimme. »Ganz ohne Strafe kommst du doch sicher nicht davon.«

Wieder schüttelte er den Kopf. »Nein, das wäre zu viel erwartet. Als öffentliche Buße muss ich zweihundert Taler an die Kirchenkasse zahlen. Eine Menge Geld, im Verhältnis zu anderen Formen der Kirchenbuße allerdings noch barmherzig. In ehrendem Gedenken an den *untadeligen Edelmann Bertram Rantzau*, meinen Ziehvater, habe der Herzog sich dazu entschlossen, heißt es hier.«

Kirchenbuße. Entsetzt sank Gesche auf einen Stuhl. Vor lauter Sorge um Christians Leben hatte sie daran bislang überhaupt nicht gedacht. Sie sah das Halseisen auf dem Kirchhof vor sich, den *Kirchenpfahl*, an den der Delinquent vom Stadtdiener angeschlossen wurde, und innerhalb der Kirche die Sünderbank, auf der ein Übeltäter beim Gottesdienst sitzen und knien musste. Christian vor aller Augen so gedemütigt, in seiner Schande zur Schau gestellt – der Gedanke war ihr unerträglich. Dagegen zweihundert Taler? Genug Geld, um acht edle Pferde zu kaufen und doppelt so viel, wie man fünf Jahre zuvor für die unerlaubte Verlobung hatte zahlen müssen. Gemessen an allen anderen Strafformen schien das wahrlich leicht zu verschmerzen, selbst wenn Christian seine Reserven anzapfen müsste.

Wie lange lag sie jetzt schon auf der linken Seite? Dem Kind schien diese Position nicht mehr zu behagen, es trat energisch zu und zwang Gesche, sich nach rechts zu wälzen. Seufzend zog sie die Beine an und stopfte das Federbett rundherum fest. Es musste zwischen drei und vier Uhr früh sein. Um diese Zeit fror sie immer besonders, aber wenigstens wurde sie heute nicht von finsteren Visionen angesprungen wie sonst häufig in den Stunden vor Beginn der Dämmerung. Im Gegenteil, ein Lächeln hing in ihren Mundwinkeln, während ihre Gedanken weiterwanderten zu der Zeitspanne nach dem Desaster. Ohne je darüber zu reden, fühlten sie damals beide, dass ihre Liebe durch die furchtbare Erfahrung an Tiefe gewonnen hatte. Einer spürte es im anderen.

Im Stillen hatte Gesche manchmal nach einer passenden Umschreibung gesucht, nach einem Wort, das die neue Würze ihrer Liebe bezeichnen könnte, aber etwas Besseres als *bittere Süße* war ihr nicht eingefallen. Vielleicht lag es an einer bislang nicht gekannten Beimischung von sanfter Melancholie. Und Christian? Für das Glück, das er seither ausstrahlte und das ihn wie ein Schutzmantel umgab, fiel ihr nur eins ein: *Überschwang.* Schaut nur, schien jede seiner Bewegungen zu sagen, wir haben eine Katastrophe überstanden und werden alles Übrige auch bewältigen.

Sie kicherte unter dem Federbett. Ja, es amüsierte sie immer noch, das Hochgefühl, mit dem Christian die prompt einsetzenden Attacken abgeschmettert hatte.

Der sei doch keinen Daumennagel wert, der schmuddelige Lump, verbreitete die feindselige Plöner Verwandtschaft, offenbar froh, in dem Fehltritt – ob abgebüßt oder nicht – endlich einen handfesten Grund für ihre Verachtung des ungeliebten Familienmitglieds gefunden zu haben. Man denke nicht daran, eine eventuell angetragene Patenschaft für das in Kürze erwartete dritte Mohrenkind zu übernehmen.

Na und? Christian zog nur kurz die Schultern hoch, als er davon hörte. Auf diese Bande seien sie nicht angewiesen. So stolz sah er damals aus, so unanfechtbar. Mit galliger Verblüffung – Gesche erinnerte sich genau an den Bericht ihrer Mutter und Christians breites Triumphlächeln – hatte die Sippe darauf reagiert, dass der Herzog bei der Taufe des kleinen Hans Adolf an einem weich-grauen Novembersamstag persönlich als Pate in der Plöner Johanniskirche fungierte, eine seltene Ehre, die kaum einem der zahlreich nach ihm benannten Täuflinge zuteilwurde, und eine besondere Auszeichnung der Mohrenfamilie.

Wäre er ohne den neuen Glücksüberschwang auch so souverän mit dem Erben des Ascheberger Gutes umgegangen, der ihn um jeden Preis aus dem Weg räumen wollte, diesem Christian Rantzau, einem Spross der Rastorfer Linie? Gesche war sich nicht sicher. Zwar hatte ihn sein Ziehvater zu handfester Lebenstüchtigkeit und einem energischen Auftreten angeleitet, doch die Angriffe des folgenden Gutsherrn zielten genau darauf ab, dieses Fundament ins Wanken zu bringen.

Christian Rantzau. Zweimal hatte sie ihn sonntags vor dem Gottesdienst gesehen, und was sie sah, gefiel ihr nicht, überhaupt nicht. Das Gesicht, umgeben von einer überlangen braunen Perücke, wirkte unfroh. Schwere Lider verdeckten die Augen, unter der groben Nase ein Mund wie ein Strich. Am meisten missfiel ihr sein Gang, ein merkwürdiges Rucken, so als zöge es ihn immer vorwärts und gleichzeitig zurück. Die Frau an seiner Seite musste Margarethe sein, Bertram Rantzaus zweitälteste Tochter, schmal war sie und gut zwei Zoll länger als ihr Mann. Ob sie deshalb den Kopf einzog? Damit er sich trotz ihrer Maße groß fühlen konnte neben ihr? Gesche kam es eher so vor, als sei sie von ihm gedeckelt worden, bis sie sich selbst klein machte. Das würde auch zu der Untätigkeit passen, mit der sie zuließ, dass ihr Mann Christians Rechte zu beschneiden versuchte, obwohl er in ihrem Namen die Schenkungsurkunde des Vaters mit unterzeichnet hatte.

Aus dem Augenwinkel sah Gesche, wie Christian seinen Hut lüftete und ehrerbietig in Margarethes Richtung grüßte, doch die schaute nicht herüber. Starr hielt sie den Blick auf den Boden gerichtet.

Die Schwierigkeiten hatten im September begonnen. Anfangs war der *neue Rantzau* – so wurde er in der Gegend genannt – dabei nie persönlich in Erscheinung getreten. Er schickte Knechte oder Tagelöhner zum Mohrenhof, allesamt zerlumpt und verdreckt, offenbar eine besondere Auswahl, um den Gottliebs seine Missachtung zu zeigen. Und die Vorwürfe, die sie im Auftrag ihres Herrn stammelnd über die Lippen brachten, waren zu verwegen, um sie ernst nehmen zu können. Christian hätte Holz im Gutswald geschlagen, seine Pferde auf Rantzau-Weiden getrieben, Apfelwiesen und Kohlgärten hätten seine Leute unrechtmäßig abgeerntet.

»Meldet ihm, ich hab's gehört«, sagte Christian jedes Mal gelassen und gab den armen Schluckern ein Bier aus, ehe sie müde nach Hause schlurften.

Die Galle kam ihm erst hoch, als eines Vormittags wieder so ein abgerissener Geselle an die Tür klopfte mit der Beschuldigung, Schweine wären aus dem Ascheberger Pfuhl entwendet worden und bestimmt hier gelandet, das sage sein Herr.

»Jetzt reicht's!« So wie er war, in Leinenwams und Hose aus derbem Drell, sprang Christian, der eigentlich nach Kalübbe hatte reiten wollen, um beim Schreiner eine neue Gartenbank zu bestellen, auf sein Pferd. Schon auf dem Hofplatz fiel er in Galopp und wandte sich am Tor nach rechts, Richtung Ascheberg. Gesche schaute hinter ihm her. Nicht einmal seinen Degen hatte er mitgenommen, ohne den ein Mann von Stand zu keiner wichtigen Unternehmung antrat. Seufzend ging sie ins Haus.

Kaum eine Stunde später kam er schon zurück. Durch das offene Fenster hörte Gesche den vertrauten Hufschlag und einen Zuruf an Schröter. Krachend wurde die Haustür ins Schloss geworfen. Dann stand er vor ihr. Den Kopf hochgereckt, die Arme in die Hüften gestemmt.

»Und?«

»Und? Und?«, ahmte er Gesche breit grinsend nach. »Wir sind ordentlich aneinandergeraten. Eigentlich wollte Rantzau gar nicht mit mir sprechen. Ich habe gehört, wie er Anweisung gab, mich wegzuschicken. Also bin ich einfach zu ihm reinmarschiert. Er kam nicht mal mehr dazu, seine Perücke aufzusetzen, wie ein falbes, räudiges Hündchen sah er aus und stierte mich völlig verdutzt an, als ich in seinem Salon auftauchte. Ehe er ein Wort herausbringen konnte, habe ich schon geredet. Damit hat er wohl nicht gerechnet, vor lauter Verblüffung hörte er sich an, was ich zu sagen hatte. Dass ich mit meinem Hof und Land vollkommen zufrieden sei und nichts von seinen Besitztümern benötige, erklärte ich ihm. Dass noch nie jemand derartige Vorwürfe gegen mich erhoben habe und ich wolle, dass das auch so bleibe. Außerdem beschädige er das Andenken des Oberst, wenn er dessen Ziehsohn solcher Untaten bezichtige, ein Glück nur, dass es ihm nicht mehr zu Ohren kommen könne.

»Ziehsohn«, Christian setzte sich lachend auf die Kante des Küchentisches, »das Wort wirkte wie ein Signal zum Angriff. Während ich sprach – sehr gemäßigt übrigens –, wurde sein Gesicht immer röter, und plötzlich sprang er wie angestochen aus seinem Lehnstuhl. *Ziehsohn!*, schrie er, *Ziehsohn!* Ein dahergelaufener Strolch sei ich. Kein Mensch verstehe, was in den alten Rantzau gefahren sei, als er mich gefördert und zu einem *Monsieur* habe werden lassen, statt mir einen Platz unter den Hofhunden anzuweisen.«

Mit angehaltenem Atem hatte Gesche zugehört. »Und du?«, fragte sie zaghaft. »Was hast du gemacht?«

Christian lachte wieder. »Ich habe ein bisschen den wilden Mann gespielt, sieh her.« Er verdrehte die Augen, ließ sie wie weiße Kugeln in den dunklen Höhlen rollen, fletschte die Zähne und stieß hohle Urlaute aus. »Ob er sich die mir angemessene Rolle in etwa so vorstelle, habe ich gefragt.«

Prustend ließ sich Gesche auf einen Stuhl fallen. »Und dann? Wie hat er reagiert?«

»Mit Hausverbot. Ab sofort darf ich den Gutshof nicht mehr betreten.« Gleichmütig zuckte er mit den Schultern. »Was soll's, seit die Obristin in Kiel lebt, zieht mich sowieso kaum etwas dorthin.«

Obwohl er sich den Anschein der Gelassenheit gab, fürchtete Gesche, dass ihn der Ausschluss von seinem langjährigen Zuhause tief treffen müsste. »Was sagt denn Margarethe dazu?«, fragte sie. »Hast du auch mit ihr gesprochen?«

Christian schüttelte den Kopf. »Nein. Falls sie im Haus war, hat sie den Streit bestimmt mitbekommen. Aus dem Nebenzimmer habe ich Geräusche gehört, wahrscheinlich hielt sie sich dort auf, aber gezeigt hat sie sich nicht. Es gibt für sie auch keinen Grund, sich meinetwegen mit ihrem Mann anzulegen. Schwesterliche Gefühle oder etwas in der Art kann sie kaum für mich empfinden, schließlich war sie schon verheiratet und aus dem Haus, als der Oberst mich zu sich nahm, wir sind uns nur wenige Male über den Weg gelaufen. Gegen ihren angetrauten Kampfhahn hätte sie sowieso keine Chance. Also nehmen wir's, wie es ist, und halten uns von Ascheberg fern.«

Das Lächeln, mit dem er sich von der Tischkante abdrückte, um wieder an die Arbeit zu gehen, hing ihm etwas schräg im Gesicht. Aber immerhin, dachte Gesche, er lächelt.

Überhaupt ließ er sich von dem Streit nicht allzu sehr beeindrucken und nahm, nachdem Rantzau den Aufmarsch verlotterter Ankläger eingestellt hatte, offenbar an, die Sache werde schnell in Vergessenheit geraten. Sonst wäre er vermutlich nicht schon eine knappe Woche später, an einem herbstlich dunstigen Morgen, so vorbehaltlos nach Ascheberg geritten.

»Jens Deistert soll sterbenskrank sein«, sagte er beim Frühstück. »Wassersucht, wie Schröter gehört hat. Ich will hin und mich von ihm verabschieden.«

Deistert – der alte Ascheberger Stallknecht, sein Freund aus Kindertagen. Gesche nickte. Sie blieb noch am Tisch sitzen, löffelte ihre Breischüssel leer, trank eine dritte Tasse Tee, während Christian bereits vom Hof ritt.

Selbst war sie dem Mann nie begegnet, doch aus Christians Erzählungen wusste sie, wie fürsorglich er sich früher um den kleinen Mohrenjungen gekümmert hatte. Zum Jagen und zum Fischen hatte er ihn mitgenommen, Fallen stellen, Aalreusen auswerfen, und dann die Geschichten, die Deistert erzählte, wenn sie mit ihren Angeln stundenlang am See hockten, versteckt im Schilf, und auf einen fetten Fang hofften. Um schreckliche Unwetter ging es darin, mit blutroten Blitzen und faustdicken Hagelkörnern, von denen sämtliches Federvieh auf den Wiesen erschlagen wurde. Um Heuschreckenheere, so dicht wie Nebelschwaden, die ganze Landstriche kahlfraßen und die Menschen erzittern ließen. Und um einen schieferblauen Drachen, groß wie ein Kalb, mit einem vier Ellen langen, schuppigen Schwanz. In Itzehoe hatte der sich in einem Glockenturm eingenistet, schoss grün schillernde Funken aus den Schalllöchern und war, nachdem er das vom Küster dort zur Kühlung aufgehängte Fleisch verschlungen hatte, zu fett, um wieder zu entweichen. Der gesamte in der Ortsapotheke vorrätige Bestand an Schießpulver, gut drei Pfund, war nötig, um einen sogenannten Frosch anzufertigen, hatte Deistert erzählt, einen Sprengsatz, den man an den Drachenschwanz band und zündete und der das Ungeheuer dermaßen in Rage brachte, dass es mit wüstem Gezische und Flügelschlagen die Mauern durchbrach und sich knapp am Haus des Pastors vorbei Richtung Osten davonmachte.

Jens Deistert verriet dem kleinen Jungen auch, wie man einen Dieb bestrafen könne. Dazu brauche man einen Fußabdruck von ihm in der Erde oder im Schnee, den müsse man aufnehmen und in einem Sack in den Schornstein hängen. Wenn das Zeug zu schrumpfen beginne, verdorre der Fuß des Diebes. Deistert hatte geschworen, dass es wirke, und Christian hatte ihm so lange geglaubt, bis er dem Oberst davon erzählte und der erst laut loslachte und ihm dann ernsthaft riet, lieber seinem Verstand zu vertrauen, statt Märchen für wahr zu halten. Aber damals hatte er Märchen geliebt.

War er verärgert? Amüsierte er sich? Das Gesicht, mit dem Christian gegen Mittag nach Hause kam, konnte Gesche nicht deuten. Sie weichte gerade Wäsche ein für den morgigen Waschtag, stand mit nassen Füßen im Hof neben dem Zuber, als er vom Pferd sprang. Schnell wischte sie die Hände an ihrer Schürze trocken und zog ihn zum Sitzplatz unter der großen Eiche. Diese merkwürdige Mischung aus Zorn und Übermut machte sie neugierig.

»Was ist, hat es wieder Ärger gegeben?«

Christian stemmte die Ellbogen auf seine Knie und atmete tief durch. »Natürlich«, sagte er, »aber viel wichtiger war, dass ich den alten Jens ein letztes Mal gesehen habe. Und im Gesindehaus so viele vertraute Gesichter um ihn herum. Wie früher fühlte es sich an, warm und geborgen. Er konnte kaum noch sprechen, weil das Wasser ihm den Atem abdrückte, hat mir aber trotzdem noch einmal zugedrängt, dass ich die Strafen nicht vergessen soll, mit denen Gott unsere Sünden verfolgt. Du weißt schon, die roten Blitze, der Drache. Die alten Geschichten. Und dann platzte auf einmal der neue Rantzau herein – sieht mich und fängt an zu brüllen. Dass ich mich unterstehe, sein Gut trotz Verbotes zu betreten. Ich dächte wohl, mir alles erlauben zu können und weiter über meinem Stand zu leben. Dem werde er einen Riegel vorsetzen. Jens schnappte vor Schreck nach Luft. Ich habe ihm noch einmal die Hand gedrückt und wollte zur Tür hinaus, aber Rantzau verstellte mir den Weg. *Fünfzig Taler*, hat er geschrien, *fünfzig Taler für den Verstoß gegen meine Anordnung.*«

Christian streckte den Rücken und machte die Schultern breit. »Er glaubt bestimmt, dass mir eine solche Summe das Kreuz bricht – abgesehen von der Verachtung, die er mir vor allen Leuten unter die Nase rieb. Dieser Tölpel. Hat sich ganz schön geschnitten.«

Fünfzig Taler. Eine wahnwitzig hohe Summe für ein so nichtiges Vergehen. Der Gegenwert von zehn Tonnen Bier oder fünfhundert fetten Suppenhühnern! Als Gerichtsherr auf seinem Gut war Rantzau allerdings zur eigenmächtigen Verhängung solcher Strafen befugt, das Geld musste bezahlt werden.

Doch Christian drehte den Spieß um und nutzte die Gelegenheit, seinem Widersacher zu zeigen, wie wenig er sich getroffen fühlte. Schon am nächsten Tag schickte er einen Boten – und nun seinerseits den unansehnlichsten Schlurch aus dem nahen Depenau – mit dem geforderten Betrag nach Ascheberg und ließ bestellen, man helfe gern mit weiteren Finanzen aus, wenn Not am Mann sei.

Gesche, die dazukam, als er dem Burschen gerade vom Hoftor aus diese Botschaft nachrief, zog ihn entsetzt am Ärmel. »Bist du verrückt geworden? Rantzau wird schäumen! Wer weiß, was er sich noch für uns ausdenkt.«

Zufrieden grinsend wandte Christian sich ihr zu. »Da fällt ihm sicher einiges ein, aber wenn er meint, dass ich vor ihm kusche, hat er sich gewaltig geirrt.«

Gesche spürte, wie eine frostige Hand nach ihrem Herzen griff. Wohin verstieg er sich da? Und lachte auch noch, weil er meinte, jeder Bedrohung gewachsen zu sein. Bei aller Standfestigkeit, obwohl Monsieur und begütert – was konnte Christian Gottlieb, der Mohr, ausrichten gegen Christian Rantzau, diesen arroganten Erben, ein angesehenes Mitglied des einheimischen Uradels?

Es war ihre Idee, spätabends plötzlich aufgetaucht. An den Herzog müssten sie sich wenden, ihm von den Schikanen Rantzaus berichten und um Rückendeckung bitten.

»Er hat uns doch auch bei unserer Heirat beigestanden«, setzte sie Christians Bedenken entgegen, »er hat deinen Kopf gerettet. Glaubst du, er lässt sich jetzt von diesem – diesem Schnösel ins Handwerk pfuschen?«

Eigentlich hätte es ihm Spaß gemacht, den Konflikt allein durchzustehen, doch nach einer Weile streckte Christian die Waffen vor Gesches Argumenten. Im Schlafgewand setzten sie sich mit Öllampe, Tinte, Feder und Papier an den Küchentisch, er schrieb, sie half beim Formulieren. Höflichkeitsfloskeln, Bitten um Verständnis, Fakten, Empörung richtig dosiert, geharnischt genug, doch nicht ausfallend, positive Resonanz erhoffend, untertänigst.

Auf Umwegen kam ihnen die Wirkung ihrer Beschwerde zu Ohren. Schröter wusste durch eine Ascheberger Zofe von dem wütenden Gezeter, mit dem Rantzau ein streng rügendes Schreiben des Hofmarschalls quittiert hatte. Und aus Plön hörten sie, dass er sich vorbehalte, das undankbare und verleumderische Gebaren des Mohren zu ahnden.

»Was, glaubst du, hat er vor?« Gesche sah sich wieder draußen sitzen, an einem der letzten milden Abende, bevor der Frost kam. Die Luft war schwer und roch nach Herbst, nach feuchtem Gras und modrigem Laub. In ein dickes Wolltuch gehüllt, hatte sie sich auf der Gartenbank an Christian gekuschelt. Sie spürte sein Schulterzucken.

»Das ist doch klar, er will uns von hier vertreiben.« Wie ruhig seine Stimme in der Dunkelheit klang.

»Denkst du, das schafft er?« Sie blickte ihn fragend an.

»Nur, wenn wir es zulassen.« Der übermütige Glanz in seinen Augen war sogar im Mondlicht noch zu erkennen.

»Was meinst du damit?«

»Gegen den Schenkungsvertrag kann er nichts unternehmen, der ist unanfechtbar, und grobe Unverschämtheiten darf er sich nach dem offiziellen Rüffel nicht mehr erlauben, also wird er es auf versteckteren Wegen versuchen. Solange wir darauf nicht eingehen, hat er kaum Aussicht auf Erfolg. Zwei alte Kämpfer wie wir stehen das durch.« Leise lachend schlang Christian einen Arm um ihre Schultern und drückte sie kurz an sich. Sein Jackenärmel schabte an ihrem Hals. »Der Oberst«, sagte er, »der Oberst hat nie gewollt, dass ich mich herumschubsen lasse, es würde ihm auch jetzt nicht gefallen.«

Er sprach in dieser Zeit häufig von Bertram Rantzau, in einem weichen, beinahe wehmütigen Ton. Manchmal kam es Gesche so vor, als sehe er seinen Patron mit neuen Augen, als werde ihm erst jetzt, im Streit mit dem Nachfolger, richtig bewusst, wie ungewöhnlich, geradezu verstiegen es aus dem

Blickwinkel der Umgebung gewesen war, einem schwarzen Kerlchen aus dem Nirgendwo ganz selbstverständlich einen Platz unter freien Bürgern einzuräumen und ihm auch noch den Rücken zu stärken gegen eventuelle Widerstände. Er gibt nicht auf, dachte sie, schon um dieser Großherzigkeit willen lässt er sich nicht verscheuchen.

Der September verstrich, der Oktober war bereits halb vorüber ohne eine Nachricht aus Ascheberg. Gesche dachte nur selten noch an den Konflikt und glaubte, dass es Christian genauso ginge. Er war viel unterwegs, geschäftlich, wie er sagte. Hatte immer wieder in Plön zu tun, blieb einmal sogar drei Tage lang in Hamburg, während sie oft am Fenster saß und den Blättern zusah, die regenschwer von den Bäumen trudelten. Über dem Acker jenseits des Gartens kreisten Greifvögel, ließen sich vom Wind hoch in die Wolken tragen und schossen urplötzlich mit angelegten Schwingen wie Steine aus dem Grau zur Erde.

Ein paar Wochen noch bis zur Geburt. Diese Schwangerschaft machte Gesche mehr zu schaffen als die beiden vorherigen. Vielleicht lag es an den Aufregungen der letzten Monate, dass sie sich häufig ausgelaugt fühlte, zu müde zum Nachdenken, und deshalb nicht bemerkte, welche Pläne Christian schmiedete. Er habe sie nicht beunruhigen wollen, solange alles in der Schwebe war, erklärte er später.

Sie hörte wieder das glucksende Lachen, mit dem er, den neugeborenen Sohn im Arm, neben ihrem Bett gesessen und sich an ihrer Verblüffung geweidet hatte. Sein dunkler Zeigefinger kitzelte dabei die rosige Kindernase.

»Wir haben eben beide gebrütet«, sagte er, »nur auf verschiedenen Gebieten.«

Schon der Name, für den er sich im Alleingang entschieden hatte, brachte sie aus der Fassung.

»Hans Adolf?« Gesche runzelte die Stirn. »Aber du amüsierst dich doch immer über die Plöner Hans-Adolf-Schwemme! Muss das sein – noch einer mehr?«

Christian kniff kurz die Augen zusammen, so als sei ihm die Sache selbst ein bisschen unangenehm, doch dann nickte er energisch. »Ja, es muss. Kaum jemand sonst hat so viel Anlass, sein Kind nach dem Herzog zu nennen.«

»Wegen … wegen der Begnadigung?«

Er schüttelte den Kopf. »Die spielt nur eine Nebenrolle. Es gibt neuere Gründe.«

»Welche denn?« Für einen Moment vergaß Gesche ihren schmerzenden Unterleib. Sie wollte sich aufsetzen, sank aber mit einem leisen Stöhnen sofort wieder in die Kissen. »Nun sag schon!« Ungeduldig rüttelte sie an seinem Knie.

»Er hat mich in sein Trompetercorps berufen!«

Verständnislos starrte sie in sein triumphierend lächelndes Gesicht. »Du sollst in Plön bei Hof aufspielen?« Sie hatte genug gehört über die Geplänkel der Musiker, ihre Eifersüchteleien und ihre ständige Geldknappheit. Dank der fürstlichen Finanzmisere blieb man ihnen monatelang den Sold schuldig, sogar ihre Pferde mussten sie selbst bezahlen. Wie konnte Christian stolz sein auf ein derartiges Angebot?

»Nein, nein«, sagte er schnell, »zur Tafelmusik werde ich sicher nicht beordert. Hoftrompeter ist eher als eine Art Ehrentitel gedacht, und es klingt doch auch gut, findest du nicht?«

Gesche nickte zögerlich. Sie war immer noch argwöhnisch. »Schon, aber was sollst du dafür tun?«

Aus dem Bündel mit dem Kindchen drangen leise Fieptöne. Behutsam schob Christian es von seiner rechten in die linke

Armbeuge und begann, es sanft zu schuckeln. Ganz erfahrener Vater. Dann wandte er sich wieder seiner Frau zu.

»Tun? Nun, zunächst einmal hofft er bestimmt, dass er mich so als Geschäftspartner an sich binden kann. Deine Mutter und ich haben nämlich inzwischen den Mühlenkontrakt unterzeichnet, der ihm jährlich eine Menge Bares einbringt. Bei dem permanenten Defizit in der Hofkasse keine schlechte Aussicht.«

Hatten sie es also doch gewagt. Gesche kannte die Vorgeschichte, und sie wusste, wie sehr dem Herzog am Zustandekommen des Vertrags gelegen sein musste, nachdem er bereits etliche seiner Güter verpfändet und sogar einen Teil des Tafelsilbers veräußert hatte. Schließlich gehörte die Plöner Kornmühle zu seinen ergiebigsten Pfründen. Dank ihrer günstigen Lage am Schwentinedurchfluss unterhalb des Großen Plöner Sees und der damit verbundenen erheblichen Wasserkraft konnte sie ein Vielfaches von dem erwirtschaften, was andere Mühlen eintrugen. Für ausreichend Kundschaft sorgte ein Erlass der Obrigkeit, der *Mühlenzwang*, durch den sämtlichen Einwohnern der Stadt und der näheren Umgebung bei Strafe verboten wurde, ihr Korn irgendwo anders mahlen zu lassen. Ein wunderbares Arrangement, wäre da nicht der Haken gewesen, dass der Müller für sein Vorrecht eine Pacht von fünfhundert Talern pro Jahr an den Herzog zu berappen hatte. Solch eine Summe konnte man nur durch hohe Preise für die Dienstleistung aufbringen und selbst dann nicht ohne Mühe. Wer sich darauf einließ, blieb meist nur kurze Zeit, und kein einziger Müller hatte es bislang riskiert, einen Vertrag über fünf Jahre abzuschließen, wie ihn der Herzog – angeblich *zur besseren Kalkulation* – wünschte.

Im vergangenen Frühjahr, Ende Mai musste es gewesen sein, und die Plöner Mühle stand wieder einmal leer, als Elisabeth und Christian während eines Spaziergangs auf die Idee verfallen waren, selbst einzusteigen. Mitten auf einem Feldweg war Christian plötzlich stehen geblieben, hatte den Blick über das zarte Grün des Getreides wandern lassen und dann seine Schwiegermutter ins Auge gefasst.

»Was meinst du?« Mehr war bei dem eingespielten Gespann nicht nötig, um sich zu verständigen. Seit Jahren schon gingen sie gemeinsam allen möglichen Geschäften nach, derart erfolgreich, dass ein finanzielles Wagnis keinem von ihnen so leicht den Hals brechen würde.

Elisabeth trat neben ihn, schaute ebenfalls über den Acker, nickte. »Es könnte klappen«, sagte sie, »wenn wir einen willigen Müller finden.«

Gesche brauchte eine Weile, bis sie verstand, was die beiden planten. Sie wollten die Geldquelle an der Schwentine wieder zum Sprudeln bringen, indem sie eine Bürgschaft für die Mühlenpacht übernahmen. Dem Herzog wären damit seine Einkünfte zugesichert, der Kornmüller ginge kein Risiko ein, sollte allerdings im Gegenzug für die Bürgen Getreide zum Sonderpreis mahlen, so dass sie die Differenz abschöpfen und ein gutes Geschäft machen könnten.

Wie ein Dummchen hatte sie sich gefühlt, während die zwei schon darüber debattierten, wer als Müller in Frage käme, wie sie die Angelegenheit bei Hofe vortragen wollten und mit welchen Gewinnspannen zu rechnen wäre.

»Bist du deshalb so oft in Plön gewesen?«, fragte Gesche.

Christian nickte. »Es gab zähe Verhandlungen. Ein paar Leute waren dagegen, weil sie mich als Bürgen nicht für tauglich hielten, aber nachdem niemand an meine Stelle treten wollte, konnte der Hofmarschall sie schließlich umstimmen. Jetzt reiben sie sich sogar die Hände, denn von der Pacht sollen die Zinsen für einen Kredit bezahlt werden, den der Herzog vor Jahren bei der Stadt aufgenommen hat. Das größte Problem war der Müller. Wir mussten einen auftreiben, der nicht gleich kneift, wenn es mal eng wird. Zum Glück erinnerte sich deine Mutter irgendwann an eine tüchtige Müllersfamilie in Preetz, zu der dein Großvater Radeleff früher bei seinem Kornhandel in Kontakt stand. Der zweitälteste Sohn hat eingewilligt. Herm Jansen, ein vernünftiger Mann.«

»Dann ist jetzt alles unter Dach und Fach?«

Wieder nickte Christian. »Seit dem achten Oktober. In der fürstlichen Amtsstube unterschrieben und besiegelt.«

Das Kind war inzwischen eingeschlafen. Er stand auf und legte es vorsichtig in die Wiege am Fußende des Bettes. »In dem Vertrag bin ich übrigens zum ersten Mal mit meinem neuen Titel genannt«, sagte er und verzog sein Gesicht in einem Anflug von spöttischem Stolz. »Der Hoftrompeter Christian Gottlieb.«

Wie er sich da aufbaute zwischen Bett und Fenster, mit seinen breiten Schultern, dem hoch erhobenen Kopf im Gegenlicht, so stark, seiner selbst so sicher. Auf einmal witterte Gesche, dass er noch weitere Überraschungen bereithielt.

»Und Hamburg? Weshalb musstest du nach Hamburg?«

Richtig vermutet, dachte sie, als er plötzlich anfing, von einem Fuß auf den anderen zu treten und den Oberkörper hin und her zu wenden, da gibt's noch mehr, nur weiß er nicht, wie es mir erklären. Sie zupfte an dem Hosenbein, das ihr am nächsten war. »Komm, erzähl mir, was los ist.«

Seufzend ließ er sich wieder auf den Stuhl fallen und verschränkte die Hände vor den übereinandergeschlagenen Knien. »Tja, Hamburg.« Er räusperte sich ausgiebig, weil seine Stimme etwas brüchiger klang als sonst. »Vielleicht erinnerst du dich. Der Herzog führt als Generalfeldmarschall das Oberkommando über ein Truppenkontingent, das der dänische König zur Untermauerung seines Besitzanspruchs vor den Toren der Stadt stationiert hat. Aus dessen Sicht ist Hamburg Teil des Herzogtums Holstein und untersteht deshalb der dänischen Krone, während die Stadt selbst auf ihren Status als freie Stadt des deutschen Reiches pocht. Das Reichskammergericht gab der Hamburger Bürgerschaft zwar schon vor Jahren recht, doch der Spruch wird von Dänemark nicht anerkannt. Also schwelt der Streit weiter, wie lange noch, weiß kein Mensch.«

»Ja, ja«, sagte Gesche ungeduldig, als er eine Atempause einlegte, »das ist mir natürlich bekannt. Aber was geht dich das an? Was hast du damit zu schaffen?« Einen kriegerisch so unerfahrenen Mann für eventuelle Militäraktionen heranzuziehen, erschien ihr völlig abwegig.

»Der Herzog will mich dort für Sonderdienste einsetzen, wurde mir mitgeteilt, für repräsentative Aufgaben oder als Kurier in wichtigen Angelegenheiten.«

»Dort?« Gesche runzelte die Stirn. »Heißt das, du sollst dich da vor Ort bereithalten? Oder geht es auch von Plön aus?«

Christian schüttelte den Kopf. »Die Entfernung wäre zu weit, ich müsste ja schnell zur Hand sein.«

»Dann hast du also abgelehnt«, stellte Gesche zufrieden fest und setzte, weil ihr im selben Moment einfiel, dass man sich einem herzoglichen Befehl, auch wenn er in ein ehrenvolles Angebot gekleidet war, unmöglich verweigern konnte, schnell nach: »Ich meine, du hast erklärt, wie dringend du hier gebraucht wirst, dass du nicht einfach wegkannst, weil … weil …«

Sie fing seinen Blick auf, unter hochgezogenen Brauen, und wurde rot. Was rede ich da, dachte sie, was für ein Unsinn. Er wird folgen müssen, wie alle anderen auch in Diensten der Obrigkeit. Und dann? Was dann – wir hier und er irgendwo da drüben? Und was, wenn er doch in ein Scharmützel gerät? Ihr Kopf brannte vor Scham und Not.

»Schon gut.« Christian rutschte vom Stuhl auf die Bettkante, griff nach ihren Händen und umschloss sie fest mit seinen langen, dunklen Fingern. »Vielleicht klingt es verrückt, aber diese Order ist eine große Chance für uns, ein Anstoß zu einem noch schöneren Leben.«

»Wieso?« Was soll das heißen, wollte sie fragen, ist es hier nicht schön genug? Schwieg jedoch, als er beruhigend ihre Hände drückte.

»Hör zu«, fuhr er fort, »Rantzau hat zum nächsten Schlag ausgeholt. Nachdem er mit seinen Schikanen nichts erreichen konnte, bietet er nun an, unser Haus zu mieten oder sich sonst wie finanziell zu vergleichen, falls wir bereit wären wegzuziehen – Tschsch«, machte er, weil Gesche schon den Mund zum Protest öffnete. »Lass mich erst ausreden. Natürlich ist die vorgeschlagene Summe lachhaft, eine neue Beleidigung. Dieser Mensch wird niemals Ruhe geben, gleichgültig, wie unbeeindruckt wir uns zeigen. Er hält es einfach nicht aus, jemanden wie mich auf seinem Gelände zu wissen, und ich meinerseits habe nicht die geringste Lust auf eine endlose Reihe von Bosheiten und Störmanövern, die mir und auch dir und den Kindern ein ständig dicker werdendes Fell aufzwingen, unter dem wir harmlosen Schafe uns am Ende selbst nicht mehr wiederfinden.«

Gesche nutzte sein kurzes, spöttisches Lachen. »Ja, aber …«, versuchte sie sich einzumischen, doch für mehr als diese zwei Worte ließ er ihr keine Zeit.

»Noch einen Moment.« Drängend rüttelte er ihre Hände. »Ich habe die Sache Schlapritz gegenüber erwähnt, und der hatte eine blendende Idee, wie wir uns Rantzaus Schikanen entziehen können und ihn mit seinen unverschämten Avancen ins Leere laufen lassen. Pass auf: Schlapritz wusste von einem Edelhof nahe Hamburg, der zum Verkauf anstand, hoch verschuldet und deshalb bezahlbar. Ich …« – ein tiefer Atemzug verriet Christians Anspannung – »ich habe ihn gekauft, erworben, er gehört uns.«

Gesche riss ihre Hände aus seinem Griff, kreuzweise umklammerte sie ihre Schultern. »*Was* hast du? Ohne mit mir zu sprechen? Einfach so?«

Er schüttelte energisch den Kopf. »Keineswegs einfach so. Es ist alles genau durchdacht und geplant. In ein paar Wochen, sobald Hans Adolf kräftig genug ist, ziehen wir um, im Frühling werde ich den größten Teil der auf dem Hof lastenden Schulden abbezahlt haben und …«

Vom Schreck benommen, hörte Gesche ihn von vierhundert Reichstalern reden, die er der Stadt Kiel vor Jahren als Darlehen überlassen habe und nun mit Zinsen zurückverlangen wolle; von Hinrich Saur, einem Hamburger Gewürzhändler und Schwager des Plöner Apothekers, der neben Schlapritz Zeuge und Garant bei den Verkaufsverhandlungen gewesen sei; von der Möglichkeit, aus dem unmittelbar vor der Stadt gelegenen Hof eine lukrative Anlaufstation für den immer lebhafteren Pferdekutschenverkehr zwischen Hamburg und Plön zu machen; von der Aussicht, auf dem großen Gelände die Pferdezucht zu erweitern und neben Reit- und Kutschpferden auch Karrenpferde zur Beförderung von Hausrat, Grünzeug oder Mist zu züchten, und Baupferde für besonders schwere Ladungen …

Gesche brauchte mehrere Anläufe, um seinen begeisterten Redefluss zu unterbrechen. »Wie heißt denn der Ort?«, fragte sie schließlich. »Kenne ich ihn?«

»Eimsbüttel? Bestimmt nicht. Ein winziges Nest westlich der Stadt. Es gibt weder eine Kirche noch ein Wirtshaus. Abgesehen von drei großen Höfen, von denen einer jetzt uns gehört, besteht es nur aus einer Ansammlung ärmlicher Bauernkaten, aber das wird nicht so bleiben, denn immer mehr vornehme Hamburger Familien finden Gefallen an der Gegend und wollen dort Landhäuser bauen. Das bringt Auftrieb, du wirst sehen!«

Christian redete sich erneut in Fahrt. Eimsbüttel war, wie er erzählte, eines der zahlreichen zum Einzugsbereich des Hamburger St.Johannisklosters gehörigen Klosterdörfer. Weit verstreut lagen sie rund um die Stadt und waren zu Abgaben gegenüber dem ehemals katholischen Zisterzienserinnenkloster verpflichtet, in dem seit der Reformation protestantische Damen, Witwen und unverheiratete Töchter aus dem Hamburger Bürgertum, ihr Auskommen fanden. Das Kloster unterstand der Schutzherrschaft des Hamburger Rates, weshalb es nötig gewesen war, beim Hofkauf nicht nur der Domina des Damenstiftes Treue zu schwören, sondern auch den zuständigen Vertretern der städtischen Bürgerschaft. Für ihn kein Hindernis, sagte Christian und berichtete breit lächelnd von der ausdrücklichen Zustimmung, mit der man ihn willkommen geheißen und im Klosterbuch als neuen, rechtmäßigen Eigentümer verzeichnet habe.

»Hier im Plöner Herzogtum und auf dem Gebiet der adeligen Güter rundherum wäre an so etwas nicht im Traum zu denken«, sagte er. »Das Verfügungsrecht über Grund und Boden halten Fürst und Gutsherren fest in Händen. Pachten ja, aber käuflich erwerben? Nie und nimmer. Uns muss das jetzt nicht mehr kümmern. Wir haben unseren eigenen Hof.«

An seiner Schulter vorbei schaute Gesche durch das Fenster, sah den Waldrand unter tiefhängenden Wolken wie einen Tintenstrich im Nebel zerfließen. Kreischende Vögel schwammen im Grau. Den Mohrenhof verlassen – den vertrauten Blick über die Felder, die Bäume, das Bänkchen, den Brunnen, die

Küche, in der Möhrchens winzige Schuhe an Christians Fingern ihre ersten Schritte getan hatten – wie sollte das gehen?

Das dunkle, weiche Vibrieren seiner Stimme. Immer schon hatte es sie in ihrem Innersten berührt, und es wirkte auch dieses Mal. »Auf einen finanziellen Ausgleich können wir verzichten«, sagte er gerade.

»Du meinst, wir sollen ohne jede Entschädigung von hier verschwinden?« Sie war plötzlich wieder ganz bei der Sache. »Aber dann geben wir doch nach, und Rantzau erreicht, was er will.«

»Nur scheinbar. Denn eigentlich geht es gar nicht um unser Anwesen, bescheiden wie es ist, sondern um Macht. Er will mir seine Überlegenheit beweisen, am liebsten wäre es ihm, wenn ich winselnd um Nachsicht bettelte. Ich glaube, er will rückwirkend den Fehlgriff des alten Rantzau korrigieren. Ganz sicher rechnet er nicht damit, dass wir ihm die kalte Schulter zeigen und seine Absicht unterlaufen.

Der Ärger wird ihn würgen. Mal es dir aus, Gesche: ein Mohr, der es sich leisten kann, auf die Taler des edlen Herrn zu pfeifen und, statt vor ihm zu kriechen, ein Prachtsgehöft erwirbt, das ihm nicht bloß auf Lebenszeit überlassen wird, sondern das er vererben, beleihen, veräußern kann, wie ihm beliebt. Und das mehr wert ist als die fünf schönsten Plöner Häuser zusammen.«

Gesche rückte ein Stück beiseite, weil Christian sich neben sie sinken ließ. Den Kopf Ohr an Ohr auf ihrem Kissen, die Beine mit den schweren Stiefeln über die Bettkante hängend, redete er weiter, träumte sich in die Zukunft. Seine über dem Bauch gefalteten Hände bewegten sich auf und ab im Rhythmus tiefer, zufriedener Atemzüge. Diese Genugtuung! Mehr als achtzig Hektar Land gehörten jetzt ihnen, dazu dreißig Kühe, eine Menge Schafe, Schweine und Hühner. Die Pferdezucht wollte er selbst übernehmen, alles andere von einem bewährten Pächter bewirtschaften lassen, was eine sichere Rendite einbringen würde. Und das Haus! Ein gewaltiges, solides, tiefgezogenes Dach wie die Sturmhaube eines Seemanns. Blanke Fenster mit Ausblick auf hohe, dicke Bäume und endloses Moor- und Weideland. Brombeerranken am Plankenzaun.

»Du wirst es lieben«, hörte Gesche ihn sagen, ehe sie ermattet einschlief in einer Mischung aus Wehmut und Zuversicht.

Irgendwann war sie aufgewacht, weil das Kindchen schrie und nach Nahrung verlangte. Da hatte er drüben gelegen, auf seiner Seite des Bettes, im Nachthemd, fest schlafend, ein Lächeln um die Augen.

Als sie jetzt unwillkürlich den Arm hinüberstreckte, stießen ihre Finger auf Gansbergs unbenutztes Kissen. Mit einem tiefen Seufzer zog sie den Arm zurück unter das Deckbett. Gansberg. Der Eimsbütteler *Mohrenhof* war nur wenige Meilen von seinem Hof hier entfernt gewesen, und manchmal, in besonders dunklen Momenten, geisterte ihr die Vorstellung durch den Kopf, damals beim Umzug in eine Falle getappt zu sein. Hirngespinste natürlich.

So deutlich, als wäre es gestern gewesen, sah sie sich wieder im holsteinischen Kührwagen sitzen, eingezwängt zwischen knarzenden Seitenwänden aus Weidengeflecht, das Verdeck hochgeklappt zum Schutz gegen den frischen Märzwind, ein warm vermummtes Kind links neben sich, eins rechts, zu ihren Füßen Hans Adolf schlummernd in seinem Korb. Nichts Bedrohliches hatte sie geahnt, nichts gefürchtet. Angesteckt von Christians überschäumender Vorfreude, spürte sie nur noch einen leisen Abschiedsschmerz und hoffte, dass die ausgegrabenen Rosenstöcke und vertrauten Küchengeräte, die mit Reisetruhen und Kisten auf einem der Lastkarren transportiert wurden, kein Heimweh aufkommen ließen.

Christian spähte ab und zu unter das Wagendach, strahlend vor Stolz. Auf einem braunen, kräftigen Pferd umkreiste er Fuhrwerke und Herde.

Zu beiden Seiten der Einfahrt mächtige Baumgruppen, in den Kronen der hoch aufragenden Eichen und Buchen eine erste Ahnung von frischem Grün. Scheunen, Ställe, Wohnhaus ziegelrot und unter ausladenden Dächern in Hufeisenform um den weiten Hofplatz gebaut, alles war noch imposanter, als sie es sich vorgestellt hatte. Über zwei breite geschwungene Stufen betrat sie die Diele, stutzte und lachte so laut auf, dass der schlafende Säugling in ihrem Arm zusammenschreckte und zu schreien begann. Ein Blick über die Schulter zu Christian, der hinter ihr eintrat. Das fröhliche Blitzen in seinen Augen.

»Wie für uns geschaffen, stimmt's?« Er stellte sich dicht neben sie, der Stoff seiner Jacke schabte an ihrem wollenen Umschlagtuch.

»Stimmt genau.« Gesche nickte. Jetzt begriff sie plötzlich, warum er dieses Haus sofort und unbedingt hatte kaufen müssen. An ihn gelehnt stand sie da, drückte dem noch leise schniefenden Kleinen einen Kuss aufs Ohr und ließ ihren Blick durch die Diele wandern. Schwarz-weiß. Schwarze und weiße Steinkacheln bedeckten den Fußboden, im Schachbrettmuster über Spitz verlegt, schienen sie die Begrenzung des Raumes aufzuheben und im hinteren, dämmrigen Bereich endlos weiter zu verlaufen. Für den Vorbesitzer mochte es nur ein Merkmal großen Wohlstands gewesen sein, was ihnen beiden als Symbol ihrer Gemeinsamkeit erschien. Endlos – das war der Traum.

Männerstimmen. Gesche fuhr hoch, rieb sich die Augen. Vor dem Fenster silbriges Licht, Nebel durchsetzt von vereinzelten dünnen Sonnenstrahlen. Wenigstens schneite es nicht mehr. Sie lauschte, schob sich über die Bettkante und öffnete die Tür einen Spaltbreit. Gansbergs Stimme, unverwechselbar in ihrem etwas schleifenden Klang. Und die andere, die tiefere, wem gehörte die? Von einer Übernachtung in Kisdorf berichtete der Mann gerade, weil im verschneiten Wald spätabends kein Durchkommen mehr gewesen sei. *Durchkommen* mit mehreren schrammenden Rachenlauten, so etwas konnte nur Schlapritz hervorbringen.

Mit flatternden Händen wusch Gesche ihr Gesicht über der Waschschüssel, tauschte das Nachthemd gegen ein weites Gewand, dessen moosgrüne Farbe zumindest ein bisschen über ihre Unförmigkeit hinwegtröstete, schob das Haar nach nur kurzem Bürsten unter eine passend grüne Haube und machte sich auf den Weg nach unten. Der dicke Bauch erlaubte kein schnelles Rennen, also stieg sie gemessenen Schrittes hinab, innerlich bebend vor Spannung. Endlich! Endlich war er da. Endlich würde sich das Rätsel um Christians Tod lösen lassen. Zumindest hoffte sie das.

Was für ein Gesicht machte der Freund? Wie sah er aus? Was verriet seine Haltung? Gesche reckte den Hals und schaute über das Geländer, während er den Kopf wandte und zu ihr aufblickte. Der vertraute Ausdruck seiner Augen. Mit diesem Zwinkern hatte er sie immer begrüßt, wenn er kam, um mit Christian irgendetwas auszuklamüsern, etwas Heikles, Kühnes, wie es ihnen beiden am meisten Spaß machte. Seit seiner Heirat mit Frau Ammin, einer Calvinistin, die als Waisenmutter das vor wenigen Jahren in der Plöner Neustadt gegründete Waisenhaus leitete, war er offenbar stattlicher geworden. Er sah besser aus, als sie ihn in Erinnerung hatte, weniger dürr, mit volleren Wangen, und die Art, wie er von seinem Stuhl neben Gansberg auf die Füße sprang und ihr in geradezu fürstlich eleganten Bärenfellstiefeln entgegenkam, wirkte geschmeidiger.

»Die Ehe scheint dir gut zu bekommen«, sagte Gesche, nachdem er seinen Hut in altgewohnter Manier auf einen Wandhaken geworfen hatte. Ein kleines Relikt aus der Vergangenheit, das Gansberg wahrscheinlich für einen spontanen Einfall hielt, ihnen beiden jedoch das Gefühl gab, Christian ganz nahe zu sein.

»Ja, man sieht's«, grinste Schlapritz. »Ida päppelt mich wie ihre vierundzwanzig Waisenkinder und wollte mich bei dieser Witterung eigentlich gar nicht aus dem Haus lassen. – Gesche!« Am Fuß der Stiege umschloss er ihre Schultern mit beiden Händen und schüttelte sie sanft. »Wie schön, dich zu sehen, auch wenn der Anlass … nun, der Anlass …«

»Schon gut, Hieronymus«, fiel sie ihm ins Wort und reichte ihm ihre Hand, ganz förmlich, wegen des Bauches mit ausgestrecktem Arm. Dabei warf sie einen Blick auf Gansberg, der in seinem Schaukelstuhl am Fenster saß und zuschaute, eine kleine Falte zwischen den Brauen. Wie mochte er sich fühlen, mit dem engsten Freund seines Vorgängers im Haus? Und mit dem Wissen, dass sich die Gespräche und Gedanken seiner Frau eine Weile lang nur um das Früher drehen würden, eine Zeit, an der er keinen Anteil hatte?

»Ich hole euch einen Imbiss«, sagte sie schnell. Gansbergs Leibgericht, Steckrübensuppe mit gerösteten Zwiebeln und Räucherwurst, hing schon im Kessel über dem Feuer, extra zubereitet als Gemütsaufheller für diese heikle Situation. Dazu ein Bier und die Gelegenheit zu einem Männergespräch, so müsste es gehen.

Zwei irdene Schüsseln randhoch voll Eintopf und zwei gefüllte Krüge balancierte sie auf einem Tablett vorsichtig herbei und stellte alles auf den großen Tisch.

»Und du?«, fragte Gansberg verwundert, seinen Schaukelstuhl an die Stirnseite ziehend. »Willst du nicht mitessen?«

Gesche schüttelte den Kopf. »Hier drin ist kaum noch Platz.« Sie tupfte auf die Wölbung unter dem grünen Hängekleid. »Ich muss auch noch nach dem Hasen sehen, den es heute Abend geben soll.«

Hieronymus warf ihr nur einen kurzen Blick zu, ehe er sich hinsetzte. Er weiß schon, warum, dachte sie. Zwei erfahrene Wundärzte, beide in hervorragender Stellung, haben bestimmt eine Menge zu bereden. Ohne mich können sie sich besser näherkommen.

Und richtig. Hinter der angelehnten Küchentür, wo sie sich mit irgendwelchen Tiegeln und Töpfen zu schaffen machte, hörte Gesche nach anfänglichem, nur von Löffelgeräuschen und Krügeschrammen unterbrochenem Schweigen, die Stimmen plötzlich lebhaft werden. Sie öffnete den Türspalt etwas weiter.

Schlapritz berichtete gerade von seinem speziellen Abführmittel, *aqua vita laxativa*, nach dem besonders zartbesaitete und vor anderen Purgationen zurückschreckende Patienten häufig verlangten. Schon eine geringe Dosis, ein *Gläsli* voll, sagte Schlapritz, bringe den erwünschten Erfolg.

Gansberg grummelte zustimmend und bat dann um die Meinung des Kollegen zu der Methode, mit der ein ihn hier in Uetersen vertretender Feldscher ein paar Jahre zuvor den schwierigen Fall eines Generals kuriert hatte. Der Mann war, wie Gansberg erklärte, rücklings vom hohen Tritt der Freitreppe vor dem Haus des Klosterprobsten gestürzt. Neben einer klaffenden Kopfwunde traf ihn auch noch der Schlag, so dass er besinnungslos liegenblieb. Der Feldscher, er hieß

Johann Dietz, hatte den General zunächst zur Ader gelassen, um den Körper von schlechten Säften zu befreien, schor ihm danach das Haar vom Haupt und legte einen Verband mit Honig, Mehl und Eiweiß an, alles wie üblich. Aber anschließend, und das war das Interessante an dem Fall, ließ er sich ein paar Hühner bringen, riss sie bei lebendigem Leib auseinander und stülpte sie dem Kranken samt Blut und allen Innereien warm über den Kopf, mehrmals hintereinander. Sobald ein Huhn kalt wurde, kam das nächste an die Reihe, dazu verabreichte er ein krampflösendes Medikament, *pulverem antispasmaticum*. Nach kurzer Zeit schon konnte der Mann wieder lallen und die Arme bewegen. Selbst mehrere Doktoren, die man wegen der hohen Stellung des Patienten aus Hamburg hatte kommen lassen, staunten über den Erfolg der Behandlung und überließen den General weiter der Obhut des einfachen Feldschers. »Könnt Ihr Euch das erklären?«, fragte Gansberg. »Tote Hühner?«

Schlapritz' Stimme klang zweifelnd. »Tote Hühner, nein, davon habe ich nie gehört. Wie lange hat es denn gedauert, bis der Mann wieder auf die Beine kam?«

»Ungefähr drei Monate.«

»Hm, vielleicht war es dann einfach die Zeit, die ihn kuriert hat, nur kann man das der eigenen Heilkunst nicht so gut anrechnen wie warmes Gedärm und wohltuende Mittel. Mag ja auch sein, dass die Genesung durch beides beschleunigt wurde.«

»Ganz meine Meinung«, sagte Gansberg in zufriedenem Ton. »Hättet Ihr eventuell Interesse, Euch mein Ordinationszimmer anzusehen, Herr Kollege?«

Ordinationszimmer – die Bezeichnung hatte er bei einem seiner Besuche am weltoffenen Kopenhagener Königshof aufgegriffen, weil sie so viel bedeutender klang und ihm besser gefiel als die hier übliche *Barbierstube*. Schließlich war er schon längst über die Anfangsgründe seines Handwerks, das Scheren von Kopfhaar, Putzen von Bärten und Aufstreichen von Salben hinausgewachsen.

»Oh!« Gesche hörte förmlich, wie Schlapritz die Brauen hochzog. »Euer Ordinationszimmer. Natürlich, aber gern.«

Stühlerücken, energische Schritte, das Quietschen von Türangeln.

Das ließ sich ja gut an. Abgesehen von Kranken aus dem Uetersener Umfeld, die bei ihm Hilfe suchten, gewährte Gansberg nämlich so gut wie niemandem Zutritt zu seinem Allerheiligsten.

Leise kam Gesche aus der Küche und begann den Tisch abzuräumen, ganz langsam und beinahe geräuschlos, damit ihr möglichst wenig von dem entging, was drinnen gesprochen wurde. Das stabile Türholz dämpfte die Stimmen.

Von Glüheisen hörte sie Gansberg reden, zur Zerkochung der Gefäße und daher hervorragend geeignet für die Blutstillung an Amputationsstümpfen und zum Ausbrennen von Wunden.

»Statt siedenden Öls?«, erkundigte sich Schlapritz. Als herzoglicher Inspektor war er anscheinend nicht mehr auf dem neuesten wundärztlichen Stand und hatte kaum mit Kriegsverletzungen zu tun. Vielleicht wollte er dem Berufsgenossen aber auch nur schmeicheln durch sein Staunen über dessen Ausrüstung. »Und das, was tut Ihr mit dem Instrument hier?«, fragte er.

»Ah ja, der Kugelzieher«, erklärte Gansberg, »damit werden in der Muskulatur feststeckende Bleigeschosse angebohrt und herausgezogen. Vielleicht kennt Ihr den Rabenschnabel?«

Schlapritz schien den Kopf zu schütteln.

»Nein?«, fuhr Gansberg nach einem Moment der Stille fort.

»Nun, mit diesem Gerät kann der Chirurgus die Enden blutender, im Fleisch verborgener Adern ergreifen und aus den Muskeln hervorziehen, um sie dann mit einem starken Faden eng zuzubinden.«

Klappern von Holz und Metall. Vermutlich führte Gansberg dem Besucher den gesamten Inhalt seiner Feldkiste vor und den Schrank, in dem er weitere Instrumente aufbewahrte. Die Beinsäge gehörte bestimmt dazu, mit den beiden breiten Griffen, die ein festes Zupacken und Zerren erlaubten; und der Schädelbohrer, Gansberg nannte ihn *Trepan,* dessen Metallzähne sich in die Schädelknochen fressen konnten; die Wundspreizer, die gewaltigen Klistiere und die Lanzetten zum Öffnen von Abszessen.

Gesche schniefte ein paarmal durch die Nase, weil sie das alles gar nicht so genau verstehen wollte. Lieber stellte sie sich die beiden Männer vor, wie sie Seite an Seite die Güte der Instrumente prüften, mit dem Daumen über scharfe Kanten und Zacken fuhren, Biegsamkeit und Präzision erprobten. Der lange, trotz seiner Päppelkur immer noch schlotterige Schlapritz neben dem fast zwei Köpfe kleineren, strammen Gansberg. Ein meist spöttischer Ausdruck im schmalen Gesicht des einen, der andere mit dem kantigen Kinn und den schweren Augenlidern eher ernsthaft, fast bieder.

Erst als Schlapritz sich nach Arzneien erkundigte, lauschte sie wieder aufmerksam. Das war nun ganz sicher eine Frage, die Gansberg Gelegenheit geben sollte, mit seiner Kunst zu prahlen. Schließlich gehörten eigene Rezepturen für jeden Wundarzt, der auf sich hielt, zum Fundament seines Ansehens.

»*Theriak* habt Ihr bestimmt vorrätig. Oder?«, fragte der Schweizer.

»Theriak!« Gesche hörte Gansberg verächtlich schnaufen. »Theriak, die angebliche Himmelsarznei gegen alles. Natürlich verwende ich sie ab und an, weil jeder auf das Ergebnis schwört. Habe aus den gängigen dreihundert Ingredienzien allerdings meine persönliche Mischung gemacht, so wirkt es besser.«

»Und was sonst noch? Kennt Ihr etwas Neues?«

Gansberg zögerte, offenbar im Zweifel, ob er dem Besucher seine geheimen Rezepturen verraten solle.

»Doch, doch«, sagte er schließlich mit Stolz in der Stimme, »speziell für die Behandlung offener Frakturen und Wunden. Zum Bähen empfehle ich eine Brühe aus Pappel- und Eibischwurzel, danach die Anwendung eines Bleipflasters. In schweren Fällen greife ich zu einer Auflage aus ungewaschener, fettiger Wolle, eingeweicht in einem Schleim aus Eibischwurzel, Bockshornklee, Leinsamen und Hühnerhirn. Gut ist auch eine Salbe aus gekochten und zerstoßenen Wacholderbeeren, vermengt mit Schweineschmalz, Hirschtalg und Bärenfett.«

»Klingt vielversprechend«, das war wieder Schlapritz. »Ich selbst verwende gern eine Wundsalbe auf der Basis von Lorbeeröl, dem ich Bylharz und Klauenfett hinzufüge, eventuell auch noch eine Prise weißen Weihrauch.«

»Hm, interessante Mischung.«

Der Deckel der Feldkiste wurde zugeklappt, der schwere Schlüssel im Schloss der Schranktür gedreht. Die Führung schien beendet zu sein.

Gesche wollte eben nach dem beladenen Tablett greifen, um mit ihm in der Küche zu verschwinden, ehe die beiden sie beim Lauschen überraschen könnten, hielt aber inne, weil plötzlich Christians Name fiel.

»Eine Frage noch«, hörte sie Gansberg sagen, »und ich hoffe, Ihr haltet mich nicht für zudringlich. Habt Ihr Gottlieb gesehen? Damals, vor zweieinhalb Jahren, nach dem … dem Unglück?«

Die beiden standen so dicht hinter der Tür, dass der vorsichtige Ton zu Gesche durchdrang.

»Wie meint Ihr das – gesehen?«, hakte Schlapritz nach. »Als Freund oder als Arzt?«

»Zunächst einmal als Arzt. Wart Ihr derjenige, der zur Leichenschau gerufen wurde?«

»Nein. Ich hatte an dem Tag außerhalb der Stadt beim Herzog zu tun, auf dessen Schloss Ahrensbök. Ich hätte nicht schnell genug da sein können. Sie haben Andres Karge geholt, er war zwei Jahre lang Chirurgus in Plön.« Das Türholz knackte, als ob sich jemand dagegen lehnte. »Ich sah Christian erst später. Ich bekam auch das obligatorische Protokoll zu lesen und durfte ihn selbst noch einmal untersuchen.«

»Und?«, fragte Gansberg. »Wie kam Euch die Sache vor?«

»Die Verwundungen waren alle korrekt registriert, mit Lage, Länge und Tiefe. Ebenso die Quetschungen, Beulen und Abschürfungen. Gegen Karges Bericht ist nichts einzuwenden.«

»Aber die Schlüsse der Behörden«, bohrte Gansberg weiter, »was haltet Ihr von den Schlüssen, die der Plöner Rat daraus zog? Denkt Ihr auch, es war ein Unfall?«

Das Türholz knackte erneut, weil Schlapritz sich davon abstieß. »Verzeiht«, sagte er, »ich würde gern erst mit Gesche – mit Eurer Frau – reden und ihre Argumente hören, ehe ich mich dazu äußere.«

»Schon gut, selbstverständlich«, versicherte Gansberg eilig. »Dann wollen wir mal …« Die Enttäuschung war ihm deutlich anzuhören, was Schlapritz nachsichtiger zu stimmen schien.

»Da ist allerdings etwas in Karges Befund, was mich an der Unfalltheorie zweifeln lässt«, sagte er vertraulich.

Gansberg, der schon die Türklinke herunterdrückte, hielt in der Bewegung inne. »Eine massive Wunde am Arm wie von einer Klinge. Kaum vorstellbar, dass solch eine Verletzung vom Sturz herrühren könnte. Für mich eher eine Kampfspur, aber…«

Den Rest bekam Gesche nicht mehr mit. Eine Hand vor den Mund gepresst, um nicht laut aufzuschluchzen, rannte sie, so schnell es ging, in die am anderen Ende der Diele liegende Stube, schloss die Tür hinter sich und sackte in den Lehnstuhl am Ofen. Wie sollte ein klärendes Gespräch mit Schlapritz möglich sein, wenn sie schon diese wenigen Andeutungen nicht ertrug? Zusammenreißen, dachte sie, ich muss mich zusammenreißen. Es geht um Christian, nicht um mich. Für ihn muss ich es aushalten – nur noch nicht sofort, nur noch einen Moment lang Kraft schöpfen.

Die Wärme des Feuers kroch tröstend ihre Beine hoch, umgab sie wie eine Schutzhülle. Wenn sie die Augen schloss, konnte sie sich einbilden, der helle Schimmer hinter den Lidern stamme vom Sonnenschein, von Christians geliebtem Glitzerlicht, und alles wäre wie früher.

Klopfen. Tulas breites Gesicht im Türspalt. »Grietche fragt, wie lange der Hase noch im Topf bleiben muss.«

»Sag ihr, ich komme.« Woher auch, dachte Gesche, woher soll sie das wissen? Wild gab es sehr selten, nur bei ganz besonderen Anlässen – an diesem Abend Schlapritz zu Ehren. Sie stemmte sich aus ihrem Sessel hoch, drückte den schmerzenden Rücken durch und strich den grünen Stoff über ihrem Bauch glatt. Hätte ich doch auch so zähe Häute, schoss es ihr durch den Kopf, wie das Viech, an dem Grietche und ich uns abgerackert haben, dann träfe mich das alles nicht so. Nun geh schon, befahl sie sich selbst, du hast es selbst gewollt.

Geschmorter Hase mit Wurzelgemüse, als Festessen gedacht, war kein wirklicher Erfolg. Die Kinder nagten missmutig an

Knochen, spuckten halb gekaute Fleischbrocken wieder aus, maulten so lange über den süßlich-bitteren Wildgeschmack, den sie *muffelig* fanden, bis Grietche jedem von ihnen einen Löffel Apfelmus auf den Teller klatschte. Mit anklagendem Blick Richtung Gesche. Die Botschaft war unmissverständlich: Da seht Ihr's. Was soll das feine Getue? Als ob ein ordentlicher Eintopf nicht gut genug wäre!

Gansberg und Schlapritz langten kräftig zu, aßen mit vollen Backen, so voll, dass nur karge Gespräche zustande kamen. War das Absicht? Gesche schaute vom einen zum anderen. Die Stirn über den Teller gebeugt, hing jeder seinen Gedanken nach, die vermutlich alle in dieselbe Richtung gingen.

»Ein lustiger Haufen, den Ihr da habt«, unterbrach Schlapritz das beinahe schon bedrückende Schweigen. Er legte sein Besteck beiseite und nickte schmunzelnd die Kinderrunde ab. »Du bist Bertram, oder?« Mehr als zwei Jahre hatte er den Jungen nicht gesehen, aus dem tapsigen Kerlchen war inzwischen ein wendiger Fünfjähriger geworden.

Fiel ihm die Ähnlichkeit mit Christian auf? Gesche folgte seinem Blick weiter zu Habbo. Sah man den beiden die Liebe an, mit der sie gezeugt worden waren – im Unterschied zu allen anderen hier? Manchmal glaubte sie, ein besonderes Strahlen an ihnen zu entdecken, doch das konnte ebenso gut Einbildung sein.

Torben ließ ihr keine Zeit für Überlegungen. »Aber ich bin älter!«, schrie er mit seiner Kleinjungenstimme.

»Und ich auch!«, krähte Clara. »Stimmt's, Geschemu?«

»Schon gut, schon gut, ihr seid alle bald groß«, sagte Gesche mit einem beschwichtigenden Rundblick, bevor ein Tumult ausbrechen konnte. Dabei strich sie der neben ihr sitzenden Clara stellvertretend für die ganze Schar über das Kraushaar. Aus dem Augenwinkel sah sie Schlapritz erstaunt die Brauen heben und dann amüsiert grinsen. »Geschemu«, hörte sie ihn murmeln, »Geschemu, warum nicht?«

Gansberg hatte sich noch einen Nachschlag geben lassen und ungerührt weitergegessen. Jetzt zog er sein Schnupftuch aus der Tasche, wischte sich die Fettreste vom Mund, bereit, ins Gespräch zu kommen. Hoffentlich mischt er sich nicht wieder ein, dachte Gesche. Wenn er alles wissen und mit nach den Zusammenhängen forschen will, ist der ganze Aufwand sinnlos. Jedes Wort von mir würde ihm verraten, wie sehr ich mich immer noch mit Christian verbunden fühle, es müsste ihn so sehr demütigen, dass hier nichts mehr weiterginge.

Aber Gansberg hatte offenbar nichts dergleichen im Sinn. »Leider«, sagte er zu Schlapritz gewandt und schnalzte eine Fleischfaser aus seinen Backenzähnen, »leider muss ich morgen schon sehr früh aufbrechen. Unter den mir anvertrauten Truppen scheint eine böse Sache zu grassieren, eventuell die Ruhr, etwas mit …« Ein schneller Blick auf seine Frau. Nein, er erwähnte keine Details, obwohl ihm anzusehen war, dass er sich gern über die üblichen Symptome verbreitet hätte.

Morgen früh? Gesche stutzte. Er war doch vorgestern erst von seiner obligatorischen Rundtour zurückgekehrt und hatte mit keinem Wort eine *böse Sache* erwähnt. Wie er ihrem Blick auswich und sich ausschließlich an den Gast hielt, als sei sie gar nicht vorhanden. Natürlich, plötzlich erkannte sie seinen Plan. Er gibt vor, dringend wegzumüssen, damit ich freie Bahn habe und in aller Ruhe mit Schlapritz die Vergangenheit sortieren kann. Er hält sich zurück.

In einem plötzlichen Anflug von Rührung beobachtete sie, wie seine Hände sich umeinander wanden, seine Augenwinkel von einem unaufhörlichen Zucken zusammengezogen wurden, die Redeweise viel zu eifrig war, um glaubhaft zu klingen. Seine steife, oft linkische Art machte es einem so leicht, den anderen Gansberg zu übersehen, den feinfühligen, rücksichtsvollen, der alles so gut machen wollte, aber in sich selbst feststeckte wie in einem sperrigen Käfig.

Ich sollte ihm zeigen, dass ich verstanden habe, dachte sie. Eine kleine zärtliche Geste würde reichen, würde ihn glücklich machen. Doch stattdessen hievte sie sich auf die Füße, half, während die Männer über Epidemien fachsimpelten, Grietche beim Abräumen und scheuchte mit der Entschuldigung, sie sei todmüde und müsse sich hinlegen, die Kinder vor sich her die Stiege hinauf.

Knarrende Stufen und heiseres Gewisper. Eine knappe Stunde später stiegen die beiden Männer ebenfalls nach oben. Gesche hörte, wie Gansberg den Gast in das Dachstübchen neben Grietches Kammer führte, im Flur die Kerze ausblies und auf Zehenspitzen hereinkam. Mit tiefen, regelmäßigen Atemzügen spielte sie die Schlafende. Wenn sie ihm jetzt ein Zeichen gäbe, würde er womöglich zu ihr kriechen, sich an sie drücken, vielleicht in ganz unverfänglicher Absicht, nur um ihr seine Nähe und sein Verständnis zu beweisen. Aber selbst das wäre nicht auszuhalten, nicht heute Nacht.

Nach wenigen Minuten schon schlief er fest, grunzte unter seinem halb über das Gesicht gezogenen Kissen. Gesche kletterte leise aus dem Bett und machte sich auf zu einer ihrer nächtlichen Wanderungen. Mal trieb der Durst sie an, mal das Strampeln des Kindes, doch in Wahrheit, das hatte sie längst erkannt, war es eine seltsame Unruhe, die sie in letzter Zeit immer öfter durch das dunkle Haus streifen ließ, als sei sie auf der Suche nach etwas.

Das Wasser aus dem Krug neben dem Herd schmeckte abgestanden, faulig, trotzdem trank sie es gierig. Mit dem Becher in der Hand trat sie ans Küchenfenster. Draußen fielen runde

Schneeflocken wie schwere Regentropfen beinahe senkrecht vom fahl-weißen Himmel auf die verschneite Erde. Bei halbgeschlossenen Augenlidern wurde daraus ein dichtes, flirrendes Gespinst zwischen oben und unten, in dem sich alles miteinander verwob.

Ihr rechter Arm zuckte, so dass etwas Wasser aus dem Becher über ihre Hand schwappte. Gesche riss die Augen auf. Hatte sie geträumt? Oder war es wirklich der Schattenmann gewesen, der da eben das Netz geteilt und nur wenige Schritte von ihr entfernt im Garten gestanden hatte? Zu dunkel, als dass sie seine Gesichtszüge hätte erkennen können, doch sie wusste, es war Christian, und ohne es sehen zu müssen spürte sie, dass er lächelte und sanft den Kopf schüttelte. Was wollte er ihr sagen? Trotz des eisigen Hauchs drückte Gesche das Gesicht an die Scheibe, versuchte, ihn im Flockengewirr noch irgendwo zu entdecken. Außer zwei schwarzen Furchen im Schnee konnte sie nichts erkennen. Reichte das nicht? Die Spur seiner Füße! Sie hatte nicht geträumt, er war da gewesen.

Wie so oft war Gansberg schon unterwegs, als sie erwachte. Schön, dann käme er, der immer mehr zum aufmerksamen Beobachter wurde, nicht auf die Idee, nach dem Grund für ihre heitere Stimmung zu fragen. Wie hätte sie ihm das Gefühl des Trostes erklären können, das sie durch ihre Träume bis in den Morgen begleitet hatte?

Sie fand Schlapritz in der Stube in ihrem Lieblingssessel sitzend, die Füße auf der Fensterbank, seine Pfeife im linken Mundwinkel. Bei ihrem Eintreten stieß er eine kleine Qualmwolke aus, erhob sich eilig und kam ihr entgegen.

»Und?« Prüfend schaute er ihr ins Gesicht. »Genug geschlafen? Du siehst so entspannt aus.«

Gesche nickte. Spürte er es also auch?

Mit einer Handbewegung bot er ihr den freigeräumten Platz an und zog für sich selbst einen Stuhl herbei. Gesche rückte den Sessel so hin, dass ihr Gesicht dem Fenster zugewandt war und sie dem Schnee zusehen konnte, der jetzt wie ein leichter Schleier im Wind wehte. Die Spuren draußen würden längst verschwunden sein.

»Wollen wir?«, fragte Schlapritz behutsam.

Gesche drehte sich zu ihm um. Nicht wieder wegschwirren, dachte sie. »Natürlich, dafür bist du ja gekommen.«

»Gut.« Schlapritz lehnte sich auf seinem Stuhl zurück und schlug die Beine übereinander. »Weshalb hast du eigentlich von vornherein an einem Unfall gezweifelt?«

»Wegen der merkwürdigen Ereignisse zuvor. Das liegt doch auf der Hand.« Sie sah seine erstaunt hochgezogenen Brauen. »Weißt du davon etwa nichts?«

Er schüttelte stumm den Kopf.

Das brennende Dach, die angesägte Leiter, das gelockerte Wagenrad – Gesche hatte alles in Gedanken so oft durchgespielt, dass sie die Vorfälle auf dem Ascheberger Mohrenhof mit wenigen Worten schildern konnte. »Wer hätte da keine finsteren Vermutungen?«, schloss sie mit grimmiger Stimme.

Er sprang auf, machte ein paar Schritte hin und her zwischen Tür und Fenster, blieb dann vor Gesche stehen. »Warum habt ihr nie darüber geredet? Vielleicht hätte man eingreifen können.«

»Weil Christian nicht wollte. Er hat das alles nicht ernst genommen. Er meinte, es seien dumme Zufälle, die man nicht aufbauschen sollte. Zufälle! Ich finde, da ist einfach zu viel passiert, als dass es Zufälle sein könnten. Was denkst du?« Sie hob den Kopf und schaute ihn durchdringend an.

Er setzte sich wieder. »Merkwürdig ist es allerdings, aber es muss nicht unbedingt einen Zusammenhang geben zwischen diesen Geschehnissen und dem, was ihm im Plöner Wald zustieß. Vielleicht …«

»Vielleicht was?«

»Vielleicht wollte man ihm damals bloß einen Denkzettel verpassen, einen gefährlichen zwar, bei dem Christian aber nicht tödlich getroffen werden sollte. Der letzte Anschlag verlief anders.« Schlapritz verschränkte die Arme vor der Brust und starrte auf seine in weichen Lederschuhen wippenden Fußspitzen, während Gesche angespannt wartete. »Dieses Mal«, sagte er nach einer Weile, »sahen seine Wunden sehr nach einem gezielten Angriff auf sein Leben aus.«

»Beschreib sie mir!«

»Die Wunden?«

»Ja, Hieronymus. Ich will wissen, was passiert ist.«

Stirnrunzelnd sah er sie an. »Aber du weißt doch schon alles, du hast ihn doch selbst gesehen …«

»Gesehen?«, fuhr sie ihm hitzig ins Wort. »Gesehen? Einen Wimpernschlag lang habt ihr den Sarg für mich geöffnet, damit ich einen letzten Blick auf ihn werfen konnte.« Blitzartig sah sie sich wieder in der Diele ihres Elternhauses stehen, wo man Christian nach Abschluss der Leichenschau aufgebahrt hatte. Vor dieser kalten, braunen Holzkiste, deren Deckel irgendwer einen Spaltbreit zur Seite schob, weil sie darauf bestand, und in der ein Wesen lag, das schmerzverzerrt und verquollen ihr so fremd war und dabei so vertraut, vor dem sie zurückschrak, obwohl sie am liebsten zu ihm gekrochen wäre. Was hätte sie sehen können in diesem Moment?

»Sag es mir«, wiederholte sie.

»Wirklich? Verkraftest du das?«

Gesche nickte. »Sag's mir. Alles.« Ich muss es wissen, dachte sie. Ich will ihn begleiten bis zum Ende und mir vorstellen können, ich hätte sein Blut aufgefangen und ihn in meinen Armen gewiegt. Nur das ist wichtig. Ich muss es wissen.

Schlapritz zog einen abgegriffenen Tabaksbeutel aus der Jackentasche und begann seine Pfeife nachzustopfen – umständlich, eine steile Falte über der Nasenwurzel. In dichten Rauch gehüllt, fing er endlich an zu reden. »Er war übel zugerichtet. Ich habe ihn erst am folgenden Tag gesehen. Da lag er noch in der Krankenhütte vor dem Lübschen Tor, wohin sie ihn aus dem Wald zur Untersuchung gebracht hatten, weil sie dachten, er könnte vielleicht eine ansteckende Krankheit haben.«

»Wer sind *sie*? Wer hat ihn aus dem Wald gebracht?«

»Zwei Stadtknechte. Ein Reisender, der ihn gefunden hatte, informierte die Wachen am Wentorper Tor, und die haben die beiden dann mit einer Bahre losgeschickt, ihn zu holen. Dass er tot war, wusste man zu dem Zeitpunkt noch nicht. Das hat erst Karges, der Chirurgus, festgestellt.«

»Und?«, drängte Gesche, weil Schlapritz nicht weitersprach, sondern an seinem Pfeifenstiel kaute. »Was, meinst du, hat ihn getötet? Hat er sich beim Sturz das Genick gebrochen?« Sie hörte selbst, wie dünn und schwankend ihre Stimme klang. Tief Luft holen. Sie musste das durchstehen.

»Nein, das Genick war unversehrt. Er wies einige der üblichen Sturzverletzungen auf, einen ausgerenkten Arm, Schürfwunden an beiden Händen und am Kinn, eine große Stirnbeule, Quetschungen rechts an Wange und Hüfte. Das rechte Bein war gebrochen. Alles nicht wirklich dramatisch. Sehr viel ernster erschien mir eine schwere Blessur am Hinterkopf, eine lange, tiefe Wunde, verursacht entweder durch den Aufprall beim Sturz, wogegen jedoch die vorderen Verletzungen sprechen, oder … oder durch einen gewaltigen Hieb.«

Gesches Hände krallten sich so fest um die Armlehnen ihres Sessels, dass das Holz knarzte.

»Soll ich aufhören?«, fragte Schlapritz leise und beugte sich zu ihr herüber.

Kopfschütteln. Wortlos bedeutete sie ihm weiterzureden. Die Wunde, die er Gansberg gegenüber erwähnt hatte, fehlte noch. Sie wollte alles wissen.

Wie um sich Mut zu machen, sog Schlapritz ein paarmal an seiner Pfeife, ehe er fortfuhr. »Der Schlag – so oder so – hat ihn mit Sicherheit besinnungslos gemacht, aber nicht unbedingt umgebracht. Folgenschwerer war meiner Ansicht nach ein klaffender Schnitt an seinem rechten Unterarm. Es sieht so aus, als habe Christian vergeblich versucht, seinen Degen zu ziehen, um einen Überraschungsangriff abzuwehren. Eine Hauptader wurde durchtrennt, das Blut muss stoßweise aus ihm herausgeflossen sein, während er hilflos dalag. Ein Begleiter hätte den Blutschwall womöglich stillen können, aber er war ja allein unterwegs.«

Gesche nickte, die Zähne in das Fleisch ihrer Wangen verbissen. Blut, dachte sie, vielleicht hat da wieder mal einer sehen wollen, ob das Blut eines Mohren rot ist wie bei *richtigen Menschen* oder nicht doch schwarz wie das des Teufels. Und hat ihn dafür sterben lassen. Nur mühsam konnte sie den Mund nach einer Weile wieder öffnen.

»Warum hat mir das damals niemand erzählt?«, krächzte sie.

»Damals?« Schlapritz lachte ein trockenes, unfrohes Lachen. »Du warst gar nicht ansprechbar damals. Wir mussten dich vom Wagen heben, als du am nächsten Abend mit Morten Eggers ankamst.«

Richtig, Morten Eggers. Gesche erinnerte sich. Die Nachricht von Christians Tod hatte in dem winzigen Ort Eimsbüttel wie der Wind die Runde gemacht. Und Eggers, ein Nachbar, war sofort gekommen, um sie nach Plön zu fahren, während seine Frau die Kinder unter ihre Fittiche nahm. Wilma, ein paar Jahre älter als sie selbst, mit gesprenkelten Bernsteinaugen und einem Gesicht voller Zähne, saß in der Eppendorfer St. Johanniskirche beim Gottesdienst im Frauengestühl auf der Nordseite im Stuhl Nummer 128 links neben ihr und war die erste am neuen Wohnort, zu der sich eine Freundschaft anzubahnen begann. Gesche sah sie noch dastehen, den kleinen Habbo auf dem Arm, den verstörten Bertram an der Hand, und dem Wagen hinterherblicken. Alles, was danach geschah, war in Dunkelheit versunken.

»Ihr habt mich vom Wagen gehoben?« Zweifelnd schaute Gesche den Freund an.

»Ja. Du warst vollkommen erstarrt. Wie versteinert hast du neben der Kutsche gestanden. Zusammen mit deiner Mutter habe ich dich ins Haus geführt, schieben mussten wir dich, als wärest du eine Statue.«

Genauso war sie sich auch vorgekommen. Wenn es überhaupt eine Empfindung in ihr gegeben hatte, dann die: hart zu sein, kalt, unberührt von allem rundherum.

»Erinnerst du dich nicht?«, fragte Schlapritz behutsam. »Wir wollten dich in deine Kammer bringen, damit du dich ausruhen könntest nach der langen Reise, aber dazu mussten wir die Diele durchqueren, und da stand der Sarg auf zwei Holzböcken, schon mit dem Leichenlaken bedeckt.«

Dieses riesige schwarze Tuch mit dem dicken weißen Kreuz, dachte Gesche. Wie ein Triumphzeichen des Todes machte es sich breit. Und überall wispernde Stimmen: *Es muss schnell gehen, wegen der großen Hitze! Er muss unter die Erde!* Nicht einmal anschauen sollte sie ihren Mann, bevor man ihn begrub, nicht einmal nachsehen, ob es wirklich er war, ob man sich nicht vielleicht doch getäuscht hatte.

»Wir haben dich nicht vorbeigekriegt«, fuhr Schlapritz fort. »Du bist neben ihm stehen geblieben, unbeweglich wie ein Fels. Auf keine Ansprache hast du reagiert und nicht eine Träne vergossen, selbst bei seinem … seinem entsetzlichen Anblick nicht. Es ging nicht anders, wir mussten dich hochheben und die Stiege hinauftragen. Ich glaube, deine Mutter hat dir dann eine starke Dosis Laudanum verabreicht. Beim Begräbnis warst du immer noch wie ein Stein.«

Das stimmt, dachte Gesche, ein Stein, durch dessen Poren vereinzelt Stimmen oder Bilder eindringen, der sich aber selbst nicht äußert. Einfach nur dagesessen habe ich, habe mich hierhin und dorthin verfrachten lassen und zugesehen, wie alle herumrannten, als könnte man mit gutem Essen, feinen Trauerkleidern oder anderem feierlichen Brimborium irgendetwas ändern. Kein Trost, eher Hohn. Und dann das heillose Gerede über meine noch jungen Jahre und einen zweiten Ehemann, den ich bestimmt bald fände. Wenn ich gekonnt hätte, hätte ich geschrien, aber ich steckte in mir fest.

»Tagelang hast du kaum einen Laut von dir gegeben«, sagte Schlapritz.

»Ich weiß. Als ich irgendwann etwas sagen wollte, waren meine Kiefer so verkrampft, dass ich sie fast nicht mehr bewegen konnte. Jedes Wort tat höllisch weh.« Auch innen, dachte sie, behielt es aber für sich.

Schlapritz nickte. »Die Zähne. Du hast sie zu lange zu fest zusammengebissen. Das machst du oft, oder?«

»Ja, man meint immer, es hilft, doch das stimmt nicht.«

Es rumpste an der Tür. Die linke Schulter voraus, schob sich Grietche in die Stube und stellte zwei Krüge Dünnbier auf den Tisch. »Bin gleich wieder weg«, sagte sie, »dachte nur, reden macht durstig.«

»Wie recht du hast!« Schlapritz prostete ihr dankend zu. »Tut gut.« Mit seinem Jackenärmel wischte er sich über die Lippen.

Gesche beobachtete ihn, unwillkürlich lächelnd. Diese Geste war ihr von früher her fast schmerzhaft vertraut. Hieronymus reckte dabei das Handgelenk aus dem Ärmel und drehte die Handfläche nach oben, als wollte er versprengte Tropfen auffangen. Rührend linkisch sah das aus. Christian hatte stattdessen mit seiner Zunge den Mund umrundet. Das leise kratzende Geräusch hatte sie noch immer im Ohr. Christian.

»Hat man eigentlich das Pferd untersucht?«, fragte sie nach einem tiefen Schluck aus ihrem Krug.

»Das Pferd – wieso?«

»Immerhin wäre es möglich, dass jemand etwas mit dem Pferd angestellt hat, so dass es zu Fall kam und Christian mit sich riss, findest du nicht?«

Schlapritz stutzte. »Ich glaube, das hat sich in der Aufregung keiner gefragt. Ich kenne mich mit Pferden nicht besonders gut aus, der zuständige Chirurgus vermutlich ebenso wenig, und auch sonst kam anscheinend keiner auf die Idee, da nachzuforschen. An was denkst du denn?«

»An ein Seil zum Beispiel, das jemand zwischen die Bäume gespannt haben könnte. An Gift im Futter oder im Trinkwasser, das das Pferd bei der letzten Rast zu sich genommen hat und es irgendwann durchdrehen ließ. An einen Nagel im empfindlichen Hufstrahl, der plötzlich so wehtat, dass es verrücktspielte. Oder es wurde im Gebüsch ein Schuss abgefeuert, als Christian vorbeiritt, und das Pferd scheute. Es gibt eine Menge Möglichkeiten.«

»Du scheinst viel von deinem Kavallerieoffizier gelernt zu haben.«

»Das könnten andere Leute auch wissen, doch es hat sich offenbar niemand dafür interessiert. Ich glaube, sie wollten den Fall möglichst schnell zum Abschluss bringen, meinst du nicht auch?«

»Es sah ganz danach aus, jedenfalls hat man sich keine besondere Mühe gemacht, schon gar nicht mit dem Pferd. Beim Sturz hat es sich angeblich beide Vorderbeine gebrochen und wurde daraufhin getötet und weggeschafft. Ohne Suche nach Giftspuren, Nägeln oder dergleichen. Auch der Unglücksort wurde nur oberflächlich inspiziert. Als ich zwei Tage später noch einmal dort war, fand ich zwar keine verräterischen Spuren an den umstehenden Bäumen, aber einen Handschuh halb verdeckt im aufgewühlten Moos. Für Christians Hände zu breit und zu kurz und so speckig, wie er nie einen getragen hätte. Falls da tatsächlich jemand gelauert hat, muss das widerliche Ding ihm gehört haben. Ich bin damit zum Rat gegangen, erfolglos, sie beharrten auf ihrer Ansicht: ein Unfall. Den Handschuh habe irgendwer im Wald verloren, hieß es, für diese Angelegenheit sei er völlig belanglos.«

Schlapritz stand auf, ging zum Ofen und zündete seine erloschene Pfeife mit einem Kienspan wieder an. Heftig paffend trat er ans Fenster. Draußen verschwand die Welt in unablässigem Schneerieseln.

Gesche wartete, sie schaute auf die spitzen Schulterblätter, die sich unter dem blauen Wollstoff seiner Jacke abzeichneten. *Angelegenheit*, dachte sie, eine *Angelegenheit*, die eilig vom Tisch sollte. Ob man mit einem alteingesessenen Plöner Bürger auch so umgesprungen wäre? Mit Onkel Claus vielleicht oder Schwager Joachim? Hätte man auch bei ihnen jeden Aufwand tunlichst vermieden? Warum schweigst du?, dachte sie an den blauen Rücken gewandt. Warum machst du nicht weiter? Willst du dich etwa zufriedengeben mit dem Schluss der bornierten Ratsherren?

Sie zuckte kurz zusammen, als Schlapritz sich unversehens umdrehte und sie ansah. »Hast du eine Ahnung, was Christian vorhatte? Weshalb er so plötzlich wegmusste?«, fragte er.

Gesche streckte sich und seufzte. »Darüber habe ich mir schon tagelang den Kopf zerbrochen. Vielleicht wollte er weiter nach Kiel und sein Geld einfordern. Wir hätten es bei der Übernahme des Eimsbütteler Hofes gut gebrauchen können. Oder er suchte Zuflucht bei meiner Mutter. Sie war krank damals und konnte zu Möhrchens Begräbnis nicht kommen. Die beiden haben sich sehr gut verstanden. Ach was«, sie wischte sich über die Stirn, als wollte sie den Gedanken auslöschen, »ich glaube eher, dass er die Trauer, die Tränen und die Leere ohne Möhrchen zwischen den vielen Leuten einfach nicht mehr ausgehalten hat. Plön – vielleicht kam ihm das vor wie ein Rettungsanker, als ließe sich die Zeit zurückdrehen, wenn er dorthin ritt.«

Schlapritz lehnte sich an die Fensterbank, nickte. »Wer wusste überhaupt, dass er nach Plön wollte?«

»Die Trauergäste in unserem Haus natürlich, die seinen Aufbruch mitbekommen haben. Aber von denen kann keiner ihm aufgelauert haben.«

»Weshalb?«

»Weil er der schnellste Reiter von allen war und den kürzesten Weg kannte. Es hätte einer fliegen müssen, um vor ihm im Plöner Wald zu sein.«

»Und sonst?«

»Der Kammerdiener, der ihn im Gasthof bei Dersau gesehen haben will.« Sie zögerte, dachte einen Moment lang nach. »Vielleicht hat ihn dort noch jemand anderer beobachtet, jemand, der ihn kannte und wusste, welchen Weg er nehmen würde.«

»Du meinst ein Ortskundiger, ein Plöner?«

»Warum nicht?«, sagte Gesche achselzuckend. »Einer, der ihm nicht wohlgesinnt war. Er muss ihn ja nicht einmal selbst angegriffen haben, sondern ist ihm vielleicht vorausgeeilt, um irgendwem von Christians Ankunft zu berichten.«

»Irgendwem. Mhm. Kannst du das ein bisschen genauer ausführen?«

Sie rutschte ein paarmal in ihrem Sessel hin und her und strich über ihren Bauch, als könnte sie mit dem Kind auch sich selbst beschwichtigen. »Ich weiß, es ist ein schwerwiegender Verdacht, aber seit damals werde ich den Gedanken einfach nicht los, dass Joachim Maack dahinterstecken könnte oder vielleicht der neue Rantzau auf Ascheberg, jemand, der Christian wirklich gehasst hat und ihn aus dem Weg räumen wollte.«

»Ist das dein Ernst?« Schlapritz ließ sich wieder auf seinen Stuhl fallen. Hinter dem Tabaksqualm kniff er die Augen zusammen. »Übertreibst du nicht ein bisschen? Was hätten die beiden denn davon gehabt? Doch nichts außer einer befriedigten Rachlust! Und dafür sollten sie ein derart hohes Risiko eingehen? Gesche, kommt dir das nicht sehr unwahrscheinlich vor?«

»Überhaupt nicht. Hass und Rache waren schon immer ein gutes Motiv.« Sie verzog den Mund wie ein trotziges Kind.

»Richtig. Aber nur dumme Menschen lassen sich davon zu Verbrechen hinreißen, und zu denen gehören deine Verdächtigen gewiss nicht.«

»Und wenn einer von ihnen einen Mörder angeheuert hätte? Das wäre doch denkbar.«

»So schnell? In der kurzen Zeit zwischen Christians überraschendem Auftauchen im Dersauer Gasthof und seiner Ankunft in Plön? Völlig ausgeschlossen.« Schlapritz legte seine erloschene Pfeife an der Tischkante ab, stützte beide Unterarme auf die Knie und wiegte sich hin und her, als wollte er seinen Überlegungen mehr Schwung geben. »Hast du den Gedanken mal zu Ende gedacht?«, fragte er, ohne sie anzusehen. »Gesetzt den Fall, man schnappte den Mörder und der würde bei der peinlichen Befragung – du weißt, unter der Folter gestehen sie alle – deinen Schwager als Auftraggeber nennen. Das würde auch Joachim den Kopf kosten und deine Schwester zur verachteten Witwe machen und deine Mutter zur Schwiegermutter eines Schurken. Nicht anders sähe es bei den Rantzaus aus. Die Familie von Christians Ziehvater geriete in tiefe Schande, wenn sein Schwiegersohn und Erbe als Mörder entlarvt würde. Ist es das, was dir vorschwebt?«

»Hör auf! Warum tust du das?« Empört schlug sich Gesche mit den Fäusten auf die Knie.

Über seine Schulter warf Schlapritz ihr einen mitfühlenden Blick zu. »Weil ich weiß, dass du davon träumst, deinem Schwager und dem neuen Rantzau ihre Bosheit gegenüber Christian heimzuzahlen«, sagte er sanft, »und ich verstehe dich, sehr gut sogar. Aber du bist auf dem falschen Weg.«

»Was soll das heißen? Was meinst du damit?«

»Dass sie es nicht waren, weder Joachim noch der Ascheberger Erbe.«

Entgeistert starrte Gesche ihn an. »Wieso bist du dir so sicher? Willst du damit sagen, du kennst den Täter?«

Statt zu antworten, schaute er auf seine ausgestreckten Finger, ließ sie im spitzen Winkel rhythmisch gegeneinander tippen. Überheblich fand Gesche diese Geste, selbstherrlich, und mehr noch als in seinem anhaltenden Schweigen erkannte sie darin eine Bestätigung ihrer plötzlichen Vermutung. Sie schnappte nach Luft, drückte den Kopf fest an die Lehne ihres Sessels, um einen Anfall von Schwindel loszuwerden.

»Du weißt, wer es war, und spielst trotzdem andere Möglichkeiten mit mir durch?« Ihre Stimme klang kalt und zischend. »Du lässt mich wie ein Pferd an der Longe im Kreis herumlaufen, lässt mich sinnlose Spekulationen anstellen? Mir reicht's.«

Sie ruckelte sich aus ihrem Lehnstuhl auf die Füße und marschierte zur Tür. Lächerlich, dachte sie, das ganze Grübeln und

Abwägen ist doch bloß lächerlich, wenn er längst die Wahrheit kennt. Und dann noch dieser Abgang! Statt entrüstet hinauszuschreiten, muss ich watscheln wie eine schwergewichtige Ente. Die Tür knallte hinter ihr ins Schloss. Ohne sich um die neugierigen Blicke der Kinder zu kümmern, die am großen Tisch saßen und mit irgendetwas herummanschten, das wie Lehm aussah, durchquerte sie die Diele, zog sich die Stiege hinauf und fiel in der Schlafkammer bleiern auf ihr Bett.

Ich will – Ich muss – Er soll – Wozu das alles – Eine Unverschämtheit – Die Gedanken hörten nicht auf, durch ihren Kopf zu toben. Gesche schob sich ein Kissen in den Nacken und schloss die Augen. Nur einen Moment Ruhe.

Als sie aufwachte, war es noch immer hell. Lange konnte sie nicht geschlafen haben, aber offenbar lange genug, um den Sturm in ihrem Innern zu besänftigen. Da war es wieder, das Gefühl beinahe heiterer Gelöstheit, das sie am Morgen aus ihren Träumen mitgebracht hatte. Wie abwegig, mit Schlapritz zu streiten. Schließlich ist er gekommen, um mir zu helfen, dachte sie, er wird einen Grund haben für seine merkwürdige Taktik, und er wird mir sagen, was wirklich passiert ist, wenn ich aufhöre, ihn anzupfeifen.

Vor dem Spiegel schob sie ihre verrutschte Haube zurecht, schleckte an ihrem Zeigefinger und fuhr sich damit über die Augenbrauen. Noch schnell den zerknautschten Rock ausgeschüttelt. Fertig. Es konnte weitergehen.

»Hieronymus, es tut mir leid.« Dieses Mal schloss sie die Stubentür sehr leise hinter sich.

»Schon gut.« Er kam ihr entgegen, die Wangen leicht gerötet, eingehüllt in den Geruch von Frost und Schnee und von Tabak natürlich, der nie bei ihm fehlte. »Ich habe einen Spaziergang gemacht«, sagte er, »um das Kloster herum bis zum Pinnau-Deich. Irgendwie erinnert mich hier vieles an Eimsbüttel.«

Gesche nickte. »Mir geht's genauso. Es fühlt sich an, als lebte ich mein altes Leben weiter, allerdings um eine Spur verschoben – ohne den sichtbaren Christian, aber immer von ihm begleitet.«

»Komm, setz dich.« Schlapritz nahm sie beim Ellbogen, um sie zu ihrem Sessel zu führen, und lachte, als sie bei der Berührung seiner Hand zusammenzuckte. »Ja, es ist eisig draußen, und wenn es nicht langsam zu tauen beginnt, werde ich auf meiner Heimreise im Schnee untergehen.« Er ließ sich wieder auf seinen vorherigen Stuhl fallen.

Heimreise. Bloß nicht schon bald! Erst jetzt merkte Gesche, wie sehr sie die Nähe des Freundes genoss. Ein Teil von Christian schien mit ihm wieder greifbar zu sein.

Hieronymus' Art zu reden, zu lachen, zu staunen kam ihr vor wie die Hälfte eines eingespielten Duos, in der sich die andere Hälfte spiegelte.

»Ich« – »Du« – nach einer Weile des Schweigens fingen sie beide im selben Moment zu reden an.

»Du zuerst.« Gesche hob auffordernd das Kinn.

»Also gut. Sinnlos, hast du vorhin gesagt, ich ließe dich sinnlos herumdenken. War es nicht so?«

»Ja. Und ich verstehe noch immer nicht, weshalb du mich in diesen Gedankenkreisel verwickelt hast.«

»Weil«, Schlapritz sog mit leisen Schmatzgeräuschen an seiner Pfeife, die er inzwischen erneut gestopft und angezündet hatte, »weil ich nicht will, dass du den Zorn in dir bewahrst, den Argwohn, dein Schwager Joachim Mack oder der Ascheberger Erbe oder irgendein anderer von Christians unverbesserlichen Widersachern hätte euer Glück zerstört. Du solltest deinen Verdacht konsequent durchdenken, damit du selbst erkennst, dass du falsch damit liegst und dass du im Grunde nicht einmal wünschen kannst, einer aus eurem Umfeld wäre der Täter gewesen. Hätte ich dir einfach mitgeteilt, wer es war, würdest du dein Misstrauen dennoch nicht aufgegeben haben. Es hätte weiter an dir genagt und dir keine Ruhe gelassen.« Unvermittelt stand er auf und trat ans Fenster.

An seiner Schulter vorbei schaute Gesche hinaus auf den Schneeschleier, der noch immer die Welt verhängte. Für den Bruchteil einer Sekunde glaubte sie, im Gestöber wieder die Umrisse des Schattenmannes auszumachen. Ob Schlapritz ihn auch entdeckt hatte? Ob sie ihm davon erzählen sollte?

»Und?«

Sie schreckte hoch, als er sich plötzlich umwandte. Gegen die Fensterbank gelehnt, blickte er sie forschend an.

»Und was?« Verdattert hob sie ihr Gesicht.

»Willst du gar nicht wissen, wer es war und wieso?«

»Doch, natürlich«, sagte sie und merkte gleichzeitig, wie sehr sie sich auf einmal vor der Wahrheit fürchtete. Was für ein Abgrund mochte sich da auftun? Schnell senkte sie den Blick, damit Schlapritz ihre Gefühle nicht erriete.

Er zögerte einen Moment lang, hüstelte. »Also gut. Bringen wir es hinter uns. Wie du weißt, kam es im Plöner Wald über Monate hinweg immer wieder zu Anschlägen auf Reisende, manche davon mit tödlichem Ausgang. Im vergangenen Sommer wurde einem Glasergesellen durch einen gezielten Hieb der Schädel eingeschlagen, und vor ein paar Wochen, Anfang November, starb ein Lübecker Kaufmann an mehreren Stichen ins Herz. Nach diesem letzten Überfall meldete sich ein Zeuge, der behauptete, kurz zuvor im Unterholz eine verlotterte Gestalt gesehen zu haben. Der Kerl war geflohen, als er sich entdeckt fühlte, aber nicht schnell genug, denn der Zeuge, er hieß

Gustav Harmsen und stammte aus Schleswig, konnte eine sehr genaue Beschreibung von ihm liefern.

Am folgenden Sonntag wurde der Steckbrief wie üblich nach der Predigt von der Kanzel verlesen. Ich hab's nicht selbst gehört, weil ich ja nicht am Gottesdienst teilnehmen darf, doch ich konnte das Papier später einsehen. Demnach sollte der Mann etwa achtundsechzig Zoll hoch und breitschultrig sein. Das Gesicht war von einem zotteligen Bart derart zugewuchert, dass man nur aus der rotbraunen Haarfarbe auf sein Alter schließen konnte. Harmsen hielt ihn für nicht älter als Mitte dreißig. Auffallend war wohl der stechende Blick aus eng zusammenstehenden hellen Augen, doch mehr noch ein offenbar verkürztes Bein. Beim Laufen schwankte er stark nach rechts, war aber trotzdem flink wie ein Wiesel. Wohin er verschwand, hat der Zeuge nicht feststellen können.«

Schlapritz machte eine Pause, versorgte seine ausgegangene Pfeife neu mit Nahrung und Feuer und nahm seine Position am Fenster wieder ein.

»Tja«, seine Augen zwinkerten hinter dicht aufsteigenden Rauchschwaden, »danach ging alles ziemlich rasch. Der Scharfrichter schickte sofort ein paar seiner Knechte los, die den Wald im von Harmsen angegebenen Bereich gründlich durchsuchten und den Kerl tatsächlich aufstöberten. Eine geradezu komfortable Höhle hatte er sich gebaut mit Feuerstelle und Strohsack, durch dicke Büsche so raffiniert getarnt, dass man schon gezielt fahnden musste, um sie zu entdecken. Wie ein Berserker soll er sich gegen die Festnahme gewehrt haben. Es meldeten sich auch mehrere Leute, die auf Grund der Beschreibung glaubten, den Mann zu kennen, aber sicher waren sie erst, nachdem man ihn im Rathauskerker geschoren und rasiert hatte.«

Reglos saß Gesche da. »Kenne ich ihn auch?«, fragte sie mit dünner Stimme.

»Wohl kaum. Oder ist dir der Name Olaf Bade ein Begriff? – Eben«, sagte Schlapritz, als sie den Kopf schüttelte. »Er stammt aus einer Plöner Seilersfamilie, hat, wie er angibt, als Söldner mal auf brandenburgischer, mal auf schwedischer Seite gekämpft und sich, nachdem eine schwere Verletzung an seinem Bein auskuriert war, nach Hause durchgeschlagen. Wollte bei der Familie unterschlüpfen, doch die gab es nicht mehr. Vater, Mutter und zwei Schwestern, alle an Auszehrung gestorben, das Haus verfallen.« Schlapritz holte ein paarmal tief Luft. »Ich habe ihn beim Prozess gesehen«, fuhr er schließlich fort, »ein entsetzlich verrohter Geselle. Kein Funken Mitgefühl, keine Spur von Reue.«

»War er es denn?«, unterbrach Gesche ihn drängend. »Hat er Christian umgebracht?« Unruhig rutschte sie in ihrem Sessel hin und her.

Schlapritz schaute sie mit einem Blick an, den sie nicht deuten konnte. »Warte«, sagte er, »lass mich der Reihe nach berichten. Zu Beginn der Verhandlung vor dem Ratsgericht stritt er alles ab. Mit Überfällen und erst recht mit Morden habe er nichts zu tun. Im Wald habe er nur gewohnt, weil sein Elternhaus verrottet gewesen sei. Die Ratsherren hörten sich das eine Weile an, dann drohten sie ihm mit Daumenschrauben, bloß für den Anfang. Glühende Zangen lägen auch bereit, um ihn zum Reden zu bringen, erklärten sie ihm. Du weißt, ohne Geständnis hätten sie ihn nicht verurteilen dürfen, das ist das Gesetz. Viel Druck mussten sie aber gar nicht machen. Schon der Gedanke an Folter ließ den Kerl vor Angst schlottern, und er gab zu, den Handwerksgesellen und den Lübecker Kaufmann getötet zu haben. Sogar gebrüstet hat er sich auf einmal mit seinem famosen Versteck im Wald, in dem er sich mehr als zwei Jahre lang verkriechen konnte, und mit seiner besonderen Kampftechnik. Kampftechnik! Diesen Ausdruck hat er tatsächlich gebraucht!« Schlapritz' Stimme überschlug sich beinahe in wütendem Hohn. »Hinterhältiger und feiger kann man gar nicht vorgehen! Sobald er jemanden kommen hörte, ob zu Fuß oder zu Pferd, schwang er sich auf einen Baum direkt am Pfad. Ein Seil mit Enterhaken benutzte er dazu, seinen Säbel immer griffbereit im Gürtel. Arme Schlucker ließ er unbehelligt, aber wenn einer wohlhabend aussah, sprang er mit Wucht von oben auf sein Opfer. Samt Pferd konnte er es zu Fall bringen. Ich habe mir den Baum angesehen, eine mächtige Eiche mit besonders dichtem Astwerk, in dem ein Wegelagerer selbst im Winter kaum auszumachen wäre.«

»Hieronymus, was ist mit Christian? Hat der Mann den Mord an ihm auch gestanden?«

In merkwürdig hilfloser Art zog Schlapritz die Schultern hoch und breitete seine Arme aus. »Nicht direkt.«

»Was soll das heißen – nicht direkt?«

Seufzend ließ er sich wieder auf seinen Stuhl sinken. »Eigentlich wollten sich die Herren Ratsmitglieder gar nicht mit Christians Fall befassen. Sie wären vermutlich überhaupt nicht auf den Gedanken gekommen, eine Verbindung zu dem gefangenen Galgenstrick herzustellen, wenn ich mich nicht eingemischt hätte. Ja – zieh du nur ein empörtes Gesicht, so war es tatsächlich. Zusammen mit anderen interessierten Bürgern habe ich den Prozess verfolgt. Irgendwann wurde die Beute des Räubers, die man zum Bündel verschnürt in seiner Höhle gefunden hatte, auf dem Tisch im Rathaussaal ausgebreitet. Elegante Geldbörsen, diverse Taschenuhren, kostbare Ringe und Schnallen, Goldstücke – und dazwischen zwei dicke, silberne Zierknöpfe. Ich kannte sie. Sie stammten von Christians Wams. Plötzlich fiel mir ein, dass genau diese zwei Knöpfe an seinem Wams fehlten, als ich seine Kleider in der Krankenhütte über einem Schemel hatte liegen sehen. So roh abgerissen, dass der Stoff zerfetzt war. Ich habe mich sofort zu Wort gemeldet und von meiner Beobachtung berichtet.«

»Das wird sie doch wohl überzeugt haben«, sagte Gesche mit noch immer zornig gerafften Brauen.

Wieder diese Geste der Hilflosigkeit. »Die Köpfe haben sie zusammengesteckt, getuschelt, misstrauisch zu mir herübergeblickt, weil sie von meiner Freundschaft mit Christian wussten. Bade wurde dazu befragt, der vorgab, die Knöpfe im Wald gefunden zu haben. Und endlich verkündete Bürgermeister Köper mit seiner satten, selbstgefälligen Stimme – du erinnerst dich sicher an ihn –, man habe beschlossen, in diesem Prozess nur über die beiden jüngsten Verbrechen zu befinden. Es sei zwar bei der reichen Beute sehr wahrscheinlich, dass Bade weitere Menschen ausgeraubt, vielleicht sogar ermordet und ihre Überreste verscharrt habe, und Christian Gottlieb gehöre möglicherweise zu seinen Opfern. Aber da der Malefikant nur ein Leben habe, mit dem er für seine Untaten bezahlen könne, und dieses Leben ohnehin verwirkt sei, werde man auf weiter zurückliegende Fälle nicht näher eingehen. *Näher!*«

Schlapritz sprang auf die Füße. Ärgerlich schnaufend stapfte er ein paarmal um den Tisch, bevor er sich wieder auf seinen Stuhl warf.

»Sie wollten *überhaupt* nicht. Im Rat sitzen immer noch dieselben sechs Leute wie schon vor zwei Jahren, und sie waren natürlich nicht bereit, ihren Spruch von damals zu revidieren. Ich habe mich dann vor ihnen aufgebaut und ihnen so lange zugesetzt, bis sie nach erneutem Palaver einräumten, sich vielleicht geirrt zu haben.«

Gesche starrte ihn an. »Vielleicht? Zu mehr konnten sie sich nicht aufraffen?«

Kopfschütteln. »Ursprünglich nicht, doch ich ließ nicht locker. Wäre ich kein herzoglicher Inspektor, hätten sie mich bestimmt aus dem Saal geworfen, aber dazu fehlte ihnen der Mut. Sie mussten sich meine Argumente anhören: Christians Tod an genau der Stelle, wo auch die beiden anderen Männer umgebracht wurden. Die in den Untersuchungsprotokollen nachweisbare Übereinstimmung seiner Schnittverletzung mit den Säbelhieben am Leichnam des Kaufmanns. Die wertvollen Knöpfe im Besitz des Ganoven. Die Schürf- und Schlagwunden, deren Bild exakt dem entsprach, was bei der Angriffsmethode des Räubers zu erwarten war. Alle wichtigen Punkte trug ich vor. Dabei behielt ich die feinen Herren fest im Auge und sah, wie sie sich wanden. Wieder Getuschel. Und schließlich erklärte Köper mit hochrotem Kopf, der Rat sei nach anfänglichem Zweifel nunmehr zu der Überzeugung gelangt, dass der Mohr Gottlieb nicht infolge eines Unfalls umgekommen sei, sondern durch einen Mordanschlag des Olaf Bade. Ein Geständnis werde man jedoch nicht erzwingen.«

Schlapritz wischte über sein Gesicht, rieb sich die Stirn. »Das triumphierende Grienen, mit dem der Mörder diesen Spruch zur Kenntnis nahm, habe ich noch vor Augen. Ganz offensichtlich gefiel er sich in der Rolle des Schurken, dem Verbrechen zugeschrieben wurden, für die er nicht einmal leiden musste. So ein Tölpel! Erst als kurz darauf das Todesurteil erging, schien er zu begreifen, dass sein Hochgefühl verfehlt war. Heulend brach er zusammen.«

Gesche sah ihre Hände wie zwei welke Blätter auf dem dunklen Stoff ihres Bauches liegen. Genauso fühlte sie sich plötzlich: müde, erschöpft. Das war es also. Die Plöner Ratsherren hatten, wenn auch nur unter Druck, Christians Ehre wiederhergestellt. Niemand würde ihm mehr nachsagen können, er, der Kavallerieoffizier, wäre, womöglich auch noch betrunken, vom Pferd gefallen. In der Stille hörte sie Grietche nebenan mit Besen und Schaufel hantieren.

Ob es hilft, wenn ich mir diesen Olaf Bade vorstelle?, dachte sie. Einen wüsten Kerl mit stechenden Augen und Hinkebein? Mit dem Verdacht gegen Joachim oder den neuen Rantzau oder irgendeinen möglichen Rivalen hatte sie besser umgehen können, da ließen sich zumindest handfeste Gründe finden – Familienehre, Gier, Überheblichkeit, Mohrenhass. Aber so? Nicht einmal Abscheu oder Neid konnte den Mann angetrieben haben. Es gab nicht den geringsten Zusammenhang mit Christians Leben. Rein zufällig war er den Waldweg entlanggeritten, als dieser Strolch gerade auf Beute lauerte. Zwei Silberknöpfe, vielleicht noch ein paar Taler. Und dafür sterben? Abgestochen von einem verrückten, marodierenden Söldner? Sinnloser kann ein Tod nicht sein, dachte Gesche. Sie kreuzte die Arme, suchte Halt an sich selbst.

»Drei Tage später wurde er hingerichtet«, sagte Schlapritz leise.

Gesche schaute nicht auf. Sie kannte die Prozedur. Als Zwölfjährige hatte eine Hausmagd sie einmal mitgeschleppt zur von Gaffern umlagerten Richtstätte auf dem Marktplatz, nur wenige Schritte vom Rathaus entfernt. Im Namen des Rates rief der Bürgermeister dort öffentlich das Todesurteil aus, dann wurde der Delinquent unter lauten Gebeten und Ermahnungen des Stadtpastors dem Scharfrichter übergeben und zu einem Sandhaufen in der Platzmitte geführt. Die Augen verband man ihm mit einem schmutzstarrenden Lappen und zwang ihn mit Macht auf die Knie. Sie hatte geschrien, als der Kopf wie ein riesengroßer, vom Baum gefallener Apfel den Sandhügel hinunterrollte.

Nur nicht daran denken! Noch fester umschlang sie sich mit ihren Armen. Um Haaresbreite wäre Christian das Gleiche widerfahren.

»Jetzt hast du alles gehört«, fing Schlapritz nach einer Weile wieder zu sprechen an. »Du wolltest wissen, was geschehen ist, und sicher auch, ob der Täter bestraft wurde.«

»Die Strafe ist unwichtig. Ich bin sicher, Christian hätte es nicht gefallen, jemanden um seinetwillen sterben zu sehen«, sagte Gesche leise und dachte dabei an den Schattenmann, sein Lächeln, sein Kopfschütteln. »Eigentlich geht es nur darum, dass die Plöner *den Mohren* nicht einfach beiseiteräumen wie irgendeinen dahergelaufenen Niemand und mich zur hysterischen Witwe erklären, weil ich mich dagegen wehre. Achtung will ich, keine Rache. Und dazu hast du uns verholfen, Hieronymus, es ist gut.«

Mit gerunzelter Stirn kaute Schlapritz auf seinem Pfeifenstiel. »Merkwürdig«, sagte er zögernd, »wenn ich über Christians Leben nachdenke, kommt es mir manchmal vor, als sei er auf ebenso geheimnisvollem Weg gegangen, wie er gekommen ist. Wie eine Leihgabe ist er bei uns gelandet, ein Gefährte auf Zeit aus einer anderen Welt.«

Und er wartet auf mich in noch einer anderen Welt, dachte Gesche. Sie nickte und lächelte, obwohl ihre Augen brannten.

Uetersen, den 22. November 1692

Meine liebe Friederike,

ich werde immer mehr zum Nachtmenschen. Seit Wochen schon hält es mich keine Nacht im Bett, ich laufe im Haus herum, oft sogar ohne Licht, weil ich im Dunkeln und allein am besten meinen Gedanken nachhängen kann. Aber jetzt steht die Öllampe vor mir auf dem Tisch. Ich schreibe Dir so spät noch, damit Hieronymus Schlapritz den Brief morgen früh bei seiner Abreise mitnehmen kann.

Auf Deinen Rat hin habe ich ihn gebeten, vor dem Plöner Ratsgericht noch einmal auf Klärung von Christians Tod zu dringen. Du hast sicher schon von dem Ergebnis gehört. Als

guter Freund hat er meinen Wunsch erfüllt und ist sogar trotz schrecklicher Schneestürme zur Berichterstattung hergekommen. Zwei Tage lang war er hier. Wenn ich mit ihm zusammensaß, hatte ich ständig das Gefühl, gleich träte Christian durch die Tür und setzte sich zu uns.
Jetzt weiß ich also Bescheid, doch verstehen kann ich es nicht, dazu sind die Umstände zu abwegig. Einen so sinnlosen Tod kann man nicht verstehen. Vielleicht würde mich Wut oder Hass zerfressen, gäbe es da nicht den Schattenmann. Den Namen, liebe Friederike, habe ich von Dir übernommen, Du weißt, wen ich meine. Immer wieder taucht er irgendwo schemenhaft vor mir auf, ob im Wachen oder im Träumen. So viel Trost, so viel Gelassenheit strahlt er aus, dass ich ganz ruhig bin. Schlapritz gegenüber habe ich davon nichts erwähnt. Möglicherweise fürchte ich seinen Spott, obwohl er sehr einfühlsam ist.
Liebe Friederike, Du fragst nach meiner Schwangerschaft und der wachsenden Familie. Es fällt mir schwer zu gestehen, wie wenig Freude ich daraus beziehe. Eigentlich gar keine. Das Kind drückt schon schwer nach unten und kommt sicher bald. Ein, zwei Wochen noch, meint die Hebamme. Sie sagt, es wird eine leichte Geburt, wie bei den vier anderen. Trotzdem sehe ich ihm nicht froh entgegen. Wie soll ich es dir erklären? Ich spüre einen immer stärker werdenden Sog, der mich mit Macht wegzieht. Es fühlt sich an wie früher, wenn Christian mich zu sich rief. Und alles, was mich hier bindet und zurückhält, empfinde ich als Last, als Hindernis auf dem Weg zu ihm, sogar seine eigenen Kinder. Manche Leute würden so etwas als Überspanntheit einer Schwangeren abtun, ich hoffe sehr, Du gehörst nicht zu ihnen.
Mit den allerbesten Grüßen bleibe ich
Deine Freundin Gesche

PS Wenn es ein Mädchen wird, möchte ich es nach Dir benennen, meiner ältesten Freundin. Die Hebamme glaubt allerdings, es wird ein Junge. Gansberg will, dass er Waldemar heißt, wie sein Oberst, der Baron Löwendal.

Gansberg kam nach Hause, als die Familie beim Essen saß. Draußen war es schon dunkel, doch es schneite nicht mehr, wie die trockenen Kleider verrieten, mit denen er die Diele betrat. Durch die offene Küchentür sah Gesche ihn an Handschuhen, Stiefeln und Umschlagtüchern zerren und seinen Hut schwungvoll in Richtung Wandhaken werfen. Das musste er von Schlapritz übernommen haben, aber die Übung fehlte, der Hut stürzte ab und rollte ihm bis vor die Füße. Eilig hängte Gansberg ihn auf, händereibend ging er in die Küche.

»Ist er abgereist?« Hinter Gesches Stuhl blieb er stehen, sie spürte, wie er sanft über ihre Schulter strich.

»Ja!«, schrie Bertram von der anderen Tischseite herüber, einen Löffel voll Grützwurst knapp vor dem Mund. »Die ganze Zeit haben sie in der Stube gesessen und an einem Stück geredet!«

»Und so spaßige Knacktöne hat der Mann dabei gemacht!«, ergänzte Clara in ihrem bewährten Krähton.

»War es gut für dich?«, fragte Gansberg, ohne auf die Kinder einzugehen.

Gesche schaute zu ihm hoch und traf auf ein warmes, verständnisvolles Lächeln. Unwillkürlich hob sie ihre Hand und bedeckte damit die seinige. Wäre mir nicht eine so große Liebe begegnet, dachte sie für den Bruchteil eines Augenblicks, hätte ich mit diesem Mann vielleicht ein zufriedenes Leben führen können.

»Ja«, sie nickte und rückte ihm einen Stuhl zurecht. »Setz dich, iss, es ist alles geklärt.«

Ob er das winzige Zeichen der Zuneigung missverstanden hatte? Gesche erstarrte, als sich Gansbergs Hand unter der Bettdecke tastend auf ihren Schenkel schob. Bloß das nicht! Verschanzt hinter ihrem gewaltigen Bauch und der Kurzatmigkeit, die erst seit drei, vier Tagen nicht mehr ganz so beklemmend war, hatte sie sich sicher gefühlt. Gut. Die Hand blieb ruhig liegen und strahlte sogar eine wohltuende Wärme aus.

»Du musst mir nichts erzählen.« Seine Stimme klang gedämpft durch die Finsternis rundum. »Ich wünschte nur, du könntest die alten Geschichten hinter dir lassen und endlich ganz bei uns sein.«

»Die alten Geschichten? Wie meinst du das?«

Ein tiefer Seufzer. »Vielleicht irre ich mich ja, aber ich habe das Gefühl, dass du immer mehr in der Vergangenheit verschwindest. Das Früher scheint dir wichtiger zu sein als alles, was sich hier abspielt.«

Und?, dachte sie. Weißt du vielleicht, was ich dagegen tun kann? Und ob ich es überhaupt anders will? Mit einem betont lauten Ächzen rollte sie sich von der linken auf die rechte Seite, so dass seine Hand abglitt, und murmelte, als wäre sie schon halb im Schlaf: »Unsinn, bringen wir erst einmal das neue Kind auf die Welt. Dann sehen wir weiter.«

Am letzten Novembersonntag erwachte Gesche morgens wie gerädert. Ob das Wetter umgeschlagen war? Durch die Scheiben der Schlafkammer schaute sie in einen eisblauen, blanken Himmel, auf dem nur ein paar Wolkenbäuschchen langsam dahinglitten. Kein Schnee mehr, kein fegender Wind. Eigentlich zu schön, um länger als nötig im Bett zu bleiben, und der Helligkeit nach war es höchste Zeit, sich für den Kirchgang anzukleiden.

Mit einem Seufzer wälzte sie sich auf die Bettkante, blieb

einen Moment lang schuddernd sitzen und angelte dann eilig nach ihren Wollstrümpfen, die zusammen mit mehreren dicken Röcken und einer pelzbesetzten Strickjacke griffbereit über einem Stuhl hingen. So wie sich der Boden anfühlte, musste es draußen trotz Sonnenscheins noch immer klirrend kalt sein. Verrückt, diese Verrenkungen, ohne die sie mittlerweile nicht mehr an ihre Füße kam. Mit den Fäusten stemmte sie sich hoch, ließ das Unterkleid und die schweren Röcke über ihren Kopf gleiten und schob gerade den rechten Arm in die Jacke, als ein stechender Schmerz durch ihren Rücken schoss. Gesche schnappte nach Luft, hielt kurz den Atem an. Nein, es konnte noch nicht so weit sein. Erst vor zwei Tagen war die Hebamme da gewesen, hatte die Lage des Kindes geprüft und seinen Herzschlag und gemeint, das Kleine werde sich noch eine gute Woche Zeit lassen. Bestimmt nur eine ungeschickte Bewegung, dachte Gesche. Sie strich ein paarmal über ihr Kreuz und machte weiter: der zweite Jackenärmel, einen Guss Wasser ins Gesicht, das Haar gebürstet und unter die Haube geschoben. Sie verknotete eben die Bänder unterm Kinn, als jemand heraufgepoltert kam und an die Tür pochte.

»Vater fragt, ob du kommst.« Bertrams Stimme.

»Sofort! Bloß noch die Schuhe!« Wieder so ein schwieriges Unterfangen. Um ihren Bauch herumspähend stieg sie in die Schuhe. Irgendwer würde die Schnürsenkel zubinden müssen.

Vorsichtig, eine Hand am Geländer, die andere in den Rücken gestemmt, ging sie die Treppe hinab in die Diele. Unten stand die Familie abmarschbereit aufgereiht. Gansberg, im guten, steifen Sonntagsrock, den Hut schon auf dem Kopf, hielt ihren Winterumhang zum Hineinschlüpfen ausgebreitet, daneben die Kinder, sechs kleine Wolltötzel mit Mützen, aus denen gerade noch die Nasen hervorlugten. Also los. Gesche machte ein paar feste Schritte auf sie zu und schwankte plötzlich, weil wieder ein Schmerzschuss durch ihren Rücken fuhr.

»Was ist?« Besorgt ließ Gansberg ihren Umhang sinken. »Geht's dir nicht gut?«

Gesche schüttelte den Kopf. »Nein, nein, nur ein kleiner Schwindelanfall. Macht euch ruhig auf den Weg, ich komme gleich nach.« Sie hielt sich an einer Stuhllehne fest und sah mit einem beruhigenden Lächeln zu, wie Gansberg nach kurzem Zögern ihren Umhang auf den Wandhaken hängte und die Kinder aus der Tür schob.

»Soll ich Grietche schicken, damit du nicht allein bist?«, fragte er beim Hinausgehen über die Schulter.

»Unsinn, lass sie in der Kirche, schließlich ist heute erster Advent. Mir fehlt wirklich nichts.«

Durch das Dielenfenster beobachtete sie den kleinen Familientrupp bei seinem schlitternden Marsch über den Hofplatz. Bald wird noch einer mehr dazu zählen, dachte sie, und dann noch einer und noch einer, lauter kleine Gansbergs, die mich von Christian wegdrängen. Und ich kann nichts dagegen tun. Sie wandte sich ab, ging schwerfällig hinüber in die Stube, setzte sich in ihren Sessel und legte den Kopf an die Lehne. Hinter ihr bullerte der Ofen, den Grietche vor dem Kirchgang mit genügend Holz vollgestopft hatte, dass er bis zu ihrer Heimkehr gewiss nicht ausgehen würde. Nur einen Augenblick noch. Wenn sie ein paar Minuten zu spät zum Gottesdienst käme, träfe sie als Hochschwangere sicher auf das Verständnis der Gemeinde. Wieder dieser stechende Schmerz. Gesche strich über ihren Bauch, spürte ihn hart wie Stein werden. Nein, das war noch keine Wehe, nur eine dieser krampfartigen Verhärtungen, die seit ein paar Wochen häufig vorkamen. Höchstens ein bisschen schmerzhafter.

Sie schloss die Augen, stellte sich die adventlich ausgeschmückte Kirche vor, das im Kerzenschein warm leuchtende Violett der Altardecke und des Kanzelbehangs und die kunstvollen Präludien, mit denen Jakob Schellhorn auf seiner Orgel die Gemeindegesänge einleiten würde. Luthers Choral *Nun komm der Heiden Heiland* gehörte bestimmt dazu und sicher auch *Ermuntre dich, mein schwacher Geist* von Johann Rist, dem Dichterpastor aus dem nahen Wedel. Gleich, gleich würde sie drüben in der Kirche sein und mitsingen. *Brich an, du schönes Morgenlicht, und lass den Himmel tagen,* wollte sie singen, ihren Lieblingsvers aus Rists Choral. Nur noch abwarten, dass dieser erneute Schmerzschub vorüberging.

Sie hörte, wie die Haustür geöffnet und mit einem Rumms zugeworfen wurde. Eilige Schritte kamen näher. Als sie den Kopf drehte, sah sie Grietche im Türrahmen stehen, der Blick besorgt, die Nase vom Frost gerötet.

»Aber Frau!« Im Nähertreten warf die Magd ihren Umhang auf den nächsten Stuhl. »Warum habt Ihr nichts gesagt? Sitzt hier mutterseelenallein herum, wo doch die Geburt schon losgeht. Hab ich mir's gedacht, als ich Euch in der Kirche nicht finden konnte.«

»Was redest du denn? Mir zieht es nur etwas im Rücken.«

»Ach ja? Und was ist das da bitte?« Die Arme über der schwarz gestreiften Kittelschürze gekreuzt, baute Grietche sich vor ihr auf und wies mit dem Kinn nach unten.

Das da? Was sollte das heißen? Verwirrt folgte Gesche Grietches Blick. Erst jetzt bemerkte sie den nassen Fleck am Boden, in dessen Mitte ihre Füße standen, und spürte plötzlich die feuchte Wärme an ihren Schenkeln. Stumm vor Schreck krallte sie sich an den Armlehnen des Sessels fest. O nein! Nicht jetzt schon! Nicht jetzt – vielleicht irgendwann –, am besten nie! Ich will nicht. Ich will dieses Kind nicht, überhaupt kein Gansbergkind will ich mehr und auch nicht den Schmerz, den ich aushalten muss, damit es auf die Welt kommt, dieses Es, das ich nicht lieben kann.

Mit entsetzt aufgerissenen Augen starrte sie die Magd an, während eine neue Welle von Schmerz ihr den Atem nahm.

»Hier, trinkt einen Schluck«, sagte Grietche und reichte ihr einen Krug Dünnbier. »Ihr braucht Kraft. Ich setze schon mal Wasser auf, bis das heiß ist, bin ich mit der Hebamme wieder da. Ich habe sie hinten in der Kirche gesehen und laufe schnell rüber, sie zu holen. Am besten rührt Ihr Euch so lange nicht.« Bereits halb zur Tür hinaus warf sie sich einen Wollschal um die Schultern und rannte los.

Rührt Euch nicht, dachte Gesche. Wer hat eigentlich das Sagen über mein Leben? Gansberg, dieses Kind da drinnen, jetzt versucht es sogar die Magd. Empört wollte sie sich auf die Füße stemmen, fiel aber sofort in ihren Lehnstuhl zurück. Gefangen, dachte sie, ich bin gefangen. Es gibt keinen Ausweg, ich muss durchstehen, was auf mich zukommt. Sie spürte, wie sich ihre Augen mit Tränen füllten. Tränen der Wut oder des Schmerzes – welchen Unterschied machte das schon.

»Ein Sonntagskind! Wir bekommen ein Sonntagskind!« Gesine Petermanns rauchige Stimme schwappte so herzhaft zu ihr herein, dass Gesche sich schnell mit den Handballen über die Augen wischte, damit man ihre Tränen nicht sähe. Die Hebamme betrachtete jedes Kind als Gottesgeschenk, einerlei, ob mit Freuden erwartet oder als unvermeidliches Übel hingenommen, das hatte sie bei Hedwigs Geburt im August des vergangenen Jahres unmissverständlich klargemacht.

Umrahmt von einer braunglänzenden Haube tauchte Gesines Gesicht nahe vor ihrem eigenen auf, ein freundliches Gesicht voller Lachfalten, in den Wangen tiefe Grübchen wie auslaufende Tropfen. Alles an dieser Person war weich, die runden, bei jeder Bewegung leise bebenden Formen, der Ausdruck der grauen Augen und ganz besonders die Hände, unter deren sanftem Druck auf ihre Schultern Gesche erleichtert Luft holte.

Ein Kissen wurde ihr ins Kreuz geschoben.

»Es geht also los«, sagte die Hebamme. »Ruht Euch noch ein paar Minuten aus, ich ziehe nur rasch den Sonntagsstaat aus und hole meine Utensilien. Heißes Wasser ist schon bereitet?«, wandte sie sich an die Magd. »Gut, dann deckst du das Bett mit Tüchern ab. Bin gleich zurück.« Noch ein ermunternder Tätschler auf Gesches Schulter, und sie eilte davon.

Sonntagskind, dachte Gesche, während Grietches Holzpantinen oben über die Bohlen klapperten, Sonntagskind hat Gesine gesagt und sehr erfreut geklungen. Plötzlich erinnerte sie sich an das bedenkliche Gesicht ihrer Großmutter, als früher in Plön das Gespräch einmal auf Sonntagskinder gekommen war, und an Andeutungen über mysteriöse Kräfte, dank derer solche Kinder Dämonen bannen und den Tod von Verwandten und Freunden vorhersehen könnten, oft sogar das eigene Ende. Irgendeine fromme Cousine war damals dazwischengefahren und hatte verlangt, mit dem Unsinn aufzuhören, ein Kind, das am Tag des Herrn zur Welt komme, am heiligsten aller Wochentage, sei besonders gesegnet. Ein Glückskind sei es und auf keinen Fall beladen mit beängstigenden Fähigkeiten. Gesine schien das auch zu glauben.

Unter ihren Händen fühlte Gesche, wie sich das Ungeborene lebhaft bewegte und ihre Bauchdecke mal hier, mal da ausbeulte. Wenn ich dich schon nicht lieben kann, dachte sie in seine Richtung, sollst du wenigstens vom Glück beträufelt sein. Im nächsten Moment biss sie die Zähne zusammen, um nicht laut loszuschreien. Eine neue Schmerzattacke. Und endlich wieder Gesines Stimme neben ihr.

»Die brauchen wir jetzt nicht.« Die Hebamme nahm ihr die verrutschte Haube vom Kopf. »Kommt, Frau, gehen wir nach oben.« Mit festem Griff zog sie Gesche auf die Füße, legte ihr einen Arm um die Hüften und führte sie die Treppe hinauf.

»Weg mit den feinen Kleidern. Grietche! Ein Schlafgewand!« Energisch übernahm die Hebamme das Kommando, aber ihre Hände gingen dabei so behutsam zu Werke, dass Gesche kaum spürte, wie sie ausgezogen und auf das Bett gelegt wurde. Und sie hörte auch nur mit halbem Ohr hin, als Gesine nach einer ersten Untersuchung erklärte, der Muttermund sei schon ein gutes Stück geöffnet.

»Wie viele Wehen hattet Ihr denn bislang?«

Gesche drehte den Kopf ein paarmal hin und her und zuckte mit den Achseln.

»Aha, Ihr habt nicht darauf geachtet«, sagte die Hebamme.

Gesche fing ihren prüfenden Blick auf. Natürlich, wer würde sich nicht wundern über eine Frau, die bei der fünften Entbindung immer noch nicht Bescheid wusste? Und wie sollte Gesine verstehen, dass sie das alles hier nicht wollte?

Sie spürte das Hörrohr auf ihrem Bauch und den warmen Atem der Hebamme. »Die Herztöne sind kräftig. Alles läuft wunderbar.«

Von einer neuen Wehe überrollt, schrie Gesche laut auf. Die Haare klebten ihr im verschwitzten Gesicht und nahmen ihr die Sicht. Sie japste nach Luft, krallte sich keuchend an der Matratze fest. *Wunderbar*, dachte sie, das soll *wunderbar* sein? Starr vor Angst wartete sie auf die nächste Schmerzwelle. Und auf einmal fiel ihr ein, dass es jedes Mal so gewesen war: Die Angst davor war schlimmer als die Wehe. Sie solle sich von der Welle tragen lassen bis zur Spitze, hatte ihr schon bei der ersten Geburt die Plöner Hebamme geraten, und danach mit der abflauenden Pein ins Tal sinken. Aber damals war Möhrchen auf die Welt gekommen, heiß ersehnt.

Sie sah das kleine Wesen wieder vor sich, Ton für Ton dunkler werdend und Christian von Tag zu Tag ähnlicher, genauso wie Bertram und Habbo – während die neuen, die Gansbergkinder, ihn immer weiter ins Abseits schoben.

»Träumt Euch nicht weg! Ihr müsst mitmachen!«

Seit einer Weile waren die Wehen abgeebbt, kamen unregelmäßig und nicht stark genug, um die Geburt voranzutreiben. Jedes Mal stöhnte Gesche auf. Dann dämmerte sie wieder vor sich hin. Nur nicht denken.

Feucht-heiße Tücher wurden über ihren Bauch gebreitet, Stirn und Schläfen mit kaltem Lavendelwasser abgerieben. Von unten war gedämpftes Lachen zu hören, die Familie schien aus der Kirche zurück zu sein, Tula würde sich um die Kleinen kümmern. Schwere Schritte kamen die Stiege herauf.

»Euer Mann«, sagte die Hebamme, tief über Gesche gebeugt, aus ihrem weichen Gesicht. »Er möchte Euch sehen.«

Gesche schüttelte wild den Kopf.

»Aber er ist doch vertraut mit körperlichen Dingen.«

»Nein! Nicht jetzt!« Ich will nicht, dass er mich so sieht, dachte sie, so offen, so nackt, so ausgeliefert. Er ist mir nicht nah genug. »Nein!«

Aus halb geschlossenen Lidern sah sie den erstaunten Blick der Hebamme und ein resigniertes Schulterzucken. »Dann nicht.«

Geflüster im Flur. Die Schritte entfernten sich langsam, zögernd.

Wie anders war es mit Christian gewesen, damals. Sehnlich hatte sie sich gewünscht, dass er bei ihr bliebe und ihre Hand hielte, dass er es wäre, der ihr den Schweiß vom Gesicht wischte und den Rücken stützte. Aber die Plöner Hebamme, eine bigotte, strenge Person, hatte ihn weggescheucht, als er seinen Kopf durch den Türspalt hereinstreckte. Männer, das wisse doch jeder, seien bei einer Geburt überflüssig, sie störten nur. *Und ganz besonders so einer*, hätte sie, wie ihre finstere Miene verriet, am liebsten noch nachgeschoben.

Warme, weiche Hände betasteten ihren Leib, die Herztöne des Kindes wurden wieder kontrolliert, ihre Beine für eine erneute Untersuchung auseinandergedrückt.

»Ich verstehe das nicht«, hörte sie die Hebamme sagen, »seit fast zwei Stunden geht nichts voran. Schon bei den ersten kräftigen Wehen hätte sich das Kind nach unten bewegen müssen, aber es senkt sich nicht.«

Mit Töpfen voll heißem Wasser klapperte Grietche immer wieder treppauf, treppab, brachte frische Tücher und irgendwann einen Krug Dünnbier für die Hebamme. »Der Herr meint, du brauchst eine Stärkung. Darf die Frau auch was trinken?«

»Erst, wenn wir es hinter uns haben«, sagte Gesine. »Im Moment könnte ihr davon übel werden.«

Noch übler?, dachte Gesche unter einem neuen Anprall von Schmerzen. Geht das überhaupt? Wortlos ließ sie alles über sich ergehen – die brennend heißen Umschläge auf ihrem Bauch; die Einreibungen mit Kräuteressenzen, deren Geruch ihr aufdringlich in die Nase stieg; den quälenden Druck von Gesines Händen, der das Kind nach unten zwingen sollte; die kleinen Wangenklapse, mit denen die Hebamme sie wachhalten wollte, wenn ihr vor Schwäche die Augen zufielen. Als sie einmal den Kopf zum Fenster drehte, sah sie die letzten blassroten Strahlen der Wintersonne hinter einer dunklen Nebelbank verschwinden.

»Grietche!«

Bei dem lauten Kommandoruf der Hebamme zuckte Gesche zusammen.

Auf Socken, die Augen schmal vor Müdigkeit, kam die Magd hereingestürzt. »Was ist? Soll ich was tun?«

»Bestimmt nicht da unten bequem herumsitzen.« Gesines gereizte Stimme verriet, dass sie mit ihrer Geduld am Ende war. »Gleich wird es hell«, sagte sie, »keiner von uns hält das hier länger aus. Du musst mit anpacken, nun komm schon.«

»Aber ...«

»Nichts da – aber. Ich weiß, dass es dir nicht gefällt, doch wenn wir nichts unternehmen, sind sie beide tot. Tot! Verstehst du? Los, nimm die Knie der Frau und drücke sie nach oben, so weit es geht, meinetwegen bis aufs Kissen, und ich versuche, das Kind herauszudrehen, die Stirn ist schon halb draußen. Das arme Wurm, seine Herztöne sind kaum mehr zu hören. Es muss raus, sofort!«

Gesche fühlte, wie ihre Beine hochgestemmt und an ihren Ohren vorbeigeschoben wurden.

»Warum kommt es denn nicht von selbst?« Grietche ächzte vor Anstrengung.

»Was weiß ich. Und das beim fünften Mal.« Die Hebamme zog und zerrte. »Ich glaube, sie wehrt sich, sie will einfach nicht. Pressen! Los, Frau, Ihr müsst pressen! Alleine schaff ich's nicht!«

Auf einmal war Gesche hellwach. Was hatte Gesine gesagt? Kaum mehr Herztöne? Tot würde das Kind sein, wenn es nicht bald auf die Welt käme? Soll es für mein Unglück mit seinem Leben bezahlen? Nein, der Preis ist zu hoch.

»Pressen!«, schrie die Hebamme wieder. »Nun macht schon, gleich ist es da!«

Als hätte sich jäh eine Sperre gelöst, sammelte Gesche alle

Kraft, die sie noch aufbringen konnte, und half plötzlich mit, presste, dass die Adern an ihrem Hals zu dicken Strängen anschwollen und die Augen wie Pfropfen vor den zu klein gewordenen Höhlen staken.

»Ein Junge!« Triumphierend hielt Gesine das blut- und schleimverschmierte Bündel in die Höhe.

Waldemar, dachte Gesche, Waldemar, ein Montagskind. Vielleicht ist es besser, wenn man ihm nicht noch mehr auflastet, als er bis zu seiner Ankunft schon zu ertragen hatte. Benommen lag sie da, während Grietche die blutigen Tücher unter ihr wegzog und in den Ofen schaffte. Ein frisches Hemd wurde ihr übergestreift, das Kopfkissen aufgeschüttelt. Sie hörte das Kind aus Leibeskräften schreien und die gurrenden Trostlaute der Hebamme.

»Hier, nehmt ihn. Schwer genug war's ja.« Gesine drückte ihr das Windelpaket an die Brust und beobachtete, wie der Kleine gierig zu saugen begann. »Wenigstens damit gibt es keine Schwierigkeiten«, sagte sie zufrieden. Obwohl ihre bleiche Haut, die dunklen Augenringe und das zerzaust aus der Haube hängende Haar die Strapazen der vergangenen Nacht verrieten, schaute sie dem Säugling so liebevoll bei seinen ersten Lebensäußerungen zu, dass Gesche über das eigene Gefühl der Fremdheit erschrak.

Sie senkte den Kopf, sah herunter auf ein schrumpeliges, hilfloses Wesen, sah es mit grimmigem Gesicht um Nahrung kämpfen, sah den blonden Flaum auf seinem Schädel und seinen zarten Ohrmuscheln und die winzigen Fäuste, die sich in ihr Hemd krallten. Ein rührender Anblick, aber er bewegte nicht ihr Herz. Armes Kerlchen, dachte sie, ich habe dich geboren, mehr kann ich nicht für dich tun. Vielleicht wirst du stark und kühn, ein strammer Soldat wie dein Namensgeber, doch du musst es ohne mich schaffen. Erleichtert ließ sie sich in ihr Kissen sinken, als der Kleine nach wenigen Zügen einschlief und von der Hebamme aufgenommen und in seine Wiege am Fußende des Bettes gelegt wurde. Ruhe, Augen zu, weg von dem allen hier.

Das Erste, was sie beim Erwachen sah, war Gansbergs Gesicht. Nahe neben dem Bett saß er auf einem Stuhl und schaute sie an, blass und gespannt.

Wie lange sitzt du da schon? Wieso beobachtest du mich im Schlaf? Beinahe hätte sie ihn angefaucht, wäre nicht das Lächeln in seinen Augen gewesen, eine Weichheit, eine Wärme, durch die sich ihr Ärger sofort auflöste.

»Ein wunderschönes Kind«, sagte er leise, »und so lieb. Es schreit nicht, obwohl du seit Stunden schläfst.«

Erst jetzt bemerkte sie das Bündel auf seinem Schoß, die windelbedeckten Füßchen des Säuglings an seinem Hosenbund, den winzigen Kopf auf Kniehöhe in den hohlen Händen des Vaters wie in einer Schale geborgen. Sie sah, wie Gansberg zärtlich zwischen ihr und dem Neugeborenen hin- und herblickte, und empfand unvermutet einen Schmerz, der kaum weniger wehtat als der vergangene Geburtsschmerz, nur dass aus diesem nichts Neues entstehen würde. Es geht einfach nicht, dachte sie, ob ich will oder nicht, keinem von ihnen kann ich mich zugehörig fühlen. Es ist, als trennte uns eine tiefe Kluft. Keine Brücke. Keine Liebe.

Sie spürte ein Brennen unter ihren Lidern und in den Augenwinkeln eine Ansammlung von Tränen, aus der sich zwei Rinnsale lösten und mit heißem Kribbeln die Schläfen entlang in die Haare sickerten.

»Du bist erschöpft«, hörte sie Gansberg sagen, »verständlich nach der schweren Geburt. Und du kannst gleich auch weiterschlafen, nur braucht Waldemar vorher noch Nahrung.«

Wieder dieses gierige Saugen an der Brust, zufriedene Schmatzgeräusche, die kleine Nase in ihre Haut gebohrt. Das Kind nahm sich, was es brauchte, während sie das Gefühl hatte, mit der Milch flösse zugleich der letzte Rest Lebenskraft aus ihr heraus. Endlich. Ermattet sank das Köpfchen zur Seite. Gesche schob es hinauf an ihre Schulter und klopfte sanft den zarten Rücken. Sie mochte den Geruch von Milch und warmer Säuglingshaut, bei den ersten Kindern war sie darüber in Entzücken geraten, aber jetzt… Sie merkte noch, dass Gansberg den Kleinen behutsam hochnahm, dann fielen ihr die Augen zu.

»Na, so was, na, so was! Das Kindchen wird nicht satt! Das geht doch nicht! Da muss was geschehen!«

Gesche hörte die Hebamme mit fröhlichem Geschnatter die Treppe heraufstapfen. Seit drei Tagen lag sie jetzt im Bett, um sich von der Geburt zu erholen, wurde gehätschelt und gepflegt, und dennoch war der Milchfluss ständig abgeflaut. Inzwischen schrie der Kleine fast unaufhörlich. Wenn sie ihn anlegte, mal links, mal rechts, in der Hoffnung, dass er noch ein paar Tropfen fände, beruhigte er sich höchstens einen Atemzug lang, saugte zitternd vor Gier und spie die Brustwarze nach den vergeblichen Versuchen unter lautem Gebrüll wieder aus. Irgendjemand musste Gesine gerufen haben, weil sein trostloses Geschrei allen im Haus ins Herz schnitt. Sogar das Reden und Lachen der unten spielenden Geschwister klang mittlerweile nur noch gedämpft nach oben.

»Was macht Ihr für Geschichten, Frau! Am Anfang lief es doch tadellos!« Gesine setzte sich auf die Bettkante, nachdem sie Gesches Beine ein Stückchen beiseitegeschoben hatte, und öffnete, ohne groß zu fragen, das Hemd der Wöchnerin. »Lasst mal sehen.« Ihre weichen Hände strichen über Gesches Brüste, tasteten und drückten. »Sieht mir alles sehr gut aus«, erklärte sie nach einer Weile. »Ich glaube, die Sache braucht nur einen kleinen Anschub, dann wird's schon wieder gehen.«

Über das Treppengeländer gebeugt befahl sie Grietche, warmes Wasser und Tücher zu bringen und gleich noch einen Kessel aufzusetzen für den Tee, den sie zubereiten wollte. »Fangen wir mit Umschlägen an«, sagte sie, als Grietche mit dem Gewünschten in die Schlafkammer kam, »meist reicht Wärme auf der Brust, um den Milchfluss anzuregen.«

Wohlig warm verpackt sah Gesche zu, wie die Hebamme das Kindchen aus der Wiege nahm, es im dunklen Stoff ihrer Armbeuge schaukelte und sein Wimmern mit einem beruhigenden Singsang übertönte.

»So«, sagte Gesine wenig später, »versuchen wir es noch einmal, vielleicht ist jetzt alles in Ordnung.«

Der Kleine wurde angelegt, warf sein Gesicht heißhungrig hin und her, fand, was er suchte, saugte mit aller Kraft – vergeblich. Jämmerlich schreiend wand er sich in Gesches Armen.

»Aber, aber …« Gesine nahm ihn auf, stupste ihre Nase zärtlich an seine Stirn, bevor sie ihn wieder in die Wiege legte. »Hier etwas gegen den ärgsten Hunger.« Sie tunkte den Zipfel eines Tuches in einen Krug voll Dünnbier, der griffbereit auf einem Hocker neben Gesches Bett stand. Ein kleines Stück des nassen Stoffes schob sie in das brüllend aufgesperrte Mäulchen, das sich augenblicklich schloss und zu nuckeln begann. »Fast noch voll, der Krug«, sagte sie im Hinausgehen mit einem tadelnden Unterton, »Bier bringt die Milch zum Fließen, aber nur, wenn Ihr es trinkt, Frau. Und das werdet Ihr auch mit dem Tee tun, den ich Euch jetzt hole, einen Aufguss aus Bockshornklee, ich schwöre auf seine Wirkung.«

Gehorsam schluckte Gesche das bittere, beinahe wie Liebstöckl schmeckende Gebräu, nahm widerstandslos hin, dass ihre Brust mit einem nach Fenchel, Kümmel und Majoran riechenden Stillöl eingerieben wurde, und nickte ergeben, als Gesine ankündigte, auch noch auf Schlehenelixier zurückzugreifen, falls alle anderen Mittel nicht anschlagen sollten.

»Über Nacht können wir den Kleinen vielleicht ruhighalten. Taucht das Läppchen einfach alle zwei Stunden ins Bier, und gebt es ihm zum Saugen. Es schmeckt süß und ist nahrhaft. Trotzdem, er braucht dringend Milch. Vergesst nicht, die Brust vor dem Schlafen noch einmal einzureiben, und trinkt, so viel Ihr herunterbringt. Morgen sehen wir weiter.«

In ihren Kissen lehnend, schaute Gesche zu, wie Gesine die öligen Hände an der Schürze abwischte, den Bierpegel im Krug kontrollierte, Wasserschüssel und Tücher zusammenräumte und zwischendurch, über die Wiege gebeugt, immer wieder einen besorgten Blick auf das Kind warf. Morgen, dachte sie, was soll sich bis morgen ändern? Ich spüre doch diese Leere, selbst mit Zaubermitteln wird sich keine Milch aus mir herauspressen lassen.

»Nun, wie steht's?«

Wieso tauchte Gesine schon im Morgengrauen wieder neben ihrem Bett auf? Stöhnend rieb Gesche sich die Augen. Vielleicht war es ja gar nicht so früh. Um diese Jahreszeit wurde es jeden Tag ein wenig später hell, und bei trübem Wetter wie heute schien die Morgendämmerung ohne Lichtstrahl in die Abenddämmerung überzugehen.

Eine schreckliche Nacht lag hinter ihr. Spätabends hatte sie den sich heftig sträubenden Gansberg aus dem Ehebett verbannt und nach oben in eine der Dachkammern geschickt. Damit wenigstens er ungestört schliefe, hatte sie ihm erklärt, obwohl sie in Wahrheit nur in Ruhe gelassen werden wollte. Keine Ratschläge, dass das Stillen auf diese oder jene Weise vielleicht doch noch gelingen könnte, keine ermunternden Sprüche, keine ängstlichen Fragen, wenn Waldemar vor Hunger schrie. Und das hatte er nahezu pausenlos getan. Immer wieder war sie aus dem Bett gekrochen, hatte Waldemars Läppchen neu getränkt, ihm tröstend zugeredet und doch dauernd gewusst, dass es zu wenig war, was sie ihm gab. Geben konnte.

»Geht es jetzt? Fließt die Milch? – Nein? Dann also Schlehenelixier.«

Aus ihrer Hebammentasche zog Gesine eine Flasche voll dunkler Flüssigkeit und füllte daraus einen Becher, der noch vom Bockshorntrunk des vergangenen Abends neben dem Bett stand. »Hier, das kräftigt Euch, die Milch wird kommen, aber Ihr müsst auch daran glauben.«

Glauben?, dachte Gesche, während sie den Becher leerte, ich *weiß*, dass es nicht gehen wird.

Unter Gesines forschendem Blick wagte sie nur einmal kurz aufzuschauen. Mit niedergeschlagenen Augen hörte sie sich den Bericht der Hebamme von mehreren Wöchnerinnen an, deren Milch versiegt war, nachdem es Streit mit dem Ehemann, der Schwiegermutter oder sonst einen Ärger gegeben hatte.

»Aber bei Euch«, sagte Gesine, »bei Euch kann es doch an so etwas nicht liegen, was meint Ihr?«

Gesche schüttelte den Kopf. Energisch sollte das wirken, überzeugend, doch sie merkte selbst, wie verzagt es aussah. Ein Glück nur, dass Gesine kaum darauf achtete, weil sie sich dem wimmernden Kind zugewandt hatte, es aus der Wiege nahm und an ihre Schulter gedrückt mit beschwichtigenden Schnalzlauten neben dem Bett hin- und hertrug. Das Jammern wurde gedämpft durch ein über die Schulter gebreitetes Tuch, hörte jedoch nicht auf.

»So geht es nicht weiter.« Gesine blieb am Fenster stehen, in ihrer hohlen Hand hielt sie das Köpfchen des Kleinen ins matt hereinfallende Licht. »Wie ein verbitterter Greis sieht er aus, der Arme, so bleich und runzelig«, sagte sie und barg ihn wieder an ihrer Schulter. »Ich habe natürlich gedacht, dass meine Mittel anschlagen würden, aber für alle Fälle bin ich gestern Abend bei meiner Nachbarin gewesen. Der macht nämlich ihr übermäßiger Milchfluss zu schaffen, sie weiß gar nicht, wohin mit den Strömen, und wäre gern bereit, Euren Kleinen neben ihrem eigenen zu nähren. Wenigstens bis das Schlehenelixier wirkt. Wir können ihn nicht länger hinhalten.«

Ohne Gesches Zustimmung abzuwarten, ging sie mit dem Kind hinaus auf den Treppenabsatz und befahl der anscheinend schon abmarschbereiten Grietche, sofort loszulaufen und Mine zu holen.

Wie sollte die Frau heißen? Wilhelmine Remmers? Eine Bäuerin von einem Hof an der Grenze des Klosterfleckens, berstend vor Kraft und Gesundheit, mit fünf drallen Kindern, lauter Beweise ihrer Tauglichkeit als Nährmutter.

Obwohl Gesche eigentlich zuhören wollte, nahm sie nur Bruchstücke dessen wahr, was Gesine über die Amme erzählte. Die Welle der Erleichterung, von der sie sich überrollt fühlte, war zu heftig, als dass irgendetwas anderes sie hätte bewegen können. Man würde sie in Ruhe lassen. Spätestens, wenn Waldemar in der Obhut der Bäuerin sichtlich gedieh, würde man aufhören, ihr mit Tees und Tinkturen zuzusetzen, und sie müsste kein schlechtes Gewissen mehr haben, weil ihr Innerstes sich gegen den Erfolg von Gesines Wundermitteln sträubte. Das Kind wäre versorgt, wenn auch nicht von seiner Mutter. Mutter?, dachte sie, das werde ich nie für ihn sein.

Füßescharren in der Diele, eine fremde Frauenstimme.

»Mine«, sagte die Hebamme zur Tür horchend, »anscheinend ist sie schon da. Ich bringe ihr das Kind nach unten, und

Ihr, Frau«, sie drehte sich noch einmal kurz zu Gesche um, »dürft das Bett ruhig für eine Weile verlassen, vielleicht hilft die Bewegung, Eure Lebensgeister wieder anzufachen.«

Bei jedem Mal ein Stückchen weiter, hatte Gesine ihr geraten, unterstützt von Gansberg, der seine Frau mit immer neuen Geschichten davon zu überzeugen suchte, wie sehr es vom eigenen Willen abhänge, dass man wieder zu Kräften komme. Angeschossenen, vom Fieber Zermürbten, sogar einem, dem er ein Bein und einen Arm habe amputieren müssen, sei das gelungen. Auf einer Krücke sei der Mann nach Hause gehinkt.

Aber dafür hat er sein Herz noch besessen, dachte Gesche, während sie über die Matratze zum Bettpfosten rutschte, sich daran hochzog und schwankend auf die Füße kam. Dann die Treppe. Langsam, gegen den Schwindel ankämpfend, stieg sie nach unten. Hörte mit halbem Ohr das verwunderte Getuschel der Kinder: »Warum geht die Mutter so anders? Warum guckt sie uns nicht an?« Und Tulas »Ksch, Ksch«, mit dem sie die Kleinen in die Küche trieb. Am nächsten Tag ein paar Schritte vor die Tür, wegen der frischen Luft, die ihr angeblich guttun sollte. Und am darauf folgenden noch etwas weiter, durch das Tor bis zum Rand des Roggenfeldes. Schneebedeckt lag es da, dehnte sich endlos, und sein matter Schimmer verfloss am Horizont im Grauweiß des Himmels. Ob da ein Spalt war? Durch den man in die andere Welt fallen könnte? Ich gehe hin, dachte Gesche, ich gehe einfach hin.

»Wie kannst du nur? Verlässt allein das Haus! In diesem Zustand!«

Mit einiger Mühe öffnete Gesche die Augen, sah Gansbergs entsetzte Miene, Grietches gerötete Wangen hinter einem Schleier von Wasserdampf, Tulas schreckweite Augen und die verheulten Gesichter der zwischen den Erwachsenen hindurchspähenden Kinder.

»Was ist denn los?« Sie versuchte sich aufzusetzen, ließ aber sofort davon ab, als sie spürte, dass damit die Verbindung zu der Wärmequelle an ihren Füßen verlorenging. Jemand musste einen in Tücher gehüllten heißen Stein unten in ihr Bett gelegt haben. Wie kam sie überhaupt ins Bett? Und warum war ihr so furchtbar kalt?

»Was, um Himmels willen, hattest du im Roggenfeld zu suchen?« Gansbergs Stimme schwankte zwischen Sorge und Empörung. Mit beiden Händen stopfte er die verrutschte Decke an ihren Schultern fest. »Hätte der Hausknecht von Probst Buchwald nicht zufällig deine Spur entdeckt und sich gefragt, was da einer im Schnee treiben mochte, wärest du vielleicht nicht zu retten gewesen. Es ist jetzt schon schlimm genug, so durchgefroren, wie du bist.« Er beugte sich über sie, löste einen um ihren Kopf geschlungenen Wollschal, den sie bis dahin noch gar nicht bemerkt hatte, tauchte die darunter liegenden feuchten Tücher in Grietches Topf mit heißem Wasser und legte einen neuen Umschlag an.

Wäre … hätte …, klang es in Gesche nach, *nicht zu retten …* Wenn doch nur …, dachte sie. Weshalb musste Buchwalds Geert ausgerechnet da vorbeigehen?

Überall an ihrem Körper spürte sie ein stechendes Prickeln, ausgelöst von heißen Steinen, die man links und rechts an ihren Seiten entlang unter die Decke geschoben hatte. Wie eingemauert, dachte sie, damit ich nicht wieder weglaufe. Aber dazu hätte ihr ohnehin die Kraft gefehlt. Nicht einmal den Kopf konnte sie allein heben, als Grietche ihr einen Napf mit dampfender Brühe an den Mund hielt. Gansberg stützte sie, zwang ein paar Schlucke zwischen ihre Lippen.

»Warum hast du das getan?«, fragte er nahe über sie gebeugt erneut. Sein Atem roch nach Angst.

Warum? Selbst wenn sie gewollt hätte, sie konnte darauf keine Antwort geben. Was sie weggezogen hatte durch den Schnee ins Irgendwo, ließ sich nicht in Worte fassen. Abwehrend drehte sie den Kopf zur Seite. Unter dem Rand ihres Wärmeturbans hervor sah sie ein Bündel Kleider am Boden liegen. Ihre eigenen. Anscheinend hatte man sie in höchster Eile ausgezogen und sich nicht weiter um die Sachen gekümmert. Aus Placken von verharschtem Schnee und zu Eiskrusten gefrorenen Rocksäumen flossen kleine Rinnsale über die Bohlen und bildeten eine Pfütze um ihre durchnässten Schuhe. Ich muss lange da draußen gelegen haben, dachte Gesche. Nicht lange genug, leider.

Sie presste die Lippen zusammen, als Gansberg ihr mehr Suppe einflößen wollte. Zwecklos, alles zwecklos. Die Brühe würde höchstens kurz ihre Kehle erhitzen, aber niemals die Kälte aus ihrem Innern vertreiben. Da drinnen fühlte es sich so eisig an wie im Grab. Im Wintergrab.

Die Augen fielen ihr zu. Beim Wegdämmern hörte sie noch Gansbergs Anweisung, Reimer nach Hamburg zu schicken. Irgendwelche Doctores sollte der Pferdeknecht holen.

Stimmen. Stimmen, die klangen, als kämen sie aus einem tiefen Schacht. Und wer machte sich da an ihren Armen und Beinen zu schaffen? Was sollte das Hörrohr auf ihrer Brust? Gesche kam sich vor wie eine willenlose Puppe. Zu schwach, um aufzubegehren, musste sie es über sich ergehen lassen, dass man an ihr herumdrückte, sie befühlte und abhorchte und die Ergebnisse in einer Weise besprach, als wäre sie gar nicht vorhanden oder nichts anderes als ein Holzklotz.

»Kein Fieber.« – »Keine geschwollenen Gelenke.« – »Keine

verdächtigen Atemgeräusche.« – »Regelmäßige Herztöne.« – »Der Bauch weich und etwas schlaff wie gewöhnlich kurz nach einer Geburt.« – »Nichts, was auf eine Entzündung hindeutet.« – »Keine Hautrötungen oder Ekzeme.« – »Hm, äußerst seltsam.« – »In der Tat, ein rätselhafter Fall.«

Aus schweren Lidern blinzelnd sah Gesche zwei Männer in hochgeschlossenen dunklen Gehröcken, jeder mit einer schwarzen Kappe auf dem Kopf. Bei dem Älteren etwas schief im fransigen, grauen Haar, beim anderen umgeben von einem Kranz dichter, fahlblonder Locken. Gelehrte Doctores, wie Gansberg sie immer beschrieben hatte, naserümpfend, weil er nicht viel von den medizinischen Rivalen hielt, die seiner Ansicht nach an den Universitäten mit wenig nutzbringendem Wissen vollgestopft wurden, statt wie ein ordentlicher Wundarzt das Handwerk in dreijähriger Lehrzeit von der Pike auf zu erlernen und sich nicht zu schade zu sein für Furunkel und brandige Beine. Jetzt allerdings schien er Hoffnung in ihre vielleicht doch vorhandenen Fähigkeiten zu setzen.

Der Arme, dachte Gesche, weil er nicht weiterweiß, sucht er sogar Hilfe bei denen, die er eigentlich verachtet. Sie sah ihn hinter den beiden stehen, gespannt zwischen ihren in strenge Falten gelegten Gesichtern hin- und herblicken und enttäuscht in sich zusammensacken, weil sie übereinstimmend keine anderen Heilmittel empfahlen als die ohnedies verabreichten: Bettruhe, warme Wickel, kräftige Nahrung, stärkende Tees. Außerdem Laudanum gegen eventuelle Schmerzen und zur Beruhigung.

Unterm Türstock noch ein abschließender Blick auf den *Holzklotz*. Merkwürdig, dachte Gesche, nicht ein Wort haben sie mit mir gesprochen, keine einzige Frage an mich gerichtet. Umso besser.

In ihrem Kreis aus warmen Steinen drehte sie sich auf die Seite und schlief wieder ein.

»Gesche? Gesche? Hörst du mich?«

Diese Stimme kannte sie. Amalia! Hoch aus den Kissen, die Beine über den Bettrand schwingen, die Freundin umarmen, endlich wieder. Gesche wollte das alles und brachte in Wahrheit nicht mehr zustande als einen tiefen, erleichterten Seufzer. »Du bist zurück!«

»Ja.« Auf dem Stuhl, den Gansberg neben dem Bett hatte stehen lassen, saß Amalia, die Arme vor der Brust gekreuzt, den Blick ruhig auf Gesche gerichtet. »Ich begreife das alles nicht«, sagte sie nach einer Weile des Schweigens, »du bekommst einen gesunden Sohn von einem Mann, der gut für euch sorgt, überstehst eine schwere Geburt und rennst dann aus dem Wochenbett in ein knietief verschneites Feld. Bist du verrückt?«

Gesche zuckte mit den Achseln. Ja, dachte sie, verrückt. Aber im eigentlichen Sinn, ich gehöre hier nicht hin, ich bin am falschen Platz, ich sollte woanders sein!

»Hör zu«, Amalia beugte sich vor und verschränkte die Hände vor ihren Knien. »Ich war bei meiner Schwester in Meldorf, ich glaube, Urte hat es dir erzählt.«

Richtig, Gesche nickte, Amalias Magd.

»Man hat mich zu ihrer Entbindung gerufen, weil alle dachten, sie würde es nicht überstehen. Das Kind war zu kümmerlich und lag falsch herum im Mutterleib. Es war schrecklich, Gesche, eine furchtbare Geburt, um Haaresbreite wären beide dabei gestorben, aber sie haben es geschafft. Die Kleine, sie heißt Milli, eine Abkürzung meines Namens, hat mittlerweile runde Backen und lacht schon. Man muss so dankbar sein, wenn ein Kindchen heil auf die Welt kommt, findest du nicht?«

Dankbar, dachte Gesche, dankbar bin ich auch, aber nur, weil ich die Last endlich los bin, das Fremde, das mich besetzt hielt, und weil es diese Amme gibt mit so reichlichem Milchfluss, dass der Kleine die Nächte mit einem biergetränkten Stoffzipfel ohne Gebrüll übersteht.

»Du hast recht«, murmelte sie mit niedergeschlagenen Augen. Sie wollte nicht beim Lügen ertappt werden.

»Überzeugend klingt das nicht gerade«, sagte Amalia. »Dabei hatte ich so sehr gehofft, das neue Kind würde dir helfen, die Vergangenheit hinter dir zu lassen und dich wieder am Leben zu freuen. Dafür gibt es so viele Gründe! Bald ist Weihnachten, Gesche. Erinnere dich, wie bewegt du von den Weihnachtsabenden in unserer Kirche warst. Beim ersten Mal kannten wir uns noch nicht, aber du hast mir später erzählt, dass du im dunklen, überfüllten Kirchenschiff saßest, gebannt von unserem sicher nicht makellosen Gesang oben auf dem Fräuleinchor und vom Glanz der vielen Kerzen. Es wird wieder so schön sein, Gesche, wir werden wieder singen *Vom Himmel hoch, da komm ich her* und *Gelobet seist du, Jesus Christ*. Und dann der Sommer! Weißt du noch, wie die Priörin uns erlaubte, in ihrem Gartenhaus Tee zu trinken? Vielleicht dürfen wir im nächsten Jahr die Kinder mitnehmen, sie könnten über die Holzbrücke trappeln und nach Fischen im Burggraben Ausschau halten. Gesche! Warum sagst du nichts? Schau mich doch wenigstens mal an!«

Gesche hob ein wenig den Kopf, sah der Freundin von schräg unten in die Augen und erschrak vor Amalias Reaktion. Deren Brauen zogen sich schmerzlich zusammen, die Lider begannen zu flattern, als wollten sie ein Bild vertreiben, die Lippen gingen auf und zu, ohne dass ein Wort herauskam.

Schnell den Blick abwenden. Sie weiß es, sie hat gesehen, was mit mir los ist. Wenn sie nur nicht versucht, mich aufzuhalten, dachte Gesche. Mit zur Seite gedrehtem Kopf hörte sie, wie Amalia sich schneuzte und beharrlich den Stoff ihres Gewandes glattstrich, als suchte sie nach irgendetwas, das sie tun könnte.

Die Türangel quietschte. »Mutter?« Bertrams Stimme.

»Pssst!«, mahnte Amalia.

»Mutter! Ein Brief für dich.« Flüsternd schlich er auf Zehenspitzen durch die Kammer, ein großes, weißes Kuvert in der Hand.

»Er wollte ihn Euch unbedingt heraufbringen, Frau«, sagte Tula von der Tür her. »Und Clara ließ sich auch nicht zurückhalten.«

Gesche nickte und winkte die beiden näher heran. Die Handschrift auf dem Kuvert kannte sie, große, linkslastige Buchstaben, die nur von ihrer Mutter stammen konnten. Später, sie würde den Brief später lesen.

»Kommt, setzt euch.« Sie klopfte auf den Rand ihres Bettes. Da hockte er, ihr Sohn, musterte sie mit besorgt zusammengekniffenen Augen und sah dabei seinem Vater so ähnlich, dass es ihr wie ein Schnitt ins Herz fuhr. Zwischen seinen kleinen braunen Fingern rollte er den Brief zu einer Röhre, enger und enger, quetschte ihn, bis das Siegel abplatzte und in rotglänzenden Bruchstücken auf den Boden fiel. Er schien es nicht zu merken.

»Gib ihn mir.« Amalia beugte sich vor und zog ihm den Brief sanft aus den Händen. Statt über den Stoff ihres Gewandes begann sie nun über das zerknitterte Kuvert zu streichen. Hin und her auf dem Papier, hin und her. Das kratzende Geräusch ihrer rauen Handflächen füllte den Raum.

»Geschemu!« Clara, die stumm dagestanden und ratlos von einem zum anderen geblickt hatte, stieß plötzlich einen tiefen Schnaufer aus und kroch zu Gesche auf die Matratze. Aus nächster Nähe schaute sie ihr ins Gesicht. »Geschemu, wann bist du wieder gesund?«

Gesche spürte warmen Kinderatem an ihrer Wange und ein Beißen in den Augen, und auf einmal waren da Claras Fäustchen, die sich an ihren Wimpern zu schaffen machten.

»Traurige Tröpfchen«, murmelte die Kleine so fürsorglich, als spräche sie mit ihrer Puppe. »Muss man wegwischen.«

Schwer wie einen Mühlstein empfand Gesche den zarten Körper an ihrer Schulter, schmerzhaft fest Bertrams Griff nach ihrem Arm. Sie warf Amalia einen flehentlichen Blick zu.

»Kommt, Kinder.« Sofort sprang die Freundin auf, hob die Kinder vom Bett und führte sie zur Tür. »Geht spielen, ihr zwei«, sagte sie, »eure Mutter braucht Ruhe.« Wispern auf dem Treppenabsatz, wo Tula anscheinend gewartet hatte, um die beiden nach unten zu bringen.

Ruhe, dachte Gesche, liegen bleiben, einfach liegen bleiben, abwarten, nie wieder aufstehen.

Stoffrascheln. Amalia war zurück und zog ihren Stuhl näher ans Bett. »Soll ich dir den Brief vorlesen?«

Gesche nickte matt mit geschlossenen Augen, obwohl sie schon jetzt wusste, dass keines von Elisabeths Worten ändern würde, was hier mit ihr geschah. Die Linie war längst überschritten, an der irgendetwas sie hätte aufhalten können. Sie spürte den Sog ständig stärker werden, es gab keinen Weg zurück ins Leben.

Gansberg habe sie von der schweren Geburt benachrichtigt und von der kaum fortschreitenden Rekonvaleszenz, schrieb Elisabeth. Sie selbst sei kürzlich auf der vereisten Straße vor ihrem Haus gestürzt, liege seitdem mit gebrochenem linken Bein im Bett und sei deshalb nicht in der Lage, zur Unterstützung nach Uetersen zu kommen – Fragen nach dem Befinden des Kindes, nach den Qualitäten der Amme, Freude über den frischen und zukunftsweisenden Namen.

Wie ein lästiges Geräusch ließ Gesche die Sätze über sich

ergehen, während sie das Gefühl hatte, kleine, helle Blasen zögen durch ihren Kopf und hinderten sie am Zuhören. Erst als Amalia plötzlich die Stimme hob und überdeutlich wie zu einer Schwerhörigen sprach, versuchte sie aufzuhorchen.

Ich verstehe ja, las Amalia vor, *dass Du in dieser Ehe nicht die Erfüllung findest, die Du aus der Verbindung mit Christian kanntest, aber das ist kein Grund aufzugeben.*

Du hast Pflichten Deinem Mann gegenüber und die Verantwortung für sieben kleine Kinder. Sie brauchen ihre Mutter. Du musst wollen, Gesche. – »Wollen dreimal unterstrichen und mit Ausrufezeichen«, sagte Amalia. – *Wenn Du den festen Willen hast, wieder auf die Beine zu kommen, wird es Dir auch gelingen. Ich selbst …*

Amalia las weiter, aber Gesche hörte nicht mehr hin. Kalt war ihr, zu kalt, um irgendetwas zu wollen, sterbenskalt.

Nacht. Gesche schiebt die Wärmesteine beiseite, die sie wieder umringen. Völlig nutzlos gegen den Frost in ihrem Innern. Gerade eben, im Traum, ist ihr Christian begegnet. In der Plöner Johanniskirche stand er vor dem offenen Grab, erwartete sie lächelnd, mit ausgebreiteten Armen. Sie trat einen Schritt auf ihn zu – und ist plötzlich wach.

Gansberg hustet im Schlaf. Zusammengesackt hockt er auf seinem Stuhl am Fußende des Bettes, den Kopf schlaff zur rechten Seite hängend, wirre Haarsträhnen in der Stirn, die Schultern nach vorn gesunken. Mühsames Atmen, als drücke eine schwere Last ihm die Luft ab. Das blakende Licht der Öllampe vertieft die Schatten unter seinen Augen, die Furchen neben den Mundwinkeln. Eine Maske der Trauer.

Ich kann dir nicht helfen, es geht einfach nicht.

Unter halbgeschlossenen Lidern hervor sieht sie einen dünnen Mondstrahl wie verirrt auf die Bettdecke fallen, genau dahin, wo ihre Füße sein müssten. Doch die fühlt sie nicht, nichts ist da, nicht einmal Kälte. So also fängt es an.

Sie lässt sich zurücksinken in ihr Inneres auf der Suche nach der Fortführung des Traums, auf der Suche nach ihm.

»Komm, Gesche, wenigstens ein Schlückchen!«

Etwas wird an ihre Lippen gehalten, riecht nach Huhn. Hühnersuppe. *Hilft bei allen Krankheiten.* Einer von Elisabeths Sprüchen. So heftig dreht sie den Kopf zur Seite, dass sich ein warmer Schwall über Kinn und Hals ergießt. Und wenn schon, wen stört es.

Blinzelnd öffnet sie die Augen, erkennt im fahlgrauen Tageslicht Gansberg, besorgt über das Bett gebeugt. Der Kummer hängt ihm noch immer im Gesicht, aber das Haar hat er sorgfältig zurückgebürstet. Geordneter Kummer. Er wird es überstehen.

Was? Was sagt er da? Mit wem spricht er überhaupt? Noch einmal die Doctores aus Hamburg holen?

Nein! Der Schrei bleibt im Hals stecken. Abwehrend schüttelt sie die Schultern in den Kissen.

»Sie scheint es nicht zu wollen.« Amalias haubenumrahmtes Gesicht zeigt sich neben Gansbergs. »Wir sollten nichts tun, wogegen sie sich sträubt. Das wäre Quälerei.«

»Eventuell noch ein Aderlass?«

»Aber damit habt Ihr es doch schon mehrfach versucht, und sie ist nur schwächer geworden.«

»Laudanum bringt auch nichts. Sie leidet ja offenbar nicht unter Schmerzen oder Anfällen von Überspanntheit und schläft ohnehin die meiste Zeit. Ach Gott, Amalia, meint Ihr, ich soll den Pastor holen? Vielleicht braucht sie geistlichen Zuspruch.«

Die Antwort kommt zögernd. »Ich weiß nicht, aber geht nur, ich bleibe so lange hier.«

Eilige Schritte die Treppe hinunter.

Den Zuspruch braucht er dringender als ich, schießt es ihr durch den Sinn. Sie hat das Gesicht zur Seite gewandt, spürt Amalias forschenden Blick, ohne ihm zu begegnen.

»Gibt es denn nichts, was dir helfen könnte?«, drängt Amalia sanft und beschwörend. »Gar nichts? Ich will dich nicht gehen lassen.«

Kaum merklich zuckt sie mit den Achseln, hört die Freundin tief seufzen.

»Du stirbst ihm nach, habe ich recht?«

Gesche lächelt, stumm.

Die Stimme des Pastors dröhnt durch die Diele und dämpft sich erst beim Betreten der Schlafstube zum Flüstern.

»Arme Frau, wenn Gott ihr hier nicht helfen kann, dann doch sicher drüben.«

Er schnauft vom raschen Laufen und Treppensteigen. Das Bett vibriert, als einer seiner Schuhe an den rechten unteren Pfosten stößt.

Bloß verbergen, dass du wach bist! Sie zeigt keine Regung, liegt wie erstarrt mit geschlossenen Augen da.

»Möchtet Ihr mit mir reden, Frau Gansberg? Habt Ihr eine Last auf dem Herzen, die Euch den Lebensmut nimmt?« Das Flüstern ist jetzt ganz nahe, kommt aus einem Dunst von Bier und Bratensauce. »Wenn Ihr die Augen aufschlagen würdet, könnte ich vielleicht sehen, was in Eurem Innern vor sich geht.«

Nur das nicht! Meine Sehnsucht geht Euch nichts an, Pastor. Unstillbar, wie sollt Ihr das verstehen? Ein hoffnungsloser Fall, spart Euch die Predigt.

Gespanntes Warten.

Sie rührt sich nicht, atmet flach.

»He-em.« Ein unsicheres Räuspern. »Eure Frau scheint mir schon halb im Jenseits zu sein.« Die Stimme des Pastors nähert sich wieder der gewohnten Lautstärke. »Wenn ich Euch richtig verstanden habe, gibt es keinen physischen Grund für ihr Dahinsiechen, also muss die Ursache da liegen, wo die Kunst der Doctores und Wundärzte an ihre Grenzen stößt. Das kommt hin und wieder vor, und in diesen Fällen setze ich gern auf die Kraft von Psalm 34, Vers 9. Darf ich? – Gut.« Erneutes Räuspern, das alles Raue und Tönende wegschafft. »*Der Herr*«, hört Gesche in weichen Lauten dicht neben sich, »*ist nahe denen, die zerbrochenen Herzens sind, und hilft denen, die ein zerschlagenes Gemüt haben.* – Möge es bei Eurer Frau auch so sein.«

Gansberg schnaubt in sein Taschentuch, Amalia versucht ihr Schluchzen mit ausgiebigem Hüsteln zu überspielen. Auf leisen Sohlen verlassen die drei die Schlafstube.

Allein. Endlich. Sie kreuzt die Arme über der Brust, da, wo sich ihr *zerbrochenes Herz* bei den Worten des Pastors schmerzlich zusammengezogen hat. Es wird nicht mehr lange wehtun.

Warum lassen sich die Augen kaum öffnen? Wie Bleischalen lasten die Lider auf ihnen. Sie blinzelt. Tag oder Nacht? Die Zeit verschwimmt im trüben, milchigen Licht der Kammer.

Wo ist Gansberg? Sie muss etwas mit ihm besprechen, etwas Wichtiges, das drängend unter ihrer Schädeldecke klebt. Schrecklich, es zu vergessen. Langsam wandert ihr Blick am Kranz der Wimpern entlang. Da sitzt er ja, dicht neben ihr und doch so weit entfernt, dass sie meint, ihn nicht erreichen zu können. Ihre Hand hebt sich kurz und fällt sofort kraftlos zurück auf die Bettdecke.

»Gesche? Was ist? Möchtest du etwas?« Sein Gesicht neigt

sich ihr zu, sorgenvoll, aufmerksam. Wie von weit her hört sie ihn sprechen.

Sie nickt, ein Kraftakt, kaum zu schaffen. Leckt über ihre trockenen Lippen, holt Luft. Ist das etwa ihre Stimme? Dieses kratzige Geräusch? Noch einmal von vorn.

»Ich habe eine Bitte.«

»Ja?« Er neigt sich noch weiter vor, das rechte Ohr ihr zugewandt.

»Vielleicht ist es zu viel verlangt.« Sie hört, wie ihre Sprache sicherer, deutlicher wird. »Vielleicht kannst du es nicht verstehen und nimmst es mir übel, aber trotzdem bitte ich dich – bitte, ich möchte in Plön beerdigt werden, bei Christian, in seinem Grab.«

Liegt es am schummrigen Licht, oder fällt tatsächlich ein Schleier von Trauer über Gansbergs Gesicht? Er lehnt sich zurück auf seinem Stuhl, schlägt die Beine übereinander. Sie hört ihn atmen, als müsse er mühsam etwas unterdrücken. Es dauert.

»Nicht hier bei uns, bei mir und deinen Kindern?«, fragt er endlich leise.

So wie Alma, die längst Vergessene, kreuzt es ihr durch den Kopf, doch das spielt nur eine Nebenrolle.

»Nein, bitte dort. Du musst doch immer gespürt haben, Peter, dass ich nie aufhören konnte, ihn zu lieben. Es tut mir leid, aber ich war nie wirklich bei dir. Ob ich will oder nicht, diese Liebe ist alles für mich. Leben und Tod.«

Schweigen.

»Versprichst du's mir?«

Immer diese Nebelschwaden, in denen alles rundum verschwindet. War das ein vages Nicken?

»Du bist ganz sicher?« Worte von fern, wie über einen Fluss gerufen.

»Ja, es würde mich glücklich machen.«

Der Arme. Aus schmalen Augen sieht sie seinen Kopf auf die Brust sinken.

Ihre Hand. Warum lässt sich die Hand nicht bewegen? Eine Klammer! Gesche bündelt alle Kraft und erkennt Gansberg, wieder dicht bei ihr sitzend, seine Hände um ihre rechte geschlungen, als wollten sie sie niemals loslassen.

Bodenlose, abgrundtiefe Müdigkeit, Erschöpfung, Mattigkeit. Sie liegt und hat trotzdem das Gefühl, immer noch tiefer sinken zu müssen. Tiefer, unendlich viel tiefer. Der Sog, er zieht sie weg.

Flackernder Kerzenschein. Ob schon Abend ist? Sie bittet ihn, das Licht zu löschen. Nur blasser Mondschein erhellt noch die Kammer. Sanft entzieht sie ihm ihre Hand, streckt sie Richtung Fenster aus, ein kurzes, strahlendes Lächeln überzieht ihr Gesicht.

»Ich komme.«

Nachwort

Der schwarze Trompeter hat tatsächlich gelebt.

Neben der *Mohrensage,* durch die Johannes Christian Kinder, ehemaliger Plöner Bürgermeister, fast 200 Jahre nach dessen Tod als Erster die Aufmerksamkeit auf Christian Gottlieb lenkte, muss eine von Claus Ulrich in Zusammenarbeit mit Elisabeth Rübcke und Dr. Ada Bues verfasste Dokumentation als wichtigste Informationsquelle zu diesem außergewöhnlichen Mann gelten. *Der Schwarze Trompeter von Plön,* sorgfältig recherchiert und wunderbar formuliert, enthält alles, was an einschlägigen Daten und Fakten in Kirchenbüchern und Archiven über ihn aufzuspüren war.

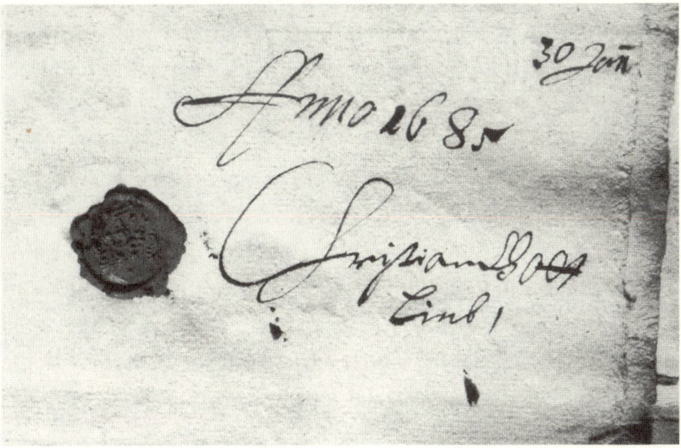

Christian Gottliebs Siegel und Unterschrift aus dem Rechnungsbuch der Stadt Kiel von 1685.

Daten und Fakten: Belegt ist, wer Christian Gottlieb aufnahm und großzog, wann er getauft wurde, der Termin seiner Verlobung und späteren Heirat mit der Plöner Bürgerstochter Gertrud Radeleff, wo er sich niederließ und auf welche Weise er sein Geld verdiente. Die Geburt der Kinder ist nachweisbar, ebenso der Ehebruch samt der verhängten Strafe, und auch der Grundbucheintrag für den Erwerb des stattlichen zweiten Mohrenhofes in Eimsbüttel. Den Grabstein des Trompeters mit Inschrift und Todesdatum findet man heute noch an der kleinen Fachwerkkirche in der Plöner Neustadt.

Seine Herkunft und die Umstände seines Sterbens dagegen liegen im Dunkeln.

Von Gertrud ist bekannt, dass sie 1666 geboren und laut Todesregister am 12.12.1692 in der Plöner St. Johanniskirche bei ihrem ersten Mann begraben wurde. Die zweite Eheschließung mit dem Regimentsfeldscher Peter Gansberg wurde im Trauregister der Klosterkirche in Uetersen unter dem 5.10.1690 verzeichnet. Ihr Schicksal und das ihrer Kinder wäre ohne die Verbindung mit dem schwarzen Trompeter vermutlich in Vergessenheit geraten.

Die Eckpfeiler eines Lebens sind ein mageres Gerüst. Zwischen ihnen bleibt reichlich Spielraum für fiktive Ergänzungen, für den Versuch, Ereignisse, vor allem aber Gedanken und Empfindungen der handelnden Personen zu veranschaulichen und nachfühlbar zu machen.

»Es gibt vieles, das man über den Mohren nicht weiß«, sagte mir Claus Ulrich kurz vor seinem Tod im Januar 2008, »das müssen Sie halt erfinden.«

Und das habe ich getan.

Dieses Buch ist ein Roman, der sich zwar an den historischen Gegebenheiten entlanghangelt, dem es aber mehr um die Innenschau geht als um eine möglichst realistische Beschreibung früherer Geschehnisse. Entsprechend frei ist der

Christian Gottliebs Grabstein

Umgang mit den darin auftretenden Figuren. Abgesehen von denen, die im Zentrum stehen – wie Christian Gottlieb natürlich, seine Frau Gesche, deren Eltern und Verwandte, Oberst Bertram Rantzau, Herzog Hans Adolf und sein Hofmarschall

Fachwerkkirche Plön, in der Christian und Gertrud begraben sind.

Künnigham –, sind fast alle frei erfunden. Und auch über die, die wirklich gelebt haben, gibt es so wenig individuelle Auskünfte, dass für ihre Darstellung nichts anderes übrigblieb, als sich auszumalen, wie sie hätten sein können.

Manche Leser möchten wissen, was aus denen wurde, die den Turbulenzen des Romans heil entronnen sind. Hier ein paar – wieder sehr spärliche – Fakten:

Oberst Bertram Rantzau

Wo und wie Bertram und Hans Adolf, die Söhne des Trompeters, nach dem Tod ihrer Mutter lebten, ist unbekannt. Bertram scheint laut Eintragungen im Klosterbuch des St. Johannisklosters schon im Herbst 1709 gestorben zu sein. Hans Adolf heiratete im Mai desselben Jahres in der Hamburger

Herzog Hans Adolf

St. Nikolaikirche. Dreizehn Jahre später verzeichnete man dort die Eheschließung seiner Witwe Magdalena.

Gesches Sohn aus der Gansberg-Ehe, Waldemar, wurde Offizier in dänischen Diensten. Sein Vater Peter, der Regimentsfeldscher, verheiratete sich zwei Jahre nach Gesches Tod erneut und bekam weitere Kinder.

Zu besonderem Dank bin ich Claus Ulrich, Elisabeth Rübcke und Ada Bues verpflichtet, die mir mit ihrer Dokumentation den Weg durch das historische Dickicht geebnet haben. Elisabeth Rübcke war außerdem eine hervorragende, unermüdliche Begleiterin bei meiner Recherche im früheren Umfeld Christian Gottliebs.

Großen Dank schulde ich auch Elsa Plath-Langheinrich, der besten nur denkbaren Kennerin des Klosters Uetersen und seiner Geschichte, die sogar die wahrscheinliche Lage des längst vergangenen Edelhofes aus alten Plänen rekonstruieren konnte und mitdachte bis zu Gottesdiensten, Heilpflanzen und Spazierwegen auf dem alten Gelände.

Danken möchte ich weiter Professor Gerhard Kay Birkner in Plön für seine Unterstützung und wichtigen Hinweise sowie Pastor Friedrich Wackernagel, Heide Beese vom Kreisarchiv Plön, Henning und Gina Böhrens, Stadtarchivar und Stadtführerin in Plön, Sielke Salomon von der Geschichtswerkstatt Eimsbüttel, außerdem meiner Familie und den Münchner Freunden, die meinen Überlegungen zugehört, Mut gemacht und immer neue Textpassagen gelesen haben – und sehr herzlich meiner Lektorin Ursula Bergenthal dafür, dass sie an mich und meine Arbeit geglaubt hat.

Brigitte Beil im September 2011

Quellennachweis

Kinder: Plön – Beiträge zur Stadtgeschichte von Bürgermeister Kinder. – Plön 1904, Neudruck Kiel 1976

Kinder: Urkundenbuch zur Chronik der Stadt Plön. – Urkunden und Akten, gesammelt und mit Erläuterungen versehen von Bürgermeister Kinder. 2. Aufl. Plön 1890, Neudruck Kiel 1977

Claus Ulrich, Elisabeth Rübcke, Ada Bues: Der Schwarze Trompeter von Plön. – Eutin 1996

1000 Jahre Plön. 750 Jahre Lübisches Stadtrecht. Hrsg. Stadt Plön in Zusammenarbeit mit dem Hermann Sönksen Verlag Plön. Redaktion: Dr. Irmtraut Engling. Plön 1986

Irmtraut Engling: Der schwarze Trompeter Christian Gottlieb. Zu seinem 300. Todestag, Jahrbuch für Heimatkunde im Kreis Plön, Band 20, S.89ff. – Plön 1990

Traugott Schulze, Gerd Stolz: Die Herzogszeit in Plön, 1564–1761. – Husum 1983

325 Jahre Johanniskirche Plön, Hrsg. Förderverein Johanniskirche e.V. Redaktion: Gerhard Kay Birkner. – Eutin 2010

Elsa Plath-Langheinrich: Kloster Uetersen in Holstein. – Neumünster 2008

Peter Martin: Schwarze Teufel, edle Mohren. Afrikaner in Geschichte und Bewußtsein der Deutschen. – Hamburg 2001

Meister Johann Dietz des Großen Kurfürsten Feldscher: Mein Lebenslauf. – München 1966

G. H. Sieveking: Eimsbütteler Chronik. – Hamburg 1951

Bildnachweis

Christian Gottliebs Siegel und Unterschrift aus dem Rechnungsbuch der Stadt Kiel von 1685.

Christian Gottliebs Grabstein. Aufnahme 2010 vom Architekten Dipl.-Ing. Klaus Jungk, Schwinkenrade. Abdruck mit freundlicher Genehmigung.

Fachwerkkirche Plön, in der Christian und Gertrud begraben sind. »Nordansicht vor 1929«. Ansichtskarte des Plöner Photographen F. Hennin. Abdruck mit freundlicher Genehmigung von Prof. Dr. Gerhard Kay Birkner.

Oberst Bertram Rantzau. Abdruck mit freundlicher Genehmigung von Familie zu Rantzau.

Herzog Hans Adolf. Abdruck mit freundlicher Genehmigung von Stiftung Schloss Eutin, Eutin.